AMANECER DE ONYX

AMANECER DE ONYX

KATE GOLDEN

Traducción de Icíar Bédmar

☾ **UMBRIEL**

Argentina • Chile • Colombia • España
Estados Unidos • México • Perú • Uruguay

Título original: *A Dawn of Onyx*
Editor original: The Daisy Press
Traducción: Icíar Bédmar

1.ª edición: marzo 2024

© 2022 *by* Kate Golden
Published in agreement with the author, c/o BAROR INTERNATIONAL, INC.,
Armonk, New York, U.S.A.
All Rights Reserved
© de la traducción 2024 *by* Icíar Bédmar
© 2024 *by* Urano World Spain, S.A.U.
Plaza de los Reyes Magos, 8, piso 1.º C y D – 28007 Madrid
www.umbrieleditores.com

ISBN: 978-84-19030-86-3
E-ISBN: 978-84-19936-53-0
Depósito legal: M-429-2024

Fotocomposición: Ediciones Urano, S.A.U.
Impreso por: Romanyà Valls, S.A. – Verdaguer, 1 – 08786 Capellades (Barcelona)

Impreso en España – *Printed in Spain*

Para Jack.
Gracias por ser el protagonista masculino de mi historia.
Me has enseñado lo que es el amor más verdadero.

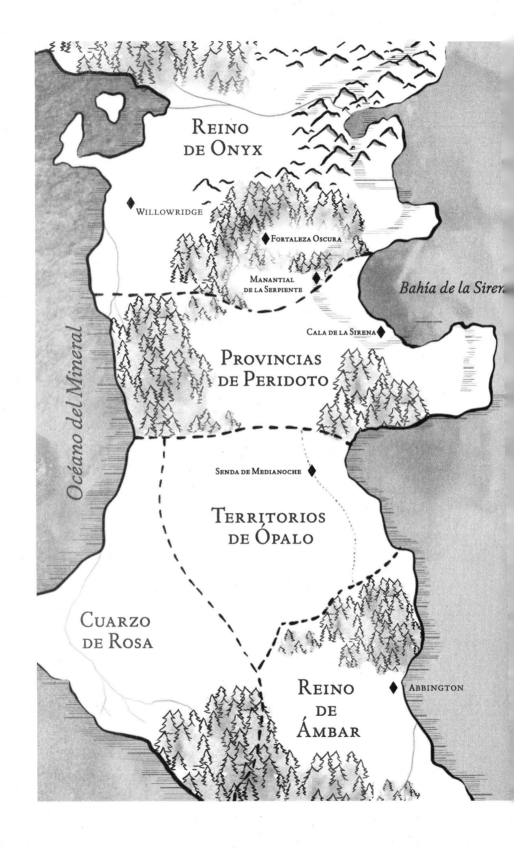

UNO

L o más probable es que Ryder y Halden estuviesen muertos. No estaba segura de qué me causaba más dolor, si admitir aquello después de tanto tiempo, o los pulmones, que me ardían. Aunque lo cierto era que el dolor de esto último era autoinducido: aquella parte de mi ritual de correr cada mañana siempre era la más brutal, pero hoy se había cumplido un año desde que las cartas dejaran de llegar y, aunque me había jurado a mí misma no pensar lo peor hasta que hubiese una razón para ello, era difícil discutir contra el silencio epistolar.

El corazón me latió de forma triste.

Intenté barrer bajo la alfombra de mi mente aquellos pensamientos tan desagradables, y me concentré en llegar hasta el borde del claro sin vomitar. Forcé las piernas, eché los brazos hacia atrás y sentí que la trenza me golpeaba entre los omoplatos de forma tan rítmica como un tambor. Solo unos cuantos metros más…

Por fin llegué a la extensión de hierba fresca y me tambaleé para parar. Apoyé las manos sobre las rodillas y respiré profundamente. Olía como siempre en el Reino de Ámbar: al rocío de la mañana, a leña de alguna chimenea cercana, y un toque fresco y térreo de las hojas que se morían lentamente.

Pero respirar hondo no fue suficiente para impedir que se me nublara la vista, así que me dejé caer hacia atrás sobre el suelo. El peso de mi cuerpo aplastó las hojas con un crujido agradable. El claro estaba lleno de hojas; los últimos retazos del invierno.

Un año atrás, la noche antes de que todos los hombres de nuestro pueblo fueran reclutados para luchar por nuestro reino, mi familia se reunió en la loma cubierta de hierba que había detrás de nuestra casa. Observamos todos juntos por última vez el atardecer teñido de rosa, que se destiñó hasta adquirir un tono morado tras Abbington, nuestro pueblo. Después, Halden y yo nos escapamos a este mismo claro, y fingimos que mi hermano Ryder y él no iban a marcharse.

Fingimos que, algún día, ambos volverían.

Las campanas de la plaza del pueblo sonaron entonces en la distancia, aunque se escucharon lo suficientemente alto como para arrancarme de aquel recuerdo melancólico. Me incorporé, y tenía el pelo enredado y lleno de hojas y ramitas. Iba a llegar tarde… Otra vez.

Por todas las malditas Piedras…

O… *mierda*. Hice una mueca conforme me levanté. Estaba tratando de maldecir menos cuando se trataba de las nueve Gemas Preciosas sagradas que constituían el núcleo del continente. No me importaba demasiado acusar a la creación divina de Evendell, pero odiaba aquella costumbre que me venía de haber crecido en Ámbar, el reino que veneraba las Piedras de forma más devota.

Atravesé de nuevo el claro al trote, bajé por el camino que había tras nuestra cabaña, y hacia la ciudad que se estaba despertando. Me apresuré a recorrer los pasadizos donde apenas cabían dos personas hombro contra hombro, y un pensamiento deprimente se abrió paso en mi interior: *Abbington solía tener mucho más encanto.*

O, al menos, en mis recuerdos era encantador. Calles de adoquines que en una ocasión habían estado limpias y llenas de músicos callejeros y mercaderes ociosos, y que ahora estaban llenas de basura y dejadas de lado. Los edificios de ladrillos desparejados, cubiertos de enredaderas y bañados de la luz parpadeante de los farolillos, se habían visto reducidos a un deterioro en ruinas: abandonados, quemados o tirados abajo y, en ocasiones, las tres cosas juntas. Era como ver el corazón de una manzana que se pudría y que cada vez tenía menos y menos vida, hasta que un día, simplemente desaparecía.

Me estremecí, tanto por mis pensamientos como por el tiempo. Con suerte, el aire frío ayudaría a secar algo el sudor de mi frente; a Nora no le gustaba tener a una aprendiz sudorosa. La puerta chirrió al abrirla, y el etanol y la menta astringente invadieron mi sentido del olfato. Era mi olor favorito.

—Arwen, ¿eres tú? —dijo Nora, y su voz retumbó a través del pasillo de la enfermería—. Llegas tarde. La gangrena del señor Doyle está peor. Quizá pierda el dedo.

—¿Qué voy a perder el *qué*? —chilló una voz masculina tras una cortina.

Fulminé a Nora con la mirada y me metí dentro de la improvisada habitación, confeccionada por unas sábanas de algodón.

Malditas sean todas las Piedras.

El señor Doyle, un hombre mayor y calvo que era todo frente y lóbulos, estaba en la cama con la mano herida agarrada como si fuese un postre que alguien iba a robarle.

—Nora solo está bromeando —le dije mientras agarraba una silla—. Solo es su sentido del humor tan divertido y profesional. Me aseguraré de que todos sus dedos permanezcan unidos a su mano, se lo prometo.

Con un resoplido escéptico, el señor Doyle me cedió la mano, y comencé a trabajar quitándole las capas de piel muerta.

Me hormigueó la punta de los dedos con mi habilidad, que estaba impaciente por salir a ayudar. No estaba segura de si la necesitaría en el día de hoy; me gustaba trabajar de forma meticulosa, y la gangrena ya era algo bastante habitual.

Pero nunca me lo perdonaría si rompía la promesa que le había hecho al gruñón del señor Doyle.

Cubrí su mano con la mía, como si no quisiera que viera lo grave que eran sus heridas; me había vuelto habilidosa para encontrar maneras de ocultarles mis poderes a los pacientes. El señor Doyle cerró los ojos, echó la cabeza hacia atrás, y dejé que un titileo de luz pura se derramara de entre mis dedos, como si fuese el jugo de un limón.

La piel en descomposición se calentó, se volvió rosada de nuevo, y se curó ante mis ojos.

Era una buena sanadora. Podría decir que incluso una genial. Tenía el pulso firme, mantenía la calma bajo presión, y nunca me impresionaba ver las entrañas de alguien. Pero también podía curar de una forma que no podía enseñarse. Mi poder era una luz pulsante y errática que salía de mis manos y se introducía en los demás, expandiéndose por sus venas y vasos sanguíneos. Podía unir un hueso roto, devolverle el color a un rostro deteriorado por la gripe y unir una herida sin ayuda de una aguja.

Y, aun así, no era brujería común. No había brujas ni hechiceros en mi linaje familiar, e incluso si así hubiera sido, cuando usaba mis poderes no pronunciaba ningún hechizo al que le seguía una ráfaga de viento y electricidad. En su lugar, mi don provenía de mi cuerpo, y me drenaba la energía y la mente cada vez que lo usaba. Las brujas podían realizar toda la magia que quisieran con sus libros de hechizos y un tutelaje adecuado. Mi habilidad se desgastaba si me esforzaba demasiado, y me dejaba sin fuerzas. A veces pasaban días enteros hasta que mi poder volvía del todo.

La primera vez que lo usé hasta agotarme fue con un herido de quemaduras especialmente grave, y creí que mi habilidad había desaparecido para siempre. Me invadió una inexplicable mezcla de alivio y horror. Cuando por fin volvió, traté de convencerme de que estaba agradecida por ello. Agradecida porque, cuando era niña y estaba cubierta de heridas, o con las extremidades rotas en ángulos extraños, podía curarme a mí misma antes de que mi madre o uno de mis hermanos pudiera ver lo que mi padrastro había hecho. Agradecía poder ayudar a aquellos que tenía a mi alrededor, y que sufrían. Y agradecía poder ganar una cantidad decente de dinero usando mi habilidad cuando las cosas se ponían difíciles, como ahora mismo.

—Muy bien, señor Doyle, está usted como nuevo.

El hombre mayor me dirigió una sonrisa desdentada.

—Gracias. —Y entonces se inclinó hacia mí de forma conspiratoria—. No creí que fueras capaz de salvarme la mano.

—Me duele esa falta de fe —le dije en broma.

Atravesó la habitación de forma cautelosa, y lo seguí hacia el pasillo. Cuando se marchó, Nora negó con la cabeza mientras me miraba.

—¿Qué?

—Demasiado alegre —me dijo, pero ella también sonrió.

—Me alivia cuando un paciente no está a las puertas de la muerte. —Me encogí, ya que el señor Doyle, de hecho, era bastante mayor.

Nora tan solo resopló y se volvió a centrar en la gasa que tenía en las manos. Yo me escabullí hacia las camillas y me entretuve en esterilizar las herramientas quirúrgicas. Debería de haber estado contenta por los pocos pacientes que teníamos ese día, pero la quietud hizo que el estómago se me revolviera.

Curar me ayudaba a distraerme de todo lo relacionado con mi hermano y Halden. Me ayudaba a acallar la tristeza que su ausencia me provocaba, que era como un nudo en el estómago. Al igual que correr, había algo meditativo en curar a gente que me calmaba la mente cuando me iba demasiado deprisa.

El silencio hacía exactamente lo opuesto.

Aun así, nunca habría esperado entusiasmarme con un caso de gangrena, pero parecía que, últimamente, cualquier cosa que no fuera una muerte segura era algo a celebrar. La mayoría de los pacientes, por supuesto, eran soldados: ensangrentados, amoratados y heridos de la batalla... O vecinos a los que había conocido toda mi vida, que se marchitaban por culpa de los parásitos que había en las escasas sobras de comida que podían reunir. Al menos ese era un destino mejor que morirse de hambre. Los parásitos podían curarse en la enfermería, pero el hambre interminable, no tanto.

Y, a pesar de todo ese dolor y sufrimiento, de todos los seres queridos que se habían perdido y hogares que se habían destruido, aún era un misterio el motivo por el que el Reino de Onyx había comenzado aquella guerra con nosotros. Nuestro rey, Gareth, no era alguien destinado a rellenar los volúmenes históricos, y la tierra de Ámbar no era conocida por otra cosa excepto por sus cosechas. Mientras tanto, los reinos como el de Granate eran ricos en dinero y joyas. Las Montañas de Perla tenían los pergaminos antiguos y a los eruditos más codiciados de todo el continente. Incluso los Territorios de Ópalo, con sus destilerías y su tierra intacta, o las Provincias de Peridoto, con sus calas brillantes llenas de tesoros escondidos, habrían sido lugares mucho mejores por los que comenzar a arrastrarse hacia el poder sobre todo Evendell. Pero, hasta ahora, todos los demás reinos permanecían ilesos, y solo Ámbar trataba de que así permaneciese.

Y, aun así, ningún otro reino nos ayudaba en aquella batalla.

Mientras tanto, Onyx estaba bañado en riqueza, joyas y oro. Tenían más tierra que nadie, las ciudades más espectaculares (o eso había escuchado), y el ejército más grande. Pero parecía que ni siquiera eso les era suficiente. Kane Ravenwood, el rey de Onyx, era imperialista e insaciable. Y, lo peor de todo, era cruel sin ningún motivo aparente. A menudo encontrábamos a nuestros generales colgados de sus extremidades, desollados o crucificados. Ravenwood se hacía con todo, hasta que a nuestro insignificante reino no le quedaba mucho con lo que luchar, y después infligía dolor solo por diversión. Nos amputaba a la altura de las rodillas, después por los codos, y después nos cortaba las orejas, solo porque podía.

La única opción era seguir mirando el lado positivo. Incluso si era un lado positivo muy tenue y borroso que costaba mucho visualizar. Nora había afirmado que eso era por lo que me mantenía allí.

«Tienes talento para esto, eres optimista hasta decir basta, y tus tetas animan a los chicos locales a donar sangre».

«Gracias, Nora. Eres un encanto».

En ese momento la miré, y estaba soltando un cesto lleno de vendajes y ungüentos.

No era la compañera de trabajo más amable del mundo, pero Nora era una de las mejores amigas de mi madre. Y, a pesar de su fachada irritable, había sido muy considerada al darme aquel trabajo para poder cuidar de mi familia cuando Ryder se marchó. Incluso nos ayudaba con mi hermana Leigh cuando mi madre estaba demasiado enferma para llevarla a sus clases.

La sonrisa que se me dibujó al pensar en la amabilidad de Nora se esfumó cuando pensé en mi madre. Aquella mañana había estado demasiado frágil incluso para abrir los ojos. No se me escapaba lo irónico que era que yo trabajase como sanadora y que mi madre se estuviera muriendo lentamente de una enfermedad que nadie sabía identificar.

Y, lo que era incluso peor y más irónico, era que mis habilidades no funcionaban con ella. Ni siquiera cuando lo único que tenía era un pequeño corte. Esa era una señal más de que mis poderes no eran los de una bruja común, sino algo aún más extraño.

Mi madre llevaba enferma desde que tenía uso de razón, pero en los últimos años había empeorado. Lo único que la ayudaba eran los remedios que Nora y yo hacíamos...

Brebajes hechos de lirios canna blancos y de flores de rodante, nativas de Ámbar, mezcladas con aceite de ravensara y sándalo. Pero el alivio tan solo era temporal, y su dolor aumentaba cada día.

Negué con la cabeza de forma física para ahuyentar aquellos desagradables pensamientos.

No podía centrarme en eso en este momento. Lo único que importaba era cuidar de ella y de mi hermana lo mejor posible ahora que Ryder se había marchado.

Y puede que para no volver jamás.

—¡No, no me has entendido! No he dicho que fuera *adorable*, he dicho que es *admirable*. Es listo, inteligente —dijo Leigh mientras echaba un tronco a la chimenea agonizante. Me guardé para mí misma una risa, y saqué tres cuencos del armario.

—Ya, claro. Es solo que creo que estás un pelín coladita, solo digo eso.

Leigh puso sus ojos de color azul claro en blanco y se dio la vuelta en nuestra diminuta cocina. Agarró los cubiertos y las tazas. La casa era pequeña y estaba desvencijada, pero la quería con todo mi corazón. Olía al tabaco de Ryder, a la vainilla que usábamos para hornear, y a los aromáticos lirios blancos. Los dibujos de Leigh estaban colgados en casi todas las paredes. Cada vez que entraba por la puerta principal, se me dibujaba una sonrisa en los labios. Estaba situada sobre una pequeña colina con vistas a la mayoría de Abbington, tenía tres habitaciones acogedoras y bien aisladas, y era una de las mejores casas de nuestro pueblo. Powell, mi padrastro, la había construido para mi madre y para mí antes de que mis hermanos nacieran. La cocina era mi lugar favorito donde sentarme, y la mesa de madera la habían fabricado Powell y Ryder un verano cuando todos éramos jóvenes, y mi madre tenía mejor salud.

Era tan extraño que los cimientos de nuestro hogar estuviesen unidos a unos recuerdos tan acogedores, y que eran un contraste tan total con aquellos que me invadían el estómago y la cabeza cuando recordaba el severo rostro de Powell y su mandíbula apretada… Y las cicatrices que me había dejado en la espalda con el cinturón.

Me estremecí.

Leigh se apretó a mi lado, sacándome de aquellos recuerdos llenos de telarañas al darme un puñado de raíces y hierbas para la medicación de nuestra madre.

—Toma. No nos queda romero.

Le eché un vistazo a su cabeza de pelo rubio, y un intenso sentimiento surgió en mi interior. Siempre era tan radiante, incluso con todo el dolor que nos rodeaba por los tiempos de guerra. Era alegre, divertida y atrevida.

—¿Qué? —me dijo, mirándome con los ojos entrecerrados.

—No, nada —le dije, tratando de no sonreír.

Estaba empezando a verse a sí misma como a una adulta, y no toleraba que la tratáramos como a una niña, así que las miradas de adoración de su hermana mayor estaban totalmente prohibidas. Y le gustaba incluso menos cuando intentaba protegerla.

Tragué con fuerza, echando las hierbas a la cacerola burbujeante que había sobre la chimenea.

Recientemente, en las tabernas, escuelas y mercados se escuchaban rumores. Todos los hombres habían desaparecido ya. Ryder y Halden probablemente habían dado sus vidas y, aun así, estábamos perdiendo contra el malvado reino del norte.

Las mujeres serían las siguientes.

Y no era que no pudiéramos hacer lo mismo que los hombres. Había escuchado que el ejército del Reino de Onyx estaba lleno de mujeres fuertes y despiadadas que luchaban junto a los hombres. El problema era que yo no podía hacerlo. No podía arrebatarle la vida a alguien por mi reino, y no podía luchar ni siquiera para salvarme la vida. Solo con pensar en abandonar Abbington se me ponían los pelos de punta.

Pero la que me preocupaba era Leigh; era demasiado atrevida.

Su juventud le hacía pensar que era invencible, y sus ganas de llamar la atención la convertían en alguien que se arriesgaba, alguien ruidoso e intrépido, hasta el punto de ser temeraria. Solo con pensar en sus rizos dorados balanceándose a la vanguardia me revolvía el estómago.

Y, si eso no era lo suficientemente horrible, que nos llamaran a ambas a luchar contra Onyx significaría que nuestra madre se quedaría sola. Dado que era demasiado mayor y frágil para luchar, quizá podría evitar ser reclutada, pero no sería capaz de cuidarse a sí misma. Con sus tres hijos lejos, no duraría ni una semana.

¿Cómo se supone que podría proteger a mi madre o a mi hermana en ese caso?

—No podrías estar más equivocada con lo de Jace —me dijo Leigh, apuntándome con un tenedor con una certeza fingida—. Yo nunca he estado *coladita* por nadie. Y, sobre todo, no por él.

—Vale —le dije, y busqué en un armario las zanahorias. Me pregunté si Leigh me había distraído a propósito, si notaba que estaba preocupada por algo. Normalmente lo estaba, así que no sería muy difícil de adivinar.

—En realidad —continuó diciendo, dejándose caer sobre la mesa de nuestra cocina y doblando las piernas bajo ella—, me da igual lo que creas. ¡Mira qué gusto tienes tú! Estás enamorada de Halden Brownfield —Leigh puso cara de asco.

El pulso se me aceleró ante la mención, y recordé de nuevo qué día era hoy y lo preocupada que había estado esa mañana. Negué con la cabeza ante la acusación de Leigh.

—No estoy *enamorada*. Me gusta. Como persona. De hecho, solo somos amigos.

—Ya, claro —dijo Leigh, burlándose de lo que yo le había dicho sobre ella y Jace antes.

Eché las zanahorias en otra cacerola para la cena, junto a la medicación de mi madre. Hacer varias cosas a la vez se había convertido en uno de mis puntos fuertes desde que Ryder se había ido. Abrí la ventana que había sobre la chimenea para que algo de calor de las dos cacerolas pudiera salir al exterior. La brisa fresca de la tarde me acarició la cara pegajosa.

—Y, de todas formas, ¿qué tiene de malo Halden? —le pregunté cuando no pude aguantar la curiosidad.

—En realidad, nada. Solo que era un aburrido. Y un quisquilloso. Y no era nada bobo.

—Deja de decir «era» —le dije de una forma algo más brusca de lo que pretendía—. Está bien, ambos lo están.

No era una mentira. Solo era el mismo pensamiento positivo que, a veces, podía rayar en la negación. Leigh se levantó de la mesa y recogió las tazas desparejadas para la sidra.

—Y Halden sí que es bobo, e interesante, y... quisquilloso —admití—. Eso sí es cierto. Sí que está siempre un poco tenso.

Leigh sonrió, y supo que me había ganado.

Miré de nuevo a mi hermana. Había crecido tantísimo en tan poco tiempo que no estaba segura de por qué razón la protegía ya.

—Vale —le dije mientras removía ambas cacerolas al mismo tiempo—. Estábamos saliendo.

Leigh alzó ambas cejas de forma sugerente.

—Pero, de verdad, no «estábamos enamorados» para nada. Por todas las Piedras...

—¿Por qué no? ¿Porque sabías que tendría que marcharse?

Miré la chimenea, y observé las escasas llamas que titilaban mientras pensaba realmente en su pregunta.

Era superficial, pero lo primero en lo que pensaba cuando escuchaba el nombre de Halden era en su pelo. A veces, en especial bajo la luz de la luna, sus rizos rubios eran tan pálidos que casi resplandecían. Fue de hecho lo primero que me atrajo de él: era el único chico en todo el pueblo con el pelo rubio. Ámbar producía principalmente chicos con el pelo castaño chocolate como yo, o de un rubio oscuro, como Leigh o Ryder.

Me había encaprichado de aquel pelo rubio como el hielo a la decidida edad de siete años. Ryder y él se habían hecho amigos inseparables también más o menos a esa edad. Ya que estaba segura de que iba a casarme con él, no me importaba seguirlos en todas sus aventuras y unirme a sus juegos, que siempre acababan con más de una rodilla raspada. Halden sonreía de una forma que me hacía sentir segura, y lo habría seguido a cualquier parte. El día en que nos llegaron los rumores del reclutamiento a Abbington, fue la única vez que vi su sonrisa titubear.

Ese, y el día en que vio mis cicatrices por primera vez.

Pero, si había estado encaprichada de Halden desde que era pequeña, ¿por qué no sentí algo parecido al amor cuando él vio en mí lo que yo llevaba viendo en él durante tanto tiempo?

No tenía ninguna respuesta clara, y ciertamente ninguna que fuera adecuada para una niña de diez años. ¿No lo había amado porque jamás había visto que las relaciones funcionaran para nadie, como, por ejemplo, nuestra madre? ¿O porque a veces le había preguntado lo que pensaba sobre la expansión de Onyx, con sus ya vastas tierras, y sus respuestas despectivas me habían irritado por alguna razón que no comprendía? Quizá la respuesta fuera incluso peor. La que esperaba que no fuera cierta, pero que era la que más temía, era que yo no era capaz de sentir tal cosa.

No había nadie que mereciese más mi amor que Halden. Mi madre, Ryder y Powell no habrían deseado que estuviera con nadie más aparte de él.

—No lo sé, Leigh. —Aquello era cierto.

Me centré de nuevo en la preparación de la cena. Empecé a cortar las verduras en silencio, y Leigh supo que aquella conversación se había acabado. Cuando la medicina de nuestra madre estuvo lista, la trasladé al mostrador para dejarla en remojo. Una vez que se enfriara, llenaría un nuevo vial y lo pondría en la bolsa que había junto a la despensa, como siempre.

Quizá sí que podía hacer aquello, y cuidar de todos yo sola.

El sabroso aroma de las verduras cocidas se mezcló en toda la casa con el medicinal del remedio de nuestra madre. Aquel era un olor ya familiar, uno que me reconfortaba. Ámbar estaba rodeado de montañas, lo cual significaba que en el valle donde nos encontrábamos siempre hacía mañanas y días frescos, y noches frías. Todos los árboles daban hojas marrones durante todo el año. Todas las cenas constaban de maíz, calabaza y zanahorias. Incluso los inviernos más duros tan solo traían lluvia y ramas vacías, y los veranos más calurosos que recordaba habían tenido tan solo un par de árboles verdes. La gran mayoría del reino era marrón y tempestuoso cada día del año.

Y después de veinte años así, había días en los que sentía que ya había comido suficiente maíz y calabaza como para toda una vida entera. Intenté imaginarme la vida llena de otros sabores, otros paisajes y otra gente… Pero había visto tan poco, que mis fantasías eran todas borrosas y vagas: una constelación desordenada de libros que había leído e historias que había escuchado a lo largo de los años.

—Qué bien huele.

Alcé la mirada y encontré allí a mi madre, que acababa de entrar cojeando. Estaba algo más cansada hoy, con el pelo recogido en una trenza algo húmeda que le caía por la nuca. Solo tenía cuarenta años, pero lo delgada que estaba y la piel colgante de las mejillas hacían que pareciese mayor.

—Ven, deja que te ayude —le dije, y me acerqué a ella.

Leigh se bajó de la mesa de un salto y dejó una vela sin encender para acudir a su otro lado.

—Estoy bien, de verdad —nos dijo, pero nosotras la ignoramos. Aquello se había convertido ya en una coreografía bien ensayada.

—¿Rosas y espinas? —preguntó una vez que la ayudamos a sentarse a la mesa.

Mi dulce madre, a pesar de su fatiga, dolor y sufrimiento crónico, siempre se preocupaba de verdad por saber lo que habíamos hecho cada día. Y su amor por las flores se había colado en nuestra rutina nocturna.

Mi madre había llegado a Abbington conmigo cuando tenía casi un año de edad. Nunca conocí a mi padre, pero Powell estuvo dispuesto a casarse con ella y a acogerme como a su propia hija. Tuvieron a Ryder menos de un año después, y a Leigh siete años después de eso. Era muy poco común en un sitio tan tradicional como aquel que una mujer tuviese tres hijos, y uno de ellos con un padre diferente al resto. Pero nunca dejó que sus desagradables palabras apagaran la luz que desprendía cada día. Trabajó durante toda su vida sin descanso para darnos un techo bajo el que vivir, comida con la que llenarnos el estómago, y más risas y amor cada día del que muchos niños reciben en una vida entera.

—La rosa de mi día ha sido salvarle el dedo al señor Doyle de tener que amputárselo —dije yo. Leigh fingió tener una arcada. No compartí mi espina. Si no se habían dado cuenta aún, no iba a ser yo la que les dijera que nuestro hermano llevaba un año sin contactar con nosotras.

—La mía ha sido cuando Jace me ha dicho…

—Jace es el chico que Leigh cree que es adorable —la interrumpí, y asentí en dirección a mi madre de forma conspiratoria. Ella me respondió con un guiño dramático, y Leigh entrecerró los ojos y nos miró a ambas.

—Su primo es mensajero en el ejército, y le entrega directamente los planes del rey Gareth a sus generales, donde los cuervos ni siquiera pueden llegar —dijo Leigh—. El primo le dijo que vio a un hombre con alas en la capital de Onyx. —Abrió mucho los ojos, azules como el mar.

Miré a mi madre ante aquella absurdidad, pero ella simplemente asintió de forma educada a Leigh. Yo traté de hacer lo mismo. No debíamos de reírnos tanto de ella.

—Qué curioso. ¿Crees en lo que te dijo? —le preguntó mi madre, apoyando la cabeza sobre una mano, pensativa.

Leigh consideró aquello mientras yo me tomaba el estofado.

—No, no me lo creo —dijo después de pensárselo—. Supongo que es una posibilidad que haya aún fae vivos, pero creo que es más probable que haya sido algún tipo de brujería. ¿Verdad?

—Cierto —concordé con ella, aunque yo sí que sabía que los seres feéricos llevaban años completamente extintos… si era que habían existido en alguna ocasión. Pero no quería romperle aquella imaginativa idea.

Le dediqué una sonrisa a Leigh.

—Ya entiendo por qué estás tan enamorada de Jace. Tiene toda la información.

Mi madre trató de aguantarse una sonrisa. Vaya con lo de no reírnos de ella. Era ya una costumbre.

Leigh frunció el ceño y se embarcó en una diatriba sobre cómo, obviamente, no tenía ningún sentimiento romántico por aquel chico. Yo sonreí ampliamente, ya que conocía aquella conversación muy bien.

Las historias como la del primo de Jace siempre circulaban, especialmente cuando se trataba de Willowridge, la misteriosa capital de Onyx. La noche antes de que Halden se marchara, me había dicho que se rumoreaba que estaba llena de toda clase de criaturas monstruosas. Dragones, duendes, ogros... Sabía que estaba intentando asustarme con la esperanza de que me arrimara más a la seguridad de sus brazos, y que le permitiera protegerme de lo que fuera que hubiera más allá de los límites de nuestro reino.

Pero aquello no me había asustado, para nada. Sabía cómo eran aquellas historias. Historia tras historia distorsionada por la repetición, y acababan convirtiendo a los hombres en alguna bestia horrible que tenía poderes desconocidos, y era capaz de un tormento incalculable. Y, en realidad, eran solo... hombres. Malvados, sedientos de poder, corruptos y depravados, pero tan solo *hombres*. Nada más y nada menos, y ninguno de ellos peor que el que había vivido en mi propio hogar. Mi padrastro era más cruel y despiadado que cualquier monstruo de ninguna historia.

No sabía si hacerle saber aquella verdad haría que Halden tuviese más o menos miedo por el día en el que Ryder y él iban a ser enviados a la guerra. Definitivamente no me serviría a mí de nada si Leigh y yo éramos las siguientes en ser obligadas a luchar en la batalla.

La verdad era que nuestro rey Gareth lo hacía lo mejor que podía, pero Onyx tenía un ejército muy superior, mejores armas, unos aliados más fuertes, y estaba segura de que tenía otras tantas ventajas incontables de las que no sabía nada. Al menos podía prometer que Onyx no estaba ganando esta guerra por algún monstruo gigantesco que rugía en la noche.

El suspiro de mi madre me sacó de los pensamientos sobre criaturas malvadas y aladas, y me transporté de nuevo a nuestra acogedora cocina de madera. Los últimos vestigios de luz se deslizaron a través de la habitación, e hicieron que las llamas bailarinas de la chimenea arrojaran sombras sobre el rostro amarillento de mi madre.

—La rosa de mi día es este estofado, y mis dos preciosas hijas sentadas aquí conmigo. Mi amable y responsable Arwen. —Se giró entonces hacia Leigh—. Mi valiente e intrépida Leigh.

Tragué, y la sangre se me heló. Sabía lo que iba a decir después.

—Y mi espina es mi hijo, al que echo tantísimo de menos. Pero ha pasado un año desde que supimos nada de él. Creo que… —Tomó aire—. Creo que es hora de que aceptemos que…

—Está bien —la interrumpí—. Ryder está bien. No puedo ni imaginar lo difícil que será mandar una carta en las condiciones en las que debe de estar.

—Arwen… —comenzó a decir mi madre, en un tono dulce y reconfortante que hizo que me picara la piel con tanta amabilidad.

Pero la interrumpí balbuceando.

—¿Te imaginas tratar de mandar una carta a un pueblo tan pequeño como el nuestro desde la jungla? O… ¿desde el bosque? ¿O desde mitad del océano? Quién sabe dónde se encuentra.

Empezaba a sonar como una histérica.

—A mí también me pone muy triste, Arwen. —La pequeña voz de Leigh era incluso más difícil de soportar—. Pero creo que mamá quizá tenga razón.

—Es sano hablar de ello —dijo mi madre, y tomó mi mano entre las suyas—. Tenemos que hablar de lo mucho que le echamos de menos, lo difícil que será seguir viviendo sin él.

Me mordí el labio, ya que sus rostros serios estaban partiéndome en dos. Sabía que tenían razón, pero decirlo en voz alta...

A pesar de que el contacto era reconfortante, aparté la mano de la de mi madre y miré a través de la ventana. Dejé que la brisa de la noche soplara sobre mi rostro, y cerré los ojos ante la sensación.

Los pulmones se me llenaron del aire del anochecer.

No podía hacer que aquello fuese más difícil aún para las dos.

Agarré el cuenco con ambas manos para impedir que me temblaran, y me giré para mirar a la única familia que me quedaba.

—Tenéis razón. Es muy probable que no siga...

La puerta principal se abrió de golpe y emitió un ensordecedor sonido al estrellarse, y el cuenco que tenía entre las manos se me resbaló y se hizo añicos en el suelo. El intenso color naranja salpicó por todas partes como si fuese sangre fresca. Me volví y vi que mi madre se había quedado en shock. Frente a nosotras, respirando con dificultad, con la cara ensangrentada y apoyado contra el marco de la puerta para sujetarse un brazo torcido, estaba mi hermano Ryder.

DOS

Ninguno de nosotros se movió durante unos segundos. Y, entonces, todos nos movimos al mismo tiempo.

Yo me levanté de un salto con el corazón en la garganta, latiéndome en los oídos. Por la expresión de Ryder, era obvio que estaba herido, y mi madre se lanzó a por él con lágrimas en los ojos. Leigh se apresuró a cerrar la puerta a nuestra espalda mientras yo los ayudaba a llegar hasta la mesa.

Un alivio inmenso y abrumador me invadió, y apenas pude soportar la oleada de emociones.

Estaba vivo.

Evité respirar hondo, y observé a mi hermano. Miré su pelo arenoso y corto, los ojos de un azul intenso como las estrellas, y la complexión delgaducha y enjuta. Parecía tan extraño allí en nuestra pequeña casa… Demasiado sucio y delgado.

Leigh apartó hacia un extremo los cuencos de la mesa, y se subió directamente encima de ella para sentarse frente a él. Ryder tenía una mirada llena de alegría, pero había algo más titilando en sus ojos. Algo más oscuro.

Esperé a que la conmoción se disipara, pero el corazón siguió latiéndome tan rápido que parecía como si mi costillar traqueteara.

—¡Mira lo grande que estás! —le dijo Ryder a Leigh con una mano aún presionada contra el otro brazo.

Vendas. Necesitábamos más vendas.

Rebusqué en los cajones hasta encontrar algunas, y despúes agarré una manta y agua también.

—Aquí tienes —le dije, envolviendo a Ryder con la manta de forma algo brusca, y le di un beso en la coronilla con cuidado de no darle en el hombro.

—¿Qué te ha pasado? ¿Por qué has vuelto tan pronto? —preguntó Leigh, frenética—. Arwen, ¿qué le pasa? ¿Qué está pasando? ¿Mamá?

Nuestra madre no dijo nada, tan solo dejó que las lágrimas se le deslizaran por las mejillas en silencio. Ryder le agarró la mano.

Pero Leigh tenía razón. Por increíble que fuera tenerlo de vuelta… algo no andaba bien. Para que hubiese vuelto tan pronto y sin un batallón ni un desfile…

Por no mencionar la herida que le sangraba…

Debía de haber desertado.

—Cálmate —dijo Ryder con la voz ronca—. Y baja la voz.

—Leigh tiene razón —me obligué a decir—. ¿Cómo es que has vuelto? ¿Qué te ha pasado?

Arranqué la tela manchada de sangre de su camisa y la usé como torniquete sobre la herida del brazo. Era un corte profundo y nada limpio, y el líquido carmesí le fluía en riachuelos. En cuanto le toqué la piel, sentí en las palmas un cosquilleo familiar, y la carne rota comenzó a sellarse.

Cerrar la herida nos ayudó a ambos. Hizo que el corazón me latiera más despacio y me calmé un poco. Tras envolverle el brazo fuertemente con las vendas, me puse a trabajar para colocarle el hombro en su sitio.

Ryder cerró los ojos e hizo un gesto de dolor.

—Estoy bien. Vuelvo a estar con mi familia otra vez, eso es lo único que importa.

Se inclinó para darle un beso a Leigh y a mi madre en la frente. Leigh al menos aún contaba con los medios para simular asco y limpiarse el lugar donde le había dado el beso.

Mi madre sostuvo la mano buena de mi hermano entre las suyas, pero los nudillos se le pusieron blancos de apretar.

—Ry —le dije, perdiendo la paciencia—. Eso no es lo único que importa. ¿Dónde están los otros soldados? ¿Por qué estás sangrando?

Ryder tragó con dificultad y me miró directamente a los ojos.

—Hace unas semanas —dijo en voz baja—, nuestro convoy se encontró con un escuadrón de Onyx en tierra de Ámbar. Nos enteramos de que habían perdido algunos hombres, así que supusimos que sería fácil vencerlos. Nos acercamos a su campamento lentamente, pero aun así... —la voz ronca se le apagó—. Era una trampa. Sabían que iríamos a por ellos. Mataron a todos mis amigos, y a duras penas escapé con vida.

En ese momento me percaté de algo terrible, y me sentí fatal por haber tardado tanto en darme cuenta.

—¿Halden? —le pregunté, y apenas se me escuchó la voz. Sentí como si tuviera plomo en las venas.

—¡No! Arwen, no. —Me dirigió una mirada dolorida—. No estaba en nuestro convoy. Si... Si te soy sincero, llevo meses sin verlo ni tener noticias de él. —Ryder bajó la mirada con el ceño fruncido—. No pensé que fuera a salir de allí con vida...

Con un movimiento final, le empujé el hombro y se lo coloqué en su sitio.

—¡Ah! ¡Mierda! —soltó, agarrándose el hombro.

—Esa boca —dijo mi madre por costumbre, aunque estaba demasiado conmocionada para estar realmente enfadada.

Ryder movió el brazo en círculos de forma incierta, probándolo. Se puso en pie al ver que el hombro le funcionaba de nuevo, tan alto y desgarbado en nuestro pequeño hogar, y comenzó a pasearse de un lado a otro frente a nosotras. Yo me encorvé en la silla, debilitada, y le dirigí una mirada de preocupación a mi madre.

—Me escondí tras un roble. Pensaba que aquellos serían los últimos momentos de mi vida, que, en cualquier momento, me encontrarían y me arrancarían las extremidades. Había perdido a mis hombres, estaba herido… Todo se había acabado… y, entonces, mientras me hacía a la idea de que iba a morir, me di cuenta de que todos los hombres de Onyx se habían marchado. Ni siquiera me habían visto.

Lo observé con cuidado. Había demasiada alegría en su mirada. Y no era solo por haber conseguido llegar a casa, había algo más. Sentí algo instalándose en lo más profundo de mi ser.

—Así que empecé a retroceder muy lentamente, y literalmente me tropecé con una bolsa de dinero más grande que mi cabeza. Monedas de *Onyx*. —Hizo una pausa para mirarnos, pero creo que ninguna respiraba siquiera. Mi temerario e imprudente hermano…

Recé por que no hubiera hecho lo que temía que había hecho.

—Debieron de perderla tras la batalla. Así que la agarré y salí pitando de allí hasta llegar aquí. Llevo corriendo un día y medio.

Por todas las malditas Piedras.

—Ryder, dime que no… —dije en voz baja. Las llamas de la chimenea eran ya meras brasas, y arrojaban unas sombras danzantes en la habitación.

—El rey te matará —susurró mi madre—. Por haber abandonado a tu escuadrón.

—Bueno, eso ya no importa.

—¿Por qué no? —Apenas pude pronunciar aquellas palabras. Ryder suspiró.

—Estaba a solo unas horas de Abbington cuando vi otra horda de hombres de Onyx. Debieron de ver los colores de Onyx o sospechar de mí, porque me siguieron. Y…

—¿Los has guiado hasta aquí? —preguntó Leigh, y alzó la voz una octava.

—Shhh —susurró él—. Bajad la voz, ¿vale? No nos encontrarán si hacéis lo que os diga, y rápido.

Me giré para mirar por la ventana. Ni siquiera estaba segura de a quién (o qué) esperaba ver allí.

—¿Por qué no? —le pregunté—. ¿Dónde estaremos?

A Ryder se le iluminó la mirada.

—En el Reino de Granate.

Me hundí aún más en el asiento. Iba a vomitar.

Ryder debió de notar el horror en nuestra expresión, ya que se sentó y lo intentó de nuevo, más seriamente.

—He visto lo que hay ahí fuera. Es peor de lo que pensábamos. Están despedazando a nuestro reino en la batalla... No ganaremos. —La mandíbula le tembló al inhalar—. Los rumores son ciertos. Nos superan en número de forma terrible. Las mujeres serán las siguientes en ser llamadas a filas, y muy pronto. Arwen... Leigh y tú... no podréis escapar. —Miró entonces a nuestra madre y le agarró de nuevo la mano—. Y mamá, a ti te dejarán aquí. No quiero ni pensar en el aspecto que tendrá Abbington para ese entonces. Entre los motines y tu salud... —Se le apagó la voz cuando me miró. Sabía lo que estaba insinuando.

Me tragué la sensación que me revolvió el estómago.

—Granate está lo suficientemente lejos como para estar fuera de peligro, y lo suficientemente cerca como para poder llegar en barco. Podemos empezar de nuevo allí. —Miró de nuevo a nuestra madre de forma intencionada, y después a Leigh, y finalmente a mí—. Juntos, en algún lugar a salvo de una guerra que solo irá a peor.

—Pero no tenemos barco. —La voz dubitativa de mi madre me sorprendió. Yo le habría dicho más bien: «¿Es que has perdido la cabeza?».

—Hay suficiente dinero de Onyx como para pagarnos cuatro viajes en un barco esta misma noche. Tenemos que irnos ahora mismo al puerto. Llegaremos a Granate en solo unos días. Por mamá, tenemos que ser rápidos.

—¿Por qué? —susurró Leigh.

—Porque los hombres de Onyx no tardarán mucho en llegar. Aquí ya no estamos a salvo.

Y, con eso, la habitación se quedó de nuevo sumida en el silencio, excepto por el viento que hacía crujir las ramas tras la ventana que había a mi espalda. No pude mirar a mi madre ni a Leigh mientras le daba vueltas a la cabeza con un nudo en el estómago.

Las opciones estaban bien claras: quedarnos allí y observar cómo unos soldados enfurecidos le daban una paliza y mataban a Ryder en nuestra propia casa, quienes luego probablemente nos matarían a nosotras, o recoger todo lo que teníamos y viajar por mar a una tierra desconocida para empezar una nueva vida. No había garantía alguna de que estaríamos a salvo o sobreviviríamos con ninguna de las dos opciones.

Pero la esperanza era algo delicado.

Incluso la chispa de la idea de que nuestras vidas podrían ser más de lo que eran aquí en Abbington (Leigh y yo podríamos evitar ser llamadas a filas, seguir cuidando de mamá, e incluso conseguir más ayuda y mejores medicinas…) era lo suficientemente fuerte como para hacer que me pusiera en pie.

No quería abandonar Abbington. El mundo más allá de este pueblo era tan desconocido y vasto…

Pero no confesaría lo aterrada que estaba en realidad.

Cuidar de ellos era lo único por lo que había luchado. Por ser lo suficientemente fuerte como para protegerlos. Esta era mi oportunidad.

—Tenemos que irnos.

Leigh, Ryder y mi madre me miraron con la misma expresión de sorpresa, como si lo hubieran planeado.

Ryder fue el primero en hablar.

—Gracias, Arwen. —Entonces miró a Leigh y a mi madre—. Tiene razón, tenemos que irnos ya.

—¿Estás seguro? —le preguntó mi madre a Ryder, en un tono de voz tan bajo que era apenas un susurro.

—Sí —dije yo en su lugar, aunque no estaba segura. Para nada.

Pero aquello fue suficiente como para hacer que mi madre y Leigh comenzaran a meter de forma descuidada su ropa y sus libros en unas maletas que eran demasiado pequeñas. Ryder las siguió, y el brazo dolorido apenas le impidió agarrar todo lo que pudo.

Me dije a mí misma que aquello era un lujo. Una bendición. Si alguien de los que quedaban en Abbington pudiera permitirse aquel viaje, o tuviera algún sitio al que irse, se habría marchado hace años.

Corrí al exterior a recoger algo de comida de nuestro pequeño jardín para el viaje, y para despedirme de nuestros animales. Leigh ya estaba allí fuera, llorando apoyada contra nuestra vaca, Cascabel, y contra Pezuñas, nuestro caballo, nombres que les había otorgado Leigh cuando era más pequeña. Leigh adoraba a nuestros animales, y los alimentaba cada mañana y cada noche. En especial, Cascabel tenía un vínculo con ella que no podía ni imaginar en romper, ni siquiera por desesperación y hambre.

Los sollozos ahogados de Leigh se escuchaban en todo el redil, y comenzó a dolerme de verdad el pecho. Incluso sentí un sorprendente nudo en la garganta al acercarme a los animales. Sus preciosas caras habían estado presentes siempre también en mi vida, y de repente no podía imaginar despertarme en alguna parte sin ellas. Me acurruqué contra ambas, apoyé mi mejilla contra la suya, y sentí su cálido aliento contra mi cara, en contraste con el fresco aire de la noche.

Le acaricié la espalda a Leigh.

—Tenemos que irnos. Ve a por la bolsa con la medicina de mamá, yo ataré a los animales. Nora cuidará de ellos, te lo prometo.

Leigh asintió y se limpió la nariz con la manga, que era de un algodón pálido.

Pensé en Nora. ¿Me necesitaría en la enfermería? Era una mujer dura, pero la echaría de menos. En cierto modo, era mi única amiga.

Se me llenaron los ojos de lágrimas, por mis animales, por el trabajo, y por la humilde vida que había llevado aquí en Abbington. Por todos los pensamientos improvisados acerca de nuevas experiencias, ahora que tenía la oportunidad de realmente vivir algo más, estaba asustada de verdad.

Sentí otro pinchazo de tristeza cuando me di cuenta de que probablemente tampoco vería nunca a Halden de nuevo. Si es que regresaba sano y salvo, lo cual esperaba que hiciese, ¿cómo iba a encontrarnos en el Reino de Granate?

Ni siquiera podía dejarle una nota, ya que los soldados de Onyx la encontrarían.

Nunca sabría lo que podría haber pasado entre nosotros, y si habría llegado a amarlo. Aquel pensamiento me partió el corazón de nuevo. Estaba muy agradecida porque Ryder estuviese vivo y en casa, pero no tenía ni idea de que estaría despidiéndome de tantísimas cosas esa noche a causa de ello.

No quería marcharme. No podía evitarlo… eran demasiados cambios.

Cuando empezamos a desfilar hacia el exterior, observé mi casa una última vez. Parecía extremadamente vacía… ¿Cuán increíble era pensar que, tan solo dos horas antes, habíamos estado cenando estofado como cualquier otra noche? Y ahora huíamos a un país extranjero.

Cerré la puerta a mi espalda mientras Leigh ayudaba a nuestra madre a bajar por el camino de tierra. El puerto estaba a un pueblo de distancia, así que para ella sería una buena caminata. Me puse junto a Ryder, que aún cojeaba. Y quien, por supuesto, no me dejaba ayudarlo.

—No me lo puedo creer —le susurré.

—Lo sé. —Entonces miró a nuestra espalda. Yo seguí la dirección de su mirada con el corazón dándome un vuelco en el pecho, pero no había nadie allí.

Caminamos en silencio.

El sol ya se estaba poniendo tras las montañas de forma preciosa, y el cielo estaba teñido de rosa y morado, salpicado de nubes.

—Es que... —seguí diciendo—. Te vas a la guerra, nos dejas durante un año. Sinceramente, pensaba que estabas muerto. Y entonces vuelves a casa roto como un muñeco de trapo y con suficiente dinero robado como para empezar de nuevo en otro reino... ¿Quién eres? ¿Un héroe de leyenda?

—Arwen. —Se frenó y se giró para mirarme—. Sé que estás asustada. —Intenté protestar de forma débil, pero él siguió hablando—. Yo también lo estoy. Pero vi la oportunidad y la tomé. No quiero pasarme el resto de mi vida luchando por el Reino de Ámbar, no más de lo que tú quieres pasarte el resto de tu vida viviendo en este reino. Esto podría cambiarnos la vida. Y para mamá es una oportunidad de encontrar una cura. O para Leigh, una oportunidad de tener una infancia mejor. Es lo correcto. —Me agarró de la mano y me dio un apretón—. Ahora estoy aquí para cuidaros. No tienes de qué preocuparte.

Asentí, a pesar de darme cuenta de lo poco que mi hermano me conocía. Con gusto me pasaría el resto de mi vida aquí. O quizá, no con gusto, pero al menos estaría viva.

Seguimos andando, y la luz del atardecer se desvaneció tras las montañas, dejándonos sumidos en un tono azul polvoriento. Las sombras se alargaron en la carretera de tierra, y me encogí y giré ante cada sonido, ante cada cosa que veía escabullirse a mi alrededor, a pesar de que realmente no había nada allí.

Estaba observando con cuidado unos matorrales y buscando el origen de lo que juraría que eran unos pasos, cuando Leigh se puso rígida y se giró hacia nosotros, alarmada.

—¿Qué pasa? —solté, protegiéndola con mi cuerpo.

—No, es... La bolsa —susurró ella mientras rebuscaba entre sus pertenencias, horrorizada.

—¿Qué? —le pregunté, aunque el corazón se me detuvo por completo.

Ella miró a nuestra madre.

—Los viales que hay aquí están vacíos. —Se le derramaron las lágrimas por las mejillas y comenzó a volverse en dirección a la casa—. Su medicina... tenemos que regresar.

Un escalofrío terrible me recorrió entera.

No había echado la medicina en los viales de la bolsa. La había dejado en remojo, después había hecho la cena y... después Ryder había llegado a la casa.

Con todo el caos le había dicho a Leigh que recogiera la bolsa, pero no la había llegado a llenar.

De repente me latía tan rápido el corazón que podía escucharlo.

—Es culpa mía —susurré—. Tengo que volver corriendo a por ellos, no tardaré.

—No —dijo mi madre, más severa de lo que nunca la había escuchado—. No seas ridícula, ya nos estamos arriesgando lo suficiente. ¿Quién sabe cuánto llevan siguiendo a tu hermano? Estaré bien.

—No, mamá, lo necesitas. Arwen es rápida. —Ryder se giró para mirarme—. Corre, rápido, o no llegarás al barco.

Pero sabía lo que estaba insinuando: que quizá me encontraría con los soldados que iban tras su pista. Leigh ahora lloraba de verdad, pero trató de ahogar sus sollozos con valentía.

—Enseguida vuelvo, os veré en el puerto. Os lo prometo.

Y salí corriendo sin esperar siquiera sus protestas.

No podía creerme lo estúpida que había sido.

Después de la presión que me había impuesto para proveer a mi familia y seguir los pasos de Ryder... De no tener tanto miedo.

Corrí por el camino de tierra, pasé por casas llenas de familias que se daban las buenas noches y apagaban las chimeneas. La luna ya estaba alta en el cielo, y un azul de medianoche había reemplazado la pálida luz de la tarde.

La carrera de vuelta a la casa me concedió una pausa necesaria. Un sentimiento de calma me invadió y calmó mi ansiosa mente. El latido de mi corazón se volvió rítmico, así como mis pasos. *Paso, paso, paso*. Para cuando volví a nuestra casa, ya me sentía algo mejor.

Me escondí durante un momento tras un manzano solitario, pero no había soldados, ni caballos, ni carretas cerca de nuestra casa. Tampoco había ningún ruido ni luces en el interior.

Cascabel y Pezuñas estaban calmados, ambos comiendo heno de forma tranquila.

Exhalé, y el sudor que tenía en la cara por la carrera se me enfrió.

Tal vez Ryder estuviera equivocado y no lo habían seguido para nada. O, lo que era más probable, habían dejado de perseguir a un solitario ladrón.

Ahora podía ver que todo iría bien.

Mientras nos mantuviésemos juntos, podríamos salir de aquella. Yo saldría de aquella.

Abrí la puerta con un suave chirrido, y me encontré cara a cara con once soldados de Onyx, sentados alrededor de la mesa de la cocina, entre las sombras.

TRES

—Alguien se ha marchado a toda prisa...

Aquella voz ronca me provocó un escalofrío que me bajó por la espalda como si fuese un cuchillo romo.

El dueño de la voz era un aterrador hombre que descansaba frente a mí con las botas llenas de barro puestas encima de la mesa que Ryder había tallado con cuidado hacía ya muchos veranos.

Me invadió un horror que apenas me dejaba pensar en nada más. La boca se me quedó demasiado seca como para tragar saliva. No perdí ni un momento para evaluar el resto de la escena que había ante mí. Me di media vuelta y me preparé para huir a toda velocidad, pero un joven soldado con cicatrices en la cara me agarró del pelo y tiró de mí hacia atrás con facilidad.

Sentí un pinchazo de dolor en el cuero cabelludo, y pegué un grito.

La puerta se cerró de un portazo a mi espalda y el soldado me arrastró hacia el interior. Noté el olor metálico de la sangre. Recorrí mi hogar con la mirada: en una esquina había un soldado calvo que sangraba sobre nuestro suelo de madera, con un uniforme de Onyx que claramente no le quedaba bien, ya que era demasiado pequeño para lo grande que era. Tenía una herida abierta que prácticamente le había cortado el torso en dos, y dos soldados estoicos junto a él trataban de envolvérselo con una tela, sin éxito. El gran soldado se quejó del dolor, y mi poder se revolvió en la punta de mis dedos, deseando ayudarle a pesar de su credo y sus colores.

Traté de no pensar en qué tipo de convoy casi pierde a un hombre y continúa irrumpiendo en casas y agarrando a jovencitas del pelo como si no fuera nada.

Todos los soldados vestían una armadura de cuero negra, algunos de ellos tachonados con decoraciones de plata. Unos cuantos llevaban unos cascos oscuros que parecían calaveras amenazadoras y huecas, y resplandecían bajo la moribunda luz de las velas de la cocina. Había otros que no tenían ningún yelmo, lo cual era incluso más aterrador incluso, ya que tenían el rostro ensangrentado y una expresión fría.

A ninguno de los soldados parecía molestarle para nada la horrible escena que sucedía en la esquina. No eran para nada como nuestros hombres de Ámbar; hacían que nuestros soldados pareciesen niños pequeños... Lo cual, para ser sinceros, era la realidad. Estos eran guerreros amenazadores y brutales que jamás habían sido reclutados, sino que habían entrenado toda su vida con solo una cosa en mente: matar.

Y ¿qué otra cosa había esperado? El malvado rey de Onyx era conocido por su crueldad, y había construido su ejército a su semejanza.

—¿Cómo te llamas, chica? —preguntó el mismo soldado que había hablado antes.

Era uno de esos hombres cuya armadura de cuero estaba adornada con los pequeños tachones de plata. No llevaba ningún yelmo, tenía el rostro cuadrado, unos ojos pequeños y ninguna arruga causada por sonreír a la vista.

Reconocí a aquel tipo de hombre enseguida.

No en apariencia, pero su mueca y esa fría confianza en sí mismo... La rabia que bullía tras su mirada.

Había crecido con ese hombre.

Exhalé de forma temblorosa.

—Arwen Valondale. ¿Y el vuestro?

Los hombres se rieron entre dientes, rezumando crueldad y rencor. Me encogí sobre mí misma sin pretenderlo.

—Puedes llamarme teniente Bert —dijo con el labio enroscado—. ¿Qué tal estás?

Se rieron aún más alto, envalentonados por su líder. Me mordí la lengua. Había algo en ellos que no sabía cómo explicar. De ellos parecía emanar un poder en oleadas. Me estremecí tanto que las rodillas me chocaron la una contra la otra en un ritmo discordante. No me sorprendió entonces que aquellos monstruos hubieran matado a todo el convoy de Ryder con facilidad. Les di las gracias en silencio a todas las Piedras de que, de algún modo, él sí hubiera podido escapar con vida.

—Vamos a hacer esto rápido, lo cual es más de lo que algunos de mis colegas te ofrecerían. Hemos seguido a un joven hasta esta casa. Nos robó una gran cantidad de dinero, y querríamos que nos la devolviera. Si nos dices dónde está, te mataremos rápidamente. ¿Te parece un trato justo?

Apreté las rodillas y me tragué un grito ahogado.

—No sé dónde está el hombre que vive aquí. —Tragué con dificultad, devanándome los sesos por si había alguna prueba condenatoria en la casa que pudiera vincularme a Ryder—. Solo venía a pedir que me prestaran un poco de leche. He visto que tenían una vaca.

Bert apretó los labios hasta que no fueron más que una fina línea. Sabía que estaba mintiendo, ya que se me daba fatal mentir. El corazón me dio un vuelco.

Bert sonrió con una expresión vacía en los ojos, y entonces le hizo un gesto al hombre de las cicatrices que aún tenía mi trenza sujeta en el puño.

—Mátala, entonces. No nos sirve de nada.

El soldado que había a mi espalda dudó durante un segundo, pero comenzó a arrastrarme hacia la puerta principal.

—¡Esperad! —le rogué.

El soldado se paró en seco y me miró. En sus ojos marrón oscuro no había nada más que crueldad.

Tenía que pensar, y muy, muy deprisa.

—Tu hombre —le dije directamente a Bert, saltándome las formalidades— va a morir en unos minutos si no recibe ninguna ayuda.

Bert soltó una carcajada.

—Vaya, ¿cómo has llegado a esa conclusión? ¿Quizá tiene los intestinos colgando por fuera?

—Soy sanadora —le dije con una valentía que no sentía en realidad—. Están limpiándole mal la herida, y le va a dar septicemia.

Aquello era cierto. El hombre estaba convulsionando, y había riadas de color rojo saliéndole del abdomen y manchando la madera de mi casa.

Bert negó con la cabeza.

—No creo que tenga salvación, ni siquiera con la ayuda de alguien como tú.

Pero se equivocaba.

—Déjame intentarlo a cambio de mi vida.

Bert se mordió el interior de la mejilla. Les recé a todas las Piedras que aquel hombre moribundo robusto y blando fuera alguien que tuviera algo de valor.

Pasaron los minutos.

Una vida entera.

—Todo el mundo fuera —ordenó Bert por fin al resto de sus hombres.

Dejé escapar un largo suspiro, y el hombre que me agarraba el pelo me soltó. Me froté la cabeza: tenía la piel sensible y dolorida. Pero eso era lo de menos.

Los soldados desfilaron hacia fuera uno a uno. Incluso los dos que se habían ocupado del hombre herido se levantaron sin cuestionarlo y se marcharon por la puerta con una expresión en blanco, y nos dejaron a Bert, al paciente en el suelo y a mí a solas. El teniente bajó los pies de la mesa y se levantó con un suspiro. Se crujió el cuello, aparentemente agotado por aquel cambio de planes, y entonces señaló con un gesto al hombre moribundo.

Cuando me moví, sentí como si tuviera piernas hechas de plomo y estuviera bajo el agua, hasta que por fin me arrodillé junto al hombre, con Bert merodeando a mi espalda.

—De todas formas, habría sido una gran pena —dijo Bert, que estaba más cerca de mí de lo que me gustaría—. Matar tan rápido a una chica tan dulce y delicada… Antes de que cualquiera pudiera haberla usado bien. —Olía a cerveza, y me eché hacia atrás, lo cual solo pareció deleitarlo—. Cúralo, y veremos lo generoso que me siento entonces.

Me giré hacia el hombre herido, y su rostro estaba bañado en terror. Lo entendía perfectamente.

—Todo irá bien, señor.

Se le habían roto dos de las costillas en un ángulo extraño, y la carne de su cavidad torácica estaba destrozada y hecha jirones, como si algo hubiese salido de dentro de él. Aquello no era una herida hecha por espada ni flecha, y no había quemaduras que pudieran sugerir que había sido un cañón ni una explosión.

—¿Qué ocurrió? —pregunté en voz baja sin pensar.

El hombre corpulento intentó hablar con un horrible sonido ronco, pero Bert lo interrumpió.

—Ahí fuera hay cosas mucho más horripilantes que yo, chica. Cosas que no podrías ni imaginar.

Odiaba su voz, que era como el traqueteo de una botella de ginebra vacía, y la forma en que me observó de arriba abajo, deteniéndose parar mirarme fijamente el pecho sin pudor.

—Necesito alcohol y telas limpias. ¿Puedo recorrer la casa para ver lo que encuentro?

Bert negó con la cabeza con un brillo en la mirada.

—¿Te crees que soy idiota? —Se sacó una petaca de una de las botas y me la pasó—. Aquí tienes el alcohol. Puedes usar tu propia camisa, a mí me parece que está bastante limpia.

Con una frialdad que no sentía, agarré la petaca de sus manos, cuyos nudillos estaban manchados de tierra, y me volví hacia el soldado herido.

Me había pasado toda la vida escondiendo mi poder, sin dejar que nadie viera exactamente lo que era capaz de hacer. Mi madre me había dicho años atrás que siempre habría gente que trataría de aprovecharse de mi don, y aquello fue mucho antes de la guerra. Ahora todos sufrían, todo el rato, y mi habilidad era incluso más valiosa.

No había manera de curar a aquel hombre sin usar mi habilidad. Moriría en la próxima hora, si es que no ocurría antes. Pero no podía usar mi poder sin que Bert lo viera. Incluso si fingía lanzar un encantamiento, mi poder no se parecía a la magia de una bruja. No aparecía ningún viento, nada de electricidad estática. Tan solo me salía de los dedos.

Incluso si no estuviera justo detrás de mí, *mirándome,* si el soldado corpulento se levantaba y se marchaba de esta casa por su propio pie después de una herida como aquella, no sería capaz de atribuirlo a mis excelentes habilidades quirúrgicas.

Un furioso escalofrío me recorrió la espalda debido a la decisión que se abría ante mí.

Pero, en realidad, no había decisión alguna: no podía dejar que el hombre muriera, y tampoco podía dejar que me mataran.

Me preparé.

—Esto te va a doler —le dije al hombre corpulento.

Él asintió de forma estoica, y yo derramé mi espíritu sobre su herida sangrienta y en mis manos. Se quejó de dolor, pero se quedó quieto.

Entonces sostuve las manos sobre su pecho y respiré hondo.

Mis sentidos latieron a través del soldado en un zumbido, y sentí cómo los órganos se unían de nuevo, la sangre fluía más despacio, y el pulso se ralentizaba. La piel comenzó a sellarse y a formar carne nueva que brotó bajo la palma de mis manos.

El latido de mi corazón también se ralentizó. La adrenalina se enfrió en mis venas, y la tensión de mi estómago se aflojó. Abrí los ojos y miré al hombre corpulento. Tenía una mirada estupefacta mientras observaba cómo su propio cuerpo se arreglaba como si fuese el de un juguete roto. La respiración del hombre se calmó a un ritmo menos aterrador, y la herida se convirtió en una cicatriz irregular y rosada que le atravesaba el abdomen.

Suspiré y cerré los ojos, lo suficiente como para armarme de valor. Ahora lo único que le hacía falta era un vendaje, y no iba a dejar que el terco del teniente me humillara. En un rápido movimiento, me saqué la túnica por la cabeza, y eso me dejó con solo una fina camisola sin mangas. Traté de ignorar la abrasadora mirada de Bert sobre mis pechos.

Envolví la camisa alrededor de la herida del hombre corpulento, y la até con fuerza.

Bert se mantuvo a mi espalda, y caminó de un lado al otro de la cocina de forma contemplativa. Estaba decidiendo mi suerte.

Apenas podía respirar. Jamás había sentido un miedo así, que hacía que me temblaran la mandíbula, las manos, e incluso los huesos.

—Gracias, teniente —dijo con la voz ronca el hombre corpulento, pero Bert aún estaba sumido en sus pensamientos. El hombre corpulento se giró hacia mí—. Y gracias a ti, chica.

Asentí casi de manera imperceptible.

—¿Cómo lo has hecho? ¿Eres una bruja?

Negué con la cabeza.

—¿Cómo te sientes?

Dije aquellas palabras en una voz tan baja que no estaba segura de haberlas pronunciado.

—Me siento mucho menos cerca de la muerte.

—De acuerdo —soltó entonces Bert—. Vámonos en busca del chico. Nos llevamos a la chica.

No, no, no, no…

No podía hablar, no podía respirar… Estaba demasiado aterroriza-da, y aquello hizo que me latiera el corazón tan rápido que estuve a punto de vomitar sobre el soldado corpulento que había frente a mí.

No podía dejar que encontraran a mi familia. No podía dejar que Bert se acercara a Leigh. Le dirigí una mirada suplicante al hombre corpulento, y tuvo la decencia de al menos parecer más dolido incluso que cuando había estado a punto de morir.

Pero ya estaban entrando de nuevo dos soldados para ayudar a sacarlo de allí.

Recorrí la cocina con la mirada. Bert se había marchado afuera.

Si iba a intentar huir, aquella probablemente sería mi única oportunidad.

Sentí el latido de mi propio corazón en mis oídos. Me levanté de un salto y corrí en dirección a los dormitorios. Tenía mucho me-jor oportunidad de conseguir salir por las ventanas que por la puerta principal, donde estarían esperándome todos los hombres con sus armaduras. Los dos soldados me gritaron para que parase con unas voces graves que me vibraron en los huesos y los dientes… Pero seguí avanzando, esquivé una mano tras otra que se abalanzaba so-bre mí. Rodeé la chimenea, pasé junto a la mesa de la cocina y abrí de un portazo el dormitorio de mi madre.

Allí estaba la ventana.

Justo encima de su cama, con las sábanas y mantas aún arruga-das. Olía a ella: salvia, sudor y jengibre.

Estaba tan cerca.

Tan cerca…

Pero también estaba tan cansada. Entre curar al señor Doyle, el hombro de Ryder y el abdomen entero del hombre corpulento, es-taba agotada y mareada, no tenía fuerza en las extremidades, y mi respiración era irregular. Forcé las piernas tanto como pude, la vista se me nubló, y por fin, *por fin* rocé con los dedos las cortinas de cuadros que rodeaban la ventana…

Y entonces una mano callosa me rodeó el hombro y tiró de mí hacia atrás con una fuerza inconmensurable, estrellándome contra su pecho.

No. *No.*

—Vaya, tenemos a una rapidilla, ¿eh? —le dijo al soldado que jadeaba y al que había evitado por muy poco al rodear la chimenea.

—Por las Piedras, y tanto —dijo, jadeante, con las manos sobre las rodillas.

Se me escapó un grito de la garganta, furioso, salvaje y bañado en temor.

—Ya basta —soltó el soldado, poniéndome la mano llena de barro seco sobre la boca y la nariz.

No podía *respirar*.

Moví las manos de forma salvaje, y por fin me soltó la cara para sujetarme los brazos con ambas manos.

—No me hagas dejarte inconsciente, chica. No quiero hacerlo, pero lo haré si no te callas.

Me mordí la lengua hasta que me dolió.

Tenía que controlarme. Tenía que...

Los dos soldados me condujeron hacia el exterior, donde estaban el resto de los hombres de Onyx montados a caballo. *Por todas las malditas piedras.* Incluso los caballos eran aterradores. Eran de un color negro azabache, con la crin despeinada y salvaje, y los ojos sin pupila alguna.

No pude mirar en dirección a donde estarían Cascabel y Pezuñas, ya que no quería saber si aquellos crueles hombres los habían dejado vivos. Pensé en Leigh y en mi madre, en lo que verían si volvían a por mí. La sangre en el suelo...

Traté de zafarme del soldado que tenía a mi espalda, pataleé y jadeé.

—Venga, chica. Ya te has divertido, pero basta ya. —El soldado que había detrás de mí me pegó a él hasta que me quedé quieta.

Estaba tan cansada, tenía tanto frío...

Pero no podía dejar que fueran tras Ryder, tras mi madre y Leigh...

Me giré y llamé a Bert, quien estaba montado sobre uno de los caballos del color de la noche.

—Deja a mi familia en paz, e iré por mi propia voluntad.

Bert se rio, un sonido horripilante que retumbó a través de la noche.

—¿Acaso parezco asustado de que te resistas un poco? Tú espera a que el rey te vea. —Aquella asquerosa sonrisa resplandeció bajo los rayos de luz de luna que se filtraban a través de los árboles, y se le vieron los amarillentos dientes—. Además, creía que no conocías al chico.

Estaba a punto de vomitar absolutamente todo lo que tenía en el estómago.

—Es mi hermano. Vosotros tenéis dinero suficiente, pero ¿cuántos sanadores? Si voy por voluntad propia, significa que os ayudaré. Te curaré a ti y a tus hombres. ¿Acaso puede hacer eso el dinero robado?

Bert no respondió, así que los hombres lo miraron, esperanzados. El silencio me volvió más valiente.

—Si los perseguís, jamás trabajaré para vosotros. Podéis torturarme, matarme... pero no haré nada si les hacéis daño.

No estaba segura de si era un farol o no.

—De acuerdo.

Y aquello fue todo lo que dijo.

Fue tan abrupto que casi me olvidé de sentirme aliviada.

Antes de darme cuenta de lo que estaba haciendo, el soldado que tenía a mi espalda me ató las muñecas delante de mí. El cordel estaba áspero y me picaba, y la respiración se me aceleró.

No me gustaba sentirme atrapada.

Con la cabeza y el corazón dándome vueltas, estaba tan conmocionada que ni siquiera podía llorar. Estaba yéndome de Abbington. Pero no en dirección a Granate con mi familia.

No, para ir a Onyx.

Sola.

El reino más peligroso de todo nuestro continente. Y con una manada de los hombres más letales que había conocido jamás.

Me pregunté de forma distraída si el rey sabría siquiera lo de su dinero perdido. No me parecía probable. Aquello parecía más una misión personal orquestada por un teniente avaricioso que ahora volvería a casa con una sanadora nueva y presumiría de lo que había encontrado.

Sentí la bilis subiéndome por la garganta.

El soldado que tenía a mi espalda tiró de mí hacia él mientras nuestra letal procesión comenzaba a desfilar en la noche, algunos a caballo y otros a pie. Lo único a lo que podía aferrarme era el saber que mi familia iba a estar a salvo. Ahora tenían suficiente dinero para emprender una nueva y preciosa vida, a salvo, y aquello era lo único que podía desear. Se lo merecían.

Sentí un escalofrío frente a la enormidad ante la que me había rendido. Los horrores a los que había hecho alusión Bert. Lo más probable era que me violaran, torturaran o mataran, si es que no ocurrían las tres cosas. Por todas las piedras, ¿qué era lo que había hecho?

El aire fresco de la noche me golpeó, y recordé que no llevaba mucha ropa puesta. Me sonrojé, pero no podía taparme demasiado con las manos atadas frente a mí.

Llevábamos caminando en silencio horas. Ante cualquier cambio en la respiración de alguien, o ante cualquier comentario suelto de los hombres, se me encogía el estómago, ya que estaba segura de que habían decidido matarme después de todo. De hecho, de vez en cuando alguno de los soldados le decía algo a otro, y trataba de escucharlo, pero aquellos hombres eran como bestias bien adiestradas.

Dejé de reconocer mi entorno, y los árboles y ramas comenzaron a parecer exactamente iguales. También dejé de preguntarme si aquellos hombres planeaban acampar para pasar la noche. Había visto unos pocos mapas en toda mi vida, en especial cuando era una niña e iba a clase, y por lo que recordaba Onyx estaba lo más alejado en el continente posible sin cruzar el Mar Mineral. Imaginaba que viajaríamos durante meses, y mis pies protestaron ante aquella idea.

Y, sin embargo, ninguno de ellos parecía cansado en absoluto. Realmente eran de una especie diferente.

Pero había algo que no tenía sentido. Aquellos hombres no tenían herramientas, ni campamento, ni carruajes... ¿Cómo sobrevivirían? ¿Cómo sobreviviría yo?

El soldado que me había atado las manos comenzó a arrastrarme tras él cuando empecé a cansarme. Estaba mentalmente agotada, y físicamente empezaba a estarlo también. Cuando me tropecé sobre algunas ramas muertas, se giró para mirarme con algo que era pena o asco. Era difícil de decir con el yelmo de hueso y acero que llevaba.

—Pronto —dijo él, y nada más.

Aquello solo me hizo sentir peor.

Cuando ya estaba segura de que solo me quedaban unos minutos más de fuerzas, llegamos a un claro. Debía de ser ya pasada la medianoche. La extensión de tierra y paja estaba bañada por la oscuridad, así que tuve que entrecerrar los ojos para ver por dónde pisaba. Mis pies, tobillos y gemelos protestaron con cada paso que di, ya que los tenía tan doloridos que incluso estar de pie me dolía. Los hombres hicieron una pausa y se miraron los unos a los otros a la espera, y entonces lo escuché.

Un estruendoso sonido atravesó la noche, como el de un gigantesco tambor, o el romper de las olas de un mar embravecido. Me asusté, y busqué por el claro qué monstruo podía estar haciendo tal sonido, pero no vi nada entre los árboles que nos rodeaban. Los golpes aumentaron hasta volverse ensordecedores, y resonaron a través de mi cráneo como un tambor de guerra.

Se levantó un viento a nuestro alrededor que me llenó el pelo y los ojos de polvo. Con las manos atadas tan solo pude cerrar con fuerza los ojos y escuchar con un miedo desenfrenado mientras el sonido se hacía más y más fuerte. Casi agradecí estar rodeada de aquellos hombres que más bien eran como armas andantes. Aunque no era como si ninguno de ellos fuera a tener la mínima intención de salvarme, pero tenía una mayor oportunidad de sobrevivir a lo que fuera aquello con ellos a mi alrededor.

Escuché un golpe estridente cuando la criatura aterrizó en la hierba que había frente a nosotros, levantando nubes de polvo a mi alrededor. Tosí, y el golpe sordo del suelo me retumbó a través de las rodillas y de los tobillos debilitados. Me llegó una mezcla de olores como a leña, ceniza y madera de cedro fresca. Cuando el polvo se asentó, abrí los ojos.

Ante mí se encontraba el animal más aterrador que había visto en mi vida.

O, más que un animal, una bestia. Un monstruo...

Era un dragón adulto, negro como el azabache, cubierto de escamas puntiagudas y brillantes. Era más aterrador, antiguo y poderoso que cualquier cosa que pudiera haber imaginado de un libro o una historia para niños. Estiró las gigantescas alas parecidas a las de un murciélago, y que terminaban en garras plateadas, y aquello exhibió la panza también plateada y reluciente. Tenía una cola con púas negras, y la movió suavemente de un lado al otro sobre la tierra.

El teniente se acercó a la bestia sin miedo, y para mi sorpresa, pareció *hablarle* a la colosal criatura.

Me quedé boquiabierta.

Entonces no era un monstruo, sino una... mascota. ¿El Reino de Onyx tenía dragones por mascota?

Observé al resto de los hombres, pero nadie parecía asustado ni sorprendido. Se dirigieron a la espalda de la criatura, la cual era lo suficientemente amplia como para acomodar a un grupo el doble de grande si era necesario.

Cuando el soldado me empujó hacia delante, solté un pequeño quejido y planté los pies en el suelo. Ni siquiera me di cuenta de lo que estaba haciendo. Deseé ser una chica valiente y capaz de subirse a un dragón, pero ciertamente los acontecimientos de aquella noche me habían dejado sin una pizca de coraje. Tiró de mí hacia él a pesar de mis protestas hasta que estuve junto a la garra derecha abierta. Las cuatro afiladas uñas estaban manchadas de un color rojo oxidado, y decidí fingir que aquello no era sangre.

Me obligué a mirar a cualquier otro lado.

—No pasa nada, la bestia no te hará daño —me dijo el hombre corpulento desde la espalda del dragón, donde estaba tumbado con una mano sobre la herida.

Asentí, pero noté un sabor a ácido en la boca.

El soldado por fin me desató las muñecas para que así pudiera subirme al dragón.

—No te hagas la listilla, chica.

De todas formas, estaba demasiado cansada para huir.

—No es que tenga ningún sitio al que huir.

Cuando me subí sobre el dragón, noté que las escamas estaban frías y suaves bajo las palmas de mis manos, y le eché un vistazo a su ojo reptiliano. Era de un intenso color naranja, y estaba rodeado de gris. El dragón me miró, y pareció suavizarse de forma imperceptible. Pestañeó e inclinó la cabeza ligeramente. Aquel simple movimiento fue tan inofensivo y encantador que me relajé un poco.

Una vez que estuve instalada, me froté las muñecas doloridas, ya que tenía heridas y sangre donde había estado la cuerda. Miré la espalda de la criatura y la cola, donde había un bulto envuelto en arpillera y lleno de manchas escarlatas. Una bota de Onyx sobresalía de ella.

El estómago se me encogió de ansiedad.

Había un cadáver sobre la bestia, junto con nosotros.

Volví a mirar al hombre corpulento. Probablemente algo horrible había pasado esa noche. En algún punto entre la herida del hombre corpulento, la sangre de las garras del dragón y el cadáver que había allí, había una historia que no deseaba descubrir.

Traté de agradecer que, al menos, nada me había atravesado el torso. Por ahora.

Una vez que todos los soldados estuvieron a bordo, apenas tuve tiempo de echarle un vistazo a mi pueblo, a mi vida entera, antes de que la bestia saliera disparada por el aire. Me quedé sin aliento cuando se lanzó hacia arriba. Había poco aire, y estaba helado. Los ojos se me llenaron de lágrimas cuando el frío de la noche se estrelló contra mi rostro. Me agarré a las escamas rugosas de la criatura como si me fuera la vida en ello, y recé por que no estuviese haciéndole daño con las manos.

Los ojos me escocían por el viento, y aparté la mirada del cielo para ver a los hombres. Parecían estar tranquilos, algunos de ellos echados sobre las alas extendidas del dragón, otros con una postura informal, rodeando las garras con un brazo. Volví a mirar a Bert, y en ese momento él también me observaba con un propósito. No era solo sexual, aunque su mirada también era lasciva. Era más como si estuviera atravesándome el alma con la mirada. Como si estuviera fascinado. Un escalofrío me recorrió la espalda: había visto mis poderes. Aquello me exponía más que la camisola que llevaba puesta.

Me encogí sobre mí misma y me obligué a apartar la mirada de su horrible cara.

Seguimos subiendo y subiendo hasta ascender por encima de las nubes. Desde allí arriba, mi mundo parecía incluso más pequeño de lo que había creído posible. Así era como los soldados de Onyx debían de estar moviéndose por el continente con tanta facilidad. Me pregunté cómo no habían atrapado a mi hermano antes. Pero al pensar en él y en el resto de mi familia, se me encogió el corazón.

No volvería a verlos.

Apreté los dientes hasta que me dolieron... No podía hundirme ahora.

Tenía que aguantar hasta que tuviera la oportunidad adecuada, y solo entonces me permitiría desmoronarme por completo.

Aquella era la ocasión perfecta para hacer uso de ese optimismo que tantas veces me habían dicho que tenía de sobra.

Pero me temía que no había ninguna manera de ver el lado positivo a ir volando en un gigantesco dragón con cuernos hacia territorio enemigo. Miré la tierra que había debajo de mí, oscurecida por la noche, y vi cómo la única vida que había conocido desaparecía de mi vista.

·CUATRO·

Un cinturón chasqueó contra mi espalda, y enseguida lo sustituí con las manos y encontré allí una herida abierta y ensangrentada. Un ojo naranja y brillante me observó... y vio mi mismísima alma. Un poder que no podía describir hormigueó en la punta de mis dedos, dentro de mis huesos, en los recovecos de mis recuerdos...

Me desperté sobresaltada.

Me desorienté con la oscuridad que había a mi alrededor. Casi podía distinguir la forma orgánica de las ramas, troncos y vides, pero todo lo demás estaba sumido en tonos de azul y negro, y la luz de la luna apenas iluminaba nada. Unos cuerpos pasaron por delante de mí uno a uno, y de repente recordé dónde estaba y lo que había ocurrido. La confusión dio paso a una sensación creciente de temor. El terror me revolvió el estómago y me hizo apretar la mandíbula. Lo sentí en los huesos...

El hombre corpulento, que ahora caminaba a un ritmo constante y lento ante la sorpresa de sus compañeros, me dio un empujoncito hacia delante, así que me bajé de la bestia. Mis piernas se movieron antes de que mi mente diera la orden.

Sin darme cuenta, toqué el alargado cuello de la criatura para estabilizarme a causa del temblor que tenía en las piernas. Me miró con aquellos ojos tan extraños, y conseguí esbozar una débil sonrisa. *No me comas,* fue lo único que pude pensar. Se me ocurrió de forma difusa que probablemente seguía en shock.

Fue entonces cuando noté el insoportable frío. Hacía mucho más frío aquí en el norte, y se me puso toda la piel de gallina, y los labios y la nariz se me entumecieron.

El resto de los soldados ya habían avanzado y se perdieron en la oscuridad, ya que no estaban interesados en la nueva chica capturada. Quizás aquello fuera una pequeña bendición. El hombre corpulento me ató de nuevo las muñecas con la cuerda, e hice un gesto de dolor al sufrir el mismo daño en la piel ya dolorida.

Se escuchó a mi espalda un sonido como el restallar de un trueno, y me giré a tiempo de ver a la criatura despegar hacia el cielo. El polvo se me metió en los ojos, y para cuando pude abrirlos otra vez, ya no pude distinguir la forma del dragón en la oscuridad. Se fue tan rápido como había llegado, y era como si hubiese imaginado a la criatura.

Excepto que mi imaginación no podría haber construido una criatura tan perturbadora.

Me quedé mirando el sitio donde había desaparecido la bestia, la oscuridad con relieves de la noche, el bosque y los árboles…

Mi única manera de volver a casa acababa de desaparecer volando.

El hombre corpulento me dio un empujón, y sentí un pinchazo de dolor en las muñecas en respuesta. Pero conseguí avanzar un paso, y después otro y otro. Bert y el hombre corpulento caminaban delante de mí, y dos soldados cargaban con el cuerpo envuelto en arpillera a nuestra espalda.

Lo único que podía distinguir bajo la escasa luz de la luna eran unos árboles retorcidos y una abundante vegetación que me rozaba las espinillas mientras caminaba.

Claramente no estábamos en Willowridge, la capital del Reino de Onyx. No había ciudad alguna, ni vida, ni ruidos. Tan solo había un bosque de algún tipo. El olor a musgo húmedo, lilas y gardenias que florecían de noche me invadió la nariz. Era diferente a cualquier bosque en el que hubiera estado: no había especias dulces, ni calabaza, ni la familiar descomposición de las hojas caídas. Tan solo había estado en bosques que estaban siempre marrones y dorados, o libres por completo de hojas. Aquel enclave neblinoso no era como ningún sitio en el que hubiera estado o nada que hubiera sentido. Era todo roble y pinos, frío, floral y fresco. Durante un solo y absurdo momento, casi pude olvidar dónde estaba y cómo había acabado allí.

La vista se me acostumbró lentamente a la noche. Rodeamos un sauce gigantesco y nudoso, y en la distancia se vio un imponente castillo de piedra con cientos de tiendas de campaña iluminadas en el campo que lo rodeaba. Era una cacofonía de colores en tiempos de guerra, como un puñado de joyas desparejadas. Cada una tenía una forma y un tamaño diferentes, y estaban puestas unas junto a otras como si fueran mantas de pícnic en un día de verano, desordenadas y unas casi encima de las otras.

¿Qué se suponía que era esto?

Conforme seguimos caminando, por fin escuché algo que no fuera el crujir de nuestros pies sobre la tierra: el sonido de gente, música y espadas que entrechocaban de forma pausada mientras practicaban.

Me invadió una oleada de terror.

Era más que un castillo o un fuerte: era una fortaleza. Casi como un pueblo amurallado.

La fortaleza estaba rodeada por el retorcido bosque que acabábamos de atravesar casi por todas partes, y no había forma de salir o entrar allí sin atravesar los árboles encantados, las vides y las raíces. No había signo alguno de vida en ninguna dirección más allá del bosque. Internamente, me maldije a mí misma por haberme quedado dormida en el viaje. Un vistazo desde el cielo habría sido de gran ayuda. Pero la bajada de la adrenalina por la ansiedad, y el esfuerzo que había ejercido para usar mis poderes con Ryder y el hombre corpulento habían sido un sedante demasiado fuerte como para luchar contra él.

En medio del laberinto de árboles aparecieron unas gigantescas puertas de hierro, las cuales chirriaron al abrirse cuando nos acercamos. Dejé que el hombre corpulento tirara de mí a través de ellas mientras tenía la mirada puesta en la ondulante tierra y en el castillo que había frente a mí.

—Bienvenida a la Fortaleza Oscura, chica —dijo Bert antes de adelantarse al grupo.

Sentí un escalofrío.

Conforme recorrimos el camino que dividía la extensión de tiendas de lona dentro de las puertas del castillo, me di cuenta entonces de que aquel debía de ser el puesto de avanzada del ejército de Onyx, como así lo demostraban las mesas de herrero, las ollas de cocinar, y las armaduras colgadas por todas partes en el campamento. Conforme nos acercamos más, me fijé en que había unas cuantas cabañas y chozas a nuestra izquierda, y unos establos a nuestra derecha. La mayoría de la gente debía de estar dormida, pero había algunos soldados tocando el laúd y bebiendo junto al chisporroteante fuego. Algunos de ellos miraron el cuerpo con el que cargaban a nuestra espalda, o miraban a la chica medio desnuda, pero todos apartaban la mirada al ver a su teniente.

Sentí un nuevo escalofrío ante el aire helado de la noche. Traté de taparme de nuevo con los brazos, pero entonces recordé que tenía las manos atadas frente a mí.

El anhelo por estar de nuevo con mi familia era un dolor más grande del que había sentido jamás, más incluso que ninguna de las palizas de Powell. Me llenó por dentro, amenazando con hacerme caer de rodillas en cualquier momento.

¿Qué harían si me arrodillara entonces? ¿Arrastrarme a través de la tierra mientras sollozaba?

Sí. Eso era exactamente lo que pasaría.

Casi me atraganté con la desesperación: quería estar en cualquier sitio excepto allí. En cualquiera.

Me arrastré a través de la gravilla y la tierra, y el polvo se me pegó a los tobillos en una fina capa mientras el hombre corpulento me guiaba hacia delante. La vista se me fue hacia el castillo que había frente a mí.

No era como ninguna otra cosa que hubiera visto anteriormente.

Era la fortaleza más escalofriante, retorcida y, de alguna manera, impresionante que pudiera haber imaginado.

La fortificación era enteramente de piedra, y un hito de la arquitectura gótica con sus imponentes torres y los fuertes pilares de piedra. Había vidrieras que relucían en la oscuridad, con inquietantes representaciones de la guerra y la brutalidad, un extraño contraste con la calidez que emanaba del interior de las ventanas. Dentro, la luz arrojaba sombras sobre los marcos, que se movían de manera fluida como si fueran espectros. El exterior estaba salpicado de unas cuantas antorchas grandes y negras y unas pocas banderas heráldicas con la representación del blasón de Onyx, y tan solo sirvieron para cimentar mi suposición de que la fortaleza era la base del ejército de Onyx.

Llegamos ante las gigantescas puertas de madera de la fortaleza, y apreté los dientes mientras me preparaba para lo que pasaría. El hombre corpulento tiró de mí otra vez, y las heridas de mis muñecas se despertaron de nuevo con el sufrimiento, haciendo que se me escapara de los labios un extraño quejido.

Bert me miró con un retorcido brillo en la mirada de deleite.

—Venga, chica, esta noche te puedes quedar conmigo.

La vista se me nubló del miedo.

No podía pensar en nada que decir para salvarme.

—Teniente, creo que el comandante Griffin quería verlo en cuanto volviéramos. Puedo echar a la chica a los calabozos por ahora —le sugirió el hombre corpulento.

Bert miró al soldado, y después asintió de forma seca, molesto. Yo solté un pequeño suspiro de alivio. No sabía si el hombre corpulento intentaba ayudarme o si tan solo había sido pura suerte, pero en ese momento me sentí más agradecida de lo que me había sentido en todo el día cuando Bert se marchó en dirección al castillo. El hombre corpulento me apartó de las puertas y pasamos junto a más guardias, y a través de una puerta que conducía a una escalera en espiral con escalones de piedra adoquinada.

Sentí una sensación de terror que despertaba de nuevo en mi interior, y se me quedó la boca seca como un zapato.

—No, no... —le rogué, apartándome del sótano ensombrecido, pero el hombre corpulento no parecía escucharme.

Ni tampoco parecía importarle.

En el interior, la mazmorra estaba oscura, y apestaba a agua salobre y a suciedad humana. El goteo lento e incesante de un líquido hacía eco a través de la escalera. Había un pasillo iluminado por unas antorchas, y a nuestros pies había unas celdas de hierro. El corazón se me subió a la garganta.

—No, espera —le rogué de nuevo—. No puedo entrar ahí.

El hombre corpulento me dirigió una mirada curiosa.

—No voy a hacerte daño. Solo es un sitio donde descansar hasta que el teniente decida qué hacer contigo.

Intenté controlar el ritmo de mi respiración.

—Es solo que no puedo estar encerrada, por favor. ¿Dónde se quedan los sanadores?

El hombre corpulento resopló y me empujó para seguir bajando las vertiginosas escaleras. Noté una presión en los pulmones, y para cuando llegamos a la parte baja, apenas podía respirar.

Siguió tirando de mí a su espalda y recorrimos un laberinto de celdas. Los prisioneros, malhablados, vocearon y se rieron en voz alta, y aquello, junto con el atronador latido de mi corazón contra mis oídos, se convirtió en una vulgar sinfonía. Intenté cubrirme de nuevo, en vano.

El hombre corpulento abrió la puerta de una de las celdas y me empujó adentro a la vez que me quitaba las ataduras. Me tropecé y caí con las palmas de las manos contra la áspera y sucia piedra que había a mis pies. El interior era incluso más pequeño de lo que parecía. Me giré y corrí de nuevo hacia los barrotes de hierro.

—¡Espera! —le grité, pero la celda ya estaba cerrada, y el hombre ya estaba a medio camino del pasillo.

Dejé escapar un sollozo y retrocedí hacia la esquina. Allí, me dejé caer y apoyé las rodillas contra el pecho. La cabeza me daba vueltas, respiraba en bocanadas irregulares y erráticas. Intenté recordar lo que mi madre me había enseñado años atrás cuando entraba en pánico, pero tenía la cabeza hecha un lío.

Quizás ahora sí era el momento adecuado para desmoronarme.

¿Cómo había pasado todo aquello? Intenté recordar lo que había pasado aquella tarde, pero solo me dolió más. Al fin, me rendí ante las lágrimas que llevaba aguantando toda la noche. Salieron de mis ojos y se me deslizaron en un torrente por las mejillas hasta caer al suelo. Lloré en voz alta y atragantándome, como si fuera una niña pequeña.

Ojalá pudiera ser más como Ryder. Tan solo lo había visto llorar un par de veces en toda mi vida. Una vez, cuando tenía quince años, se cayó desde nuestro tejado y se rompió la rótula. Y otra vez hacía siete años, cuando su padre, Powell, murió.

Mi padrastro murió de una apoplejía, y cuando nuestra madre nos los dijo, Ryder se pasó días llorando. Su padre era su mejor amigo en muchas formas, y Powell veneraba a su único hijo. Powell y yo, sin embargo, jamás tuvimos ese tipo de relación. No estaba segura de si su odio se debía a saber que no era su hija, o a que no era tan fuerte como Ryder, pero, de cualquier manera, me despreciaba de una forma tan descontrolada que no entendía cómo nadie podía verlo claramente.

A diferencia de Ryder, yo lloraba todo el tiempo. Lloraba cuando Leigh me hacía reír muy fuerte, lloraba cuando veía a mi madre sufrir, lloraba cuando terminaba un buen libro, o cuando escuchaba una canción preciosa. Lloraba cuando perdía a algún paciente en la enfermería, y cuando me sentía abrumada. Ser sensible, miedosa y llorar mucho era el atributo menos valiente posible.

Pero, en ese momento, dejé que las lágrimas salieran con libertad.

Lloré por mi familia, a los que no volvería a ver jamás. Por mi estúpida e impulsiva decisión de intercambiar mi vida por la de ellos. Y no era que me arrepintiera, pero odiaba que hubiera sucedido. Y que no se me hubiera ocurrido nada más inteligente que aquello. Lloré ante mi futuro aquí, el cual sabía que, en el mejor de los casos, sería doloroso. En el peor, ese futuro sería muy corto. Traté de prepararme para la cantidad de tormentos que llegarían, pero aquello tan solo liberó mi imaginación. ¿Y si simplemente no me dejaban salir de aquella celda jamás y me quedaba allí atrapada para siempre?

Resonó contra las paredes de las mazmorras lo que sin duda era el grito de dolor de un hombre desesperado. Busqué entre las celdas junto a las que había pasado, pero casi todos los demás prisioneros estaban durmiendo.

Aquel grito pidiendo ayuda («¡que alguien me ayude, por favor!») se escuchó de nuevo. Debía de ser alguna cámara de tortura cercana.

Me tapé las orejas con la palma de las manos, pero aquello no ahogó los sollozos y súplicas. Sonaba como si estuvieran partiéndolo en dos.

Tragué saliva, y me atraganté. Otra vez estaba entrando en pánico.

Me estaba ahogando.

O quizás iba a morirme. Tenía la cabeza plagada de una sensación de terror, y una energía frenética. Iba de un pensamiento a otro sin tiempo para centrarme en ninguno de ellos. Estaba mareada y jadeando, y me apoyé contra el duro suelo.

Decididamente iba a morir.

Tenía que salir de allí, y *ya*.

¿Qué me había dicho mi madre que hiciera? ¿Por qué no lo recordaba? ¿Qué era...?

Las tres cosas.

Así era como ella lo llamaba. Encuentra tres cosas en las que centrarte que puedas nombrar... Eso podía hacerlo.

Una: telarañas. Encontré telarañas y moho en lo alto del techo bajo de mi celda. Olía a moho, aire atrapado y húmedo.

Respiré hondo aquel olor.

Dos: farolillos. Había unos cuantos farolillos parpadeantes y tenues colgados en el exterior de mi celda. No sentía la calidez de las llamas, pero los suaves rayos de luz arrojaban sombras sobre el suelo mojado y turbio.

Tres... Miré el pequeño espacio a mi alrededor y vi dos cubos, uno de ellos vacío y el otro lleno de agua. Tres: cubos. Dudaba que ninguno de los dos estuviera limpio, pero me acerqué a uno y me eché agua en la cara. Estaba helada, y aquello me dejó sin aliento, pero al menos la conmoción me ayudó. Me senté sobre los talones y respiré con algo más de facilidad.

—Por todas las malditas Piedras. —Apoyé la cabeza entre las rodillas.

—Vaya lenguaje.

Una voz como la de un trueno y una caricia al mismo tiempo resonó a través de los barrotes que había a mi lado.

Giré la cabeza súbitamente. Con el pánico de estar en la celda, no me había dado cuenta de que había otro prisionero en la celda contigua; tan solo nos separaban unos cuantos barrotes de metal oxidado.

Me sonrojé. Había tenido público en el momento más horrible y desagradable de toda mi vida. Y, a juzgar por los gritos continuados de la persona a la que torturaban en alguna otra parte de la mazmorra, probablemente sería uno de mis últimos momentos.

—Lo siento —murmuré.

—Es solo que es... es un poco dramático, ¿no te parece? —me dijo la oscura voz.

Se me puso la piel de gallina.

Entrecerré los ojos para ver algo a través de las sombras parpadeantes, pero no pude ver más que el contorno de una figura echada sobre la pared.

—Ya te he dicho que lo sentía, ¿qué más quieres? —Aún trataba de recuperar el aliento.

Enseguida me arrepentí por el tono tan desagradable. No podía tener de enemigo al hombre junto al que estaría atrapada allí a saber cuánto tiempo. Probablemente fuera un ladrón. O un asesino.

O algo mucho, *mucho* peor.

Pero el prisionero tan solo se rio, y el sonido fue como el de unas rocas desprendiéndose de una montaña y resonando en mi pecho.

—Un descanso de tanto llanto estaría genial.

Tal y como había esperado: un imbécil.

En aquella ocasión no me molesté en esconder mi mirada asesina. Ni siquiera sabía si podía verme en la oscuridad.

—Ya he acabado —admití, y respiré hondo—. No todos los días te encuentras encarcelado. O... quizás a ti sí te ocurre, pero no a mí.

Déjame en paz, por favor, déjame en paz...

—Solo digo que algunos de nosotros estamos intentando dormir un poco. Tus dramatismos y tu contoneo de senos no van a hacer que tu situación cambie. —Hizo una pausa—. Aunque eso último es algo bonito, al menos.

El estómago me dio un vuelco ante aquellas palabras.

¿Había dicho que era un imbécil? En realidad había querido decir «un bastardo». Un vil bastardo.

No tenía razón alguna para pelearme con él, y no debería de enfadarlo, ya que mi instinto de supervivencia al menos me lo impedía. Pero esa noche me habían pasado tantas cosas...

No me quedaba ni un ápice de paciencia.

—Eres un asqueroso —le dije entre dientes.

—Vaya, alguien es muy valiente con los barrotes entre nosotros.

—En realidad, no —admití—. Tan solo estoy siendo sincera.

Aquella conversación era una extraña pero bienvenida distracción para mis nervios. Estar a solas con mis pensamientos me parecía peor que casi cualquier otra cosa.

Los lamentos del hombre torturado por fin se transformaron en sollozos. Esperé por su bien que muriese pronto. Ahora tan solo escuchaba el sonido de la figura en la celda contigua moviéndose. Se levantó y se estiró.

Solamente con su sombra ya era imponente: por lo menos medio metro más alto que yo, pero la escasa luz que había ocultaba el resto de sus rasgos. Se acercó a los barrotes que nos separaban, y luché contra el instinto de retroceder para alejarme de él. Me recordé a mí misma que no podía llegar hasta mí. Tenía que mostrar algo de agallas, en especial si este iba a ser mi futuro.

—¿Estás intentando intimidarme? —Traté de que sonara valiente, pero la voz me salió débil y baja.

—Algo así —susurró él a través de los barrotes.

El corazón se me iba a escapar por la garganta ante sus palabras. Su voz era suave, y a la vez mortífera, y se me encogieron los dedos de los pies del miedo. Aún me era imposible distinguirle la cara entre las sombras, pero pude ver unos dientes afilados y blancos brillando sobre mí bajo la mantequillosa luz de los farolillos.

—Bueno, pues no lo has conseguido. Asustarme, quiero decir.

Se rio, pero pareció un gesto cruel.

—Qué pajarillo tan valiente. Eso está bien, quizás ahora pueda dormir.

¿Qué?

Mis pensamientos fluían ahora en un ritmo calmado y constante comparado con el desastre frenético que habían sido antes.

El pánico que había sentido se había calmado.

Respiré hondo el aire húmedo de las mazmorras, y me giré para mirar al prisionero bañado en sombras que había junto a mí.

¿Sabría lo que estaba haciendo cuando me había incitado? No, claro que no, pero aquella distracción me había impedido desmoronarme por completo.

Aun así, no pude evitar fulminarlo con la mirada.

—Esa crueldad tuya es un poco cliché.

Se agachó y suspiró de forma sonora, y sonó sospechosamente a una risa. Por fin, el farol que había fuera de su celda le iluminó el rostro.

Al principio lo único que pude ver fueron sus ojos. Eran de un penetrante color gris pizarra, y tan brillantes que eran casi plateados. Resplandecían bajo unas cejas abundantes y prominentes, y unas pestañas obscenamente largas. El pelo oscuro le caía de forma casual sobre la frente, y se lo apartó de la cara con una mano fuerte y grande. Una mandíbula perfectamente tallada. Unos labios carnosos. Sinceramente, era indecente lo atractivo que era.

Atractivo, indecente y letal.

Sentí un escalofrío que me recorrió todo el cuerpo.

Tuve más miedo en ese momento del que había tenido en toda la noche, y eso que incluía literalmente un paseo por el cielo a espaldas de un dragón. Pero, a pesar de las campanas de alerta que sonaban en cada parte de mi cuerpo, no podía apartar la mirada.

Él me observó mientras yo lo examinaba. Había un brillo en su mirada que no podía dejar de mirar. Sonrió un poco, y al fin volví en mí y sentí que las mejillas me ardían.

—¿Por qué? ¿Por qué estoy encarcelado?

—¿Qué?

Traté de librarme de lo que fuera que me estaba nublando la mente.

—El cliché al que te refieres.

—Sí. —Alcé la barbilla. Había leído suficientes libros—. Un prisionero cruel y misterioso… Está ya muy visto.

Se echó las manos al corazón, fingiendo que lo había insultado.

—Me hieres. ¿No podría decirse lo mismo de ti?

Apreté los labios, y él sonrió ligeramente.

Por supuesto, tenía razón. Pero no quería compartir mi triste historia (de cómo, de hecho, yo no era una criminal como él) con un extraño aterrador y tan guapo que resultaba profano.

Cuando se dio cuenta de que no iba a ofrecerle nada sobre mi propia situación, suspiró.

—Vas a tener que levantar ese ánimo, pajarillo. Ahora estás en Onyx. No todo son agricultores de calabazas con el pelo del color del barro y las mejillas sonrojadas. Los bastardos como yo son la menor de tus preocupaciones.

En su voz había un tono que apartó su actitud pícara.

No pude evitar el escalofrío que me recorrió la espalda.

—¿Cómo sabes que soy de Ámbar?

Me miró a través de los barrotes. Durante un momento, y de forma estúpida, me pregunté qué aspecto tendría para él. Estaba atrapada en una celda mugrienta, tiritando, con los pies y las piernas al desnudo y llenos de suciedad, el pelo era un desastre enmarañado, y los labios azules… *Uf*. Me crucé de brazos cuando recordé que apenas llevaba una camisola fina, y el efecto que tenía el frío sobre mi pecho.

La mandíbula le tembló ligeramente.

—¿Qué le ha pasado al resto de tu ropa?

Me removí un poco bajo su mirada implacable, y me sonrojé.

—Es una larga historia.

Tenía una expresión calmada, pero sus ojos estaban completamente negros.

—Tengo tiempo.

Lo último que necesitaba ahora era que aquel imbécil peligroso supiera lo de mi humillación a manos del teniente de Onyx.

—Tuve que usar mi blusa para ayudar a alguien, eso es todo.

Asintió, escéptico, pero la intensidad de su mirada desapareció un poco. Temblé de forma extraña ante el frío del aire.

—¿Tienes frío?

—Sí —admití—. ¿Tú no?

—Debo de estar ya acostumbrado.

Quería preguntarle cuánto tiempo llevaba allí encerrado, y por qué lo habían encerrado. Pero aún desconfiaba de aquel extraño e imponente hombre. Su presencia era casi demasiado para soportarlo.

—Aquí tienes —me ofreció, y se quitó el abrigo de pelo para pasarlo a través de los barrotes—. No puedo escuchar ni un minuto más cómo tiritas. Me estás poniendo de los nervios.

Dudé, pero mi instinto de supervivencia tomó el mando y venció al orgullo. Lo agarré, y me envolví con el abrigo en un solo movimiento. Olía a madera de cedro, whisky y cuero suave. Y estaba caliente. *Tan* caliente que casi gemí cuando el calor me envolvió las piernas y los brazos congelados.

—Gracias.

Me observó mientras se me cerraban los ojos, apaciguada por el calor y el peso del abrigo. Incluso entonces podía sentir su mirada puesta sobre mí, y la piel me empezó a hormiguear.

Por alguna extraña razón, no podía soportar el silencio.

—Bueno, ya no estoy llorando, así que intentaré estar callada.

Pero él no se arrastró de vuelta a su esquina para dormirse. En su lugar, alargó una pierna frente a él y se apartó un mechón largo de pelo de la cara.

—¿Intentas librarte de mí?

—Sí —le confesé.

—Me usa para conseguir mis pieles y después me pone de patitas en la calle... Mujeres.

Puse los ojos en blanco, pero era lo suficientemente inteligente como para que aquello me resultara encantador.

Con una belleza obscena o no, aquel hombre estaba encarcelado en la mazmorra de una fortaleza en el Reino de Onyx. Lo que tenía que hacer era encontrar un punto medio entre enfadarlo y bajar la guardia.

—Solo intento sobrevivir. Podrías ser peligroso.

—Es verdad —reflexionó él—, podría serlo. Por si te sirve de algo, a mí no me importaría si tú fueras peligrosa.

Alcé una ceja, escéptica, y me apreté incluso más el abrigo alrededor de mí.

—¿Qué significa eso?

Me dedicó una sonrisa de medio lado y se encogió de hombros.

—Eres demasiado fascinante. Tendría que arriesgarme, y si me mataras... —Se inclinó un poco hacia delante—. Bueno, en ese caso sería una buena muerte.

Apreté la boca contra el hombro para reprimir la risa.

—Creo que eres un ligón sin escrúpulos que lleva aquí encerrado y solo demasiado tiempo. Como una bestia a la que le gusta jugar con sus presas.

Negó la cabeza en una autocrítica, pero la alegría había desaparecido de su mirada. Me di cuenta de que quizá le había tocado la fibra sensible, y aquello me heló hasta los huesos, así que me aparté un poco del hombre entre las sombras.

—Si yo soy una bestia, entonces tú también lo eres. —Señaló con un gesto de sus anchas manos las celdas donde ambos estábamos encerrados.

Por alguna razón, sentí que los ojos se me llenaban de lágrimas. Un solo recordatorio era lo único que me hacía falta para ello.

Por todas las Piedras, pues sí que era débil.

—Lo único que puede que tengamos en común es un odio hacia el malvado rey de Onyx, que nos ha encerrado a los dos aquí.

—¿Qué hay de malo con nuestro rey?

El uso de «nuestro» respondía a una de mis preguntas. Así que sí que era de Onyx. Quizás eso explicara el halo de misterio que emanaba de él.

Traté de morderme la lengua, de verdad que lo intenté. Pero era un tema delicado.

—¿Además de que ha diezmado a un reino inocente por sus escasas riquezas y ha causado que se perdieran miles y miles de vidas? —le pregunté—. ¿O el hecho de que haya entrenado a sus soldados para que fueran más brutales, sedientos de sangre y violentos que ningún otro ejército de Evendell? ¿O tal vez su afamado amor y regocijo por la tortura, la muerte sin sentido, y un despiadado derramamiento de sangre?

Al parecer la celda en la que estaba no era un aliciente genial para mis modales nocturnos.

Él esbozó una sonrisa.

—A mí lo que me parece es que te da miedo.

—Pues claro. Y a ti también debería de darte miedo. —Negué con la cabeza—. Defender al mismísimo rey que te ha encarcelado… Los soldados del rey Ravenwood masacraron a los hombres de mi hermano, y él tuvo suerte de escapar con vida.

—Sí, pajarillo, me han dicho que eso suele ocurrir en tiempos de guerra.

—No seas simplista.

—No seas ingenua.

Ahogué una queja, ya que aquel era otro tema sensible. Cerré la boca antes de soltar más insultos. Quizás fuera el momento adecuado de acabar con aquella conversación que más bien parecía una cuerda floja mortal. Me alejé incluso más, y me giré hacia la celda vacía que había al otro lado.

Pero él suspiró a mi espalda, resignado.

—No debería esperar que lo entendieses, pajarillo.

Ah, por todas las Piedras…

Me giré para mirarlo de nuevo, lista para preguntarle por qué estaba empeñado en hablar conmigo toda la noche, cuando lo que él tanto había querido era dormir, pero me tomó desprevenida la manera en que su mirada se clavó en mí.

Sus ojos eran como dos charcos sin fondo de plata líquida, y algo más intenso de lo que había esperado titilaba en ellos.

—¿Por qué me llamas así?

No era lo que pensaba decir, pero, aun así, fue lo que dije.

Por primera vez pareció dudar, y la intensidad en su mirada se desvaneció tan rápido como había llegado.

—De hecho, no estoy seguro —me dijo, riéndose para sí mismo. Bajó la mirada hasta sus botas—. Es solo que parece adecuado—. Me miró a los ojos—. Quizá por la jaula.

Le dirigí una mirada que decía «ah, ya, eso», y cerré de nuevo los ojos.

—Bueno, esto ha sido encantador pero, a no ser que tengas alguna manera de salir de aquí, creo que voy a intentar dormir un poco. Estoy segura de que podemos continuar con esta conversación mañana, y al día siguiente, y durante toda la eternidad después de eso.

Traté de que sonara mordaz, pero las contestaciones exaltadas y la energía para la conversación se habían esfumado. La realidad era incluso peor que lúgubre. Estaba sola, agotada, y más aterrada de lo que podía soportar durante mucho tiempo. No me quedaban más fuerzas esa noche. A lo mejor por la mañana podría tratar de averiguar cómo demonios iba a escaparme de la fortaleza, de aquel reino, y del embrollo en el que estaba metida.

Pero esta noche podía permitirme echarme contra la pared enfadada, y dejar que se me cerraran los ojos solos. Conforme me iba quedando dormida, me pareció escuchar al extraño hablar en susurros con otra persona. Traté de mantenerme despierta y escuchar a hurtadillas, pero estaba agotada mental y físicamente. Al final, me dormí rápida y completamente con los sonidos amortiguados de unos hombres discutiendo.

CINCO

Me desperté dolorida y agarrotada, pero, por lo demás, indemne. Unos cuantos rayos de luz del sol se colaron a través de la ventana que había sobre mi cabeza, pero enseguida las nubes lo cubrieron, y la celda se bañó de una luz gris. Traté de imaginarme el sol dándome en la cara.

Los eventos del día anterior me parecían como un delirio febril, así que despertarme rodeada de piedra húmeda me bajó los pies a la tierra de un golpe. Tenía que encontrar la manera de salir de allí. Nada de lloriqueos, ni de lamentos, de hecho. Me preparé para el día que me aguardaba.

La curiosidad sin duda me invadió, y le eché un vistazo a la celda que había a mi izquierda. Abrí mucho los ojos y me quedé agarrotada. Estaba… vacía. El hombre de la noche anterior no estaba.

¿Cómo podía ser que no hubiera escuchado el momento en el que lo habían liberado? No habían tintineado los barrotes, ni había escuchado a los soldados que lo habrían escoltado.

¿Quizá la discusión que había escuchado la noche anterior había sido entre el extraño y un soldado? No había escuchado pasos dirigiéndose hacia aquí. Traté de vislumbrar más allá entre los barrotes de la celda que había junto a la del extraño. ¿Había alguien allí con el que podía haber estado discutiendo? No estaba segura.

¿Se ha escapado? O...

Me quedé helada con lo que se me ocurrió después. Una ejecución podría haber sido silenciosa. El pecho me dolió al pensar en aquella figura tan alta y fuerte en la horca junto a las puertas del castillo. O, aún peor, pensar en su cabeza cortada y clavada en una pica.

Y entonces, imaginé mi propia cabeza junto a la suya. Si le había ocurrido a él, bien podía pasarme a mí... Traté de apartar de forma física aquellas imágenes de mi cabeza.

Observé el techo agrietado de piedra gris, y me preparé para un día entero atrapada en aquella celda húmeda y tratando de mantener a raya los pensamientos horribles y los ataques de pánico.

Unos pasos que bajaban a las mazmorras me hicieron volver a la realidad. Era el hombre corpulento, y se dirigía a mi celda. Me quité de un movimiento el abrigo y lo metí con las manos temblorosas bajo el banco que había junto a mí. Para cuando alcé la mirada, el hombre estaba ya abriendo la puerta de mi celda. El cerrojo era antiguo y estaba oxidado, así que tuvo que darle un tirón de más para poder abrir.

—Buenos días —me dijo. Tenía el rostro con más color que la noche anterior. Parecía mucho más... vivo que cuando me había traído a la celda.

Me apresuré a retroceder hasta la pared más alejada de la celda.

—¿Qué ocurre?

—Te necesitan.

Les recé a todas las Piedras que me necesitaran para curar a alguien, y no fuera el teniente el que me había hecho llamar. Traté de mantenerme positiva. Al menos iba a salir de aquella celda.

Me dio un vestido negro y simple, y una especie de pan moreno aromático. El estómago me rugió cuando lo olí. Sorprendentemente, el hombre corpulento se giró para darme privacidad. Me metí un trozo entero de pan en la boca antes de quitarme la ropa de Ámbar a la velocidad del rayo y embutirme en el vestido negro. Olía a jabón de lilas.

—Gracias —le dije cuando ya estaba decente. El hombre corpulento se giró, y me observó con una mirada amable. Me tragué algo del miedo que había sentido, y señalé su abdomen—. ¿Cómo te encuentras?

—Mejor de lo que creía que sería posible, gracias a ti. —Me dedicó una incómoda sonrisa—. Soy Barney, y siento lo de anoche. Por si te sirve de algo, yo no quería arrancarte de tu hogar.

Por alguna razón, no conseguí decirle: «No pasa nada, Barney, no te preocupes, son cosas que pasan».

—Bueno, ¿qué te pasó? —le pregunté en lugar de decirle eso. Negó con la cabeza.

—Tú primero. ¿Qué clase de magia era esa?

Ah, si yo lo supiera.

Aun así, había algo agradable en la mirada de Barney, y el principio de una sonrisa en sus labios.

—Supongo que ambos nos guardaremos nuestros secretos.

El camino para salir de la celda me pareció mucho más corto que el de la noche anterior. Seguí a Barney hasta el patio, y en cuanto salimos inhalé el aire fresco de la mañana, el cual olía a lluvia.

Estaba nublado y hacía muchísimo frío fuera, y de nuevo me recordó lo frío que era el norte comparado con mi hogar. El abrigo de pelaje de zorro, cortesía del extraño de las mazmorras, era mucho más cálido que mi nuevo vestido de lana negro. Me di cuenta entonces de forma lúgubre que el extraño probablemente no necesitaría ya el abrigo, y aquello me hizo temblar incluso más.

Acababa de amanecer, así que el castillo estaba en silencio. Supuse que todos aún estarían durmiendo, a excepción de los guardias que patrullaban por allí. Seguí a Barney a través de las grandísimas puertas de hierro forjado del castillo, y me encontré con los olores y sonidos de una fortaleza que se despertaba en ese momento. Pan fresco que horneaban en algún lugar de las cocinas, los suelos que fregaban con jabones de lavanda y vainilla... Para ser tan temprano, los habitantes de la fortaleza trabajaban sin descanso para asegurarse de que cada superficie estuviera brillante, y cada ventana, resplandeciente.

El castillo era devastador por su belleza evocadora. No había estado en el interior de un castillo antes, así que no pude evitar quedarme asombrada. La Fortaleza Oscura aun así era aterradora: escalofriante, inquietante, como si en cada esquina hubiese espectros merodeando tras cada trampilla... Pero, aun así, no podía negarse la majestuosidad del castillo. Había una gran mampostería complicada que contrastaba con la suave luz que se derramaba a través de las retorcidas ventanas de coloridos cristales. Barney debió de notar mi asombro, porque parecía que andaba más lento a propósito para que así pudiera apreciarlo todo.

Había tapices de un color azul apagado y violeta, exquisitas cortinas de terciopelo verdes, mesas de madera oscura y sillas marcadas por los años y el uso. Pasamos por el salón principal, donde había unos jarrones oscuros llenos de las flores más extrañas que había visto nunca para adornar. Eran larguiruchas y parecían afligidas. Se diferenciaban por las raíces retorcidas y los tonos oscuros de las que crecían en Ámbar. A mi madre le habrían encantado.

Si la volvía a ver alguna vez, se lo contaría.

Recorrimos de forma ardua una escalera de piedra tallada que atravesaba el castillo, creando varios enclaves iluminados por la luz de las velas, y llegamos a una puerta en el segundo piso frente a la galería. Había un cartel de madera estropeado en el que se leía Botica y Enfermería, y estaba torcido contra el poste de madera.

Me invadió un alivio fugaz que hizo que me latiese de nuevo el corazón de forma normal.

No me dirigía a un sitio para que me torturasen, o a que me matasen de forma instantánea. Ni con el depravado teniente.

Esto sí que podía hacerlo.

—Aquí es donde trabajarás. Me quedaré todo el día fuera para echarte un ojo, para que no intentes hacer nada que me obligue a llamar al teniente. —Lo dijo en forma de advertencia, pero en su expresión vi una súplica también—. Te llevaré de vuelta a la celda cuando acabe el día.

Asentí, aunque pensar en los barrotes de hierro de la celda al cerrarse de nuevo me provocó un sentimiento de terror que me bajó por la espalda.

Tendría que dejar los ataques de pánico para más tarde.

Barney pareció reflexionar durante un momento, y entonces añadió:

—Nuestro rey es un hombre de justicia. Si no puede perseguir a tu hermano por lo que robó, te lo quitará a ti en su lugar. No le des razones para quitarte más de lo que se le debe.

—Gracias, Barney.

Barney cerró la puerta tras de mí, y respiré hondo unas cuantas veces mientras observaba la botica.

Era una habitación de suelo de madera y enormes ventanales tras el mostrador, con vistas al vertiginoso despliegue de robles y olmos que rodeaban la fortaleza. Por ellas también se colaban unos cuantos rayos de sol perezosos, que resaltaban las motas de polvo que flotaban en el aire con olor a almizcle.

Olía a tapioca, citronela y otras pomadas, una mezcla de olores suaves, aromáticos y medicinales que me pareció extrañamente reconfortante. Había un estante tras otro lleno de hierbas y ungüentos variados que ocupaban casi todo el espacio, con unos cuantos rincones y rendijas para otros objetos extraños de todo el continente, de los cuales había visto muy pocos antes.

Por supuesto, no tenía pensado admitir aquello ante nadie. Tendría que poner a prueba mi pésima habilidad para mentir si me preguntaban sobre algo de eso aquí, dado que no quería que en el castillo me consideraran una inútil. ¿Qué harían si pensaban eso? ¿Me matarían? ¿Perseguirían de nuevo a mi hermano? Dudaba que los soldados de Onyx fueran capaces de encontrar ya a mi familia, en especial si habían conseguido llegar al Reino de Granate. Hice una mueca ante la ironía: si los hombres del rey

Ravenwood no podían encontrar a mi familia, era poco probable que lo consiguiera yo algún día.

—¿Hola? ¡Por aquí! —bramó una voz de hombre.

Fruncí el ceño, y apreté los puños por la tensión. Me recogí el vestido con las manos antes de seguir el sonido. Rodeé el mostrador y fui hacia la derecha. En una pequeña habitación que debía de ser la enfermería, sentado en una estrecha cama, había un hombre corpulento con un bigote retorcido y rojizo. A pesar de su pierna protuberante y amoratada, tenía una alegre sonrisa en la cara.

—Buenos días —me dijo, y se encogió de dolor—. Un día precioso para una herida, ¿no te parece?

Me recorrió una pequeña oleada de alivio. Había anticipado que sería un general aterrador o un soldado, alguien como Bert a quien debía de curar rápido o arriesgarme a morir. Pero aquel hombre claramente no era una amenaza.

Cuando vi la pierna con manchas, fue como un bálsamo para mi corazón acelerado y mi mandíbula apretada. Curar, de la manera que fuera, siempre me calmaba. Extrañamente, era exactamente lo que necesitaba.

—¿Qué es lo que tenemos aquí? —Me agaché para echarle un vistazo. Las venas de la parte baja de la pierna sobresalían de su piel de forma desmesurada.

—Estaba fuera recogiendo leña para los soldados que se han instalado dentro de las murallas del castillo. Se puede ver por las nubes de esta mañana que va a ser una noche muy pero que muy fría. Así que caminé a través de lo que debía de ser una zarza, y antes de darme cuenta tenía la pierna que parecía una berenjena.

Hizo una mueca de dolor cuando le levanté la pierna y la puse sobre mi regazo.

Las buenas noticias eran que aquello era un simple caso de intoxicación por una zarza. Era totalmente tratable, y bastante fácil de hacer. Las malas noticias eran que sacar el veneno era un tormento, y me temía que aquel hombre tan grandote no estuviera muy de acuerdo con la experiencia.

Le dediqué una sonrisa.

—Señor, puedo ayudarle, pero debo advertirle de que será bastante doloroso.

—Llámame Owen. ¿Eres la nueva sanadora? La última murió en el campo de batalla, a solo unos kilómetros de aquí. He escuchado que le clavaron una flecha justo en el ojo. —Owen me dedicó una mirada radiante que me indicó que pensaba que aquello era algo divertido.

—Ya, bueno —le dije, y me encogí ante la imagen mental de aquello—. Yo me llamo Arwen.

—¡Qué nombre tan bonito!

Sonreí a pesar de todo.

Estaba cansada. De hecho, agotada. Y ningún hombre amable con bigote haría que la experiencia de estar allí me aterrase menos. Pero no podía retroceder en el tiempo, lo único que podía hacer era intentar cuidar de mí misma, y para eso, tenía que ocuparme de Owen y de su pierna morada. Quizá, si hacía un trabajo relativamente bueno, alguien me dejaría dormir en una cama de verdad.

—De acuerdo, Owen. Prepárate.

—Adelante —me dijo, y las mejillas se le pusieron aún más redondas de alegría.

Owen era un tipo extraño, pero parecía que me había encontrado a la única persona decente de toda la fortaleza.

Owen se tumbó, y me puse manos a la obra con las pinzas y mis ungüentos. Cuando Owen cerró los ojos por el dolor, expulsé el veneno con ayuda de la punta de mis dedos, y observé cómo las venas se reducían más y más. La cara se le puso de un color rojo que competía con el color de su bigote cuando se esforzó por aguantar el dolor. Trabajé lo más rápido que pude, y terminé antes de que pudiera pedirme que parara.

—Yo trataría de no apoyarla mucho durante unas horas, y tienes que beber mucha agua hoy.

Owen me miró como si no pudiera creérselo.

—No sabía que el veneno se podía extraer tan rápidamente. Qué suerte tenemos de tenerte aquí.

Sonreí, y lo ayudé a salir cojeando. Saludé un poco a Barney a través de la puerta abierta.

De vuelta en el interior, eché un vistazo a los libros, los pergaminos, las pociones, y a las extrañas criaturas en frascos que adornaban las paredes de la botica. Devoré toda la nueva información, las muchas maneras de arreglar, sanar y curar que jamás había aprendido con Nora. Quizás algo me daría una idea de cómo podía escapar de aquel lugar. Tenía más libertad de la que había esperado tener como prisionera, y eso me brindaba una oportunidad; tan solo necesitaba uno o dos días para trazar un plan que funcionase de verdad.

Pero, después de unas cuantas horas, comenzó a acercarse el atardecer. Los minutos parecían horas, y las horas, y una vida entera.

Alrededor de la tercera hora, fui realmente consciente de mi situación, y llevaba obsesionada con ello toda mi sentencia en la botica. No había encontrado nada que pudiera ayudarme a escapar, y todas las ventanas y puertas que veía estaban cerradas o vigiladas. Por no mencionar que tenía una sombra con forma de Barney de la que probablemente no me desprendería muy pronto.

Incluso más difícil aún que el hecho de conseguir fugarme del castillo, sería sobrevivir fuera de él. Incluso si, de alguna manera, conseguía superar aquello, aún no tenía ni idea de cómo recorrer la enormidad que era Onyx. Era una inexperta, era débil y no sabía demasiado sobre este reino. No estaba nada preparada para una vida sin la seguridad que me otorgaba mi familia. Y ¿dónde estarían ellos? ¿Habrían conseguido llegar a Granate? Y, si así era, ¿en qué ciudad? ¿En qué pueblo?

Me dejé caer detrás del mostrador. ¿Acaso merecía la pena luchar contra mi destino?

Pero entonces pensé en Ryder, en lo fuerte que era él.

Él era todo lo que yo no era. Era creativo mientras que yo era práctica, extrovertido mientras que yo era tímida. Era valiente, carismático, popular, y todos lo adoraban. Estaba segura de que la mitad de la gente con la que había crecido no podría distinguir mi rostro del de cualquier otra chica de Ámbar con el pelo color chocolate. Él era el sol, y todos orbitaban a su alrededor, hechizados por su luz, lo cual significaba que yo era como un planeta alejado, a oscuras en una extensión solitaria del espacio. O quizás era un meteorito solitario, intentando con todas mis fuerzas encontrar el camino hacia su órbita.

Pero, sobre todo, Ryder era increíblemente valiente.

Y yo no lo era. Llevaba toda mi vida incapacitada por el miedo.

Pero tal vez pudiera fingir. Fingir que era igual de valiente que él, igual de heroica y segura en mí misma, y ver si eso me funcionaba. No era por naturaleza tan osada como Ryder, pero tampoco estaba dispuesta a rendirme y admitir la derrota aún.

Me levanté y busqué cualquier cosa que pudiera servirme para un viaje tan largo y probablemente peligroso. Ungüentos y suministros médicos de los cajones y los armarios que había a mi alrededor, un par de tijeras afiladas, y unas cuantas plantas comestibles. Me lo metí todo en los bolsillos de la falda. Después, busqué cualquier cosa que pudiera darme una idea de cómo o cuándo marcharme de aquel sitio sin que me descubrieran los guardias, pero no encontré nada concreto.

Mientras atardecía, limpié y terminé por ese día, y pensé en cómo pedirle a Barney que me dejara deambular por el castillo para así poder ver cuáles eran los pasillos, caminos o puertas menos frecuentados. Hice una pausa para arreglar un jarrón, y casi no vi la figura con el pelo de un color rojo fuego que entró a toda velocidad y se estrelló contra mí. El corazón me dio un vuelco ante la sorpresa, y me sujeté de forma torpe contra el estante que había a mi espalda mientras ambas agarrábamos los adornos que comenzaron a caerse por el golpe.

—¡Perdona! Lo siento. *Ay,* vaya día que llevo —dijo la chica de forma atropellada.

Su pelo ondulado y de un intenso color rojo enmarcaba unos rasgos delicados y una nariz salpicada de pecas. Olía a canela y clavo, y había algo en ese olor que me pareció familiar y acogedor.

—No pasa nada, yo...

Pero antes de poder terminar la frase, la nerviosa chica soltó su mochila de forma brusca en el suelo, y se dejó caer sobre una de las sillas de piel de borrego que había en el centro de la habitación. Se recogió la salvaje melena con ayuda de una pluma (una habilidad única que jamás había visto antes), se quitó las zapatillas de una patada, y metió los pies debajo de las piernas.

—Mi padre ha estado aquí antes y se le ha olvidado el calcetín. Le dije que no somos tan desafortunados como para necesitar volver a reclamar un solo calcetín, pero ya sabes cómo son los padres... —me dijo.

Me quedé mirándola boquiabierta. De hecho, no, no lo sabía.

—Siempre están diciendo «quien guarda, encuentra», y todo ese rollo, así que le he dicho que vendría a por él de vuelta de la biblioteca. Pero me he quedado allí hasta casi el atardecer. Supongo que todas las personas del castillo han decidido unánimemente que hoy es el día en que querían enriquecer sus mentes, o arruinarme el día, no lo sé. Así que, aquí estoy, horas después de lo que había creído y a punto de perderme la primera obra de la primavera por un maldito calcetín.

Debía de tener pinta de estar totalmente perpleja, porque me miró, abrió mucho los ojos, y se le escapó una exhalación a la vez que se rio.

—Lo siento, soy Mari. Mi padre suele decir que la velocidad me viene por el pelo rojo. Supongo que me hace ser peleona. Tú debes de ser Arwen, me dijo que eras verdaderamente increíble, y que lo curaste muy rápido y apenas sin dolor. Gracias por eso. —Me sonrió de forma amable.

—Ah, sí. Por supuesto, fue muy agradable. —Me agaché tras el mostrador y saqué el susodicho calcetín—. Aquí tienes.

Esperaba que Mari se marchara en ese momento, pero agarró el calcetín y se acomodó aún más en la silla.

Yo cambié el peso de mi cuerpo de un pie a otro de forma incómoda. No parecía amenazadora, pero yo aún estaba nerviosa. Miré a su alrededor, y después a Barney, que parecía haberse quedado dormido contra una columna de granito de color oscuro en la galería que daba al patio.

Vaya con el guardaespaldas.

—Así que eres la nueva sanadora —dijo Mari—. ¿Cómo has acabado aquí, en la Fortaleza Oscura?

De tal palo, tal astilla. Tanto Mari como Owen tenían una alegría rubicunda en la sonrisa muy contagiosa, pero Mari tenía cierto conocimiento en la suya que a Owen simplemente le faltaba. Parecía tener más o menos mi edad, era asombrosamente guapa de una manera ligeramente salvaje y que te dejaba sin aliento. Era bastante intimidante. Tenía el aspecto de alguien que comía hombres para el desayuno. Quizás había hombres por ahí que disfrutaban de eso.

No estaba segura de si debía decirle que era una prisionera. ¿Confiaría alguien en mí para que lo curara si sabía que era de un reino enemigo? Me planteé mentirle directamente, pero recordé lo bien que me había funcionado eso la última vez. Agarré la falda de mi vestido entre los puños y me decidí por una media verdad.

—Llegué ayer para cubrir la vacante, no conozco muy bien esto.

Esperaba que el entusiasmo de Mari me ayudara con mi problema. Quizá se fuera de la lengua, y así yo tendría algo de información que me sirviera para escapar. Mientras no me preguntara de dónde era... Sabía que no podía decirle que era de Ámbar, pero mi falta de experiencia en el mundo hacía que me resultara imposible inventármelo.

—Bueno, pues yo te puedo contar lo que necesites saber. La mayoría de la gente aquí es bastante aburrida, y no son muy cultos, si te soy sincera. La fortaleza aloja a los soldados y sus familias, los comandantes y generales del ejército, y algunos dignatarios y otros nobles, y a gente como mi padre y yo, que hacemos que la fortaleza funcione.

»Pero bueno —cambió de postura, sentándose sobre las rodillas—, llevo viviendo aquí toda mi vida, solo he estado en Willowridge una vez durante unas vacaciones, pero fue increíble. Tanta historia, tantísimos libros antiguos... Pero la Fortaleza Oscura está bien si no eres muy de salir al exterior. Estoy segura de que ya lo sabes, pero el Bosque Oscuro no es seguro para nadie, incluso para gente como yo que lo conoce de pe a pa. Hay demasiadas criaturas en ese bosque para mi gusto, y eso que soy muy valiente. No es que quiera alardear, pero tampoco es que sea muy humilde.

Miró a lo lejos durante un momento, como si estuviera debatiendo si realmente era humilde.

—Perdona, ¿de qué estábamos hablando? Vaya día que llevo hoy...

Le dediqué una acogedora sonrisa. Era encantadora, a su manera.

—¿Hablabas de que llevas toda tu vida viviendo aquí?

—Sí, eso. El salón principal sirve una cena bastante decente la mayoría de los días. El estofado de conejo es mi favorito, pero tampoco te equivocas si pides las costillas. La gente aquí es reservada, pero si conoces a la gente correcta, como yo, son amables. Yo evitaría a los comandantes y a los soldados. No eran muy amistosos antes de la guerra, así que ahora están más tensos que un alambre. En especial me mantendría alejada del teniente Bert. Es un bruto asqueroso. Mi padre cree que le ocurrió algo horrible de niño, y por eso es tan retorcido. Aunque ese es un trauma de los básicos. Tengo un montón de libros sobre el tema si te interesa. Pero últimamente está incluso peor. Desde que el rey Ravenwood volvió, están todos de los nervios.

De repente sentí como si tuviera plomo en el estómago.

¿El rey malvado estaba *aquí*? ¿En el mismo castillo que yo?

—¿Sabes qué está haciendo aquí?

Traté que la pregunta sonara informal. Estaba segura de que era común que los reyes abandonaran las capitales para visitar los puestos de avanzada de su ejército, pero temía lo que podía significar para la posición de nuestro reino.

Mari frunció el ceño.

—Imagino que estará trabajando con el ejército para planear el próximo ataque contra Ámbar. Nuestro rey es un general de guerra brillante, ¿no crees? Ámbar es un reino interesante tras el que ir. Sin duda tiene ventajas logísticas, pero desearía que el rey fuera más diplomático. Ningún rey puede tener éxito teniendo reputación de cruel y mujeriego.

Los ojos casi se me salieron de su órbita; yo jamás hablaría así de mal de mi propio rey, el rey Gareth, incluso aunque era el hijo imbécil del que una vez fue nuestro gran rey Tyden. *Que las Piedras lo tengan en su gloria.*

—¿A qué te refieres con eso? —Cuando Mari me dirigió una mirada extrañada, añadí algo rápidamente—. Es que crecí en un pueblo muy pequeño. No sé mucho sobre política.

Eso, de hecho, era cierto. Los ojos de color caramelo de Mari se nublaron de decepción durante un momento, como si hubiera esperado que su nueva conocida fuera más inteligente, pero pareció pensárselo mejor cuando se dio cuenta de que aquello era una oportunidad de educarme.

—Bueno, pues para empezar, es un poco fresco.

Aquello hizo que me riera por la nariz, y ella estalló en una fuerte carcajada.

—¡Es cierto! He oído que se ha acostado con la mitad del reino, pero que no tiene planeado tomar una reina. Creo que es porque no quiere compartir nada de su poder. Lo cual supongo que es una decisión política inteligente, pero bastante fría, en mi opinión. Tampoco le da miedo la violencia, la tortura, la traición... lo que sea para conseguir sus objetivos en la batalla. Los libros de historia ya lo describen como uno de los gobernantes más feroces que jamás hayan reinado en el continente. Cambia de teniente como de ropa interior, y parece que nadie consigue mantener un puesto en su ejército durante demasiado tiempo, a excepción del comandante Griffin. Nunca ha tenido mucha relación con los nobles o lores del reino. Lo dicho: frío y cruel.

Aquello encajaba a la perfección con todo lo que había oído durante toda mi vida sobre el rey Ravenwood. No era tan ingenua como para pensar que las historias de Ámbar sobre el rey de Onyx y sus soldados no estaban algo adornadas, pero escuchar aquello de un miembro del propio reino me demostró que aquellas historias eran ciertas.

Saber que estaba aquí en la fortaleza tan solo hacía que mi necesidad de escapar fuera aún mayor.

Mari se quedó mirándome fijamente, preguntándose claramente qué era lo que estaba pensando.

—Lo siento, es solo que... —titubeé—. Es horrible escuchar unas cosas tan malas de nuestro rey. ¡No sabía nada de eso! —Me avergoncé del tono falso de mi propia voz. *¿Por qué se me da tan mal esto?*—. He escuchado que el rey Ravenwood tiene dragones, ¿es eso cierto?

No quería encontrarme con ningún dragón más cuando saliera de allí. Pero ella tan solo se rio.

—Solo uno. Lo he visto volando en círculos por encima de la fortaleza una o dos veces. Es una cosa espantosa. —Mari se estremeció—. Pero en el bosque hay todo tipo de criaturas. Quimeras, ogros, duendes...

Me estremecí del horror, pero no dije nada.

Jamás se me había ocurrido pensar que unas criaturas como esas podían ser reales, no le había dado crédito alguno a los rumores y los cotilleos que llegaban a mi ciudad. Había visto en una ocasión un colmillo de basilisco cuando un mercader ambulante pasó por el pueblo vendiendo rarezas, y pensé que se trataba de algún tipo de engaño.

—¿Todas esas cosas existen de verdad?

—Pues sí que eres de un pueblo pequeño. —Mari alzó una ceja, escéptica—. Lo próximo que me vas a decir es que crees que las salamandras de Granate o los espectros glaciales de Perla también son mitos.

Traté de no quedarme boquiabierta.

—Ya se ha pasado la hora de cenar. —Mari alzó el codo como para que me uniera a ella—. ¿Quieres que veamos el final de la obra juntas?

Pero yo negué con la cabeza. Dado lo mucho que temía al rey Ravenwood, creía que no querría hacerse amiga de mí si supiera la verdad: que era una prisionera, y que tenía que volver a mi celda. Además, no quería aventurarme aún más en el interior del castillo. Si esas criaturas campaban por el bosque, ¿qué habría en el interior de las murallas del castillo?

Le eché un vistazo a Barney, quien se había despertado y esperaba justo fuera de la botica.

—Lo siento, es que estoy agotada después de mi primer día, y necesito dormir un poco.

—Vale. —Parecía algo decepcionada, pero se recuperó rápidamente—. Estoy segura de que nos veremos por ahí. De todas formas, tengo que venir a pedirle una cosa a Dagan mañana. ¡Hasta otra!

Y, tras aquello, se marchó.

—Espera, ¿quién es Dagan? —pregunté cuando se iba, pero ya había bajado a la galería y se dirigía hacia las grandes escaleras de piedra.

Mi grito sí que llamó la atención de un soldado de hombros anchos con un yelmo de calavera de hueso, y una mujer noble que llevaba puesto un vestido de encaje rojo y violeta encorsetado, y joyería de ébano.

Mierda, mierda, *mierda*.

Me encogí y me agaché de nuevo en el interior de la botica para recuperar el aliento.

Todo el mundo me daba miedo allí. Todos exudaban un poder violento y oscuro, e intenciones crueles. Era como si yo fuera un trozo de carne, y ellos estuvieran famélicos.

Todos, excepto quizás Owen. Y su hija de cabello pelirrojo. Y puede que Barney... aún no estaba segura acerca de él. Pero, dejando a un lado las excepciones, debía evitar a toda costa a la gente de Onyx.

Esperé hasta que no hubo nadie en la galería antes de dejar la botica. Barney me esperaba fuera, exactamente donde había estado todo el día, y me saludó con una sonrisa cansada. Lo seguí escaleras abajo en silencio. Había retratos lúgubres de la realeza de Onyx, con sus rostros pálidos y melancólicos que me miraban junto a los candelabros de hierro forjado y las lámparas de araña.

Intenté eludir las miradas amenazantes de los soldados que entraban al gran salón, y traté de evitar mirar de forma anhelante cómo sus familias los recibían tras un largo día para compartir la cena. Echaba de menos a Ryder, a Leigh y a mi madre de forma desesperada. Me pregunté dónde estarían, y si estarían igual de preocupados por mí como yo lo estaba por ellos.

Los pasillos estaban oscureciéndose conforme la noche caía sobre el castillo. Tenía que encontrar una manera de escapar de allí que no fuera a través de las puertas principales del castillo, las cuales estaban plagadas de guardias. Antes de girar por un pasillo bañado en sombras de camino a las mazmorras, me llamaron la atención unas voces susurrantes que salían de una puerta cerrada al final del pasillo.

Vi un ligero brillo de la luz de las velas que salía por debajo de los paneles de madera, y el pequeño hueco en el marco permitió que el sonido llegara hasta donde yo estaba. No había guardias en la puerta... ¿podría tratarse de una manera de salir?

Le eché un vistazo a Barney.

—¿Puedo observar este cuadro un momento? —le pregunté, señalando con la cabeza el cuadro que había más cerca de la misteriosa habitación. Al mirarlo mejor, me encogí. El cuadro retrataba a un hombre bien dotado y desnudo, que sujetaba su... *don* con la mano.

Barney se quedó pálido de la vergüenza.

—Eh... Claro.

Sentí que me sonrojaba, pero agradecí aquella victoria. La incomodidad que había sentido ante lo que seguramente asumía que era mi interés sexual ante aquella pintura al óleo tan exagerada probablemente le había impedido decirme que no.

Me acerqué más a la puerta abierta mientras miraba el cuadro de un hombre desnudo menos interesante que había visto nunca, solo por si Barney decidía mirar en mi dirección. Estaba a punto de probar a girar el mango de la puerta cuando me llegó una dura voz que hablaba en voz baja.

—*Con todo el respeto, su majestad, eso fue lo que dijiste la última vez, y ahora estamos perdiendo a nuestros hombres a un ritmo alarmante. No puedo entrenar hombres tan rápido como desaparecen.*

¿Su majestad? ¿Estaba hablando con...?

Otra voz lo interrumpió, y aquella era suave como la seda, y cargada de fuego.

—*Pues con nada de respeto... tendrás que hacerlo. No me obligues a dar ejemplo otra vez con uno de tus tenientes. Ya sabes lo mucho que disfruto haciéndolo.*

El rey Ravenwood.

Tenía que tratarse de él.

Me quedé rígida, y el corazón me latió con fuerza en el pecho.

—*Puedes maltratar a quien quieras, pero eso no nos ayudará a encontrar lo que necesitamos a tiempo. Solo hará que tenga que buscar nuevos tenientes.*

—*¿Y no es para eso para lo que te pago de forma muy generosa?*

—*¿Por qué no le damos un descanso a la búsqueda durante solo una semana? Lo suficiente como para...*

—*No. Conoces las palabras de la vidente tan bien como yo. El tiempo se nos agota, comandante. Nos queda menos de un año.*

¿Vidente? ¿Qué podía...?

La áspera mano de Barney me rodeó el brazo, y me sobresalté ante el contacto.

—Ya es suficiente, el cuadro seguirá ahí mañana —me dijo con una expresión fría y dura. Pero su mirada estaba encendida de preocupación, más que cualquier otra cosa. ¿Habría escuchado él también la conversación furtiva?

Mientras me arrastraba lejos, el otro hombre (al que el rey había llamado «comandante») suspiró, y escuché el chirriar de las patas de una silla.

—*Antes solías ser más divertido.*

Barney y yo salimos al frío aire de la noche, y nos alejamos de aquella discusión en voz baja. Lo último que escuché fue una risa áspera, como una ola rompiendo dentro de mi pecho.

SEIS

M e sorprendió ver que, a la mañana siguiente, cuando Barney me escoltó de vuelta a la botica, ya había alguien allí. Observé al hombre que leía tras el mostrador: tenía el pelo canoso con unos cuantos mechones de pelo negro entre los demás, la barba desigual, y una constitución alta y esbelta. Me miró entonces de forma severa, y vi que tenía ojeras.

—Tú debes de ser Arwen.

—¿Dagan? —le pregunté.

Asintió de forma seca antes de volver a centrarse en su libro.

—¿También trabajas aquí?

Me miró de nuevo como si estuviera molestándolo. Lo cual era probablemente lo que estaba haciendo.

Se me enrojecieron las mejillas ante la idea de ser una molestia.

—A veces —murmuró el hombre, tras lo cual perdió de nuevo el interés en mí.

Qué bien. Me entretuve ordenando algunas de las hierbas secas y leyendo un nuevo texto sobre curaciones.

La noche anterior no había podido dejar de pensar en la conversación que había escuchado. No pude evitar tener la sensación de que, si fuera más lista, podría aprovechar de alguna manera la información que había descubierto en la discusión privada del rey, y usarla para ayudarme con mi plan de escapar. Mi plan de escapar que no estaba para nada formado y que realmente no existía aún.

Lo único que había entendido era que el rey claramente buscaba algo, y que el tiempo se le estaba acabando...

No sabía qué pensar sobre la mención de una vidente. Otra cosa más que había pensado que solo existía en los cuentos. El poder de ver el futuro, de decretar la voluntad de las Piedras, nosotros los meros mortales... Era más de lo que podía comprender.

Miré de forma furtiva a Dagan. Parecía alguien que había pasado toda su vida en Onyx a juzgar por su mirada amenazadora de ceño fruncido, y en lo cómodo que estaba tras el mostrador. Tal vez podría preguntarle de forma muy sutil...

—¿Sabes...? —Tragué saliva, incómoda—. ¿Sabes por casualidad...?

—Vuelvo en un rato —me dijo, y se dirigió hacia la puerta.

Ah, genial.

—De acuerdo —suspiré, confusa, pero entonces recordé algo del día anterior, así que añadí—: Creo que Mari quería venir a verte hoy. Si viene mientras no estás, ¿le digo que volverás?

Dagan tenía aspecto de que le hubieran arrebatado años de su ya larga vida. Tuve la sensación de que no soportaba demasiado la energía caótica de Mari.

—No.

Y, tras eso, se marchó.

Una hora después de aquello, había ordenado ya todas las hierbas no solo por color y lugar de origen, sino también por lo guapos que imaginaba que serían si tuvieran forma humana de hombre (el cardamomo claramente ganaba y por mucho), y mi aburrimiento llegó a punto crítico.

Me levanté, entrelacé las manos y las alcé por encima de la cabeza mientras me echaba hacia delante para estirar la espalda después de haber pasado tanto rato encorvada sobre las hierbas secas.

Suspiré de placer ante la sensación, y de repente me vi interrumpida por alguien aclarándose la garganta de forma ronca.

—Odio quejarme de las vistas, pajarillo, pero me temo que necesito algo de ayuda.

Me sentí como si de repente estuviese cayendo por un precipicio. Conocía aquella voz.

Me puse rígida.

De pie delante de mí estaba mi alarmantemente atractivo compañero de celda. Así que, después de todo, no estaba muerto. Aunque estaba bastante cerca. No llevaba puesta nada de ropa excepto unos pantalones rotos a la altura de una pantorrilla, y llenos de barro. Tenía el pelo pegado a la frente por el sudor y la mugre, y estaba apoyado con un brazo contra un estante.

Era un momento terrible para fijarme en ello, pero tenía el pecho y el abdomen esculpidos de forma perfecta; brillaban por el sudor, y estaban salpicados de algo de vello oscuro. Los brazos, donde tenía algunos cortes, los tenía flexionados mientras apretaba los dientes y trataba de mantenerse en pie. A pesar de que claramente estaba sufriendo, me dirigió una sonrisa llena de confianza, lo cual fue encantador y exasperante al mismo tiempo. Definitivamente sabía que lo había mirado boquiabierta.

Intenté retirar la mirada (como una *dama*) entonces. Con la otra mano se sujetaba con fuerza el costado derecho. Una sangre viscosa se le derramaba entre los dedos y el costado, y se le acumulaba en la cadera y la cintura del pantalón.

Me apresuré a ir hasta él, pero antes de rodear su enorme figura con las manos, me lo pensé mejor. Incluso aunque estuviera herido, parecía ser capaz de aplastarme con una mano si lo quisiera. En su lugar, lo guie lentamente hasta la cama de la enfermería y cerré de un portazo a nuestra espalda. Cuando lo toqué, su piel me pareció acero helado. La falta de calor en su cuerpo me preocupó. Estaba demasiado frío y pegajoso.

Había perdido demasiada sangre.

El extraño cerró los ojos y dejó escapar un quejido de dolor.

—¿Qué ha pasado? —le pregunté mientras llenaba un cuenco con agua tibia y antiséptico.

¿Cómo demonios estaba deambulando por el castillo y fuera de su celda? Había guardias en cada esquina, pasillo y recoveco.

—Solo ha sido una peleílla, estoy seguro de que estaré bien.

La ansiedad hizo que el vello del cuello se me erizara como si una araña me hubiera recorrido la piel.

—¿Me lo puedes enseñar?

Quitó la mano del costado, y al instante agradecí todos los horrores de la guerra que ya había visto en los últimos años cuando estaba en Abbington, no tanto por la experiencia médica, sino porque fui capaz de no emitir un grito ahogado ante la sangría, que habría asustado al paciente.

Hacer que se mantuviese en calma era igual de importante que curarlo.

Entre las costillas, le habían arrancado un trozo bien grande de carne. Casi podía verle el hueso entre el músculo.

—¿Es esto lo peor que has visto, pajarillo?

—Ni por asomo. Como bien has dicho tú, parece fruto de una simple pelea. Te coseré en un santiamén.

Mantuve la voz relajada, y él abrió los ojos y me observó mientras recogía todos los materiales.

Cuando le puse un paño sobre la herida, se sacudió un poco. Supe por las numerosas cicatrices que tenía en los brazos y el torso que aquella no era su primera *peleílla*. Aun así, cuando se sobresaltó de nuevo, sentí la necesidad de distraerlo, al igual que él había hecho conmigo la primera noche en las mazmorras.

—¿Cómo te escapaste? —le pregunté mientras le limpiaba la herida—. Creía que te había pasado algo…

—Ay, pajarillo. ¿Estabas preocupada por mí? ¿Temías que mi cabeza estuviera clavada en una pica?

Me tembló un poco el labio, pero no se me ocurrió nada ingenioso que decirle en ese momento. De hecho, sí que me había preocupado por él. O, al menos, por lo que significaría para mí si eso era lo que le había ocurrido. Él alzó las cejas, pero apartó la mirada rápidamente. Aun así, la desconfianza que había visto en su mirada me sorprendió.

En cualquier caso, había ignorado mi pregunta, y claramente no estaba interesado en compartir su ruta de escapada.

Vaya imbécil egoísta.

—¿Saben que te escapaste del castillo...? ¿O que has vuelto a entrar? De hecho, ¿por qué has vuelto? —le pregunté.

—Al hacerme esta herida tan fea, no había muchos más sitios a los que poder ir. —Se encogió mientras le limpiaba la suciedad en una sección particularmente destrozada de su costado.

—Así que ¿vuelves a la fortaleza de la que te acabas de escapar? Me imaginaba que alguien como tú saldría corriendo.

—¿«Alguien como yo» significa alguien muy estúpido?

—Bueno, eso lo has dicho tú, no yo.

Frunció el ceño.

No podía parar de mirar hacia la puerta de la enfermería. ¿Entrarían en cualquier momento Barney, Bert, o cualquier otro soldado y lo matarían? O quizá me matarían a mí por ayudarlo.

Tenía que actuar muy, muy rápido.

—Por si no te has dado cuenta, pajarillo, no hay ningún pueblo ni ciudad en kilómetros alrededor. ¿Crees que sería capaz de huir durante días con una herida como esta?

—¿Y no te preocupa que te capturen otra vez aquí?

Hizo una mueca mientras trabajaba, y se encogió de hombros, aunque solo con el hombro izquierdo.

—No soy la prioridad número uno de los soldados. Estamos en guerra, por si no te habías fijado.

Tragué saliva con dificultad y deseé que tuviera razón.

Alzó una ceja de forma curiosa mientras me miraba.

—No te preocupes. No te van a castigar por curarme.

—Eso no lo sabes —murmuré, y miré de nuevo la puerta.

—Entonces, ¿por qué me ayudas, si piensas que esto será tu sentencia de muerte?

Me sonrojé. Tenía razón, era una idea terrible.

—Pues porque… estás herido. Y yo soy una sanadora.

Me recorrió el rostro con su mirada.

—Eres muy moral, pajarillo. ¿Qué hace alguien como tú en una celda de Onyx?

Dudé, y me mordí el labio inferior mientras pensaba. Pero él se había escapado de forma exitosa de su celda. Estaba buscando una manera de escapar, y allí estaba. Quizás me intercambiaría un secreto por otro. A mí me parecía una moneda justa en un reino como este.

—Mi hermano le robó algo al rey, así que hice un trato para salvarle la vida —le dije con la mirada puesta en la herida.

Después de un silencio demasiado largo, lo miré y vi que su expresión se había endurecido.

—¿Por qué?

Me invadió la necesidad de ponerme a la defensiva.

—¿A qué te refieres con «por qué»? Es mi hermano, no podía dejar que los bastardos de Onyx lo mataran.

Me taladró con una mirada en la que había una mezcla de frialdad y curiosidad.

—¿Por qué pensaste que tu vida era menos valiosa que la suya?

Aquello no era para nada lo que había esperado.

—No… Yo no… Esa no es la razón. —Por algún motivo, me sonrojé.

Cuando era niña, siempre había tenido envidia de Ryder. Los hombres querían ser sus amigos, las mujeres, estar con él. Powell y mi madre lo adoraban. Ryder no podía hacer nada mal para ellos. Y a aquello lo acompañaba un sentimiento de autoconfianza que hacía que tuviera incluso más éxito en todo lo que se proponía.

Quizás había sentido que, si alguien debía de hacer el sacrificio, mejor hacerlo yo que él. Noté el sabor de la vergüenza en la lengua, y un zumbido en los oídos. Me sonrojé de nuevo. Me concentré en la herida que estaba limpiando. Cuanto antes pudiera sacarlo de allí, mejor. El prisionero me observó con cuidado, y yo evité su mirada insistente y terminé el trabajo.

Una vez que la herida estuvo limpia y le hube echado unos ungüentos, comencé a coserlo. Se quedó quieto, y apenas se movió mientras le cosía la piel.

Era ahora o nunca. Casi había terminado…

Pensé en el teniente, y en el hecho de que el rey Ravenwood estuviera en alguna parte de aquel castillo, y sopesé con cuidado mis palabras. Solo tenía una oportunidad.

—Me vendría bien tu ayuda.

Alzó las cejas, pero esperó a que siguiera hablando. Traté de darle una vuelta a la verdad en mi cabeza. Por supuesto, no podía confiar en este hombre, pero el tiempo se me agotaba. En cuanto estuviera curado, se marcharía, y con él también se iría la única oportunidad de ser libre.

Debió de verme debatir si debía sincerarme o no, ya que dijo:

—Me has ayudado bastante, así que deja que te devuelva el favor.

Tragué saliva cuando la bilis amenazó con subirme por la garganta.

—Ayúdame a escapar. Claramente tú lo has conseguido, así que llévame contigo, por favor.

Frunció el ceño, pero no dijo nada. Terminé de coserlo y comencé a envolverle la herida con una venda.

—No puedo, lo siento. Aún tengo unos asuntos que atender aquí.

¿Asuntos?

—Eres un fugitivo —le dije, y se me escapó una risa por la conmoción más que otra cosa—. ¿Qué asuntos vas a tener, aparte de salir con vida de este lugar desamparado de todas las Piedras?

Quizás fuera su ego, o puede que necesitara que se lo suplicara. Y desde luego, no estaba por encima de ello. Haría lo que tuviera que hacer. Él sonrió y se incorporó, quitándome de las manos lo que quedaba de la venda y terminando de ponérsela él mismo.

—La mujer sabia tiene razón, pero tristemente, no te puedo decir mucho más, excepto que el bosque que rodea la Fortaleza Oscura es salvaje y está lleno de criaturas contra las que no te recomendaría enfrentarte a solas.

—Sí, eso tengo entendido. ¿Es así como te has hecho la herida? ¿Cuando ibas a marcharte, algo te ha dado un mordisco?

Soltó una risa, y se encogió de dolor por ello.

—Pues no te equivocas demasiado.

Giró las piernas hacia el lado y se levantó con cuidado.

—Espera. —Le hice un gesto de nuevo hacia la camilla—. No había terminado, falta un último ungüento.

Frunció el ceño, pero se señaló a sí mismo, como diciendo «de acuerdo, pero date prisa».

Agarré una pomada sanadora y crucé la habitación para ponerme a su espalda. Por las Piedras, qué alto era. Era como una torre a mi lado. Incluso bañado en sudor y pálido por la pérdida de sangre, dolía lo guapo que era. Desgarrador.

Y de verdad que necesitaba que se pusiera una camisa. Respiré de forma dubitativa y deslicé las manos bajo el vendaje, fingiendo que necesitaba aplicarle el ungüento. Se le cortó un poco el aliento ante el contacto, y dejé que unas cuantas gotas de mi poder se derramaran sobre su piel para unir la carne que se había desgarrado, reforzar los puntos, y calmar la hinchazón.

—¿Por qué no me ayudas? No te estorbaré, te lo prometo.

Alcé la vista para mirarlo.

Había algo tenue pero herido en su mirada. Tal vez simplemente le doliera mucho la herida.

—Lo siento, pajarillo. Me temo que aquí te necesitan.

Aparté las manos y él me recorrió con la mirada con lentitud, como si estuviera saboreándolo, y de una forma asombrosamente íntima. El espacio que había entre nosotros estaba cargado de energía.

Usar mis poderes siempre me dejaba algo cansada, así que comencé a sentir un ligero agotamiento. Él entrecerró los ojos y se acercó incluso más a mí. Su olor hechizante como a bosque me invadió los sentidos.

—¿Estás bien?

—Sí, solo estoy cansada.

Él asintió.

—Sí, eso me pasa también a mí.

Fruncí el ceño.

—Que te… ¿cansas?

Casi parecía como si se estuviera sonrojando, pero antes de que pudiera responder, en la habitación contigua se escuchó la puerta de la botica abriéndose y estrellándose contra la pared, y aquello hizo que él apartara la mirada. Sin pensárselo dos veces, el hombre me dirigió una sonrisa de disculpa, y se subió al alféizar de la ventana.

—¡Mierda! —solté en un fuerte susurro.

Rodeé la mesa para llegar a la ventana, pero antes de poder frenarlo, se tiró con un gruñido. Miré hacia el suelo polvoriento que había debajo, y en aquella ocasión sí que solté un grito ahogado.

Había desaparecido.

¿Cómo?

Me giré justo en el momento en el que entraba en la habitación a toda velocidad un atractivo hombre con el pelo de color miel y los ojos de un verde claro, como el vidrio marino.

Expandí el pecho y traté de recordar cómo se respiraba. La adrenalina aún me recorría las venas.

—¿Dónde está? —preguntó el hombre de hombros anchos, que era casi tan alto como el prisionero, y puede que más fuerte.

Llevaba puesto un uniforme de Onyx con tachones brillando contra el arnés de cuero negro. Observó la pequeña habitación girándose en círculos. Entonces, su amenazadora y violenta mirada se centró en mí.

Yo tragué con dificultad, moviéndome incómoda bajo su decidida mirada.

—Soy Arwen, la nueva sanadora. ¿A quién busca?

Me fulminó con la mirada de forma devastadora, y me encogí de miedo. Sin decir nada más, el hombre se giró y se marchó con un portazo.

SIETE

T an solo un día después de la ridícula fuga por la ventana, sucedió un milagro: encontré una manera de huir.

Y esa manera era Jaem.

Jaem era el hijo del carnicero. Ese día había venido a verme con dos dedos destrozados. Mientras intentaba machacar un trozo de cerdo, le llamó la atención una preciosa joven llamada Lucinda. Con su pelo largo y rubio, y una nariz delgada, Jaem se quedó mudo, y se pegó con el martillo justo en la mano. El pobre chico. Mientras le entablillaba los dedos que parecían más carne picada que otra cosa, me contó que esperaba poder traerle algo de la ciudad a Lucinda al día siguiente. Iba a la capital una vez por semana para vender la carne y las pieles que sobraban en la fortaleza a espaldas de su padre, para poder quedarse el dinero extra. Iba cada semana, a medianoche.

Y esta noche, yo me iba a colar en su carretilla.

Me di cuenta la primera mañana que pasé allí que la cerradura de mi celda estaba oxidada, pero aún tenía que encontrar la manera de aprovecharme de eso… y ahora, lo había hecho. Una vez que estuviera en la capital de Onyx, podría ir a una ciudad portuaria y encontrar la manera de viajar en barco de forma segura. Tenía un poco de dinero aún escondido en la falda de la noche en que habíamos tratado de irnos de Abbington, y esperaba que eso fuese suficiente para pagar el viaje desde la costa de Onyx hacia Granate. Mientras pudiera ir hasta la capital, y evitar a las criaturas y a los villanos que vivían entre sus muros… Pero mi inquietud por estar en Willowridge no era nada comparada con el miedo que me daba el bosque que había alrededor de la fortaleza. Si podía llegar hasta la carreta de Jaem a salvo, podía con lo que fuera que me esperara en la ciudad.

El miedo a que Barney, o Bert (o, las Piedras no lo quisieran, el mismísimo rey) pudieran percatarse de que había ayudado al prisionero a escapar aquel día, era una presencia constante en mi mente. Cada día había una nueva y más apremiante razón para necesitar salir de aquella fortaleza, y cuanto antes, mejor.

Aun así, repetí la conversación que había tenido con el extraño un centenar de veces en mi cabeza. ¿Qué razón podía tener para quedarse en la Fortaleza Oscura después de haber hallado la manera de salir de su celda? ¿Por qué había desaparecido antes de darse contra el suelo? Ciertamente la vista debía de haberme jugado una mala pasada…

Eso, además de la conversación que había escuchado del rey, se repetían una y otra vez en mi mente cada noche cuando me quedaba encerrada en mi celda. Aquello era lo único que me distraía de sucumbir a un miedo desgarrador.

—¿Las hojas de mirto van ahí? —le pregunté a Dagan, volviendo a centrarme en las hierbas que tenía delante.

Asintió lentamente.

Debería de haberlo sabido. Aquello era todo lo que obtenía del hombre mayor. Parecía odiarme por alguna razón, así que trataba de mantenerme callada cuando estaba en su presencia tanto como podía. Así que trabajábamos en silencio mientras las últimas horas del día se acercaban.

Ahora que sabía que a medianoche quizá sería capaz de marcharme, me parecía que el día no avanzaba lo suficientemente rápido hasta el atardecer.

—¡Hola a ambos! Vaya fiesta que tenéis aquí montada.

El sarcasmo animado de Mari cuando entró por la puerta de la botica fue un cambio en la monotonía más que bien recibido.

—¿Qué es eso? —le pregunté a modo de saludo, y señalé el libro de cuero que llevaba en las manos.

—Un libro de hechizos de brujería. Creo que tiene más de cien años. He traducido todo lo que he podido, pero Dagan, ¿he pensado que tal vez podrías ayudarme con el resto?

Dagan resopló, pero vi que, de hecho, agradecía la petición. Quizás estaba tan aburrido como yo, y aquella idea me hizo gracia. Agarró el libro que Mari le dio y se fue al armario, supuestamente a por algo que lo ayudara a traducirlo.

Una vez que estuvo lo suficientemente lejos, le susurré a Mari:

—Creo que me ha dicho unas seis palabras hoy. No es un tipo muy hablador. ¿Quién es, exactamente?

Mari soltó una risita.

—Solía ser consejero o algo así del rey que había antes de Kane Ravenwood, y antes de eso creo que sirvió en el ejército de Onyx. Ahora simplemente trabaja en la botica. Algunos de los niños más jóvenes creen que es un brujo, y que por eso el rey Ravenwood lo tiene aquí, pero jamás le he visto hacer magia. —Le dio unos golpecitos al mostrador de madera con los dedos, pensando algo—. Finge que lo molesto, pero sé perfectamente la verdad. Sé que le encanta ayudarme con algunos viejos textos y con mi investigación sobre las hadas y las brujas. Solo es un hombre mayor y solitario. No estoy segura de que haya tenido nunca familia ni nada.

Sentí algo de pena por Dagan.

—Tengo que volver a la biblioteca, pero ¿quizá podríamos cenar juntas esta noche? Sirven las costillas de las que te hablé.

No estaba segura de por qué, pero me sentí culpable al rechazar de nuevo a Mari. Ni siquiera la conocía tan bien, pero hacía tanto tiempo desde que alguien me había extendido una invitación de amistad… Además, había evitado el gran salón durante toda la semana que llevaba allí. Lo había evitado todo excepto esta habitación, la enfermería contigua, y mi celda.

Incluso si fuera alguien valiente y decidiera aventurarme a ver el resto del castillo lleno de sombras, no creía que fuera probable que Barney aprobara una cena con mi nueva amiga.

—¿Y mañana?

Si las Piedras lo querían, no estaría aquí para entonces. Si esta noche tenía éxito, probablemente no la volvería a ver jamás. Aquel lúgubre pensamiento me sorprendió. Esperé que no pensara que tenía nada que ver con ella.

La expresión de su rostro me dijo que sabía que me estaba callando algo.

—¿Qué ocurre?

—Es solo que echo de menos mi hogar, eso es todo.

Otra verdad a medias.

—De acuerdo. Veremos cómo estás mañana.

Mari me dio un pequeño apretón en el brazo antes de girarse para marcharse.

Dagan y yo seguimos trabajando. Solo llegaron ese día unos cuantos pacientes (todos soldados), y me dejó al cargo de todas las curas, controlándome de vez en cuando para comprobar que no hubiera cometido ningún error obvio. Traté de no tomármelo como algo personal.

Estaba limpiando la enfermería después de tratar una herida por jabalina especialmente sangrienta, cuando escuché una voz ronca que hizo que el estómago se me revolviera de inquietud.

—Dagan, bienvenido de nuevo —dijo Bert—. El comandante me ha dicho que lo de Jade ha sido un fracaso. Qué pena. —El sonido de unas botas rascando el suelo sonaba cada vez más cerca, de forma lenta pero insistente, como el miedo que me brotaba en el pecho—. ¿Dónde está la chica?

Mierda. No podía estar así de cerca de ser libre y ahora caer en manos de Bert.

Con cuidado y en silencio, con tanta delicadeza que me temblaron las manos, cerré la puerta de la enfermería y empujé la camilla contra la puerta.

Tenía que salir de allí antes de que Dagan guiara a Bert hacia mí y me llevara con él. Pero el corazón me latía con tanta fuerza contra mis oídos que no podía pensar.

La ventana.

Si el extraño había podido salir con la herida que tenía, yo también podría.

Antes de ser del todo consciente de ello, toqué el cristal con los dedos, y lo empujé más y más y más.

El pestillo no cedía. El pestillo *no cedía*, así que estaba allí atrapada, como un ratón en una trampa.

¿Había estado sellado desde el día en que el prisionero se escapó? Me lancé contra el marco de la ventana una y otra vez, y los músculos y huesos de mi hombro y antebrazo se resintieron.

Empezó a sudarme la frente y el cuero cabelludo.

Me pasé la lengua por los labios y me esforcé aún más con los dientes apretados y un pitido en los oídos.

Venga, venga, *venga*.

Por fin, se escuchó un *pum*, y cedió.

Gracias a todas las Piedras.

La abrí, y una brisa fresca me golpeó la cara. Me falló la vista ante lo que había frente a mí. Los soldados se paseaban, el herrero golpeaba el martillo como si fuera un verdugo. Me sudaron las palmas de las manos ante aquello; jamás conseguiría llegar a los establos. Probablemente no conseguiría llegar a ningún sitio. Era una caída aún más escarpada de lo que esperaba, incluso desde el segundo piso. No me cabía en la cabeza cómo lo había hecho el prisionero.

El pomo de la puerta de la enfermería se sacudió, así que me subí al marco de la ventana.

—¿Arwen? ¿Por qué está cerrada la puerta?

Inhalé de forma brusca. Era Dagan.

Agucé el oído para ver si escuchaba la voz de Bert con un pie al otro lado de la ventana y el viento golpeándome el tobillo... Pero no escuché nada.

—¿Arwen?

No escuché la voz de Bert de nuevo. Los golpes en la puerta continuaron, y recé en silencio a todas las Piedras por que meterme de nuevo en la enfermería fuera la decisión correcta.

Para cuando aparté la camilla y abrí la puerta, Dagan tenía el rostro rojo.

—¿Qué hacías ahí dentro?

Me agarré mi propio brazo dolorido.

—Me he... quedado atrapada.

Dagan negó con la cabeza y se retiró hacia la botica.

Lo seguí, y pregunté:

—¿He escuchado la voz del teniente? —Traté de que la pregunta sonara informal, pero me salió un tono de voz más agudo de lo normal.

Dagan soltó un sonido de disgusto.

—Por desgracia.

—¿No te cae muy bien?

—¿Acaso a alguien le cae bien?

Sonreí a mi pesar.

—¿Cómo has conseguido que se fuera?

Dagan me dirigió una mirada penetrante.

—No tenía lo que él buscaba.

Dejé escapar un gran suspiro. No había sido consciente de lo mucho que había estado conteniendo el aliento.

El alivio me hizo mirar el reloj; debía de ser ya medianoche, ¿no? Tenía que irme de la Fortaleza Oscura, más de lo que necesitaba que el corazón me siguiera latiendo o de lo que necesitaba el aire que respiraba.

Pero solo era el atardecer.

—Dagan… no me encuentro muy bien, creo que la avena que me tomé esta mañana estaba en mal estado. ¿Te importa si me voy algo pronto? —Me agarré el estómago ligeramente tarde como para que mi historia fuera convincente.

Pero miró con la mirada cargada de sospecha.

—Si es lo que necesitas.

—Gracias.

Casi le dije que le vería a la mañana siguiente, pero me parecía que ya había mentido lo suficiente como para una vida entera.

Barney me acompañó de vuelta a las mazmorras en un incómodo silencio. Claramente tenía algo en mente, pero no me importaba lo que fuera. Yo tenía una sola misión esta noche. Llevaba todo el día planeándolo mientras había curado y cosido a los pacientes, y ahora era el momento de ver si había aprendido algo de toda una vida creciendo junto a Ryder. Era lo único que podía hacer para no derrumbarme ante la enormidad del daño que se cernía sobre mí si tenía éxito.

Llegamos a mi celda y Barney cerró la puerta tras de mí, metiendo la llave de hierro en la cerradura.

—Barney —le dije, y le agarré la mano a través de los barrotes. Él se sobresaltó un poco, pero me miró a los ojos y esperó a que continuara hablando—. Solo quería decirte que… te lo agradezco mucho. Por ser tan bueno y tan valiente.

Mientras hablaba, el corazón me dio un vuelco dentro del pecho. Usé el pie para tirar de la puerta lentamente hacia dentro y en mi dirección milímetro a milímetro. Con cuidado de que Barney no se diera cuenta de que el cerrojo oxidado tan solo se cerraría bien si tiraba con fuerza de él. Fue tan sutil que apenas supe si lo había movido, de hecho. Tan ligero, que no notaría la forma en que la cerradura no estaba alineada.

—Eres tan considerado, y me has hecho sentir como en casa aquí. Para serte sincera… —Bajé la mirada de forma modesta, y me pareció ver a Barney sonrojarse—. Eres… Eres la única razón por la que estoy saliendo adelante en estos momentos tan difíciles. Así que solo quería darte las gracias.

Barney me observó en un silencio dolorosamente incómodo, con las mejillas sonrojadas.

—De… acuerdo.

Negó con la cabeza, confuso, y terminó de cerrar con llave antes de subir por los escalones de piedra en espiral, más rápido de lo que lo había visto moverse nunca antes.

Cuando se marchó, solté un suspiro que parecía que había contenido durante un siglo. Había esperado poder cautivarlo, pero incomodarlo de forma agresiva también parecía haber funcionado. Envolví los barrotes con las manos con cuidado, y lentamente tiré de la puerta de la celda con un chirrido.

Abierta.

Estaba abierta, no la había cerrado.

Barney había echado la llave y la cerradura oxidada había hecho que el cerrojo no se echara bien.

Era libre.

Pero aún no podía celebrarlo.

Saqué la comida y los suministros que había robado los pocos días que había pasado en la enfermería metiéndomelos en el bolsillo de la falda, y encontré el papel con el boceto de mapa que había dibujado del patio exterior, y el cual había guardado en uno de los cubos vacíos. Tenía lo que necesitaba, incluyendo un pequeño paquete que le había robado a la esposa de una noble esnob que llegó a la enfermería con un picor de garganta. ¿Quién habría dicho que era una ladrona tan buena? Debía de ser cosa de familia.

Pero ahora quedaba la parte más difícil. Me senté dentro de mi celda abierta; podría haberme marchado en cualquier momento, pero esperé a la medianoche. Esperé a Jaem, y al repique de las campanas.

Me desperté sobresaltada por un quejido.

Estaban arrastrando delante de mí por los adoquines mojados a un prisionero con la cara tan amoratada que parecía una ciruela, y lo llevaron de vuelta a su celda, a la zona cerrada que había al final del pasillo de la mazmorra. Noche tras noche había metido la cabeza bajo la piel de zorro para esconderme de los sollozos, los balbuceos y los gritos que me decían exactamente lo que pasaba allí dentro.

Le faltaban tres dedos de la mano, y tenía una herida putrefacta donde una vez había estado su oreja. Se me escapó un grito ahogado terrible.

Estaba ensangrentado y tenía arcadas, casi parecía un esqueleto, y apenas era capaz de dar tres pasos seguidos. Por fin, los soldados llegaron a su celda y lo lanzaron al interior. El sonido que causó el golpe del cuerpo contra la piedra fue nauseabundo. Estaba a dos celdas de la mía, junto a la celda donde el atractivo extraño había estado. Ahora estaba segura de que aquella masa había sido el hombre con el que el extraño había discutido la primera noche.

El atardecer dio paso a la noche, y mis pensamientos no dejaron de sucederse. Imaginé un escenario especialmente desagradable en el que tras solo unos pasos fuera de mi celda, un soldado me atrapaba y me cortaba en dos por la traición. Después de aquello, me di la vuelta sobre el costado y dejé escapar un quejido contra el abrigo.

—¿Un día duro?

Su voz tuvo un efecto en mi corazón que no quise analizar demasiado. Era una mezcla extraña entre el alivio, la emoción y un miedo muy real. Cuando me di la vuelta, el extraño estaba de pie frente a mi celda, echado sobre la fría piedra de la mazmorra, iluminado por los farolillos, y con el rostro bañado de una luz azulada. Tenía un pie apoyado contra la pared que había a su espalda, y con su postura de brazos cruzados, era la viva imagen de la tranquilidad.

Me rodeé las rodillas con los brazos para evitar que me temblaran.

—¿Qué haces aquí? —pregunté en apenas un susurro.

No había prisioneros en las celdas contiguas a la mía, pero sí que algunos cerca que probablemente podrían escucharnos.

—Qué celda tan bonita tienes, mucho mejor que la mía. Con un banco, un cubo… ¿Cómo has convencido a ese zoquete alto de que te diera tantas cosas bonitas? —Me dirigió una sonrisa lánguida y se inclinó un poco más cerca—. ¿Acaso lo has sobornado poniéndole morritos con esos labios tan bonitos?

No traté de ocultar la repulsión que sentí.

—Sácate esas ideas tan sucias de la cabeza. Es un soldado bueno, uno de los pocos que hay aquí, al parecer.

Le brillaron los ojos, y se acercó a mi celda para mirarme desde arriba.

Claramente, mi instinto había acertado con él: para salir y entrar del castillo con tanta facilidad, y con esa calma perturbadora y fría… Debía de ser más astuto y peligroso incluso de lo que había imaginado.

No me fiaba de él.

Y, claramente, el sentimiento era mutuo. No le había interesado contarme nada sobre cómo se había escapado. Sentí que la piel me hormigueaba por la irritación. ¿Aquel extraño no podía ayudarme, pero sí que tenía tiempo de sobra para darse un paseo por las mazmorras y venir a fastidiarme?

—Tu talento para curar es de otro mundo, pajarillo —me susurró—. Me siento como nuevo ya.

Se subió la camisa, y me mostró un trozo de su magnífico, prácticamente esculpido, y bronceado torso, donde había una sola línea que lo cruzaba.

Yo lo miré con el ceño fruncido.

—Debes de tener ganas de morir. ¿Por qué has vuelto a bajar aquí?

Recordé que mi celda estaba abierta, así que me arrastré hasta la puerta hasta que pude poner el pie contra los barrotes para así mantenerla cerrada. Se me ocurrió entonces que estaba muy cerca de mí sin ninguna separación real entre nosotros, y un presentimiento se abrió paso en mi interior. Esa noche parecía mucho más amenazador de lo que me había parecido en la enfermería. Me pregunté si habría sido por el estado pálido y sudoroso que lucía aquella vez, con la herida del torso. La manera en que se había reflejado en su mirada el temor por su vida.

—Ya te lo he dicho, tengo unos asuntos que atender. Algunos de los cuales están aquí en la mazmorra. —Apartó la mirada de mí para dirigirla al final del oscuro pasillo—. Pero no te preocupes —siguió diciendo, mirándome de nuevo con un brillo en los ojos—, no voy a meterte en problemas.

La torre del reloj sonó en el exterior, indicando que solo quedaban dos horas para que Jaem se marchara hacia Willowridge, así que necesitaba salir de aquella celda.

—Vale —le dije, aunque no estaba escuchándolo ya. Me invadieron el miedo y las dudas, como siempre. No lo conseguiría, no iba a salir de aquella situación con vida. No…

—¿Qué ocurre? —preguntó en una voz libre del tono juguetón anterior.

—¿Cómo? Nada.

Me estremecí; la anticipación y la ansiedad hicieron que el cuerpo e incluso los huesos me temblaran de forma física. El sol se estaba poniendo, y no tenía ningún plan de verdad sobre cómo eludir a los guardias de la mazmorra que se encontraban escaleras arriba. ¿En qué había estado pensando al intentar aquello? A lo mejor yo también tenía tendencias suicidas.

—Oye —me dijo, esta vez en un tono más intenso. Se agachó y pasó su enorme mano a través de los barrotes para agarrarme del brazo—. Dime algo.

Hice un gesto de dolor al notar la presión en el antebrazo. No me había curado a mí misma para tratar de guardar todo mi poder y energía para esa noche. Me soltó al instante, y el rostro se le transformó, horrorizado.

—Estás herida. ¿Por qué no me lo has dicho?

—No es nada, solo un moretón.

Su mirada ardió de ira.

—¿Quién te lo ha hecho?

—Me lo he hecho yo sola de la forma más estúpida. Estaba intentando...

¿Qué? ¿Qué era lo que había tratado de hacer? No iba a decirle que intentaba tirarme por la misma ventana por la que él había salido.

Él esperó a que siguiera hablando.

—Da igual. ¿Por qué estás aquí abajo, hablando conmigo? ¿Me vas a contar algo sobre ti, o sobre cómo escapaste? ¿O solo vas a seguir molestándome en los momentos más inoportunos?

—¿Hay algún momento que te parezca más oportuno? —me preguntó, y alzó la ceja, divertido—. ¿Quizás en mitad de la noche, cuanto estés aquí totalmente sola, pensando en mí...?

Negué con la cabeza, exasperada.

Él resopló, riéndose en voz baja.

—La verdad, pajarillo, es que tu celda es el último sitio en el que debería de estar, y aun así... —Suspiró—. Parece que no me puedo mantener alejado de ti.

Un escalofrío me recorrió la espalda.

—Bueno... —Traté de dar con las palabras adecuadas—. Es agradable no sentirme completamente sola.

Alzó ligeramente las cejas.

—Imagino que una mujer como tú no se siente sola muy a menudo.

Le dirigí una mirada brusca.

—¿Perdona?

—Eso ha sonado mal —me dijo, y se pasó la mano por la cara para esconder una sonrisa. Tuve que obligarme a apartar la mirada, porque los hoyuelos que le aparecieron en la mejilla me estaban matando.

—Solo me refería a que eres acogedora, divertida y es agradable pasar el tiempo contigo. Asumo que rara vez tanto hombres como mujeres te dejan a solas.

Aquellas palabras fueron como una masa que se hinchó dentro de mi pecho; calentito, viscoso y suave.

Pero ese sentimiento se agrió enseguida.

—Bueno, pues tu suposición no es correcta. No he tenido demasiados amigos en mi vida, y ciertamente no eran *hombres*. Mi pueblo era pequeño y no había muchos niños de mi edad. Todo el mundo conocía a mi hermano, así que yo simplemente me... unía a ellos.

—Entonces son todos unos necios. Suena a que ha sido una bendición haber dejado atrás ese montón de cabañas.

—Quizás. Algunas veces... No sé.

—Dímelo. Algunas veces, ¿qué?

¿Por qué me salían las palabras a borbotones? Palabras que había guardado tan adentro de mí, durante tanto tiempo, que casi me había olvidado por completo de su existencia. Me obligué a inhalar lentamente.

—Algunas veces deseaba tener algo más.

Algo titiló en sus ojos, y esperó a que continuara.

—Cuando era niña... no aprendí mucho, ni conocía a demasiada gente, ni probé a hacer muchas cosas. Sinceramente es bochornoso lo poco que sé sobre el mundo.

Pensé en Mari, en cuánto había visto, aprendido y vivido en sus veinte años de vida. Estaba segura de que conocía bien los rincones más alejados y misteriosos del continente. Reinos de los que yo no sabía nada, como Jade o Citrino. Negué con la cabeza.

—En solo unos cuantos días, he conocido a gente aquí que ha visto y hecho muchísimas más cosas que yo. Hace que me sienta como si apenas hubiera vivido mi vida.

—¿Por qué no te marchaste?

Miedo. Un miedo constante y pegajoso me bajaba por el cuello como si fuera sirope, todos y cada uno de los días de mi vida.

—Tenía muchas responsabilidades, no podía... —le dije, en lugar de la verdad.

—A mí eso me suena a patraña.

Me puse tensa.

—Eres horrible.

—Solo estoy siendo sincero.

Me apreté con los dedos el puente de la nariz. Nada de horrible, aquel hombre era exasperante.

—Da igual, voy a irme a dormir.

Fui a arrastrarme de vuelta a la esquina, pero el hombre pasó la mano entre los barrotes y me agarró el tobillo desnudo con fuerza. Fue un contacto lo suficientemente firme como para sostenerme allí, pero cuidadoso contra la piel sensible de mi pie. Me subió un escalofrío por la pantorrilla que se me asentó entre las piernas y me hizo temblar.

—Venga ya, pajarillo. No tienes ninguna razón para mentirme. ¿Por qué te quedaste?

—Suéltame.

Lo hizo enseguida, sin rastro alguno de duda.

—Ya te lo he dicho, mi madre estaba enferma, mi hermana era joven... Incluso antes de que enviaran a mi hermano a luchar en la guerra de tu rey, alguien tenía que cuidar de ellos.

Él negó con la cabeza, y se asentó un incómodo silencio entre nosotros que era como un enorme mar sin final.

—Y tenía allí a alguien que me importaba.

El extraño alzó las cejas entonces, interesado.

—Creía que habías dicho que nada de hombres.

Halden no era un *hombre*, era... Halden. Era...

Pero no tenía que explicarle nada a aquel extraño. Abrí la boca para decirle exactamente eso, pero él negó con la cabeza.

—Nada de eso.

Me crucé de brazos.

—¿Qué quieres decir con «nada de eso»?

Se encogió de hombros.

—No significaba tanto para ti.

—¿Cómo?

—No se te ilumina el rostro al hablar de él, y claramente no piensas en él. Inténtalo de nuevo.

—Qué despectivo eres... ¿Qué vas a saber tú de eso?

—Confía en mí, entiendo de estas cosas. —Me penetró con la mirada—. ¿Por qué te *quedaste* allí?

Uff. Ya había tenido suficiente. ¿Qué más daba, de todas formas?

—Tenía miedo.

—¿De qué?

—¡De todo! —Gesticulé de forma brusca hacia los barrotes que me rodeaban, donde estaba siendo retenida contra mi voluntad en el reino más peligroso de Evendell—. ¡Mira lo que ha ocurrido en cuanto he dado un paso fuera de mi vida diminuta y asfixiantemente segura!

¿Por qué me sentí tan culpable al decir aquello en voz alta?

—Tienes razón, pajarillo. La prisión no es el resultado ideal de una aventura, debo admitirlo.

Me reí con fuerza. Estaba exhausta, frustrada, y tan, pero que *tan* cansada. Escuché un quejido que provenía de alguna de las celdas más alejadas, así que bajé la voz.

—De acuerdo, quizás intercambié una prisión por otra. Aunque sí admitiré que, al menos, aquí estoy constantemente aprendiendo. Hay hierbas y medicinas en la botica de las que jamás había escuchado hablar, y mucho menos las había visto en persona.

—Tu positivismo me deja atónito.

Alcé una ceja, confusa.

—La forma en la que ves las cosas es... —Se pasó la mano entre sus mechones de pelo oscuro—. Refrescante.

Lo observé. El pelo oscuro y perfecto le caía por la frente, y hasta la base del cuello. Tenía solo una diminuta cantidad de barba en la mandíbula, la cual no tenía nada que envidiarle a un acantilado. Aquellos ojos claros grises… El corazón me tamborileó.

—¿Qué? —Me dijo con una sonrisa canalla.

No, los dientes no. Cuando sonreía de verdad era impresionante. Era tan extraño ver a alguien tan deslumbrante, claramente tan poderoso y peligroso, compartir algo tan íntimo como una sonrisa… Sabía que intentar mentirle no saldría nada bien, así que traté de cubrirme con algo que fuese verdad.

—Solo intento entenderte.

Su sonrisa se desvaneció poco a poco, y alzó la mirada hacia el techo, perdido en sus pensamientos. De repente, se puso en pie.

—Hora de irme. —Trató de sonar casual—. Te prometí que no te metería en problemas, ¿no?

Yo asentí, pero no podía pensar en qué decir.

Se giró para mirarme antes de marcharse.

—Levanta ese ánimo, pajarillo. No estás sola aquí.

—Bueno, lo estaré una vez que termines lo que sea que te retiene aquí en la Fortaleza Oscura.

Sonó tan patético que se me encogieron los dedos de los pies dentro de los zapatos.

Pero él me observó con una rápida mirada y una sonrisa elegante.

—No creo que eso pase muy pronto.

Y, tras eso, se deslizó por el pasillo como si fuese una sombra, y subió las escaleras hacia la noche. Casi me sentí mal, ya que no le había dicho que, incluso si él pensaba quedarse allí, yo no.

Me hice un ovillo en la esquina. El viaje que me esperaba sería más peligroso y desagradable que ninguna otra cosa que hubiera experimentado. Y eso si lograba terminar la noche viva. Me puse de costado y me hice una bola, y deseé no tener tanto miedo.

OCHO

Me desperté sobresaltada cuando las campanas dieron la medianoche.

Era ahora o nunca.

Aún tenía la cabeza embotada por el sueño intranquilo que había tenido, pero por las venas ya me corría la adrenalina, y aquello me obligó a ponerme en pie. Me envolví con el abrigo de piel de zorro del extraño, me recogí el largo pelo en una trenza suelta, y me aseguré de que llevaba el bolso fuertemente atado a la cintura. Nada podía interponerse en mi camino si tenía que echar a correr de alguien o algo.

Abrí la puerta de mi celda con un chirrido, y observé los pasillos salpicados de luz que provenían de los farolillos parpadeantes; como siempre, estaban vacíos y en silencio, de una forma espeluznante. Recorrí el pasillo de puntillas en dirección a la escalera de espiral. Cuando llegué a ella, respiré hondo y me preparé. Era un plan terrible. El peor plan que nadie había trazado en toda la historia del continente. No tenía ninguna fe en que saldría bien, pero era lo único que tenía.

Respiré hondo de nuevo, y entonces…

—¡Ayuda! —grité hacia arriba.

El contenido de mi estómago amenazó con subírseme por la garganta. Apreté los puños y los solté.

La noche permaneció en silencio.

—¿Hola? ¡Ayuda! —grité de nuevo.

Unos cuantos prisioneros emitieron quejidos, fastidiados por aquella interrupción cuando trataban de dormir.

Pero nada más.

Grité una última vez, y después corrí escaleras arriba hasta que llegué a la puerta de listones de madera de la mazmorra. Me sostuve contra la pared que había tras ella y traté de no respirar.

Esperé y esperé, tanto que parecieron pasar años.

Los pulmones me quemaban.

El corazón me iba tan rápido como el batir de alas de un colibrí.

Esperé hasta que la puerta se abrió, arrinconándome contra la pared de piedra. Un guardia aún medio dormido pasó junto a mí y bajó las escaleras.

No inspiré ni exhalé, no hice nada en absoluto…

—¡Oye! ¡Cállate, seas quien seas! —gritó hacia abajo.

Una vez que hubo desaparecido por la escalera de espiral, me deslicé hacia afuera y me apresuré a salir hacia el exterior sin pararme a recuperar el aliento.

El castillo estaba petrificado en un sueño profundo y silencioso. Me apresuré a recorrer el mismo camino que había tomado la primera noche que llegué a través del campo, atravesando los campamentos de los soldados.

Deseé haber sabido lo de Jaem antes; una vez que estuve fuera de mi celda, aquello no era tan difícil como me había parecido. Si Jaem conseguía sacarme de allí a través del Bosque Oscuro y hasta Willowridge, quizá podría…

Se escucharon unas voces en el silencio, y me quedé inmóvil.

Eran solo unos cuantos soldados intercambiando historias en la noche junto a la luz danzante y agonizante del fuego. Me invadió el alivio, y seguí moviéndome bajo el manto de la oscuridad. Me mantuve cerca de las tiendas para que no me vieran, atravesando con cuidado el laberinto de los soldados que dormían con la espalda pegada a la lona, y asomándome por cada esquina antes de doblarla. Los zapatos que llevaba se hundían en el barro mojado y frío. Hice una mueca cuando el agua helada se coló hasta mis dedos.

Por fin, vi la carreta de Jaem, que se detuvo al final de la carretera de tierra que había frente a mí. El caballo relinchó un poco, y distinguí la carreta llena de cecina y pieles. Si echaba a correr en ese momento, llegaría a la carreta antes de que Jaem alcanzara las puertas de la fortaleza.

Di un paso, y una taza de hojalata hizo ruido bajo mi pie. Maldije en silencio a los hombres, y a su habilidad de no recoger lo que dejaban tirado por ahí. Miré a mi alrededor para ver si alguien me había escuchado. Cuando no apareció nadie, solté una exhalación y me giré para echar a correr en dirección a la carreta, pero me estrellé de cara contra un cuerpo grande y sudado.

Bert.

Y estaba igual de sorprendido de verme allí en su campamento como lo estaba yo de verle a él.

Sentí el latir de mi corazón contra los oídos, y su sorpresa se transformó en un siniestro placer.

—Pero qué tenemos aquí. La chica mágica, aquí fuera por su cuenta —siseó—. Me apuesto todo el dinero de Evendell a que no deberías estar fuera de tu celda en mitad de la noche.

Se me cerró la garganta, atrapando en ella un grito que no salió. No iba a poder agarrar las tijeras que tenía en mi bolsa a tiempo. E incluso si pudiera, no estaba segura de tener la fortaleza (física ni mental) como para poder hundírselas en el pecho o en el cuello. Pero sí que podía escapar corriendo. Estaba borracho, llevaba una pesada armadura, y yo era rápida.

Y era incluso más rápida por el miedo que tenía.

Pero, si corría, ¿gritaría a mi espalda y avisaría al resto de los soldados? No creía que fuera capaz de correr más que cientos de hombres de Onyx.

—Te equivocas —le dije, armándome de un falso valor—. El rey sabe que estoy aquí.

Bert soltó una risa ronca, pero sus ojos no reflejaron alegría ninguna. El estómago me dio un vuelco, y sentí la bilis. De repente supe, con absoluta certeza, que tenía que echar a correr. Me giré y en ese momento sentí que me rodeaba el codo con la mano.

—Entonces te llevaré ante él —me dijo, más bien hablando para sí mismo, y tiró de mí hacia atrás.

El cuerpo me temblaba tanto que pensé que iba a vomitar.

Tenía que alejarme de él antes de que me metiera en su tienda. Tenía que…

—¡Suéltame! —Odiaba lo aguda y asustada que sonó mi voz. Traté de soltarme de su agarre, pero tan solo conseguí que me sujetara con más fuerza, clavándome las uñas en la piel y haciéndome sangre—. ¡Soy una prisionera del rey!

Una risa siniestra se deslizó de entre sus labios.

—Exacto. *Prisionera*. ¿Qué te crees que significa esa palabra?

—Suéltame ahora mismo —le exigí, pero lo dije apenas en un susurro, y se me llenaron los ojos de lágrimas—. Suéltame, o gritaré.

—Adelante —susurró contra mi oreja, y sentí su aliento caliente y rancio—. ¿Crees que eres la primera?

No dejé que la conmoción me silenciara durante mucho rato. Prefería que me atraparan y pasarme el resto de mi vida en aquella mazmorra, a soportar lo que Bert tenía planeado para mí. Inhalé para pedir ayuda, pero entonces Bert me puso su rechoncha mano sobre la boca, y apretó con fuerza. Traté de escapar de él, y el miedo, el asco y las náuseas me provocaron arcadas… Pero él era mucho más fuerte que yo. Me removí y lo mordí, traté de respirar, pero él tan solo siguió arrastrándome hacia su tienda.

—Si haces esas cosas con la boca contra la palma de mi mano, no puedo ni imaginarme lo que harás cuando estés de rodillas. La chica mágica, con su boca mágica.

Comencé a llorar de verdad entonces.

Solté un único sollozo apagado.

Él me guio hasta la entrada de su tienda, donde pude ver el catre y las pieles en el interior. El estómago se me levantó.

No, no, no.

Me revolví, lo empujé, me retorcí, cualquier cosa para alejarme de...

No podía entrar allí.

No podía obligarme a hacer aquello, no lo dejaría. No...

—¿Qué cojones está pasando aquí? —bramó alguien en voz baja a nuestra espalda. Un tono frío como la muerte, e igual de violento.

Bert se giró para encarar al hombre, pero yo ya sabía quién estaría allí.

Conocía aquella voz igual de bien que la mía propia.

—No —se me escapó. Bert lo mataría, seguro.

Allí delante de nosotros estaba la figura familiar y tan alta del prisionero, sus ardientes ojos plateados, y la expresión más mercenaria que jamás había visto. Su mirada estaba cargada de ira... Ira, y la promesa de la muerte.

Pero no hizo ademán alguno de desenvainar una espada, o de lanzarse hacia el teniente.

En su lugar, por algún motivo, Bert me soltó y se lanzó con brusquedad al suelo.

Un sentimiento de confusión total me atravesó el pecho, así como de alivio. El corazón aún me latía con fuerza por la adrenalina.

Bert se tambaleó e hizo una especie de reverencia ante el extraño.

El corazón se me paró de un golpe.

¿Por qué razón...?

—Mi rey —balbuceó Bert, aún con la mirada puesta en el suelo.

La vista me falló en ese momento, y lo único que pude ver entonces fue al prisionero que estaba frente a mí. Cuando lo entendí, fue como si una roca me hubiera caído sobre el pecho de forma horrible y aplastante.

No podía respirar.

No podía respirar en absoluto, no estaba respirando, no...

Él no me miró, mientras que yo lo miré boquiabierta. Él estaba demasiado ocupado, demasiado centrado en fulminar con una mirada furibunda al teniente encorvado, como si sus ojos fuesen plata derretida.

Sentí que Bert se tambaleaba junto a mí, tratando de mantener la reverencia en vano.

Un frío sentimiento de humillación me recorrió las venas, e inhalé un poco de aire.

—¿Tú? —Las palabras me salieron en un tono demasiado ronco. Me aclaré la garganta—. ¿Tú eres...? ¿Eres el rey Kane Ravenwood? ¿Cómo?

—Las preguntas más adelante —soltó el rey, pero el tono de furia estaba dirigido a Bert.

Observé desde el barro cómo caminaba hacia nosotros como si fuese la sombra de la muerte encarnada, puso ambas manos sobre los hombros aún agachados de Bert, y le propinó un rodillazo con tanta fuerza que hizo temblar el suelo.

Bert voló hacia atrás con un crujido húmedo, y aterrizó con un golpe sordo nauseabundo. Gimió de dolor, ya que tenía la nariz claramente rota en un ángulo terrible, el labio roto, y uno de los ojos comenzó a cerrársele por el golpe. Me pareció ver, bajo la luz de la luna, unos cuantos dientes resplandeciendo sobre la hierba mojada.

Por una vez en mi vida, no sentí disposición alguna a curar.

El rey se agachó sobre él y le dijo algo en un tono tan bajo que casi era un susurro; un murmullo siniestro junto a la niebla de la noche.

—Serás un trozo de mierda asquerosa, una mancha putrefacta entre mi ejército, y entre los hombres. Te arrepentirás de cada paso que te ha llevado hasta este momento. Desearás estar muerto.

Bert tan solo gimió, y cayó de espaldas sobre la hierba, inconsciente. El rey se puso en pie, se limpió algo de barro de las rodillas, y se giró hacia mí. Tenía una cuidadosa expresión de calma en el rostro, como si supiera que, si se mostraba amable conmigo, o revelaba lo profunda que era su ira, quizá me daría un ataque.

Y tenía razón. Estaba muerta de la vergüenza y de miedo. No podía pensar en nada coherente, porque todo lo ocupaba un estridente rugido de traición que resonaba en mis oídos.

Unos cuantos soldados claramente habían escuchado el escándalo, así que se apresuraron a salir de sus tiendas. Algunos lo hicieron preparados con centelleantes espadas de metal, otros desconcertados y somnolientos, poniéndose aún los pantalones… pero todos ellos se inclinaron en cuanto vieron a su rey.

—Llevaos a este saco de mierda a las mazmorras —les dijo—. Y decidle al comandante Griffin que quiero que *sufra*. —El rey Ravenwood señaló con la cabeza hacia el rostro destrozado de Bert.

Los soldados no dudaron; levantaron a Bert del suelo embarrizado y se lo llevaron en dirección al castillo.

El resto de ellos se quedaron allí, listos para recibir más órdenes de su rey.

Su *rey*.

—Podéis retiraros —escupió, lo cual dispersó a los hombres de vuelta a sus tiendas, y nos dejó a solas bajo el brillante cielo nocturno.

El horror danzó en mi interior como si fuese sangre en el agua cuando observé al mismísimo rey Ravenwood.

Él dio un paso de forma incierta hacia mí, y me ofreció la mano. La mirada aún le ardía como si fuera hielo.

Miré fijamente su mano antes de ponerme en pie sin su ayuda.

Mi respiración era escasa, nada de lo que pensaba era coherente, y el cuerpo me temblaba con unos estremecedores e incómodos espasmos. No quería que nadie me tocara en ese momento, y mucho menos, él.

El rey flexionó la mano que me había ofrecido y se la metió en el bolsillo, como si no supiera qué hacer con ella.

—¿Estás bien?

¿Que si estaba *bien*?

—No. —Me limpié las lágrimas frías y resecas de la cara.

Al rey Ravenwood pareció dolerle de forma física cuando siguió con la mirada el movimiento de mis manos en mis mejillas.

—Te prometo que no vivirá lo suficiente para tocar a otra mujer.

Había una batalla de emociones librándose en mi corazón; vergüenza por lo fácil que me habían engañado, ira por su traición y también dirigida a su retorcido teniente… a lo cerca que había estado de herirme. Y también terror. Terror por el malvado rey de las leyendas, que ahora se encontraba frente a mí. Pensé que iba a desmayarme.

La ira era la emoción más fácil a la que aferrarme en mi interior, así que esa fue la que ganó la batalla, y lo fulminé con la mirada.

Él se pasó la mano por la cara, como si fuera un profesor que sufría ante sus alumnos.

—Arwen…

Dejé escapar un sonido que estaba a medio camino entre un resoplido y un grito ahogado. Tenía que salir de allí.

Ahora mismo.

Jaem se había ido hacía ya rato, así que me dirigí de vuelta al castillo. Aquel atractivo y amenazador mentiroso me siguió de cerca.

Me rodeó para ponerse frente a mí, y me paré en seco. Nos quedamos a un suspiro de distancia el uno del otro.

Retrocedí ante su fornida figura, ante aquel poder malvado y depredador que emanaba de él.

—Iba a decírtelo. —Me observó de pies a cabeza, aparentemente buscando heridas.

¿Qué me haría ahora que había tratado de escapar?

Debió de ver el miedo reflejado en mi rostro, porque sustituyó su expresión de ceño fruncido con una sonrisa amarga.

—No voy a torturarte por tu intento fallido de escapar, aunque eso sería lo apropiado para el rey despiadado que crees que soy.

—Gracias —susurré de forma estúpida.

El rey Ravenwood apretó los labios.

—Necesito que me digas si estás bien —me dijo más firmemente—. ¿Te ha hecho daño?

Era como si las palabras fuesen espadas en mi boca.

—¿Por qué estabas encerrado en tu propia mazmorra? —le pregunté, ya que fue lo único que pude obligarme a decir.

Apretó la mandíbula.

—Tenía que hablar con alguien que estaba allí abajo. Y no podía hacerlo… siendo yo mismo.

Recordé la discusión en susurros de aquella primera noche. La cáscara de persona que habían traído de vuelta a su celda esta misma noche.

—¿Estás herida? —me dijo a través de la mandíbula apretada.

—No —le dije, en voz muy baja. Incluso más que un susurro.

Él asintió, y su mirada se suavizó con el alivio.

—¿Por qué…? ¿Por qué seguiste mintiendo en la enfermería?

Frunció el ceño.

—Quizá no me habrías curado si hubieras sabido quién era, y todo lo que te había quitado.

Aquello no era cierto, pero me pregunté si él lo sabría. O si aquella era otra de sus muchas mentiras.

No sabía por qué ni siquiera me molestaba en preguntarle, no era como si pudiera confiar en lo que dijera. Además del miedo, sentí una humillación abrasadora. Había permitido que un monstruo me mintiera, me engañara, y me convenciera para contarle algunas de mis verdades más íntimas. Y no había sido más que un sucio y desagradable truco. La furia escarlata que ocupaba todo mi campo de visión se intensificó.

Era una estúpida y una débil… primero con Bert, y ahora con el rey Ravenwood.

—¿De verdad vas a matarlo? —le pregunté.

El rey apretó la mandíbula.

—Sí. Voy a matarlo —dijo lentamente.

—Por supuesto —Bajé la mirada, pero el tono de mi voz estaba impregnado de repulsión.

—Eres imposible. Acabo de salvarte de un puto violador, ¿y ahora me juzgas por cómo deseo castigarlo por hacerte daño?

—¡Era tu propio teniente corrupto!

Me mordí la lengua. Estaba demasiado enfadada para estar cerca de él, y estaba segura de que, al final, diría algo que también haría que me condenasen a morir.

—Sí, y ese hecho me perseguirá durante mucho tiempo, Arwen. No tenía ni idea… de quién era. —Dejó escapar un suspiro—. Mis hombres deberían de habérmelo dicho. Lo que era. No sé por qué no lo hicieron.

—Tal vez los demás reinos no son los únicos que temen al rey de Onyx.

Frunció el ceño hasta que las cejas casi se le juntaron, y bajó la mirada hacia mí. Me pregunté si aquello que se reflejaba en su rostro era vergüenza. Fuera lo que fuere, se transformó en algo frío y cruel mezclado con intriga.

—Y ¿qué hay de ti, pajarillo?

Me quedé en silencio. Era demasiado engreído… Sabía a dónde quería ir a parar con aquello. Se inclinó contra la pared que había junto a nosotros, y alzó ligeramente la comisura de los labios.

—¿Tú también me temes?

Los dientes le brillaban como los de un lobo bajo la luz de la luna.

—Sí. —No sería capaz de mentir de forma convincente. Sabía que mi rostro reflejaba claramente el miedo que sentía.

—Bien. Quizás así me hagas caso cuando te pida que hagas algo por mí.

El estómago se me levantó al pensar en qué podría pedirme. Debió ver la repugnancia que se reflejó en mi rostro, porque le tembló la mandíbula.

—No, pajarillo, nada de eso. Yo diría que no eres exactamente mi tipo. —Me sonrojé ante la irritación de sus palabras—. Te advertí que escaparte sería peligroso y, aun así, lo intentaste. Sé que deseas volver con tu familia, pero tengo que pedirte que te quedes en la Fortaleza Oscura y sigas trabajando como sanadora. Considéralo el pago por la deuda de tu hermano.

Aquello no era lo que había esperado.

Unos días atrás, me había dado cuenta de que había muchas menos personas que necesitaran de mis servicios de las que había esperado. Si el rey estaba tan desesperado por mis habilidades sanadoras, ¿acaso no sería más útil en el frente de batalla? Había tenido más pacientes incluso en Abbington.

—¿Por qué quieres que me quede aquí? Ni siquiera tenéis tantos pacientes…

—Quizá porque me… intrigan tus habilidades en particular.

Me sonrojé. No quería ser su trofeo, que me mantuvieran aquí como si fuera una de las criaturas encerradas en un tarro en la botica.

—Y, a cambio de tu compromiso con Onyx, encontraré a tu familia y me aseguraré de que estén a salvo —añadió, como si aquello, que era lo más importante en el mundo para mí, fuese simplemente una ocurrencia.

Sabía que no podía confiar en él, pero pensar en su seguridad despertó un sentimiento de alivio que fue como un trago de agua fresca atravesándome el pecho. El rey tenía los recursos para encontrarlos: espías, mensajeros, un dragón para cruzar el mar más rápido que un millar de barcos… Probablemente podría localizarlos en solo unas semanas, mientras que a mí me llevaría años. Incluso una vida entera.

Puede que supiera que siempre intentaría escapar a no ser que me sobornara con algo.

—¿Cómo sé que mantendrás tu palabra? —Mi voz había recuperado un tono que se parecía ligeramente a la solidez.

Él se pasó la mano por el pelo, y pude ver el humor reflejándose en sus ojos.

—Soy consciente de cómo suena esto, pero… creo que vas a tener que confiar en mí.

Solo pensar en ello me heló las entrañas. Había sido una estúpida por sopesar siquiera la idea. No sabía qué decir, así que reanudé la caminata hacia las mazmorras a toda velocidad. El rey me alcanzó con facilidad. Esas malditas piernas tan largas…

—¿Eso es un «sí», entonces?

Me estremecí.

—No.

—Bueno, en ese caso me temo que no vas en la dirección correcta.

Me quedé completamente petrificada.

—¿A qué te refieres?

Me dirigió una salvaje sonrisa que hizo que se me helara la sangre en las venas.

—¿Crees que te voy a permitir el lujo de la celda de la que te acabas de escapar cuando no tienes ninguna intención de hacer caso de mis advertencias sobre huir, o de aceptar mi trato? No, creo que te pondremos en un sitio menos… cómodo.

Me quedé tan rígida como un cadáver.

La sala adyacente, de donde salían todos los gritos y llantos. La sangre se me subió a la cabeza, mientras él me miraba encantado con mi sufrimiento.

—Me dijiste que no lo harías. —Sonaba como un niño malhumorado, y las palabras me dejaron un sabor a ceniza en la boca.

Él se encogió de hombros.

—Ah, ¿sí? Debo de haber cambiado de opinión. El potro tiende a ser muy efectivo, ¿sabes?

Un miedo empalagoso me cubrió la mente, el corazón… e incluso el alma.

Mientras, él disfrutaba demasiado de mi expresión horrorizada. Esperaba que estuviera viendo lo mucho que lo odiaba: más de lo que había odiado a nadie jamás. Incluso a Powell.

—Eres exactamente como creía que eras, e incluso peor.

Le brillaron aquellos ojos de color pizarra.

—Quizás. Aun así, es elección tuya.

La idea de pasar el resto de mi vida allí bastaba para ponerme enferma de forma literal. Pero, realmente, ¿qué otra opción tenía? ¿Aguantar lo que había planeado para obligarme a obedecer? Por mi cabeza me pasaron las imágenes de instrumentos de tortura y uñas arrancadas. Y después, ¿qué? Estaría más débil, más traumatizada, y sería menos probable que tuviera éxito al escapar. ¿Acaso aceptar quedarme y dejar que al menos encontrase a mi familia no era el menor de dos males, y la opción que más me convenía?

—De acuerdo —le dije, tragándome las náuseas que me revolvían el estómago—. Pero tengo… —Tragué con dificultad—. Tengo una petición.

El rey dio un paso hacia mí y me miró con curiosidad. Curiosidad y… algo más. Algo… hambriento. Me quedé inmóvil. Cuando no seguí hablando, él murmuró:

—Soy todo oídos, pajarillo.

—Tienes que encontrar a mi familia ya. No algún día. Y darles una carta, además de demostrarme que la han recibido —conseguí decir.

La expresión de su cara se suavizó.

—Hecho.

—Y debes jurarme que jamás le harás nada a mi hermano —le dije—. Estoy cumpliendo su condena.

—Por supuesto —dijo, aunque la expresión de su boca se resintió.

—Y… quiero salir de las mazmorras. Si voy a vivir aquí, no puedo seguir durmiendo en una celda para siempre. Necesito poder deambular por el castillo libre, nada de tener a Barney pisándome los talones.

Me miró de forma letal, implacable.

—Muy bien. Te concederé todas tus peticiones, pero escúchame bien, pajarillo. No huirás de nuevo. Si lo haces, una vez que encuentre a tu familia, ellos sufrirán por tus acciones.

Me quedé lívida, pero asentí sin decir nada y casi inmóvil.

—Ahí fuera hay muchos peligros —añadió—. Créeme cuando te digo que no deseo que te pase nada.

A pesar de todo lo que había ocurrido, dejé escapar un largo suspiro. Si mantenía su palabra, podría mandarle un mensaje a mi familia. Quizás incluso los vería de nuevo algún día, si me comportaba. Y si me estaba mintiendo, entonces lo sabría pronto, cuando no me trajese ninguna prueba de que mi familia estaba a salvo. Entonces, podría intentar escapar de nuevo, una vez que él creyese que no tenía intención alguna de hacerlo.

Aun así, la boca me sabía amarga. Cuando nuestras miradas se encontraron bajo la titilante luz de la luna, no pude evitar que se me escaparan las siguientes palabras:

—Desearía que lo que fuera que te atacó en el bosque hubiese terminado el trabajo.

Me devolvió la mirada, bañada de un poder letal.

—No, no lo desearías.

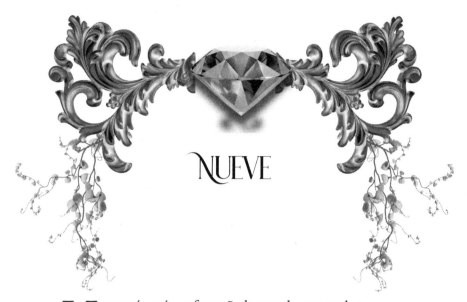

NUEVE

—Hoy estás más enfurruñada que de costumbre.

Dagan me observó, y yo me giré malhumorada para mirar fijamente el bosque a través de la ventana.

Las habitaciones a las que me llevaron la noche anterior en la zona de los sirvientes no eran nada del otro mundo, pero sí que eran más grandes que la habitación que Leigh y yo habíamos compartido en Abbington. Aquel pensamiento me deprimió por más de una razón. Pero las sábanas blancas estaban frescas y había una pequeña chimenea por la que salía un calor suave y moderado. A pesar de que me había preocupado mantenerme toda la noche despierta por las pesadillas nacidas de la ansiedad, me había quedado dormida enseguida. Aun así, había dormitado acompañada de imágenes de oscuras escamas de dragón, uñas ensangrentadas y ojos grises con una expresión de indiferencia.

El día anterior había pensado que aquella sería mi última tarde en la botica. Ahora, resultaba que me quedaría allí toda la vida. El humor tenso de Dagan combinaba a la perfección con el mío, y juntos, resaltábamos la frialdad del castillo. A pesar de que podía apreciar las impresionantes torres de la fortaleza, los delicados candelabros y los muebles de texturas caras, en lo único en lo que podía pensar aquella mañana cuando entré en la botica fue en que iba a pasarme la existencia entera allí en contra de mi voluntad.

—Ha sido una noche muy larga —le dije.

Dagan esperó a que siguiera hablando, aunque realmente no quería hablar de ello. Pero, hasta ese momento, no se había molestado en conocerme… Si íbamos a seguir trabajando juntos, tal vez sería mejor aprovechar su interés.

—Me he enterado de que alguien me ha estado mintiendo. Y además me hicieron algo de daño… El teniente. Aunque estoy bien.

Quizás había esperado que se enfadara, que se volviera protector, igual que había hecho el rey, pero Dagan tan solo siguió mirándome sin expresión alguna.

—Trató de abusar de mí —le dije, ya que al parecer quería obtener una reacción de disgusto. Quería saber qué pensaba Dagan de Bert, y del rey Ravenwood. ¿Acaso esto no le enfadaba? Por todas las Piedras, ¿es que nadie en este jodido castillo tenía conciencia?—. Pero el rey intervino y… lo sentenció a morir.

Aun así, nada.

—A morir *torturado*. —Fulminé con la mirada al hombre mayor.

Dagan resopló y cerró el libro, tras lo que buscó algo bajo el armario.

—Gracias por tu preocupación —murmuré en voz baja.

Sacó un paquete envuelto en arpillera y rodeó el mostrador para dirigirse hacia la puerta. Vaya, sí que debía de haberlo aburrido hoy.

—¿Vienes?

Me quedé mirándolo estupefacta.

¿Ir? ¿Con *él*?

—¿A dónde vas?

—Solo hay una forma de averiguarlo —me dijo, más aburrido que otra cosa.

Miré la botica a mi alrededor. No descubriría cosas sobre aquel castillo (y reino) atrapada allí día tras día. Y, si había aprendido algo la noche anterior, era que el conocimiento es poder, y yo no tendría nada de poder a no ser que dejara mis miedos a un lado y me enfrentara al resto de la fortaleza.

Lo seguí hacia la galería sin preguntarle nada más.

Caminamos en silencio a través del castillo, giramos por esquinas envueltas en sombras, y pasamos junto a soldados que conversaban en susurros. Cuando sentí sus miradas inquisitivas puestas en mí, aceleré el paso para alcanzar al hombre mayor.

Ser libre de la vigilancia de Barney era extraño, como si fuera demasiado bueno como para ser cierto.

En lugar de ir por el camino al que me había acostumbrado por las escaleras de espiral, a través del salón donde estaban los cuadros al óleo, y saliendo por la puerta principal hacia las mazmorras, dimos un giro inesperado hacia la izquierda y hacia un pasillo lleno de estatuas. Me sonrojé al ver a una pálida mujer de mármol a medio camino del éxtasis, envuelta en una fina capa mientras un lobo congelado en obsidiana le enseñaba los dientes. Casi era demasiado realista como para ser arte. El pasillo acababa en una puerta de madera que nos abrió un solitario guardia.

El aire neblinoso de la mañana me llenó los pulmones.

Bajamos en silencio por unas escaleras de piedra mojadas, hasta que no pude aguantar más la inquietud.

—¿A dónde vamos?

Pero, por supuesto, no me respondió. Debería de haberlo supuesto.

La escalera llevaba a una grandísima extensión de césped tras el castillo, de un color verde como la esmeralda. Me quedé en el borde y contemplé el enorme espacio abierto. Inhalé el aroma a pino cubierto de rocío y hierba recién cortada. Me recordó a cuando corría por las mañanas en Abbington, aunque aquello era mucho más verde y húmedo. Cuando pisé el frío césped para seguir a Dagan chapoteé en los charcos, y llegamos al claro. Noté la forma en que los árboles y flores silvestres rodeaban el campo, así como una muralla de piedra.

Era como una especie de anfiteatro.

Estaba tan concentrada en apreciar las texturas y los colores del claro, que casi no me di cuenta de que Dagan se había parado en el centro. Soltó el paquete envuelto que llevaba frente a mí, y cayó con un ruido metálico. Lo señaló con un gesto, y el pulso se me aceleró ante aquella invitación.

Me arrodillé lentamente para inspeccionar el contenido del paquete, y cuando vi lo que había, me quedé boquiabierta.

Dentro había dos espadas plateadas gigantescas. La hoja brillaba bajo el sol mañanero que se filtraba a través de la arpillera. El pomo y la empuñadura estaban cubiertos de una complicada decoración metálica que se asemejaba a las raíces de los árboles de un denso bosque.

Se me puso la piel de gallina debido al miedo.

—¿Qué me vas a hacer?

Dagan frunció el ceño.

—Cuando era un niño, lo que casi te pasó anoche era mucho más común, y no había ningún rey que salvara a esas chicas.

La sangre se me quedó helada al pensar en aquellas chicas que no habían tenido tanta suerte como yo. ¿Iba él a terminar lo que Bert había empezado?

—Enseñé a todas las que pude con esta misma espada.

El miedo dio paso en un instante al alivio, lo cual también vino acompañado de confusión.

Dagan caminó hasta mí y alzó ambas espadas, y después me entregó la más pequeña y menos elaborada.

—Empezaremos con un golpe básico desde arriba. Distribuye el peso de tu cuerpo de forma uniforme entre ambos pies, el pie principal delante, y de cara a tu oponente.

Asentí, pero aun así no me moví para alzar la espada.

—Cuando usted quiera.

¿Iba a enseñarme a mí? ¿A blandir una espada?

Ni siquiera se me daba bien blandir un cuchillo de carnicero.

Pero su expresión pasó de severa a irritada, y con el arma de metal en mano, no quería enfurecer al hombre. Intenté hacer la postura, y él me alzó el codo ligeramente.

—Sostén la espada a la altura del hombro. Bien. Primero cierra la línea entre tu oponente y tú moviendo la espada hacia delante, así. —Hizo una demostración, y sus movimientos fueron fluidos como el agua que pasa por una roca suave—. Después, da un paso hacia tu oponente, y un poco hacia la derecha para evitar un contraataque. Así podrás golpear con la espada en una línea recta.

Imité sus movimientos mientras controlaba la disposición de mis pies, y pensando unas cien maneras en las que podría agarrar la espada y echar a correr hacia la pared que había a mi espalda y que nos separaba del bosque, pero entonces me soltó:

—¡Vamos, con ganas!

Antes de poder exhalar, cargó contra mí. Aquel hombre debía de tener unos setenta años, pero se movía como una pantera. Chillé y solté la espada como si quemara, y después eché a correr en dirección contraria. Escuché a Dagan soltar una carcajada de verdad, así que me giré y me quedé mirándolo fijamente, estupefacta.

—Por todas las malditas Piedras, ¿qué ha sido eso? —dije sin respiración.

—Intentémoslo de nuevo.

Dagan retrocedió, y esperó a que yo recogiera la espada. En aquella ocasión, cuando me atacó, lo esquivé hacia la izquierda mientras aún sostenía la espada, aunque la arrastré tras de mí como si fuera un peso muerto. Sí que estaba… enseñándome. Y quizá también fastidiándome un poco.

—Bien. Sostén la espada arriba. Es un arma, no una escoba.

—Eso no se lo dirías a un hombre —resoplé, y alcé la espada en el aire. Noté el peso sobre las muñecas y los antebrazos. Mañana estaría dolorida.

Dagan repitió el movimiento, pero cuando lo esquivé, esta vez giró la espada de nuevo en mi dirección. Me moví hacia abajo y después volví a subir, pero él no se separó de mí. Continué evitando sus golpes, moviéndome en la dirección que me había indicado, pero al final su espada hizo contacto con mi hombro. Me preparé para el dolor, pero en su lugar tan solo me dio un golpecito. Supuse que hacía falta ser muy habilidoso para golpear con tanta precisión y fuerza, y además asegurarse de que paraba el golpe en el momento exacto.

—Bien —dijo en una exhalación—. Otra vez.

Seguimos durante los siguientes cuarenta minutos más o menos, y pasó a enseñarme cómo bloquear y contraatacar después. Me corrigió la postura, los codos, la dirección en la que apuntaban mis pies... Para cuando terminamos, estaba empapada en sudor, y tenía la cara acalorada.

Los músculos y las articulaciones me dolían de una forma familiar, pero era un dolor bienvenido, más de lo que había anticipado. No había pasado tanto tiempo sin correr en años, así que gastar algo de la energía acumulada tuvo casi un efecto calmante y reparador.

—Bien hecho —admitió Dagan mientras envolvía las espadas en el paquete—. Mañana otra vez, en el mismo lugar y a la misma hora. Lo haremos cada mañana antes de abrir la botica.

—De acuerdo. —No iba a contradecirlo cuando estaba literalmente enseñándome a defenderme por mí misma de los hombres que me mantenían encerrada en aquel castillo. Y la práctica me había... alegrado. Se me daba fatal, pero sostener el arma y moverme con ella había sido estimulante. Me imaginé embistiendo con la espada la arrogante cara del rey Ravenwood, y una sensación emocionante me recorrió las venas.

Traté de recobrar el aliento mientras volvíamos al castillo en un cómodo silencio. El cielo oscuro sobre nuestras cabezas prometía un día de lluvia que sería bienvenido, ya que hacía mucho calor.

—¿Dagan? —le pregunté en un momento dado—. Se te da muy bien manejar la espada, ¿qué haces trabajando en la botica?

Entrecerró los ojos para mirar las nubes cargadas que había sobre nosotros.

—Estuve en el ejército de Onyx hace unos cuantos años.

Negué con la cabeza.

—No, he visto a los soldados, pero esto ha sido algo... más. Eres todo un experto.

—Mi padre fue un maestro excelente —me dijo, y agachó la cabeza.

—Bueno, pues gracias por enseñarme. Lo intentaré hacer lo mejor que pueda.

Comenzó a subir los escalones, y vi que una pequeña sonrisa aparecía en su rostro.

Más tarde, cuando volvimos a la botica, me di cuenta de que aquella había sido la única vez que le había visto sonreír.

Si no estaba lo suficientemente dolorida después de haberme pasado toda la mañana tratando de ganarle a un maestro de la espada, la caminata escaleras arriba hasta la biblioteca ciertamente terminó conmigo. Pero quería mantener la promesa que me había hecho a mí misma aquella mañana de descubrir más sobre el castillo, y armarme con una defensa de conocimiento, así que decidí empezar por el sitio que menos me asustaba: el lugar donde trabajaba Mari. Esperaba que tuviera algo de información sobre el rey, la vidente, o el castillo en sí mismo. Pero también me caía bien aquella chica.

Cuando por fin llegué al final de las casi infinitas escaleras, me topé con libros y más libros en espirales y en filas de estantes. No había visto tantísimos libros en toda mi vida. La biblioteca estaba decorada en varios tonos de marrón claro, con escritorios desgastados para leer y sillas de terciopelo antiquísimas dispuestas por allí. Para cuando encontré a Mari en la sección de «gnomos y duendes», apenas me había dado tiempo de recobrar el aliento.

—Hola —chillé, asustada de forma irracional por molestar a los libros. Aquella habitación era como un templo, así que el silencio parecía lo adecuado.

—Arwen —me dijo con una sonrisa, y revoloteó hasta mí—. No me puedo creer que hayas subido hasta aquí de verdad. Es una caminata bastante larga, ¿no? Papá dice que ningún trabajo merece la pena el camino escaleras arriba cada día, pero a mí no me importa.

—Las vistas deben de ser increíbles desde aquí.

Mari me dirigió una sonrisa pícara, y me guio hasta una de las ventanas con vidriera, con vistas al bosque que se extendía abajo. Los pinos y robles tenían un aspecto incluso más aciago desde arriba, a través del cristal de colores. Había hectáreas enteras de un verde intenso y nítido, y de un negro sombrío. El restallido de un trueno me sobresaltó, y Mari se giró para mirarme mejor.

—¿Qué te pasa? ¡Tienes un aspecto terrible!

Me dejé caer contra la ventana.

—Gracias.

Ella se inclinó hacia mí para observarme la cara.

—Puf, ¡y además estás sudada!

—Esto te sonará a locura, pero… —comencé a decirle, pero me di cuenta de que no estaba segura de cómo acabar la frase.

Si iba a vivir aquí, al menos de momento, necesitaba tener a alguien con quien sincerarme. La noche anterior había sido… No podía guardarme todas esas emociones durante mucho tiempo.

—¿Pero? —me animó a continuar, yendo a guardar unos cuantos libros.

Me alejé del cristal y la seguí mientras miraba a mi alrededor. Había una mujer mayor con gafas, leyendo en una esquina a nuestra izquierda, y dos hombres que parecían generales, inspeccionando la sección de los mapas.

Mantuve la voz baja y comencé con algo pequeño para probar.

—Me he pasado toda la mañana con Dagan, aprendiendo a luchar con una espada.

Mari se giró bruscamente para mirarme.

—¿Cómo? ¿Por qué?

Y allí estaba la parte más difícil... ¿Podía confiar en Mari? Mi instinto nunca era así de fuerte, y este me decía que confiara en ella. Había sido amable conmigo, había tratado de entablar amistad conmigo, e intentado hacer que la transición (aunque no conocía toda la verdad alrededor de la situación) me fuera más fácil.

Dejé escapar un suspiro.

—Vine aquí porque mi hermano iba a ser sentenciado a muerte por robar, así que me ofrecí a trabajar como sanadora para pagar su deuda. Me pasé la primera noche en las mazmorras del castillo, y el rey estaba en la celda adyacente. Fingía ser un prisionero de su propia fortaleza. —Cuando el rostro le cambió, hablé antes de que pudiera interrumpirme—. Te diría el porqué si lo supiera.

—¿Has conocido al rey Kane Ravenwood? ¿Y has hablado con él? ¿Cómo es?

—Horrible —le solté—. Y, tristemente, guapísimo. Una combinación terrible.

Mari se rio.

—Sí, esa parece ser la opinión general de todo el reino. ¿Cómo te lleva eso a acabar peleando con una espada con Dagan?

Se lo conté todo a Mari: las mentiras del rey Ravenwood, el horrible teniente, mi intento de escapar, nuestro horroroso acuerdo, y mi conversación de aquella mañana con Dagan. Le hablé de mi madre, mis hermanos, mi niñez en Abbington... Todo, excepto el maltrato de Powell.

Mari se dejó caer contra una estantería alta junto a mí. Realmente parecía no tener palabras por primera vez desde que la había conocido.

—Siento muchísimo que estés atrapada aquí —me dijo por fin—. Aunque la Fortaleza Oscura no está tan mal. Al final te acabará gustando, estoy segura. Aunque siento incluso más aún lo de la enfermedad de tu madre. No puedo ni imaginarme lo que sería ver a mi padre sufrir de esa manera.

Me dolía el pecho cada vez que pensaba en mi madre, y en ella tratando de viajar a tierras más seguras en su estado y sin la medicina que no había podido recuperar aquella noche.

—Los sanadores de mi pueblo nunca pudieron determinar cuál era su dolencia. Probamos todas las pociones, ungüentos y terapias que encontramos. Al final, me dijeron que dejara de intentar curarla y que me asegurara de que estuviera cómoda mientras esperábamos lo inevitable.

Recordé el día en que Nora me dio aquel discurso tan severo. Jamás me había sentido tan derrotada.

—Arwen, lo siento muchísimo. Al menos teníais a una sanadora en tu pequeño pueblo, hay muchos que deben viajar para buscar ayuda médica. En Manantial de la Serpiente, en la frontera de Peridoto, no hay ningún sanador en kilómetros. Una vez, un hombre se cortó el brazo con un molino de viento, y tuvo que volar en guiverno hasta Willowridge. Ni siquiera quiero saber por qué estaba allí subido.

—Mari, ¿cómo demonios sabes eso?

—Lo leí en un texto médico —dijo, y se encogió de hombros.

Esa mujer era un pozo de conocimiento. Sabía…

De repente, me quedé sin respiración.

Un texto médico.

¿Sería esa la respuesta?

Busqué entre los estantes que había a mi alrededor hasta que lo vi, y me dirigí directamente hacia la sección marcada como «medicina». Nuestro pequeño pueblo no tenía los recursos con los que contaba el castillo, como una biblioteca como aquella que debía de haberse importado de la atestada capital, y ciertamente de otras ciudades a lo largo de las décadas.

—¿Cómo he podido ser tan estúpida como para que no se me ocurriera hasta ahora? —le dije a Mari, la cual me había seguido.

Debería de haber sido mi primer pensamiento al llegar a un castillo *como aquel.*

—¿Qué no se te ocurriera el qué? —dijo Mari a mi espalda, y la mujer de las gafas la mandó callar.

Pero yo ya había encontrado lo que buscaba. Fila tras fila de libros sobre enfermedades y dolencias varias, y sus curas. Si algo podía ayudar a mi madre, estaría entre aquellas páginas.

Ni siquiera era un plan tan horrible como otros de los que se me habían ocurrido solo esa semana: hacer un trabajo decente allí, curar a los soldados, aprender a luchar... Y, mientras, buscar una cura para mi madre. Cuando la encontrara, podría insistirle al rey Ravenwood para que se la llevara, o amenazaría con dejar de trabajar para él.

—Mari —dije, y me giré para mirarla. En mi interior surgió una esperanza real por primera vez desde que había abandonado Abbington—. ¿Puedes ayudarme? Sé que es mucho pedir, pero...

—Hay tres cosas que adoro más que nada en el mundo: leer, un desafío, y demostrar que la gente se equivoca.

Solté una risa fuerte y alegre.

—¿Y ayudar a la gente?

—Sí, claro —Se encogió de hombros—. Eso también.

Mientras comprobábamos la mitad de los libros de aquella sección, la tarde dio paso a la noche. Los ojos me dolían de leer toda la jerga médica, y apenas podía abrirlos ya. Y, sin embargo, no encontramos nada útil. Me levanté con las rodillas temblorosas, y le prometí a Mari que volvería a la mañana siguiente antes de tener que trabajar en la botica. Después, me dispuse a bajar las traicioneras escaleras de piedra.

Cuando llegué al pasillo con las pinturas al óleo, giré de forma espontánea hacia la derecha, inspirada por mi decisión de ver cada rincón. Explorar de forma activa el castillo en busca de cualquier información que pudiera ayudarme me hacía sentir mucho mejor que esconderme en la botica.

Aquel nuevo y oscuro pasillo estaba iluminado solo por unos candelabros de hierro y lámparas de araña, pero me dije a mí misma que debía de ser valiente. Las sombras no iban a hacerme nada, y tampoco la mampostería con adornos, o los susurros que provenían de sitios ocultos.

Un pie delante del otro, eso era lo que tenía que hacer.

Al final del sinuoso pasillo había unas puertas enormes y negras como la noche, flanqueadas por cuatro guardias.

Entre ellos se escuchó a alguien soltando una maldición que rebotó por el pasillo y me dejó petrificada y sin aliento. Esa voz baja me era demasiado familiar, y no pude evitar el miedo concentrado que me pellizcó por dentro. Incluso los guardias se sobresaltaron, con su armadura de cuero y yelmos que se asemejaban a una calavera.

Todo mi cuerpo me gritó que corriera en la dirección contraria, que me alejara de aquel rugido letal. Pero quizá, si me quedaba, podría escuchar algo más de los problemas del rey con la vidente...

Tan solo tenía que acercarme un poco más...

Las gigantescas puertas de piedra negra se abrieron de un tirón, y alguien salió hecho un desastre y sollozando, y se chocó directamente conmigo. Yo me tropecé hacia atrás y me doblé el tobillo.

—Ese jodido monstruo vengativo y cruel va a conseguir que nos maten a todos.

La fuerza del hombre que sollozaba casi me tiró al suelo, ya que era gigante. Medía algo más de metro ochenta, y tenía la constitución de un saco de ladrillos, pero gimoteaba como un bebé cansado. No iba a quedarme allí para averiguar qué había hecho el rey Ravenwood para hacer que aquella montaña humana se disolviera en lágrimas.

Di media vuelta antes de escuchar la voz del rey retumbando en el pasillo.

—Vaya, ¿a quién tenemos aquí?

Mierda.

A pesar del ácido que me recorría las venas, sabía que huir de él no era lo adecuado. La amenaza que pendía sobre mí de volver a las mazmorras solo era una fracción muy pequeña de lo que era capaz de hacerme.

Me giré para mirarlo y alcé la barbilla.

Tropezarme con la sala del trono del rey Ravenwood fue como de repente aparecer en una nube de tormenta. La mampostería negra y gris le daba a la habitación un aspecto como de cueva, y el retorcido trono en el que Ravenwood estaba sentado era un monolito con enredaderas negras talladas. Había antorchas puestas en las columnas, que iluminaban la habitación con su parpadeante luz, pero no había manera de esconder la dureza de aquel sitio, la cual solo se amplificaba con la oscura expresión del rey.

Me obligué a hacer una simple reverencia a los pies del rey Ravenwood, a pesar de que aquello me revolvió el estómago.

Él alzó una ceja. Su mirada, que normalmente resplandecía, ahora tenía un aspecto cansado.

—¿Qué hacías ahí fuera? ¿Ya me echabas de menos?

—Así que no eres un rey muy perspicaz... —murmuré.

Tenía que controlar mi rabia, pero no podía evitar que por dentro se me encendiera un fuego cada vez que me hablaba. Y hoy, especialmente, era muy doloroso. Tenía una postura tan clara de poder, con las piernas extendidas, la mandíbula relajada, y la mano llena de anillos plateados y puesta de forma informal sobre uno de los brazos del trono.

Aquel imbécil engreído casi pedía a gritos mis comentarios crueles.

Los guardias que había a su espalda se quedaron mudos, y reconocí al soldado rubio que había visto en la enfermería, el cual dio un paso con una intención mortífera; en sus ojos verdes se reflejaba la promesa de la muerte.

Tragué saliva mientras observaba al joven y estoico soldado. Aquel día había perseguido a su propio rey, ya que Ravenwood no había sido realmente un prisionero fugitivo... Así que ¿por qué lo había perseguido?

—Deberías vigilar lo que dices —dijo el rey Ravenwood lentamente—. El comandante Griffin puede ser un poco sensible con eso de los insultos.

¿Comandante?

Aquel hombre parecía increíblemente joven para ser comandante del ejército de Onyx. Entendía que un rey fuese joven, como lo era Ravenwood, que probablemente tendría unos veinticinco o veintiséis años, dado que la realeza no tenía control alguno sobre cuándo morían los padres y heredaban la corona.

Pero el comandante Griffin parecía tener más o menos la misma edad que el rey. Me pregunté cómo había ascendido de rango tan rápido.

El hombre en cuestión puso los ojos en blanco, pero mantuvo la postura junto al rey, vigilándome como si fuera una amenaza. Aquel pensamiento me hizo sonreír.

—¿Te divierte algo, pajarillo?

—Para nada —le dije, cambiando la cara—. Si acaso, el estado de ánimo aquí parece ser algo... lúgubre.

El rey se remangó la adornada camisa negra que llevaba puesta, y puso el tobillo sobre la rodilla. Tenía los antebrazos dorados por el sol y musculados, y los apoyó a ambos lados.

—Si quieres saberlo, ha sido un puto día horrible.

—Qué pena —medité. No de forma grosera, pero... tampoco de forma educada.

En respuesta, sonrió de un modo salvaje, y apretó los brazos de madera del trono con las manos, los cuales rechinaron. ¿Cuándo me había vuelto así de atrevida?

—Qué fácil es para ti burlarte, ¿eh? Cuando no sabes absolutamente nada de lo que pasa a tu alrededor. Cuando tienes tan poco conocimiento sobre los sacrificios que los reyes y reinas deben hacer por sus súbditos, las vidas que se pierden, las elecciones que no pueden revertirse…

Traté de no resoplar, pero la rabia creció en mi interior. Estaba librando una guerra contra uno de los reinos más débiles de todo Evendell. Era un matón, no un mártir.

—Me cuesta sentir compasión —admití a regañadientes. Tenía que salir de aquella habitación antes de que dijera algo de lo que me arrepentiría.

Pero la expresión del rey tan solo se intensificó. Dejó que fermentara bajo su ceño fruncido.

—No tienes ni idea de lo peligrosas que se están poniendo las cosas. Lo frágil que es el destino de todas y cada una de las personas que conoces, y que has conocido en algún momento. De aquellos a los que amas.

Fruncí el ceño ante sus intentos de asustarme, pero no pude evitar el escalofrío que me recorrió la espalda.

—Pues dímelo —le dije—. ¿Qué está en juego para ti, rey Ravenwood? ¿O quizá te da miedo admitir la verdad? Que lo único que te importa es tu propia avaricia.

Su expresión se convirtió en una máscara cruel y calmada, y se levantó y caminó hacia mí.

Traté de no encogerme cuando acercó la cara a la mía, y murmuró contra mi oreja:

—Lo primero, puedes llamarme Kane. «Rey Ravenwood» es un poco formal para alguien que te ha hecho sonrojar tantas veces como yo.

Las mejillas me ardieron de vergüenza. Los guardias que había tras el rey se removieron. Abrí la boca para protestar aquella intolerable afirmación, pero él siguió hablando.

—Lo segundo, Arwen, dado que has vivido tan solo una «vida diminuta y asfixiantemente segura» durante veinte años, dado que no has visto nada, ni estado en ningún sitio ni sentido a ningún hombre... ¿qué vas a saber tú nada de *nada*?

Sin pensármelo dos veces, me eché hacia atrás y estrellé la palma de la mano contra su engreída cara masculina.

Esperé en silencio e inmóvil a que se enfadara. Esperé la ira.

Pero el rey Ravenwood tuvo la osadía de parecer satisfecho, contra todo pronóstico, y esbozó una extraña sonrisa.

El fuerte sonido no había terminado de resonar a través de la habitación cuando el comandante Griffin ya se encontraba a mi espalda, sujetándome los brazos con fuerza.

Sentí una oleada de pánico, y el corazón me latió contra la garganta.

Di un tirón con todas mis fuerzas, pero el comandante era absurdamente fuerte, y simplemente tiró de mí hacia atrás. Me clavó sus ásperas manos contra la piel.

—Suéltala —le dijo el rey mientras se acariciaba la mandíbula y se giraba de nuevo hacia el trono—. No es más que una molestia.

Aquellas palabras me escocieron, así que esperaba que la bofetada también le hubiera dolido a él. ¿Cómo osaba devolverme mis propias palabras contra mí? Palabras que había compartido con él, en confianza, cuando pensaba que era otra persona. Era un golpe bajo, y buscaba una reacción por mi parte.

El comandante obedeció y me soltó sin decir una palabra.

—¿Puedo retirarme? —le pregunté al rey, y traté de no sonar como Leigh cuando quería retirarse de la mesa.

—Por supuesto —dijo el rey, y señaló hacia la puerta.

Corrí hasta llegar a mi habitación, en la zona de los sirvientes, mientras la vergüenza y la ira batallaban en mi interior. No podía creerme que me hubiera rebajado a su nivel. Me metí bajo una manta tejida, y el firme colchón cedió ligeramente bajo mi cuerpo dolorido. Aquel día había empezado de forma prometedora con Dagan, Mari y mi nueva actitud. Había sido como el primer rayo de sol en el oscuro abismo sin final que había rodeado mi vida.

Y ahora tan solo quería que todo se acabara. De nuevo.

Podía intentar luchar contra ello, pero las palabras del rey habían tocado una fibra tan sensible en mi interior, tan personal y bochornosa, que casi había sido invasivo. Era como si hubiera visto a través de mí y hubiera metido la mano hasta el hueco entre mis costillas hasta encontrar los pensamientos que había escondidos en los rincones más ocultos de mi corazón.

Sí que había empezado a estar resentida con mi hogar en Abbington, y con la forma en que sentía que mi vida allí no me merecía. Y aún odiaba la Fortaleza Oscura, incluso más ahora que sabía que probablemente me quedaría allí para siempre. Pero, de algún modo, a pesar de los muchos, extensos y vacíos días de mi niñez, o de las recientes noches que había pasado en una celda de piedra húmeda, jamás me había sentido tan sola como en ese momento.

DIEZ

Querida madre, Leigh y Ryder,

Si recibís esta carta significa que por fin estáis en algún sitio a salvo, y espero que calentito. ¿Estaréis rodeados de fruta y comida exótica? ¿O solo es mi estómago el que habla por mí? Ojalá pudiéramos estar juntos, pero quiero que sepáis que están cuidando de mí en Onyx. Es una historia muy larga, y espero que algún día pueda contárosla en persona. Pero, por el momento, por favor, usad este dinero para que os ayude a construir una vida nueva. Conociendo a Ryder, la mitad del saco que robó probablemente lo hayáis gastado ya. Leigh, no dejes que todos esos cambios te asusten. Sé que dejar Abbington fue duro, pero mientras estés con Ryder y con mamá, siempre estarás en casa. Mamá, en este nuevo reino estoy buscando cualquier información sobre tu enfermedad que pueda encontrar. ¡No pierdas la esperanza! Y Ryder, por favor, cuida de ellas. Te necesitan.

Os mando todo mi amor,
Arwen.

Llevaba ya días con la carta encima, como si fuera una niña con su mantita de seguridad. Pero no concebía pedirle a aquel bastardo que cumpliera con su promesa, especialmente desde la última vez que lo había visto, ya que me había comportado como una loca. Pensé en darle la carta a Barney, al cual veía en el gran salón o por la galería a menudo, pero sabría mucho mejor si el rey Ravenwood planeaba mantener su promesa o no si pudiera hablar con él cara a cara, y disculparme de alguna manera por mi arrebato.

Jamás había sido así de directa con nadie en toda mi vida. Lo odiaba, no lo respetaba, no confiaba en él, pero, por más que lo intentaba, no podía dejar de pensar en él ni en sus engreídas y crueles palabras. Pero tenía que frenar un poco mi ira y poner buena cara si iba a pedirle que mandara la carta.

Llegué a la ligeramente iluminada biblioteca después de otra sesión de entrenamiento con Dagan por la mañana. Mari estaba echada sobre tres libros, en distintos estados de lectura, y roncando como un oso en una caverna.

—¿Mari?

—¡Ay! —soltó, poniéndose recta del todo. El pelo rojo le cayó sobre la cara.

—¿Te has quedado a dormir ahí?

—Uff, sí —dijo con la voz ronca—. La última vez que me pasó fue cuando hice el examen de letrado.

—¿Hiciste el examen de letrado? ¿Vas a ser letrada?

—Por todas las Piedras, no. —Negó con la cabeza mientras se arreglaba el pelo.

—Entonces… ¿por qué?

—Solo quería ver si podía aprobarlo —me dirigió una sonrisilla, y con eso supe que sí que lo había aprobado.

Negué con la cabeza.

—Estás como una cabra. —Ella sonrió aún más, y me contagió a mí—. Y me alegro muchísimo de que tu padre se dejara el calcetín en la enfermería.

—Yo también. Llevo mucho tiempo sin tener amigos nuevos —dijo, y se levantó para estirarse—. Creo que a veces molesto a la gente.

Antes de poder discrepar, siguió hablando.

—Pero bueno, mira lo que he encontrado. —Mari señaló el libro que había enfrente de nosotras, y seguí su dedo a través de la página desgastada y de color arena—. Cansancio, deterioro muscular, dolores de cabeza, pérdida de peso...

La página detallaba la condición de mi madre a la perfección, incluso los dolores en las articulaciones, los dolores de cabeza, los ataques de somnolencia...

Una llama se encendió en mi interior: era una esperanza cautelosa, y un pedacito de alegría pura.

—¿Qué es?

—El libro es de las Montañas de Perla, así que sabemos que es correcto —empezó a decir. Ese reino era conocido por su gran conocimiento, y por las inmensas bibliotecas que se construían y flotaban alrededor de los picos de la ciudad—. Dice que la enfermedad se llama «trastorno de la trenza», y que tiene una cura sorprendentemente simple: «Un brebaje a tomar cada día, y que reduce la mayoría de los síntomas de los pacientes, y mejora tanto la calidad como la expectativa de vida».

El pedacito de alegría se ensanchó aún más. Aquello era demasiado bueno para ser cierto.

—¡Mari, eres un genio!

Me sonrió ampliamente, aunque aún tenía aspecto de necesitar un buen cepillado de pelo.

—Solo leo rápido. Fue idea tuya buscar en la biblioteca.

Los ingredientes del brebaje no eran muy comunes, pero, por suerte, la botica del castillo los tenía todos excepto uno. Jamás había oído hablar de la raíz de madriguera. Y después de organizar el inventario de la botica unas tres veces al día todos los días, sabía que no teníamos nada de eso.

—Maldita sea —murmuré cuando lo leí—. ¿Sabes algo de la raíz de madriguera?

Mari asintió.

—Es nativa del Reino de Onyx, así que probablemente crezca en los bosques de por aquí. Pero solo florece durante el eclipse lunar, el cual no es hasta dentro de dos meses, y solo dura unos ocho minutos desde que empieza hasta que termina.

Hice una mueca, y me invadió la decepción. Estaba tan cerca, y sin embargo...

—¿Cómo puedo encontrarlo durante el eclipse?

—Deja un residuo iridiscente durante el resto del año allá donde crece. Si tuvieras forma de adentrarte en el bosque, podrías buscarlo ya. Después tendrías que hallar la manera de regresar a ese mismo sitio la noche del eclipse... —Y, como si pudiera ver los engranajes girar en mi cabeza, volvió a hablar—. Por favor, no hagas nada totalmente estúpido.

—No, claro que no —le mentí.

Se me empezaba a dar bien mentir.

Si el primer paso para ser valiente era admitir que tenía que ver al rey de nuevo, tanto para darle la carta como para encontrar el residuo de raíz de madriguera en el Bosque Oscuro, entonces el segundo paso era, de hecho, hacer algo al respecto.

Aquel era mi día libre de la botica (supuse que Dagan necesitaba un descanso de la cháchara y las risitas constantes, ahora que a Mari le gustaba visitarme todos los días), así que me dirigí hacia la sala del trono para pedirle ayuda al rey malvado. Como una idiota.

El castillo estaba en calma y dormido mientras deambulaba por los pasillos. Observé a las familias y los soldados, que disfrutaban del desayuno en el gran salón. El estómago me rugió. En solo dos semanas, me había acostumbrado de forma bochornosa al pan de trébol del Reino de Onyx. Los trozos de pan de un color marrón oscuro se hacían con el trigo del color de la obsidiana que era nativo de esta tierra, mezclado con melaza y alcaravea. Era denso y ligeramente dulce, y me untaba las rebanadas con mantequilla derretida cada mañana. Observé a una madre y a un hijo cortando un trozo de pan que aún humeaba, mientras miraban un libro de dibujos, y aquello hizo que me doliera el corazón.

Tenía que admitir que, si este castillo era un indicativo, entonces quizás el Reino de Onyx no fuera la tierra de los horrores que toda la gente con la que había crecido afirmaba que era. Aquella gente no tenía cuernos retorcidos ni garras grotescas, y definitivamente no tenían alas. Además de Bert, nadie se había portado mal conmigo. A pesar de todas las veces que mi madre me había dicho que no debía de juzgar un libro por su cubierta, había hecho justamente eso. Me pregunté si aquella gente también odiaría la guerra tanto como nosotros en Ámbar. Estaba segura de que ellos también habían perdido sus hogares y a sus seres queridos.

Aquel pensamiento hizo que me pusiera furiosa con el rey Ravenwood de nuevo. ¿Qué clase de hombre y, aún más, qué clase de rey les hacía aquello a tantos inocentes? Y ¿para qué? ¿Para tener más tierras? ¿Más riquezas?

Además de mi asco por el rey Ravenwood, me sentí asqueada por mí misma. ¿Cómo podía haber sentido ningún tipo de sentimiento positivo por alguien tan egoísta, cruel, arrogante, violento…

—¿Arwen?

Me di media vuelta y me choqué de cara contra un pecho fuerte y agradable.

—¡Ay! —murmuré, y me toqué la nariz dolorida, como una niña pequeña.

El rey bajó la mirada hacia mí, y por la expresión de sus ojos parecía divertido, pero tenía los labios en una firme línea. Estaba rodeado de cuatro soldados, todos ellos ataviados para cazar.

—Buenos días, Kane —le dije. El comandante Griffin se aclaró la garganta—. ¿O prefieres «su majestad»?

Él hizo una mueca.

—No, Kane está bien. No le hagas caso al comandante Griffin.

Griffin alzó una ceja, escéptico.

Ese día, el rey llevaba el pelo peinado hacia atrás y apartado de la cara. Vestía con una chaqueta de cuero, una túnica, botas de cazar y una espada en la cadera. Claramente se dirigía a algún tipo de expedición. Pero en las caras de los hombres que había en el pasillo, a su espalda, e iluminados por los farolillos, se veía claramente una expresión de miedo. Al parecer lo de hoy no era una excursión por diversión.

Ahora que Kane estaba frente a mí, no estaba muy segura de cómo sacar el tema. Quizás entregaría la cara, pero no estaba muy segura de lo de la raíz de madriguera. Podía intentar obligarlo y decirle que me negaría a curar a nadie si no me la conseguía, pero no había forma de no decirle que era para mi madre. Había una razón por la que la botica no la tenía: normalmente no se usaba para curar. Me preguntaría que para qué la quería, y no estaba dispuesta a compartir mis deseos y debilidades más profundas con aquel imbécil. Otra vez.

Entonces se me ocurrió algo.

Sonreí de la forma más atractiva que pude, puse ojitos, y le dije:

—De hecho, te buscaba a ti, mi rey. —Me encogí de la vergüenza por dentro. Probablemente estaba haciéndole la pelota en exceso, pero a Kane le brillaron los ojos, y sonrió ligeramente, divertido.

—Ah, ¿sí?

—Uy, sí. Quería disculparme por mi comportamiento del otro día, fue inaceptable. Estaba muy cansada, y creo que estaba cayendo enferma. ¿Podrías perdonarme?

Él tan solo alzó la ceja, interesado.

—No me pareció que tu enfado estuviese provocado por una fiebre… Pero me alegra saber que te sientes mejor.

—Es que te agradezco tanto tu bondad hacia mí la otra noche, cuando me permitiste quedarme en tu fortaleza… Pensé que debería de darte la carta que quería mandarle a mi familia, para que se la entregues una vez que los encuentres. —Me saqué la carta del bolsillo del vestido y se la di.

Sostuvo el sobre y lo giró en sus manos, confuso.

—¿Por qué pesa tanto?

Me sonrojé.

—Se me ocurrió mandarles algo de dinero. Por si acaso lo necesitan.

El rey sopesó la carta sobre la palma de su mano.

—Has metido un montón de dinero. ¿Es todo lo que tienes?

—Prácticamente, sí.

—¿No tiene tu hermano suficiente dinero como para varias vidas?

Odiaba cuando hablaba así de mi hermano. No lo habría necesitado si nuestro pueblo no hubiera estado destruido desde hacía cinco años, pero me mordí la lengua.

—Solo quiero ayudarlos, y esta es la única manera en que puedo hacerlo.

Frunció el ceño, y las titilantes luces que había por el pasillo iluminaron su adusta cara. Pero no dijo nada más.

—¿Se la entregarás? —insistí—. Cuando los encuentres. Cuando nos separamos, iban hacia Granate.

El rey me observó sumido en sus pensamientos, y algo que parecía pena brilló en sus ojos plateados.

Yo me encrespé.

—Te di mi palabra, ¿no es así?

Sí, pero tu palabra tiene el mismo valor que un saco de patatas.

Tragué saliva con fuerza. Si lo que había escuchado acerca de él era cierto, los halagos y el falso poder sobre sus súbditos serían la única manera de conseguir lo que necesitaba de él.

—Sí, por supuesto, mi rey.

Entrecerró los ojos en una mirada hambrienta, y me dedicó una sonrisa seductora.

—Creo que vas a tener que parar de usar ese término cariñoso, pajarillo.

Se me cortó la respiración, y noté que las mejillas se me sonrojaban. El comandante se aclaró la garganta de nuevo, y yo tragué saliva una vez más. ¿Por qué tenía la boca tan seca? Kane se pasó la mano por la cara para esconder una sonrisa.

—El otro día... No era mi intención ofenderte.

—Sí, sí que lo era —le dije, y me maldije internamente. Los hombres que había tras el rey se agitaron ligeramente.

Sé agradable, Arwen.

El rey Ravenwood se rascó la barbilla mientras reflexionaba.

—Quizá tú conozcas mis intenciones mejor que yo mismo. Pero, entonces, de forma más vehemente incluso, te digo que lo siento —dijo en una voz muy baja. Había una nueva expresión en su mirada, una que no había visto en él antes.

Me quedé allí plantada, confusa. ¿Era eso una disculpa de verdad? ¿De él?

El rey y sus hombres comenzaron a pasar junto a mí por el pasillo, ciertamente en dirección a las puertas del castillo. Pero no podía dejar a un lado la segunda parte de mi plan. Tenía que encontrar el sitio donde crecía la raíz de madriguera.

—De hecho, creo que sé cómo podrías compensármelo. —Kane se giró, y esperó a que continuara. Reconocimiento de culpa a un lado, sabía que aquel bastardo estaría luchando contra la necesidad de alzar una ceja de manera sugerente—. ¿Puedo unirme a ti hoy?

—No —escupió Griffin.

—Pero...

—Claro. —Kane sonrió. Griffin masculló algo y se marchó por el pasillo.

Yo le sonreí al rey de oreja a oreja, y le dediqué una expresión que quería decir «esto significa mucho para mí».

—Te prometo que no os molestaré en absoluto —le aseguré—. Soy de trato fácil.

ONCE

—Ni por todas las Piedras del mundo —dije, poniéndome firme.

Kane puso los ojos en blanco.

—Como quieras —dijo, y se encaminó hacia los establos.

Sus hombres estaban montándose en sus caballos a nuestro alrededor. Era un extraño día de sol que dejaba entrever el verano que se aproximaba. Una más que bienvenida brisa agradable soplaba entre los pinos del bosque, y llenaba los establos de un aroma dulce y refrescante que ya me era familiar. Aunque entrenaba con Dagan cada mañana, la naturaleza de las lecciones no dejaba mucho lugar para apreciar el entorno. No había tenido realmente ningún momento para disfrutar del exterior en semanas, y anhelaba sentir la hierba entre los dedos de los pies, y el sol dándome en la cara.

Por no mencionar que, de alguna forma, había conseguido convencer a Kane para que me llevara con él al bosque, la cual era la única manera en la que podría encontrar el residuo de la raíz de madriguera. Esta era mi oportunidad, y no podía malgastarla por un simple paseo a caballo incómodo.

Le rogué a todas las Piedras del cielo que me concediesen fuerzas, y seguí a Kane.

—¡Vale! —le dije—. De acuerdo, pero debes saber que he montado a caballo muchas veces. No sé por qué me tratas como a una cría.

Kane no dijo nada, tan solo se quedó allí esperando pacientemente a que me montara en la criatura. Lo hice con facilidad, casi dándole una patada al rey en la cara al girarme. Creí escucharlo reírse entre dientes, pero entonces se subió de un salto al caballo, y todos los pensamientos de mi cerebro se dispersaron en cuanto estuvo sentado a mi espalda.

El calor de su enorme cuerpo me envolvió desde atrás, como si fuera una diminuta piedra dentro de una gran mano. Me invadió los sentidos una mezcla de olores a madera de abeto, cuero y menta, tan fuerte como sus brazos musculados, que me rodearon para aferrarse a las riendas. Me recliné sobre su accidental abrazo. Realmente no tenía otra opción, ¿dónde iba a ir si no?

—¿Estás cómoda, pajarillo? —me susurró al oído. Cerré los ojos sin querer.

—No —dije, aunque la forma en que pronuncié aquella palabra con la voz ronca hizo que abriera los ojos, alarmada.

Kane se rio, un sonido sensual que me hizo pensar en sábanas de cama y susurros. Entonces, guio al caballo junto a los de los otros hombres.

Por las Piedras, qué seguro de sí mismo era.

Cómo lo odiaba.

Griffin nos observó con el ceño fruncido.

—Parece que estáis muy cómodos.

—Le dije que podía ir en mi propio caballo. —No sabía por qué sentía la necesidad de justificarme ante aquellos hombres; después de todo, ya sabían bien lo mucho que odiaba al rey. Habían presenciado mi arrebato en la sala del trono. Pero no quería que me vieran como alguien débil.

Era un pensamiento que antes nunca había tenido, pero que ahora tenía todo el tiempo.

—Y yo le dije que, si era capaz de protegerse a sí misma, era más que bienvenida a hacerlo. Vámonos.

Me pregunté si sabría algo sobre mis lecciones matutinas con Dagan. Pero, antes de poder preguntarle, Kane y yo salimos disparados a un ritmo rápido, y los hombres nos siguieron en formación a través de las puertas de la Fortaleza Oscura.

Me preparé para las criaturas horribles, las experiencias mortales que pudiéramos encontrarnos en el Bosque Oscuro, pero los árboles retorcidos no eran tan aterradores a plena luz del día. Me pregunté por qué me había parecido tan terrorífico el bosque al llegar, y esperé que no tuviera nada que ver con las leyendas que había alrededor del hombre impactantemente letal que tenía pegado a la espalda. Cada vez que empezaba a enfadarme con él, me recordaba a mí misma el plan: ser agradable, encontrar la raíz de madriguera, acabar aquel día con vida, y después ignorar a Kane eternamente. Estuve alerta por si veía el residuo resplandeciente de la raíz de madriguera, y traté de memorizar mis alrededores.

Aún tendría que conseguir salir para dirigirme hasta allí la noche del eclipse, lo cual significaba que, en algún momento, tendría que contarle a alguien mi plan… Incluso si el bosque no era tan escalofriante como había esperado, no podía arriesgar la seguridad de mi familia al romper mi pacto con Kane y escaparme de allí. Pero eso sería un problema del que preocuparme en dos meses. Quizás alguien lo habría matado para ese entonces. No había nada de malo en soñar…

Había altos pinos y sauces, olmos con nudos que formaban pequeños recovecos y rendijas, y pequeñas flores silvestres azules, todo arraigado en la hierba verde, con trozos de musgo esparcido por todo el suelo del bosque. Pequeñas criaturas escurridizas se escondían conforme pasábamos por el bosque, y había parcelas de luz de sol que se filtraban a través del denso follaje.

No tenía nada que ver con el bosque que había junto a mi hogar en Ámbar, que era de color dorado y un escarlata oxidado durante todo el año. Nuestras hojas se caían cada mañana como si fueran lluvia, y crujían bajo nuestros pies cada noche. En mi vida había visto tanto verde... casi me dañaba la vista.

Kane se mantuvo en silencio durante el paseo, a pesar de la posición tan íntima. Había esperado que hiciera bromas lascivas, o que me tocara de forma asquerosa, pero casi había estado... callado de forma incómoda. Quería romper aquel tenso silencio, pero no se me ocurría ni una sola cosa agradable que decirle. Era extraño ir pegada a alguien por quien sentía tal aversión.

Especialmente porque estaba rodeándome la cintura con los brazos con tanta fuerza que parecían dos bandas de hierro, y quería de forma desesperada pensar en cualquier otra cosa.

—¿Te das paseos por el bosque a menudo por gusto todas las tardes? —le pregunté por fin.

—Estoy algo ocupado para tales distracciones.

Puse los ojos en blanco.

—¿Ocupado con qué, exactamente? ¿Acostándote con mujeres y matando gente por diversión?

Cuando habló, lo hizo con la voz grave, como un gato satisfecho.

—No me tires de la lengua, pajarillo.

Tragué saliva para tratar de deshacer el nudo que se me había hecho en la garganta. No quería saber qué le tentaba de las dos opciones.

Sé agradable, pensé.

—Bueno, ¿y cuál es el propósito de la excursión de hoy? —probé.

—¿Por qué me pediste venir si no lo sabías?

Era una pregunta válida. Intenté darle una verdad a medias.

—Necesitaba salir del castillo, me sentía un poco atrapada.

—Te pasa a menudo, ¿no es así?

Así que el egocéntrico del rey sí que era observador.

—Sí, no me gusta sentirme atrapada. Reacciono de forma... desagradable.

—Lo recuerdo… en tu primera noche en las mazmorras.

Traté de no moverme bajo el peso que se instaló en mi pecho cuando rememoré aquello. O el recuerdo de Kane cuando fingía ser otra persona. Era exasperante, y aún no entendía por qué me había mentido durante tanto tiempo.

Sé agradable, agradable, agradable…

Si Ryder había sido encantador durante diecinueve años, yo podía hacerlo durante una sola tarde.

—Nunca te di las gracias por haberme enviado a los cuartos de los sirvientes y haber quitado a Barney del puesto.

—Me parecía un castigo muy inteligente por haber tratado de huir. —Noté la sonrisa irónica en su voz.

—Para ser justos, te advertí de que pensaba hacerlo.

—No —me regañó—. Estabas buscando ayuda, me lo dijiste como amiga.

El recordatorio de lo tonta que había sido fue como un baño de agua helada. Y algo más… sentí un pequeño y extraño pinchazo en el corazón. Por la cercanía que había sentido con él aquella noche antes de huir, y cuando había descubierto la verdad.

—Sí —admití—. Casi fuimos amigos, ¿no es así?

—Hum —murmuró—. Amigos.

—¿Por qué fuiste aquella noche a mi celda, escondiendo aún tu verdadera identidad?

Su voz adquirió un tono afilado.

—Quizá quería saber si aún planeabas huir.

—Si no querías que lo hiciera, podrías haberme vigilado mejor —le solté.

—Claro. Es muy fácil vigilar a alguien que está mortalmente asustada de sentirse atrapada.

De forma traicionera, un sentimiento de sorpresa floreció en mi interior al pensar en que había tratado de mantener a raya mi ansiedad. Miré en dirección al bosque que había frente a nosotros, a los rayos de sol que se filtraban a través de las hojas de color esmeralda.

Si había algo de bondad en aquel hombre, y yo no lo había visto, tendría que encontrar la manera de usarlo a mi favor.

—De todas formas, no importa —continuó diciendo—. Ni siquiera llegaste hasta mis centinelas.

—¿Centinelas?

—Tenía guardias esperando en el perímetro del bosque cada noche después de lo que me contaste en la enfermería. Si hubieras conseguido llegar hasta allí, te habrían detenido. Pero, por supuesto, no llegaste. —Apretó las riendas con las manos y se puso rígido a mi espalda. Los nudillos se le quedaron blancos debido a la tensión.

—Claro.

Seguimos avanzando a través de los gigantescos árboles, y pasaron los minutos en silencio. Las ramas estaban entrelazadas, como si alguien las hubiera tejido.

—¿Debería de preguntar dónde está Bert ahora mismo?

—Yo no lo haría en tu lugar —dijo él, en una voz tan baja que fue como la caricia de una daga contra mi mejilla. Pero sentí que se acercaba ligeramente a mí y me ponía la mano contra el estómago para sostenerme contra él.

El paseo fue largo, y ya me estaba cansando de lo cerca que estábamos. Pero no podía mantenerme recta como un palo durante más tiempo, ya que empezaba a dolerme la espalda, las rodillas y los muslos de apretarlos contra el caballo para poder permanecer erguida. Con cuidado, me incliné hacia atrás contra Kane ligeramente, y eché la cabeza contra su pecho.

Él se encogió un poco, y quise decirle «a mí tampoco me agrada mucho», pero temía que su respuesta fuera sin duda algo arrogante.

Al final, el caballo de Griffin adelantó al nuestro. El comandante me dirigió una mirada cargada de odio cuando pasó, y me erguí de nuevo, cohibida. La espalda se me resintió.

—No le hagas caso —dijo Kane, con la voz algo ronca.

—Creo que me odia —le dije en broma, pero el tono en el que lo dije no tenía ni rastro de humor.

—No es contigo con quien está enfadado, pajarillo.

Quería preguntarle a qué se refería, pero llegamos entonces a un claro.

El claro estaba incluso más iluminado que todo lo que habíamos pasado de camino aquí; estaba bañado en rayos de sol que resaltaban los insectos y todas las cosas que flotaban con calma con ayuda de la brisa.

Pero Kane se puso muy tenso a mi espalda, y entonces vi en la distancia la razón.

Parecía ser el resultado de algún tipo de ataque. Había tierra y rocas dispersas por todas partes, como si hubieran arrastrado a alguien hacia delante y hacia atrás. Conforme nos acercamos, me di cuenta de que la hierba estaba bañada en sangre. Recé por que los trozos que había entre las hojas, embarrados y con aspecto de ser carne, no fueran vísceras, pero había trabajado con heridas de guerra lo suficiente como para saber que rezar no servía de nada.

Kane hizo frenar al caballo mientras Griffin desmontaba del suyo. Los demás frenaron a nuestra espalda.

—¿Qué ha pasado aquí? —dije sin aliento.

—Es lo que tratamos de averiguar —dijo Griffin, que se acercó más a la escena que había entre la hierba alta y embarrada.

Kane y el resto de los hombres desmontaron de sus caballos para observarlo más de cerca. Yo los seguí, y escuché a los hombres, que evaluaban la escena en susurros.

El estómago se me agitó incluso más cuando vi de cerca la sangre que había a nuestros pies.

Mari no mentía cuando me había hablado de las criaturas que rondaban por los bosques. No tenía ni idea de qué podía haber atacado a una persona de forma tan total como para dejar una escena como aquella.

Me aparté aquel pensamiento de la cabeza.

Ahora que los hombres estaban distraídos, tenía que examinar el bosque en busca de la raíz de madriguera. No había visto ningún residuo en el camino, pero probablemente podría localizarlo mejor ahora que iba a pie. No podía ser tan difícil, ¿no? Detectar el residuo, recordar dónde se encontraba, y conseguir volver allí de forma segura el día del eclipse.

Pan comido.

Me escabullí tras unos cuantos árboles y comencé a inspeccionar el suelo del bosque. La hierba estaba alta y descuidada, y era difícil ver entre todos los tréboles, hojas muertas y pequeños insectos que parecían semillas diminutas.

Pero, al rodear un ancho roble, algo reflejó la luz del sol. Miré a Kane, pero él, Griffin y los demás estaban aún observando el lugar del ataque y discutiendo sobre lo que podría haber pasado.

Me metí tras el roble y me arrodillé en el suelo. Y ciertamente, entre las raíces del árbol había una pringue densa y brillante. A no ser que aquella fuera la escena de un acto íntimo entre unicornios que no tenía ninguna intención de conocer, la raíz de madriguera crecería allí la noche del eclipse. La adrenalina me recorrió entera. Después de todos estos años, por fin había dado con algo que de verdad podría ayudarme a curar a mi madre.

Me puse en pie y traté de memorizar el área. A unos veinte pasos del claro, bajo el roble más grande, y el claro en sí se extendía a unos treinta minutos a caballo en el bosque, al este de la fortaleza.

Podría encontrar de nuevo el lugar.

—Creo que hemos acabado aquí —escuché que me decía Kane—. Arwen, ¿qué haces?

Me puse tensa ante la mención y rodeé el roble.

—Solo admiraba las flores.

Los soldados obedecieron las órdenes y se subieron a los caballos. Dejé escapar un suspiro al darme cuenta de que nos dirigíamos de vuelta a la Fortaleza Oscura. Hacía un día estupendo, y el bosque ya no me parecía aterrador. Daría casi cualquier cosa por no pasar otra tarde de primavera encerrada en mi habitación.

Kane me sostuvo la mirada.

—¿Qué ocurre?

Me sonrojé, ya que era un pensamiento absurdo con el que preocuparme.

—No, no es nada. —Me dirigí de vuelta al caballo, pero Kane no se movió.

—Venga, dímelo.

Lo observé con cuidado. Llevaba todo el día siendo extrañamente agradable. Estaba segura de que era un ardid de algún tipo, pero tal vez mi intento de cautivarlo había funcionado mejor de lo que pensaba.

No tenía nada que perder.

—Quería… quedarme. Un rato.

—Quedarte —repitió él—. ¿En el bosque?

Asentí con ganas.

—Hace un día precioso. Y por fin se está bien, y hace calor. ¿Crees que habrá algún estanque por aquí? —Me giré y traté de escuchar el sonido del agua de algún riachuelo.

Kane alzó la comisura de los labios. Estaba decidiendo, pensándoselo. Y entonces, simplemente dijo:

—De acuerdo, vamos a buscarte un estanque. Griff, nos veremos de vuelta en la fortaleza.

Griffin no movió ni un músculo.

—No te preocupes, te lo devolveré sano y salvo —le dije con una amplia sonrisa. No podía evitar la alegría que me ocasionó que mi apuesta hubiera salido bien.

—Más te vale, solo tenemos un maldito rey —dijo, y no había ni rastro de humor en su voz. Nunca parecía haber nada de humor cuando se trataba del comandante.

Se mantuvo firme, mirándonos fijamente hasta que Kane le dijo:

—Ya la has escuchado, estaré en buenas manos.

La cara de Griffin tan solo reflejaba reticencia, pero, aun así, hizo girar a su caballo y se alejó trotando. Lo cual nos dejó a Kane y a mí a solas en el bosque.

Unos pájaros pasaron por encima de nosotros piando de forma melódica, y una brisa tibia me despeinó. Me pasé la mano por el pelo, cohibida.

Kane mantuvo la mirada puesta en mí.

El claro de repente parecía demasiado pequeño para ambos.

Me moví intranquila bajo su mirada. No tenía ni idea de lo que hacer con las manos, y me pregunté si él lo sabría.

Esto había sido una idea terrible. ¿En qué estaba pensando?

—Venga —dijo, rompiendo la extraña energía entre nosotros con una risa, y se encaminó hacia un desgastado camino entre los árboles.

Lo seguí de cerca con el corazón aún latiéndome con fuerza. Me giré para mirar al caballo, que pastaba en el claro donde lo habíamos dejado.

—¿Tu caballo se quedará ahí quieto?

—Sí.

—¿Y si lo encuentra una de las criaturas que viven en el bosque?

Kane pasó sobre la raíz de un árbol que sobresalía, y me hizo un gesto para que hiciese lo mismo.

—Estará bien, es muy rápido.

—¿Y si las criaturas nos encuentran a nosotros?

Se paró en seco antes de darse la vuelta.

—De repente tienes un montón de preguntas. ¿Estás nerviosa?

Sí.

—No, ¿por qué iba a estarlo?

—Pensaba que yo te aterraba —me dijo con un brillo en la mirada.

Así es. Aunque...

—Si fueras a hacerme daño, creo que ya lo habrías hecho.

Me sorprendió lo ciertas que eran esas palabras. Me dedicó una sonrisa antes de continuar la marcha.

Era demasiado guapo… Qué desastre.

Era el momento de cambiar de tema.

—¿Qué fue lo que pasó en el claro?

Sentí que su energía cambiaba, como si una densa nube hubiese pasado por encima del sol de verano. Aminoró la marcha, pero no se giró para mirarme cuando habló.

—Dos de nuestros hombres no consiguieron volver del lugar al que los envié. Esta mañana un guardia encontró sus restos.

Sentí el miedo enroscándose en mi interior, como algo resbaladizo y aceitoso.

—¿Crees que los mató algo que vive aquí? ¿Un animal? *¿Un monstruo?*

—Es complicado.

Otra respuesta que no era ninguna respuesta en realidad. No sabía qué había estado esperando. Deseé poder verle la cara mientras lo seguía a través del estrecho camino. Aparte del susurrar de las hojas y el canto de los pájaros, el bosque estaba sumido en el silencio. La tensión que había sentido desde que Griffin y los demás hombres se marcharon se intensificó.

Respiré hondo por la nariz. No podía pedirle que volviéramos ahora; parecería muy débil.

—Lo siento —le dije—. Lo de tus hombres.

Él, sin embargo, no me respondió.

Seguimos caminando en silencio, hasta que el sendero empinado y cubierto de hojas por fin acabó en un claro. Había un gran y extenso espacio de campo, adornado con cardos de color rosa pálido y lavanda que se extendía ante nosotros. En la distancia, contra una pared montañosa y rocosa, había un estanque brillante de color turquesa.

El corazón me dio un vuelco, y durante un momento olvidé por completo la ansiedad que había sentido. Era más bonito que nada de lo que había visto en Abbington. Y en toda mi vida, en realidad.

Miré a Kane, que estaba sudoroso por la caminata. Quería ser capaz de atravesar aquel exterior engreído con una intensidad que no podía explicar.

—¿Una carrera?

Kane abrió mucho los ojos y se rio de forma genuina y tan fuerte que incluso pareció sorprenderse a sí mismo.

—¿Quieres hacerlo interesante?

Aunque el corazón me dio un vuelco ante aquellas palabras, me di unos golpecitos en el labio con un dedo, fingiendo pensármelo. Siguió con la mirada el movimiento del dedo sobre mi boca con atención.

—Si gano, tendrás que responder cualquier pregunta que te haga, de forma honesta.

Se desprendió de la camiseta de un tirón, y después se quitó las botas. Su amplio pecho era incluso más magnífico de lo que recordaba en la enfermería. Cuando nos miramos a los ojos, el estómago me dio un vuelco.

Qué mal, qué mal.

Bajé la mirada hacia mi propia ropa, pesada y oscura, y me desaté el corsé.

—Debo decir que admito tu determinación —me dijo, con los ojos entrecerrados hacia el cielo azul—. De acuerdo. Pero si gano yo —volvió a mirarme—, me dirás por qué querías venir al bosque de verdad.

Me quedé petrificada a mitad de quitarme una bota, y lo miré boquiabierta.

—No soy tan crédulo como al parecer te crees que soy —me dijo con una sonrisilla.

Mierda. Ahora sí que tenía que ganar.

—Una verdad a cambio de una verdad —le dije—. Me parece justo.

Kane parecía totalmente encantado, y me permití mirarlo con la misma confianza. Imitar su actitud arrogante me provocó una sensación de euforia. Nos quedamos allí de pie, sonriéndonos el uno al otro con la determinación de dos idiotas.

—Salimos a la de tres. ¿El primero en tocar el agua gana?

Yo asentí.

—Uno. Dos. Tr…

—¡Espera! —dije para frenarlo. No podría correr bien con aquel ancho vestido de lana, y la apuesta que teníamos me hizo sentir valiente. Quería verlo ceder más que nada en el mundo, o al menos, que titubeara de alguna manera. Me quité el pesado vestido por la cabeza, y me quedé solo con una camisola sin mangas y ropa interior muy fina.

Una suave brisa me acarició el cuerpo entero, y me estiré como si fuera un gato bajo el sol.

Sentí la mirada de Kane puesta en mí, así que lo miré también. Tenía los ojos ensombrecidos, y me recorrió con la mirada; desde los pies descalzos, los gemelos y muslos al aire, pasando por el estómago y los pechos cubiertos de seda, hasta aterrizar sobre el rostro.

Parecía dolorido.

—¿Estás bien?

Él negó con la cabeza.

—Pajarillo retorcido…

Traté de esconder la sonrisa.

No estaba segura de qué era lo que estaba ocurriendo en ese momento. Kane siempre había sido atractivo. Como prisionero, como paciente de la enfermería, e incluso como rey malvado. Pero parte de mi ardiente odio había comenzado a deslizarse como arena entre mis dedos.

Él se aclaró la garganta.

—De acuerdo, vamos antes de que me mates. Uno, dos… tres.

Ambos echamos a correr a una velocidad vertiginosa. Batí los brazos a ambos costados mientras golpeaba la hierba cubierta de musgo con la planta de los pies con suavidad. Sentía como si estuviese corriendo sobre una nube. El viento me tiró del pelo y me enfrió las extremidades, que se me habían calentado bajo el sol. Hacía demasiado tiempo que no había hecho aquello, y al correr fue como volver a casa. Aspiré el aire fresco con olor a pino.

Me invadió una oleada de euforia que me hizo correr aún más rápido.

Kane mantuvo la velocidad a mi derecha. Los músculos de sus poderosos brazos se flexionaban con cada zancada, y parecía estar igual de feliz que yo.

Pero cada vez iba más rápido.

Redoblé mis esfuerzos, aceleré el paso y me incliné hacia delante. Aquello era lo único que se me daba genial. Cada vez que me sentía atrapada, sola, patética… Correr me recordaba que también era fuerte. Que lo único que necesitaba eran mis piernas, y podrían llevarme a cualquier lado. Alcancé a Kane con facilidad, y vi la mirada de sorpresa que se reflejó en su rostro.

Fue increíble.

Estábamos ya a solo unos metros del agua, y aún íbamos muy igualados. Me esforcé incluso más, hasta que los pulmones me ardieron, las piernas se me resintieron, y el corazón me palpitó contra los oídos. Pensé en la cara de Kane cuando me vio desvestirme, y me sentí incluso más fuerte. Salté en el aire solo un segundo antes que él, y aterricé en el agua, salpicándola hacia todas partes.

—¡Ja! —le grité cuando salí a la superficie y me quité el agua de la cara—. ¡He ganado!

Kane se sacudió el pelo como si fuese un perro, y trató de sacarse algo de agua de las orejas.

—Sí, sí… Ya lo veo —me dijo mientras recobraba el aliento.

Sonreí y me dejé caer sobre el estanque. Dejé que el agua fresca me cayera por la cabeza. Kane me observó, divertido.

—Eres rápida. Como una gacela o algo así.

—Gracias.

—Debe de ser por tu baja estatura. Tus piernas tienen que trabajar menos —dijo, y señaló su propio torso.

Puse los ojos en blanco.

—¿Acaso estás alardeando, rey Ravenwood? ¿Alardeando de tu cuerpo musculado? —Chasqueé la lengua, fingiendo estar decepcionada.

—Me alegro de que te hayas fijado.

Sabía que estábamos coqueteando, y era despreciable. Pero me lo estaba pasando bien, y hacía mucho tiempo que no me divertía tanto.

Él me observó con la resplandeciente agua cayéndole por los ojos.

—¿En qué estás pensando?

Estaba harta de decir verdades a medias.

—Pienso en que me lo estoy pasando bien. De alguna forma.

La expresión de su rostro me decía que era una respuesta mejor de lo que había esperado.

Vadeé por el estanque y estiré los brazos y piernas, evitando las rocas y los delgados peces naranjas.

—Estoy segura de que tú te diviertes a menudo, pero para mí ha pasado mucho tiempo. Mi pueblo estaba destrozado por las épocas de guerra, y no era muy agradable… Y tampoco lo es estar atrapada en una celda en un reino extranjero y sin tus seres queridos.

No había pretendido sonar tan amargada, pero una vez que abrí las compuertas de la verdad, era difícil cerrarlas de nuevo.

Kane me observó con un interés precavido, y en su rostro se reflejó algo que parecía pena.

—No puedo ni imaginar lo que debes de pensar sobre las decisiones que he tomado. —Nadó en mi dirección, y su mirada plateada se intensificó—. De hecho, no tengo que imaginarlo… Ya me lo has dicho tú misma, ¿no es así? —Tragué saliva con fuerza, y me alejé un poco de él—. Solo quiero que sepas… que no hago ninguna elección sin entender el sacrificio que conlleva. La pérdida, como bien me dijiste en la sala del trono. Y no me lo paso tan *bien* como piensas.

Se me puso la piel de gallina, ciertamente por la temperatura del agua. Me obligué a apartar la mirada de la suya, ya que su honestidad era demasiado real. Demasiado íntima.

—¿Qué hacías para divertirte cuando eras más joven, entonces?

Echaba de menos cómo me había sentido hasta solo hacía un momento. Lo ligera y casual que había sido la conversación.

—Me gustaba tocar el laúd. Me enseñó mi madre, era algo que hacíamos juntos. —Parecía un recuerdo feliz, pero cuando lo miré a los ojos, vi que se había quedado inmóvil y lucía consternado.

Vaya con la conversación ligera y casual.

—¿Era esa la pregunta que tanto te ha costado conseguir? —me preguntó con una ceja alzada—. Me parece un desperdicio para la curiosidad insaciable que ya espero de ti.

—No, yo...

No podía estar tan cerca de él. Era demasiado atractivo, magnético y peligroso. Pero él se acercó a mí como si fuese un depredador. Se abrió paso a través del agua, que le llegaba por el lugar donde se le marcaba una «V», bajo las caderas. Me apresuré a retroceder, y me resbalé sobre el fondo de musgo del estanque, hasta que la espalda me chocó contra la piedra que había tras de mí. La cascada que bajaba por las rocas que había sobre nuestra cabeza me cayó por la espalda como si fuese lluvia. Kane apoyó las manos a ambos lados de mí y se inclinó hacia delante. El agua se le escurrió sobre los brazos y los antebrazos, y eso hizo que las gotas salpicasen como si fueran estrellas fugaces que refulgían a nuestro alrededor.

Sus ojos eran todo pupilas, y me miró con intensidad. Una atención singular y abrasadora sustituyó la sinceridad y la melancolía anterior, y enfocó aquella mirada sobre mis labios. Estaba segura de que era capaz de escuchar el estruendoso ruido que hacía mi corazón, que me latía contra el cuello. Estaba casi temblando. De miedo, pero también...

Encontré un punto de apoyo y me puse en pie para ganar algo de terreno y estabilizarme...

Pero el estanque era menos profundo en la orilla, así que sentí que la camisola de un color blanco lechoso se me pegaba por completo al pecho empapado, actuando de segunda piel. Me crucé de brazos para taparme los pezones y alcé la mirada hacia Kane. Tenía la mandíbula apretada, pero ya había apartado aquella mirada suya de ojos plateados, y la tenía puesta sobre la cascada que había sobre nuestras cabezas.

—No te preocupes, pajarillo, no he visto nada.

De nuevo había esperado insultos, provocaciones y crueldad, y en su lugar, encontré cortesía. Incluso diría que bondad...

Las palabras salieron de mis labios antes de poder evitarlo.

—Libérame —le dije en un susurro.

—¿Cómo? —preguntó, mirándome a los ojos.

Sentí que me sonrojaba por completo, pero ya lo había dicho.

—Por favor —le rogué—. Este no es mi sitio. Apenas me necesitas. Deja que vuelva con mi familia.

Kane apretó aún más la mandíbula, y los ojos parecían arderle. Se apartó de las rocas y se alejó de mí.

—No puedo hacerlo —soltó.

—¿Por qué no? —le pregunté mientras lo seguía a través del agua. Jamás me había sentido tan insignificante y vulnerable. No desde que era una niña.

Pero no tenía ningún problema en suplicar por mi vida. Hoy Kane me había mostrado bondad, así que quizás había una parte de él que era capaz de mostrar empatía... y quizá podría convencerlo.

—Por favor —le dije de nuevo.

Kane abrió la boca, pero pareció pensárselo mejor, y la cerró de nuevo.

Sentí que los ojos se me llenaban de lágrimas.

Ahora que la adrenalina de la carrera, de mi súplica y de... otras cosas estaba desapareciendo, fui consciente de que el sol empezaba a ocultarse tras los árboles, y sentí que la piel se me ponía de gallina con el frío del agua.

—Volvamos —me dijo al fin cuando vio que me temblaban los hombros—. Puedes hacerme tu pregunta de camino a casa.

DOCE

El camino de vuelta fue mil veces peor que el de ida hacia el bosque. Kane me prestó su camisa para secarme el pelo, y después nos vestimos rápido y atravesamos el bosque con menos ropa que antes.

Era un cabrón terrible. Podía ser divertido, encantador y sorprendentemente cariñoso cuando se lo proponía, pero era egoísta como nadie. Maldita sea, había malgastado el tiempo suplicándole que me liberara.

Y, lo que era aún peor, no podía pensar en nada que no fuera el torso de aquel imbécil, ya que lo tenía pegado a mi espalda, y yo tenía el vestido arremolinado alrededor de las caderas para que se me secara la camisola. Él tenía las manos delante de mí para sostener las riendas, y era una postura lo suficientemente inocente, pero verlo agarrar las riendas de cuero de aquella forma tan sensual hizo que se me enroscaran los dedos de los pies. Era demasiado consciente de su respiración controlada contra mi nuca, y juraría que podía escuchar el latir de su corazón resonando contra mis omoplatos. La forma en que nuestras piernas estaban abiertas de igual manera a ambos lados de la silla era perturbadoramente erótica. Tenía que estar constantemente centrándome para no pensar en cosas realmente sucias.

Estaba furiosa con él. Muy pero que *muy* furiosa. Pero también quería lamerle el cuello... Era algo complicado.

El caballo dio un paso hacia el lado rápidamente para evitar un tronco caído, y Kane me puso la mano totalmente extendida en el estómago para sostenerme contra él. Me rozó ligeramente la parte baja del vientre con el dedo meñique, y sentí el contacto por todo mi ser, así como una profunda necesidad. Kane expandió el pecho y dejó escapar un suspiro tembloroso antes de quitar la mano como si la camisola mojada que llevaba estuviese ardiendo.

Por suerte, llegamos al castillo poco después, y Kane se bajó del caballo más rápido de lo que jamás había visto a nadie hacer nada, y eso que acabábamos de estar corriendo. Mientras yo desmontaba, me pareció que se estaba ajustando los pantalones, pero desvié la mirada.

—Bueno, pues gracias —le dije, y me giré para dirigirme al castillo.

—Arwen —me dijo a mi espalda—. ¡Espera!

Traté de que desapareciese el rojo de mis mejillas antes de darme la vuelta, y cuando lo hice, vi que me traía mis botas. Bajé la mirada hacia mis pies: iba descalza.

—No creo que pretendas entrar descalza, pero ya he aprendido a no decirte lo que tienes que hacer.

—Gracias —le dije, y entonces me di cuenta de algo ahora que tenía la mente más despejada, fuera lo que fuere eso que me había pasado durante el paseo—. No te llegué a hacer la pregunta.

En sus ojos plateados se reflejó el humor.

—Creía que se te había olvidado. Adelante.

Había tantísimas cosas que podía preguntarle... «¿Por qué declaraste la guerra? ¿Por qué Griffin estaba enfadado contigo hoy? ¿Con quién hablabas en las mazmorras ese primer día? Para alguien que tiene un reino entero al que cuidar, eres absolutamente egoísta». Aunque supuse que eso último no era una pregunta.

Pero lo que realmente quería saber se me escapó de los labios, como si fuese una roca rodando por una ladera.

—¿Por qué dejas que todos, tanto tus súbditos como todos los habitantes de Evendell, crean que eres un monstruo horrible?

Kane alzó las cejas, sorprendido.

—¿Acaso ya no piensas que sea cierto?

—No estoy segura —le dije de forma honesta—. Pero decididamente les sigues el juego fingiendo ser así.

Le tembló un músculo de la mandíbula, pero parecía estar reflexionando, no enfadado. Suspiró, y alzó la mirada hacia el cielo que había sobre nuestras cabezas, el cual ahora estaba nublado. Entonces, volvió a bajar la mirada hacia mí.

—La mayoría de los rumores que supongo que has escuchado sobre mí son ciertos. No permito que la vulnerabilidad se interponga entre mis obligaciones y yo.

Por alguna razón, sentí aquellas palabras como si fuesen una bofetada.

—Entonces ves el compromiso, la indulgencia y el amor como… ¿una vulnerabilidad? ¿Una debilidad?

Parecía estar intentando con todas sus fuerzas no poner los ojos en blanco, y apretó la mandíbula.

—De hecho, sí. Los reyes que lideran llevados por sus emociones toman decisiones que afectan a su gente. Mi único trabajo es mantener al reino a salvo.

—El rey Gareth es amable y justo —le dije, y alcé la barbilla—. Mantiene a salvo a su gente, y siempre es clemente. Nos deja elegir.

Kane apretó aún más la mandíbula.

—Yo nunca he obligado a mi gente a unirse a mi ejército.

La protesta que tenía en la punta de la lengua se agrió. Pero él siguió hablando, y se acercó tanto que apenas nos separaban unos centímetros.

—Y ¿mantiene a salvo a su gente? —Me abrasó con la mirada—. Tú estás aquí, ¿no es así? Eres cautiva de su mayor enemigo. Gareth es una serpiente asquerosa.

Apreté los puños a ambos costados.

—Eres cruel sin razón.

Él retrocedió y soltó una carcajada sin una pizca de humor.

—Hay tantísimas cosas que ignoras.

—Entonces cuéntamelo.

Suspiró, pero cuando me miró de nuevo a los ojos, casi parecía herido.

—¿Cuántas veces tengo que decírtelo…? No *puedo*.

Apreté la mandíbula.

—Supongo que la confianza es también una de esas debilidades tan inoportunas que no te permites tener.

El corazón me latía desbocado. ¿Qué estaba haciendo allí fuera, discutiendo con él de nuevo y tomándome su secretismo como algo personal? No me debía nada.

Necesitaba ayuda de verdad.

Me fui corriendo hacia la fortaleza, y traté de no sentir nada cuando me llamó por mi nombre.

El estómago me rugió mientras subía las escaleras de dos en dos para reunirme con Mari en el gran salón. De noche, el castillo era precioso pero escalofriante, y a través de los pasillos viajaba una tenue música y el zumbido de la gente hablando mientras cenaban. Llevaba sin comer nada desde que había vuelto del Bosque Oscuro la noche anterior, ya que había decidido meterme en la cama y ahogar mis pensamientos, aunque, aun así, había pasado toda la noche inquieta. Y la mañana. Y la tarde…

Pero ahora era de nuevo de noche, y estaba muerta de hambre.

—Por fin he encontrado un libro sobre los fae, pero no eran más que cuentos para niños —resopló Mari cuando me reencontré con ella en la cola para conseguir la cena, lo cual apartó uno de sus rizos pelirrojos de su cara. Estaba fascinada con el folclore feérico, pero había muy poco material para leer sobre aquellos seres. Algunos libros afirmaban que las criaturas eran totalmente un mito, pero Mari no estaba del todo segura.

—¿Por qué no vuelves a tu investigación sobre las brujas? Creía que te gustaba. Dagan debería de terminar de traducir el libro de hechizos pronto, ¿no? —Quizás él podría ayudarme a conseguir la raíz de madriguera en la noche del eclipse. Había ayudado a Mari por voluntad propia, y era lo suficientemente amable como para enseñarme a pelear con la espada.

Me retiré hacia un lado para dejar que un grupo de jóvenes y guapos soldados pasara delante de nosotras. Mari estaba muy bonita con su vestido azul y el lazo negro de Onyx. Todos los jóvenes la miraron con interés, pero Mari no pareció darse cuenta.

Ella tan solo me puso los ojos en blanco.

—Las brujas son mucho menos interesantes. Puede que todo lo que sepamos de los fae ni siquiera sea cierto, o sea, las alas, las orejas puntiagudas y las garras. El hecho de que no pueda encontrar ni un solo texto definitivo me está volviendo loca. Las brujas tan solo son mujeres que pueden lanzar algunos hechizos. Sinceramente es incluso aburrido.

Se mordió el labio, y yo la miré con los ojos entrecerrados.

—¿Hay algo que no me estés diciendo?

—¡No, nada! —dijo, pero el tono agudo con el que habló me indicó justo lo contrario.

Nos quedamos allí paradas en silencio hasta que por fin nos sirvieron las costillas. Estaban tiernas, caramelizadas, y olían especiadas y dulces… Estaba deseando atiborrarme. Nos sentamos en una esquina iluminada tanto por las llamas de los farolillos como por las luciérnagas que a veces se colaban desde el patio hasta el salón. Su resplandor parpadeante se reflejó en los ojos angustiados de Mari.

—Si no me cuentas lo que de verdad te pasa, ¿cómo voy a contarte yo el desastre de día que pasé ayer con el rey? —Fingí estar desconcertada de verdad, y me metí un bocado enorme en la boca.

—¿Cómo? ¿Cuándo?

Negué con la cabeza mientras masticaba.

—Vale —cedió ella—. Estoy probando algunos hechizos, y no he tenido… mucha suerte.

Me quedé boquiabierta. ¿Mari era una bruja?

Dijo aquello como si fuera lo más obvio del mundo, pero solo quienes tenían brujas o hechiceros en su ascendencia podían practicar la brujería. La magia no era poco común, pero yo solo había conocido a unas cuantas brujas en toda mi vida, y habían usado sus hechizos para hacer o cocinar cosas, o a veces para elaborar pociones de sueño, o tónicos para la buena suerte que funcionaban solo la mitad de las veces. Aunque, teniendo en cuenta lo que sabía de Mari, imaginé que ella no pretendía hacer ese tipo de magia tan común, sino algo mucho más impresionante. Mucho más poderoso.

—Por fin he descubierto cómo arreglar el problema, pero es bastante complicado. —Me dio la sensación de que admitir aquella derrota le había dolido de forma física.

Pero yo aún no había superado la parte de la magia.

—¿Hechizos? ¿Tienes brujas en tu linaje?

—Mi madre era bruja —dijo, y asintió.

Mari no había dicho mucho sobre su madre y, para alguien que hablaba por los codos como ella, debía de haber una razón por la que fuera un tema tan delicado. Quería saber por qué, y qué era lo que me ocultaba, pero dejé la curiosidad a un lado. Yo no estaba lista para contarle lo de Powell aún, así que no me parecía muy justo indagar en su historia.

—¿Puedo ayudarte? —le pregunté en su lugar.

Mari negó con la cabeza.

—No hay nada que puedas hacer.

—Ah, venga ya, si quieres puedes probar conmigo. ¿Quieres probar a lanzarme un hechizo de insomnio? Estoy agotada.

Ella se rio y después se mordió el labio. Sabía que, si esperaba, probablemente se sinceraría conmigo. Tenía la sospecha de que a Mari no le duraban mucho los secretos.

Por fin cedió, tal y como había esperado.

—De acuerdo. Lo que necesito es el amuleto de Briar. Es una reliquia que perteneció a una de las brujas más grandes de la historia, Briar Creighton. Nació hace siglos, pero aún sigue viva, y tan guapa y joven como siempre. O, al menos, eso es lo que he escuchado. Lanzó algo de su magia en el medallón antes de que, según los rumores, se lo regalara a... Bueno, ya te haces una idea.

Ya me estaba temiendo la respuesta.

—¿Al rey Kane Ravenwood?

—¡Sí! Al parecer fueron amantes cuando él era joven.

—Pues claro que sí —Me apreté el puente de la nariz. No juzgaba a Kane por haberse acostado con una bruja de cientos de años, quien probablemente tenía el aspecto de alguien de mi edad, pero aún así... De repente me dolía la cabeza una barbaridad—. Entonces, ¿quieres que se lo pida?

A Mari casi se le salieron los ojos de su órbita.

—¡No! Por todas las Piedras, Arwen, claro que no. Él jamás te lo daría, ni a ti ni a mí.

Exhalé un suspiro de alivio. Gracias a las Piedras, porque ya estaba harta de todo lo relacionado con...

—Quiero robarlo de su estudio.

En esa ocasión fue mi turno de que casi se me salieran los ojos de sus órbitas.

—Dime que estás de broma.

—Me has pedido que fuera sincera —me dijo, y se encogió de hombros.

Me masajeé las sienes. El dolor de cabeza se estaba convirtiendo en una migraña en todo su apogeo.

—Es demasiado peligroso —le dije—. El rey Ravenwood nos cortaría la cabeza por mucho menos.

—No se enterará jamás. Hoy está fuera, en el bosque, me lo ha dicho el herrero esta mañana en la biblioteca. Es el momento perfecto. —Se mordió el labio, y me miró con ojos suplicantes—. El único momento que tendré.

El estómago se me encogió de culpa. Había obligado a Mari a sincerarse conmigo. Tan solo llevábamos unas cuantas semanas siendo amigas, pero sabía con una certeza absoluta que iba a llevar a cabo aquella locura de plan conmigo o sin mí. Y lo cierto era que me sentía más valiente ahora de lo que lo había sido jamás. Había sobrevivido a cosas mucho peores que colarme en un estudio.

—Yo voy a ir de igual forma —me dijo Mari, como si pudiera leerme la mente.

—De acuerdo, vale —accedí—. ¿Qué tienes planeado?

Mari me respondió con una sonrisa tan pura, tan feliz, que hizo que yo también sonriera muy a mi pesar. A pesar del cansancio y del miedo a que aquello fuera un desastre absoluto.

—Será fácil —dijo con una gran sonrisa—. Después podrás contarme lo de tu día con el rey. Sígueme.

—¿Ahora? —pregunté, pero ella ya estaba de pie y comenzó a recorrer el gran salón.

Maldije en voz baja y me metí un último bocado de comida en la boca antes de seguirla.

Subimos las amplias escaleras a saltos, atravesamos la galería que había sobre el patio, y pasamos por la botica, que estaba ya cerrada a esas horas.

Me quedé sin aliento mientras caminábamos a toda prisa.

Entraríamos y saldríamos en un santiamén.

—¿Cómo sabes siquiera que el amuleto es real? Y, lo que es más, ¿cómo sabes que está en su estudio?

—Llevo toda mi vida viviendo aquí, Arwen. Conozco todos los secretos de este castillo, incluso algunos que ni el mismísimo rey conoce.

Aparté los nervios y el pánico que sentía, y por fin, al girar por una esquina más, nos encontramos en un pasaje en el que nunca antes había estado. Tenía la misma construcción sofisticada, y los

mismos recovecos y huecos ensombrecidos que el resto de la fortaleza, pero era más estrecho y había menos farolillos. Como si estuviera diciéndoles a los invitados: «Este pasillo no es para ti».

Al final del pasillo había dos puertas decoradas y cubiertas de
unas filigranas de hierro negro, custodiadas por dos guardias estoicos. Pero Mari pasó por delante de ellos con rapidez, y giró por otra
esquina hasta llegar a un solitario expositor de cristal. Dentro había
tesoros que jamás podría haber imaginado, como una armadura
de los tiempos de guerra que había pertenecido al rey original de
Onyx, incrustada de diamantes y amatistas que decoraban la superficie de metal, que se asemejaba a unos dientes. Bajo aquello, había
una criatura anfibia larguirucha con delicadas alas, y suspendida en
algún tipo de conservante. Y más abajo aún, la impresionante garra
de una arpía, más alta y ancha de lo que yo era.

Cada día que pasaba en este reino, mi comprensión acerca del
continente y del mundo se expandía.

—Vamos —me susurró, y tiró de mí para alejarme de aquel
expositor de cristal con increíbles artefactos.

Me giré para mirar a mi alrededor.

—Aquí no hay nada.

Mari susurró una frase y, con un retumbar que sentí en los pies,
el expositor con aquellos objetos únicos giró y chirrió hasta revelar
una pequeña entrada.

—¿Qué ha sido eso? —susurré entre dientes.

—Contraseña secreta —me respondió Mari en voz baja—. La
puerta está embrujada para abrirse solo cuando se dicen esas palabras.

Iba muy acorde con los secretismos de Kane tener una entrada
oculta hacia su estudio privado. Le pegaba mucho a un hombre que
valoraba los secretos por encima de todo.

Mari se escabulló hacia dentro y yo la seguí con el corazón latiéndome a un ritmo furioso.

Fue como entrar en un gran joyero. Había una ornamentada
alfombra a nuestros pies (claramente de Granate o Cuarzo, dado el

nivel tan elaborado de los detalles), extendida en el suelo e incluso bajo las estanterías y estatuas, y un sofá de dos plazas con unos cojines de punto muy detallados. La chimenea de piedra albergaba unos troncos, y aún estaba adornada con algunas brasas que parecían joyas mientras se enfriaban. Había jarrones llenos de los espeluznantes lirios y violetas de Onyx, los cuales ahora me encantaban. La luz de la luna se filtraba a través de una cúpula de cristal en el techo, que parecía alzarse hacia el cielo sin final. Aquello debía de ser el interior de la espiral del castillo, que era un chapitel alto y puntiagudo que se elevaba hasta las nubes.

Y, en el centro de aquel recoveco tan resplandeciente, había un gran escritorio para lectura, hecho de madera del color del cobre y que brillaba casi igual, y una preciosa silla de cuero con patas de garra que estaba suplicando ser ocupada. El escritorio estaba lleno de libros brillantes, pergaminos desgastados y plumas, e incluso un cáliz aún marcado por las manchas de vino y olvidado a un lado.

—Guau.

—Sí, yo dije lo mismo cuando lo vi por primera vez.

—¿Has estado aquí antes?

Mari era más rebelde de lo que me habría imaginado.

—Solo una o dos veces —me dijo mientras rebuscaba los cajones y estantes—. Bueno, quizás alguna vez que otra más… Después de que a una de las trabajadoras de cocina se le escapara la contraseña cuando era joven, entraba a hurtadillas aquí de vez en cuando. El rey no solía venir a la Fortaleza Oscura de todas formas. Así que me colaba para ver los tesoros que el rey coleccionaba. O para esconderme de los abusones.

Dijo lo último de forma tan informal que casi no me di cuenta. Quería hacerle más preguntas, pero ella se apresuró a ir hacia un estante lleno de viejos textos, y comenzó a rebuscar entre ellos.

—Entonces, si podías entrar tan fácilmente, ¿para qué me necesitabas?

—Escuché rumores de que, cuando el rey estaba de visita, guardaba aquí a su mascota. Pensé que quizá necesitaría un par de manos más. Pero parece que estamos solas, así que debería de ser pan comido.

¿Mascota? Pensar en Kane correteando con un cachorro de ojos grandes y pelaje descuidado me derritió el corazón. Pero me sacudí de forma física para apartarme aquella idea de la cabeza, y vi entonces una pequeña puerta de madera poco llamativa, en una esquina de la habitación.

—¿A dónde crees que lleva esa puerta?

—Los cuartos del rey. Pero no tengo forma de entrar allí.

Hice un ruido para decirle que lo había entendido, pero mi mente vagó a otro lugar. Había algo increíblemente erótico al pensar en el dormitorio de Kane. En lo que haría cuando estaba completamente solo. Cómo dormiría, en quién pensaría. Traté de contener un escalofrío.

Probablemente tendría el aspecto de unas mazmorras, o igual que su sala del trono: todo piedra y acero. Una habitación fría y oscura para alguien frío y oscuro.

Pude escuchar a Mari poniendo los ojos en blanco solo por el tono de su voz.

—Estás encaprichada con el rey.

Me sonrojeé al darme cuenta de que había estado mirando fijamente la puerta de madera con deseo.

—De acuerdo —dijo ella cuando se acercó al escritorio—. Amuleto de Briar, ¿dónde estás?

Antes de poder unirme a ella, en la habitación se escuchó un grito escalofriante, como el llanto de una viuda.

Me atraganté con mi propio grito, y Mari y yo nos giramos.

Una criatura con plumas se paseaba por detrás del sillón, y se estiró como si acabara de despertar. Era una criatura extraña y larguirucha, y nos miró fijamente. Al principio parecía tan solo una lechuza grande, pero cuando me fijé mejor, me eché hacia atrás al ver unos ojos casi humanos, pequeños y brillantes, y unos hombros huesudos que se doblaban bajo las alas cubiertas de plumas como las de un cuervo. Avanzó hacia nosotros con un deleite travieso, unas piernas desgarbadas y la cabeza ladeada. Era como si una lechuza hubiera tenido un vástago con un niño demonio.

Se frenó y nos observó de forma peculiar, y entonces graznó de nuevo, lo cual hizo que se le vieran las hileras e hileras de afilados dientes blancos.

—Mari. ¿Eso es la «mascota» de Kane? —pregunté en una voz que no parecía la mía.

—Sí, ¿puedes distraerlo? Casi he terminado.

Mari estaba pasando por cada cajón del escritorio e inspeccionándolos en busca del medallón. Aquella cosa con aspecto de lechuza ululó de nuevo y estiró las patas con garras. Me miró fijamente sin pestañear, y siguió cada uno de mis movimientos.

—¿Distraerlo? ¡Mari! —le dije entre dientes.

—Es solo un strix. Si fuera a comernos, ya lo habría hecho.

Relajé ligeramente la tensión que había acumulado en las rodillas y la mandíbula.

—Ah, ¿entonces no comen humanos?

Cuando Mari habló, su voz sonó con eco, ya que tenía la cabeza metida en el hueco que había bajo el escritorio.

—Uy, no, por supuesto que sí que comen humanos. Pero aún no lo ha hecho, así que…

Inhalé de forma temblorosa.

Mari estaba totalmente loca.

—Lechucita bonita, qué dientes más bonitos tienes… —¿Estaría distrayéndolo bien? Traté de hablar con voz cariñosa, como lo había hecho con Cascabel y Pezuñas cuando estaba en casa, pero me salió en un tono de voz agobiado e inestable.

Tan solo sirvió para que la criatura se acercara un poco más. Su mirada se había vuelto la de un depredador, y los tres dedos larguiruchos de sus macabras pezuñas se extendieron hacia fuera. No podía respirar bien.

—Mari, venga ya. *Ahora.*

—Ya casi… estoy… —gruñó, con la voz amortiguada.

El strix, que aún me fulminaba con la mirada, extendió las alas por completo, con sus plumas de un negro azabache, y con un aspecto brillante como si acabara de meterlas en aceite. Retrocedí ante aquello.

—¡Ah! ¡Lo he encontrado!

Ante el grito de Mari, la criatura lechuza me enseñó los dientes de nuevo y cargó contra mí.

Con el corazón latiéndome con fuerza, corrí hacia la entrada secreta y me lancé contra la pared. Apenas fui consciente de que Mari decía algo a mi espalda. Un soplo de viento me hizo darme la vuelta y vi que el strix se alzaba en el aire con un ululato estrangulado, y se quedaba allí suspendido y revoloteando.

Por todas las malditas Piedras.

Me desplomé contra la puerta secreta, aliviada, y aspiré el rancio olor del estudio.

—¿Eres tú la que está haciendo eso? —pregunté al señalar al strix, que luchaba por volver a aterrizar de donde estaba suspendido en el aire.

—¡Sí! —gritó Mari, que corrió hacia mí. Tenía alrededor del cuello una fina cuerda de cuero que sostenía una gema morada—. ¡Por las Piedras sagradas! Puedo sentir su poder, no me lo creo.

—Qué bien, me alegro mucho por ti. Pero… —Miré a la bestia, que flotaba y trataba de girarse para atacarnos, pero no era capaz de moverse—. ¿Qué vamos a hacer? No podemos dejarlo ahí suspendido.

—Claro que podemos.

La fulminé con la mirada.

—*No,* no podemos.

No podía hacerle eso a Kane ni al animal, sin importar lo mucho que hubiera querido arrancarme los ojos y comerse mi carne. O, al menos, eso era lo que sentía que había intentado hacerme.

—Bájalo y salgamos corriendo antes de que nos alcance.

Mari frunció el ceño, pero sujetó el amuleto con fuerza contra su pecho de forma resuelta. Se centró en la lechuza, que chillaba y batía las alas, y comenzó a lanzar un evocador canto en voz baja.

Ver a alguien hacer magia siempre me asombraba, incluso ahora, que temblaba tanto que no podía ni abrir la boca. La electricidad estática del aire, el ligero zumbido… El modista de nuestro pueblo, que lanzó un hechizo para bajar un tarro de tinte de uno de los estantes más alto. El tabernero, que le arrojó a un cliente borracho un breve encantamiento para ayudarlo a marcharse sin problemas.

Nunca lo había visto tan en bruto ni visceral como lo que Mari estaba haciendo ahora.

Continuó su encantamiento, pero la criatura no se movió.

Mari y yo intercambiamos una mirada de preocupación. El strix también parecía preocupado, e inclinó la cabeza cubierta de plumas.

A través de la puerta de madera que conducía al dormitorio de Kane se oyó el eco de unos pasos. Los tres nos giramos en dirección al sonido que se filtraba en la habitación de los hombres al otro lado.

Y entonces escuché su inconfundible voz, amortiguada a través de la puerta.

—*Y Eryx parecía encantado con nuestra oferta. Quizás aún tengamos algún aliado, y justo a tiempo.*

—*No exageres* —dijo la voz de Griffin.

—¡Ay, Mari, por todas las Piedras! ¡Inténtalo de nuevo! —dije entre dientes.

No sabía qué decía aquello de mí, pero estaba mucho más aterrorizada por encontrarme con Kane de lo que lo estaba por morir a manos del strix.

—*Siempre tan optimista, comandante. ¿Es que no podemos alegrarnos por un solo éxito?*

Griffin resopló a través de la puerta.

—*De acuerdo. Pero ¿qué hay de Amelia?*

Nos llegó a través de la puerta la risa informal de Kane, que se me coló en los huesos.

Me sonrojé.

No quería escuchar nada más de aquella conversación. Mari arrugó la cara mientras continuaba lanzando el hechizo y aferrándose al amuleto que había alrededor de su cuello.

—*Griff, ¿de verdad piensas que con todo lo que está en juego ahora mismo...?*

El strix ululó de forma sonora y batió las alas contra el agarre mágico.

Ay, por las Piedras. Tenía el corazón en la garganta, iba a atragantarme con él...

Teníamos que irnos y *ya*.

—*¿Qué ha sido eso?*

El golpeteo de las botas de los guardias caminando en nuestra dirección nos llegó en un ritmo constante desde la habitación del rey.

—¡Mari! —le dije entre dientes.

De repente, el agarre que Mari tenía alrededor del strix se liberó, y la criatura cayó desde la mitad de la altura que había entre el techo y el suelo con las alas desplegadas y una mirada asesina. Mari y yo nos escabullimos por la apertura un segundo antes de que los guardias abrieran, o de que la criatura rapaz nos almorzara.

Soltamos un suspiro de alivio idéntico una vez que estuvimos en el pasillo, y caminamos en dirección contraria tan rápido como pudimos sin levantar sospechas. Cuando giramos por la esquina, prácticamente vibraba de la rabia.

—Mari, eso ha sido...

—Lo siento muchísimo, Arwen —me dijo, y me miró con sus ojos castaños—. Ha sido una estupidez, y totalmente peligroso. En realidad, no puedo creer que accedieras a ello.

Podía sentir que mi ya familiar dolor de cabeza estaba volviendo.

—Casi haces que nos maten —le solté—. ¿Cómo has podido pensar...?

Cerré la boca cuando dos centinelas caminaron por delante de nosotras en el pasillo iluminado por las antorchas. Mari y yo les sonreímos de forma amable, una gran y falsa sonrisa.

Pasaron por nuestro lado, y me preparé para seguir sermoneándola, pero cuando estuvimos en la galería, se frenó y miró hacia abajo, a la gente que paseaba por el patio en el piso interior.

Parecía muy afectada.

¿Acaso el strix la había asustado tanto?

—Tenía que recuperar el amuleto —me dijo en una voz tan baja que parecía estar contándome un secreto—. No podía fracasar. —Se giró para mirarme con una expresión seria—. No sé, creo que para lo único que sirvo es para ser buena en algunas cosas, y saberlo todo.

Me invadió una oleada de irritación, pero aquello también hizo que me doliera el corazón.

—Mari, eso no es cierto, y lo sabes. ¿Cómo se te ocurre decir eso?

—Cuando era pequeña no tenía ningún amigo. Por la Piedra más sagrada, esto es una fortaleza para el ejército. Había pocos niños; a las chicas las mandaban a tomar clases a Willowridge, mientras que a los chicos se les enseñaba a pelear. Creo que mi padre nunca me envió porque no quería estar solo.

Imaginé a Mari de pequeña y sintiéndose sola, con sus rizos rojos ocupándole más de la mitad de la cara, y siendo acosada por los jóvenes hijos de los soldados, escondiéndose en el decorado estudio de Kane... Hizo que quisiera abrazarla.

—Mi madre murió en el parto, así que nunca la conocí, pero sabía, por lo que mi padre me había contado, que había sido una bruja brillante, y se le daba bien todo lo que intentaba hacer. Estaba tan enamorado de ella... Y cada día me decía lo mucho que me parecía a ella.

»Me gustaba leer, como a ella. Y era un sentimiento increíble tener algo de lo que estar orgullosa, sentir como si ambas fuéramos iguales. Por eso, no me importaba lo que nadie pensara de mí. Tenía mi mente, igual que mi madre, y era lo único que necesitaba. Me daba tanto miedo no poder realizar estos hechizos, Arwen... Fracasar en algo que a ella se le daba tan bien, y que me había propuesto hacer... Tanto, que casi consigo que nos maten a ambas. Lo siento tantísimo... Es solo que no sé quién sería si tratase de hacer brujería y no tuviese éxito.

Toda la rabia que había sentido se apagó en mi interior, como si alguien hubiese soplado una vela.

Sabía perfectamente de lo que Mari hablaba.

Tal vez no me presionaba de forma tan increíble como Mari, pero sí que podía verme reflejada en la soledad durante su infancia, lo cual la había llevado a tomar algunas decisiones de adulta bastante cuestionables. Lo cierto era que, si yo hubiera encontrado de niña algo que se me diera tan bien como a Mari el mundo académico, quizás habría crecido con algo de la confianza y el sentido de sí misma que ella tenía.

La obligué a girarse para que me mirara.

—Mari, si jamás volvieras a decir de repente algún trozo de información aleatorio, o citaras un texto del que nunca he oído hablar, o consiguieras dominar un nuevo hechizo o traducir algo, no pensaría menos de ti por ello. Tu brillantez y tu resolución tan feroz son solo dos de las muchas, *muchísimas*, cualidades que te hacen ser mi amiga.

Se le iluminó la mirada.

—Gracias por decir eso.

—Es la verdad, se me da fatal mentir.

Continuamos andando, y en aquella ocasión, el silencio fue cómodo, el acompañante perfecto para aquella noche tan agradable que, de alguna forma, no había culminado en nuestra muerte.

—Bueno… —me dijo tras un rato—. ¿Vamos a hablar sobre lo que hemos escuchado?

Se me pusieron las mejillas coloradas. *Amelia.*

—Mi ego aún se está recuperando del hecho de que Kane al parecer se ha acostado con medio reino, incluyendo a brujas de siglos de edad, y no muestra absolutamente ningún interés por mí —le dije, con la intención de que fuera una broma, aunque no sonó como tal, para nada.

Mari me agarró con fuerza del brazo y me hizo girar para estar cara a cara.

—Mejor no vayamos por ahí —me dijo con una mueca—. No querrías que un hombre como ese te deseara, de todas formas. Lo odias, y con razón —me dijo con una voz agradable pero firme—. Arwen, eres una luz resplandeciente, y él no te merece para nada.

Asentí, pero el corazón parecía haberse hinchado dentro de mi pecho.

Quizás, al igual que Mari no podía verse a sí misma de forma precisa, yo tampoco pudiera.

TRECE

Golpeé el árbol con toda mi fuerza, pero apenas dañé la corteza. Incluso si imaginaba la arrogante cara de Kane, o a alguien llamado *Amelia*, mis golpes apenas conseguían arañar la madera. Después de todas las mañanas que me había pasado entrenando con la espada, aún sentía que no había ganado nada de fuerza.

Me limpié el sudor de los ojos y observé a Dagan.

—Esto no es entrenar, es trabajar gratis. Si necesitas más leña, te apuesto lo que quieras a que Owen estaría encantado de ayudarte.

Dagan soltó una carcajada, a lo cual aún no me había acostumbrado. Al parecer, nada le producía más alegría a aquel cascarrabias que las lecciones matutinas. No estaba segura de si en secreto estaba contento ante lo que había aprendido, o simplemente era un sádico. Probablemente ambas cosas.

—Dale cuatro golpes más y lo dejaremos por hoy.

Roté los hombros y golpeé el árbol con el hacha cuatro veces, dejando un superficial tajo en la madera.

—Ahí lo tienes —me felicitó—, le has hecho algo. Algún día conseguirás tirarlo.

—Aún no entiendo qué tiene que ver esto con luchar con la espada.

Dagan me tendió su espada para cambiarla por el hacha que tenía en la mano. Las intercambié, y al instante la gravedad tiró de mi brazo hacia el suelo.

—¡Dagan! —le dije sin aliento—. ¿De qué está hecha tu espada, de ladrillos? —No podía sostenerla ni siquiera con dos manos, no digamos usarla con destreza con solo una mano.

—La espada con la que has estado entrenando es para niños. De unos cinco o seis años, como mucho. —Casi se me dislocó la mandíbula al escuchar aquello—. Tienes que fortalecerte para que puedas usar una espada de verdad, y pronto.

Respetaba la dedicación del hombre con mis clases de defensa propia, pero el apremio con el que lo dijo fue algo inquietante. ¿Acaso pensaba que estaríamos de nuevo en peligro, y pronto?

A pesar del escalofrío que me recorrió, agradecí que me recordara que no debía de acomodarme demasiado allí; Onyx seguía siendo un sitio peligroso.

—Lo siento, no pretendía quejarme. Es solo que estoy algo cansada.

La noche anterior había curado a dos soldados que habían vuelto de una misión con unas considerables heridas de puñaladas, así que eso me había dejado prácticamente sin fuerzas.

Solté la espada de Dagan y me eché contra el árbol marcado. Él me miró fijamente, y vi en su expresión una mezcla de simpatía y curiosidad.

—¿Te cansas al trabajar en la botica?

Sabía perfectamente que debía de tener una expresión de confusión total.

—A veces se me… hace el día largo. ¿Por qué?

—No me refiero a eso.

Dagan recogió su espada y se pasó la hoja por la palma de la mano.

—¡Dagan! ¿Qué…?

Traté de quitarle la espada, pero él me apartó la mano.

—Adelante, cúrame.

Lo miré con los ojos entrecerrados, pero accedí a su petición. Le agarré la mano callosa, cerré los ojos y sentí el ya familiar hormigueo en los dedos.

—Ahora quiero que pruebes algo diferente. No tires del poder desde tu interior, trata de usar en su lugar lo que tienes a tu alrededor.

—¿Lo que tengo a mi alrededor? —Abrí los ojos y eché un vistazo—. ¿Te refieres por ejemplo a ti? ¿Mi espada?

—No exactamente. A veces puede ser el agua, otras veces la tierra. Para ti apuesto a que es la atmósfera. Así que trata de tirar del mismísimo aire que te envuelve y dirígelo hacia la palma de mi mano, si puedes.

—Dagan —dije, y una esperanza cautelosa se instaló en mi pecho—. ¿Sabes qué es mi poder? Llevo toda mi vida queriendo entenderlo. Si sabes algo, tienes que decírmelo —le rogué con la mirada.

Abbington no tenía bibliotecas ni académicos, así que, tras investigar todo lo que pude, me había rendido a la hora de intentar entender aquella parte de mí misma. Incluso había buscado en la biblioteca de la Fortaleza Oscura unas semanas atrás, pero no sirvió de nada. Me dije a mí misma que era lo mejor, que prefería no saberlo.

Pero Dagan tan solo escaneó el terreno que había en torno a nosotros con la mirada.

—Esta técnica ha ayudado a otros con su brujería, eso es todo. Esperaba que sirviera de algo.

Sabía que me estaba ocultando algo. No se le daba tan mal mentir como a mí, pero casi. Sabía que las brujas nunca sacaban su poder del aire, del agua ni de la tierra. Mari había dejado muy claro que el poder de una bruja provenía de su linaje cuando me enseñó toda su investigación, o sus nuevas habilidades.

Sin embargo, cuando Dagan no añadió nada más, cedí y decidí intentarlo. No había nada de malo en ello, ¿no? Me imaginé tirando del aire que había a mi alrededor, conduciéndolo hasta la palma de mi mano, y sellando el pequeño goteo de sangre que se había derramado. Me temblaron los dedos, y observé con asombro cómo se le curaba la mano sin dejarme agotada o mareada.

—¿Cómo...?

Dagan esbozó una sonrisa.

—Bien. Puede que eso te ayude, ya me contarás.

Y, tras eso, nos dirigimos de vuelta al castillo.

Estaba tan dolorida que más tarde apenas podía recorrer el camino hasta mi habitación. Iba a prepararme un baño con el agua ardiendo, con sales de la botica para calmar mis músculos doloridos. Una ventaja de mis extraños poderes era mi habilidad para curarme rápido. Nunca estaba enferma durante mucho tiempo, y a veces, durante una sola noche, los cortes se me convertían en cicatrices. Un buen baño, y al día siguiente estaría como nueva.

Aquel día estaba extrañamente nublado, a pesar de que el verano se acercaba. Por ello, mi cuarto de baño privado estaba en silencio y sombrío. Encendí dos farolillos y unas cuantas velas para iluminar la habitación, y comencé a hervir el agua. La bañera con patas en forma de garra y porcelana blanca estaba agrietada y tenía algo de óxido por aquí y por allá, pero me había enamorado de ella. En Abbington teníamos un baño público, que únicamente usaban los adolescentes que querían reunirse con sus parejas lejos de las entrometidas miradas de sus padres.

Intenté recordar el sentimiento fugaz y premonitorio que había tenido esa mañana al entrenar con Dagan, el recordatorio de no bajar por completo la guardia. Pero mi vida allí en la Fortaleza Oscura era mucho más decente de lo que jamás podría haber imaginado. Incluso me había dado cuenta de que se me había olvidado seguir trazando planes para hallar la manera de escapar, y que había empezado a disfrutar de la compañía de Mari, Dagan, e incluso de Barney cuando lo veía en el gran salón.

Me tragué el sentimiento de culpa que sentí en el pecho.

Estaba sobreviviendo.

Y eso era todo lo que podía hacer. También había sentido algo de culpa desde que habíamos robado el amuleto de Briar. Había esperado que Kane no se diese cuenta y no persiguiera a Mari por ello.

Una parte muy pequeña de mí esperaba que no se sintiera traicionado.

Era tan irónico que era ridículo, y casi me dolió la cabeza de pensarlo.

Cuando el agua estuvo casi hirviendo, la eché dentro de la bañera; me quité el traje lleno de sudor y de tierra, y metí uno de los dedos llenos de ampollas en el agua humeante. No tenía ni una sola parte del cuerpo que no me doliera del ejercicio de las mañanas.

Dagan definitivamente era un sádico.

Añadí las sales, y el agua transparente se transformó con un color blanco y lechoso que olía increíblemente bien a eucalipto y lirios. Me metí en el agua centímetro a centímetro, y por fin la tensión que sentía se esfumó como el vapor de una taza de té durante el invierno. Me sumergí y saqué los pies fuera para apoyarlos en el borde de la bañera. Una posición digna de una reina.

Después de la carrera con Kane también había estado así de dolorida. Hacía mucho que no había ejercitado los músculos tantísimo, pero el dolor de las piernas había sido un padecimiento mucho más bienvenido que lo que fuera aquel tormento de cuerpo entero tras el entrenamiento. Pensar en el día que pasé con Kane despertó toda clase de sentimientos contradictorios en mi interior. Su exasperante arrogancia, nuestra discusión, su visión del amor y la confianza… Pero, también, su disposición a llevarme con él al bosque solo porque necesitaba salir al exterior. Nuestra apuesta, cuando habíamos nadado.

El camino en caballo de vuelta al castillo…

Pensar en él a mi espalda, en cómo resplandecía conforme el sol se ponía, quizás incluso excitándose al sentir mi cuerpo entre sus brazos… No quería sentir nada por él, pero no podía evitarlo. El recuerdo trajo consigo un intenso anhelo en lo más profundo de mi ser, y noté cómo los pezones se me endurecían incluso a pesar del agua templada.

A solas, en la privacidad de mi baño y rodeada por la tenue luz de las velas, me permití deslizar la mano por el estómago hasta llegar al lugar que había entre mis piernas. Era una sensación enteramente diferente el pensar en Kane y no en Halden; un deseo tan puro y exigente que no podía permitir ignorarlo. Pensé en la retorcida sonrisa de Kane, en su risa ronca y grave, en la forma en que casi me había acorralado contra las rocas en el estanque…

Me pregunté qué habría pasado si no hubiera estado tan centrada en escapar. ¿Y si me hubiera quitado la camisola por completo? ¿Habría sido capaz de resistirse entonces? ¿O me habría consumido por completo hasta destruirme, hasta que fuéramos uno solo?

Imaginé sus manos, agarrándome y arrancándome un gemido de los labios, lo imaginé diciéndome al oído en un susurro el efecto que mis sonidos más íntimos tenían en él… Describí círculos con los dedos entre mis piernas, y la sensación aumentó en todo mi cuerpo hasta que el deseo se concentró en mi vientre.

Lo necesitaba.

Quería que él me tocara de forma tan desesperada que me estaba consumiendo. Con la otra mano comencé a masajearme el pecho con suavidad mientras pensaba en sus manos, en lo fuertes que eran, y en lo ásperas que estarían cuando me tocaran. Era tan peligroso, tan letal… Era vergonzoso (mortificante, incluso) lo mucho que me estaba excitando.

Mientras imaginaba a Kane, se me escapó su nombre de los labios en un suspiro. Incluso en el agua, sentí que la humedad se acumulaba en mi núcleo, así que empujé suavemente un dedo. Gemí y cerré los ojos de placer mientras me aproximaba al éxtasis. Saqué el dedo casi hasta la punta, y después volví a meterlo imaginando que aquella era la mano de Kane, usándome, jugando conmigo, arrancándome gritos de la garganta y lágrimas de placer. ¿Sería un bruto conmigo? Con la mandíbula apretada, un ritmo estricto, exigiendo gemido tras gemido, lágrima tras lágrima... ¿O el rey malvado sería sorprendentemente dulce? Quizá se contendría, temiendo empujar demasiado fuerte, y temblaría con la necesidad de mantenerse bajo control... Mis fantasías estaban fuera de control. Estaba muy cerca, tanto que casi podía sentir su lengua en el cuello, sus gruñidos contra mí, la forma en que...

El fuerte sonido de unas pisadas provenientes de mi dormitorio me sacó de repente de mi sucia imaginación.

El miedo me invadió.

Me puse en pie, y salpiqué agua en el suelo, pero me preparé para lo que fuera que iba a atravesar las puertas del baño. Busqué a mi alrededor algo que pudiera usar como arma, y agarré el candelabro más cercano.

—¿Arwen? ¿Estás bi...? —Kane irrumpió por la puerta con la mano puesta en su espada envainada, pero se paró en seco en cuanto me vio mojada y desnuda. Soltó un sonido gutural que casi sonó como un gimoteo, y se dio la vuelta con rapidez.

—Joder —dijo, y se le quebró la voz, así que se aclaró la garganta—. Lo siento.

Me volví a meter dentro del agua con un salpicón poco elegante para ocultarme.

—¿Qué haces aquí dentro? ¿Es que no sabes llamar? —le pregunté, pero salió como un chillido.

—Había venido a preguntarte algo, y entonces he escuchado... Pensaba que estabas herida —me dijo aún con la mirada puesta en la pared—. Es... da igual.

Me moví con incomodidad. Aún estaba caliente... tanto de la ducha, como de la vergüenza que sentía, así como de... Me aparté las imágenes de los ojos lujuriosos de Kane y sus labios jadeantes de la cabeza.

—Bueno, pues estoy bien. Ya te puedes dar la vuelta.

Kane se volvió lentamente. Tenía las manos alrededor del pecho, y la bañera me cubría el resto. Las sales habían hecho que el agua se volviera opaca, como una manta de líquido blanco. De alguna forma, él parecía estar tan avergonzado como yo.

Se me ocurrió en ese momento algo horrible, y todo lo demás se arremolinó a mi alrededor.

—¿Qué te ha hecho pensar que estaba herida? —le pregunté, tratando de no sonar histérica.

—Pensé haber escuchado… —En ese momento se ruborizó por completo, y no estaba segura de si era de excitación o de vergüenza. O quizá de ambas cosas.

Me recuperé rápidamente.

—No seas ordinario, Kane. Solo estoy dolorida, Dagan me está enseñando a pelear con la espada. ¿Tú no has tenido nunca los músculos recargados? ¿O es que naciste con ese aspecto de estar esculpido por las Piedras sagradas?

Puf. Me estaba excediendo.

Kane se relajó un poco, y adoptó de nuevo su sonrisa lobuna. Se inclinó contra la pared.

—Mira quién está animada esta mañana…

Negué con la cabeza y cerré los ojos para recostarme contra la bañera. Dejé que el agua caliente subiera hasta mi cuello y me calmara antes de volver a mirarlo.

—Huele bien. —Se acercó un poco más, pero mantuvo una distancia prudencial. No estaba segura de si lo agradecía, o lo odiaba.

—Las sales huelen a lirios blancos. Es mi flor favorita.

Sonrió de una forma nueva, más relajada y agradable, una que apenas veía en él. Me dejó sin aliento.

—¿De verdad? Aquí en Onyx no tenemos muchas de esas.

—Lo sé —le dije—. Mi madre me dijo que solo florecen en Ámbar. Por eso me puso Lily como segundo nombre, me dijo que nací rodeada de ellos.

—Arwen Lily Valondale —reflexionó él.

Al decir mi nombre, sonó como una oración... Si es que una oración podía ser pecaminosa, tortuosa y sensual. Casi fue suficiente para hacerme gemir.

Me aclaré la garganta.

—¿Cómo sabes mi apellido?

Él chasqueó la lengua y negó la cabeza como para regañarme de forma pícara, y los pechos se me endurecieron en respuesta. *Maldita sea...* Kane debería de dejar de hacer cosas que me hicieran mirarle la boca.

—¿Crees que dejo que mis prisioneros deambulen a sus anchas por mi fortaleza sin investigarlos?

Se acercó más a mí, y sentí que se me tensaba la parte baja del vientre. Seguía estando *muy* desnuda.

Tenía que irse.

—Que yo sepa, el baño siempre ha sido un espacio privado, no una habitación común. ¿Por qué estabas en mi cuarto, por cierto?

Kane se inclinó incluso más y se arrodilló para no ver el interior de la bañera. Una vez que estuvimos cara a cara, me dijo:

—Quería preguntarte... —Se rascó la barbilla.

En ese momento, y demasiado tarde, se me ocurrió algo. ¿Sabría que Mari y yo habíamos estado en su estudio? ¿Era eso por lo que estaba aquí, porque se había dado cuenta de que le faltaba el amuleto de Briar? Intenté que mi expresión no reflejase absolutamente nada.

Kane suspiró.

—Si me acompañarías a algo mañana por la noche. Creo que puede que te ayude a entender mejor este reino.

Si hubiese dicho que estaba sorprendida, me habría quedado corta. Me hundí un poco más en la bañera para ganar algo de tiempo.

—¿Por qué debería de hacerlo?

—¿Porque te lo digo yo?

Lo miré con el ceño fruncido.

Él se rio, una risa de verdad, acogedora, como si fuese divertidísima.

—Sí, ya suponía que eso no te importaría mucho. ¿Qué te parece esto? Porque aliviará en parte tu insaciable curiosidad sobre este reino, sobre la guerra de la que tantas opiniones tienes, y sobre mí.

—Vale. —Casi sonreí. Ahí tenía razón, eso sí que me interesaba.

—Bien —dijo, y sonrió de oreja a oreja—. Haré que Barney te recoja.

Me giré para buscar mi ropa, que estaba detrás de mí, y entonces lo escuché inspirar de forma brusca. Me di la vuelta y esperé a que dijera lo que al parecer quería decir, pero yo ya sabía qué sería.

Parecía estar afectado.

—Tienes cicatrices —dijo, como si fuera capaz de romper el mismísimo hierro con las manos.

A pesar de la temperatura del agua, un escalofrío me recorrió la espalda.

—Sí —fue lo único que pude decirle.

Aquello no era una parte de mi vida que quisiera compartir con nadie, y especialmente, no con él.

—¿Quién te ha hecho eso? —me preguntó en voz tan baja que apenas pude escucharlo.

Me invadieron las imágenes de Powell sosteniendo su cinturón. Me sonrojé.

—Fue hace mucho tiempo.

No insistió, como si pudiera ver exactamente el efecto que aquellos recuerdos tenían sobre mí, y yo lo agradecí. En su lugar, tragó saliva y me sostuvo la mirada.

No aparté la vista, así que él se inclinó ligeramente con una expresión que desconocía. Aún tenía la mandíbula tan apretada que parecía a punto de rompérsele.

El espacio que había entre nosotros latió con una energía lenta y agonizante.

Mi interior aún lo anhelaba.

Nuestros rostros estaban demasiado cerca, y yo estaba demasiado desnuda. Y había estado demasiado cerca de alcanzar el éxtasis solo unos momentos atrás. Podía oler su aroma a cuero y madera, y era enloquecedor.

Me pasé la lengua por el labio inferior, y vi cómo él seguía con la mirada el movimiento, y se encogió ligeramente, como si mi movimiento le hubiera causado dolor. Tenía los ojos completamente negros, consumidos por las pupilas, sin rastro del color gris pizarra que normalmente encontraba allí. Bajó en línea recta con la mirada por mi cuello, pasó por las clavículas, y llegó hasta el punto donde mis pechos estaban apretados entre mis brazos cruzados. Abrió la boca ligeramente.

Pero no bajó la mirada más allá, y sentí una mezcla de alivio y decepción.

Incliné la cara hacia él. Quería que me besara. Aquello podía admitirlo... Quería sus labios sobre los míos, más de lo que quería seguir respirando.

Pero él frunció el ceño un poco y negó con la cabeza. Se aclaró la garganta y se puso en pie.

—Perdona —me dijo, y se marchó del baño sin decir ni una palabra más y dejándome sin aliento.

CATORCE

Seguí a Barney hasta fuera, hasta el océano de tiendas de campaña. La luna de cosecha brillaba alta y grande en el despejado cielo nocturno. El brillo le iluminaba el agradable y familiar rostro a Barney, y me quedé sorprendida al darme cuenta de que había echado de menos a aquel dulce y tierno hombre.

Tomé prestado un vestido de Mari, y unos lazos negros como los que había visto tan a menudo en el cabello de las mujeres de Onyx. No tenía ni idea de qué quería Kane que viera, y Mari tampoco lo sabía. Había reflexionado que quizás iba a llevarme a primera línea de batalla para que viera la realidad de la guerra, y por qué gobernaba de forma tan cruel. No podía ni imaginarme algo más terrible que eso.

Dagan había sido incluso menos útil. Tan solo le había revelado que el rey me había pedido que me uniera a él para algo esa noche, y por supuesto, no le conté nada sobre el deseo ni sobre el contacto visual tan agresivo que parecía habernos invadido a ambos los últimos días. Aun así, tenía la impresión de que Dagan era consciente de que ocurría algo más. Cada vez que hablaba de Kane, me sonrojaba. Cuando le había preguntado por qué motivo podía querer el rey que me uniera a él, tan solo puso los ojos en blanco y me dejó en la botica sola durante el resto del día. *Recordatorio para mí misma: no pedirle consejo romántico a Dagan.*

Escuché el crepitar de las llamas, y Barney y yo pasamos junto a algunos hombres que cocinaban estofados en ollas, jugaban a las cartas y bebían cerveza. Los soldados que tan aterradores me habían parecido tan solo unas semanas atrás, ahora me parecían igual que Ryder y sus amigos: chicos que se divertían, y demasiado jóvenes todos.

Pasamos por una esquina especialmente ruidosa, y nos encontramos frente a una gran tienda negra como la noche. Era más bien un pabellón, adornado con filigranas plateadas alrededor de la entrada, y estandartes a cada lado que ondeaban con el emblema de Onyx.

Reconocí el lugar, y me invadió un ataque de náuseas.

A nuestra espalda estaba el sitio exacto en el que Bert había tratado de abusar de mí. Kane debía de haber estado en esta mismísima tienda la noche en que escuchó la conmoción. Me estremecí al pensar en lo que podría haber pasado si él no hubiera estado allí. A mi pesar, me sentí muy agradecida por mi entrenamiento. Si aquella noche hubiese tenido una espada y hubiese sabido cómo usarla, al menos podría haber opuesto resistencia.

Al entrar, vi que la tienda no era para nada como había imaginado. En el centro de la habitación había un gigantesco mapa en relieve de Evendell, con varias piezas que representaban los numerosos batallones esparcidos de cada reino. Había sillas de cuero y pieles en una variedad de tonos arena y chocolate que llenaban el resto del espacio, así como farolillos góticos y candelas negras, que bañaban la habitación con una luz a rayas color caramelo.

Había hombres y mujeres que sostenían cálices de cobre o comían pan de semillas de trébol, pollo y filetes. El aire olía a jengibre, cítricos, ron y clavo, y se mezclaba con un aroma a gardenias y a lilas, las flores más comunes de Onyx, según había descubierto. Con el resplandor de las luces, todo formaba un ambiente muy agradable y acogedor.

Me di cuenta, algo tarde, de que tenía las manos puestas sobre el pecho del asombro y... la emoción.

Barney me guio hasta Kane, que estaba sentado en un trono de terciopelo. A su lado había un hombre de piel oscura y una mandíbula marcada a quien no reconocí.

—Lady Arwen, su majestad.

Kane se puso en pie para saludarme. Esa noche iba vestido como un rey de verdad: ropa negra, unos cuantos anillos de plata, el pelo peinado hacia atrás, y una delicada corona de ramas de onyx que le rodeaban la cabeza. Estaba arrebatador.

Me tragué lo que me quedaba de vergüenza por el beso que casi nos habíamos dado en el baño el día anterior, y lo saludé con una inclinación simple. Kane me recorrió lentamente con la mirada, desde las botas que llevaba hasta el lazo negro del pelo, y le brillaron los ojos. Me pregunté si se habría percatado de que iba vestida como uno de ellos.

Pero su encanto y su picardía habituales no estaban presentes esa noche. Tampoco soltó ningún comentario insinuante ni una contestación ingeniosa.

—Me alegro de que hayas podido unirte a nosotros —me dijo—. En un minuto estaré contigo. Por favor, siéntate.

Señaló la silla de terciopelo morada que había junto a él, y continuó con la intensa conversación que había tenido con el hombre que había a su derecha.

Luché contra la necesidad de mirar a los nobles que había a mi alrededor en la tienda. Sentía sus miradas clavadas en mí como si fueran un centenar de dagas afiladas, con una mezcla de curiosidad y también territorialidad. En lugar de mirarlos, me centré en el lado contrario, donde estaba sentado mi admirador número uno: Griffin. Quería preguntarle a él o a Kane qué era aquello, exactamente, pero él también estaba ocupado charlando, y temía interrumpirlo. Así que me sorprendió cuando deseé que Barney aún estuviese allí.

Me miré fijamente las manos, y agucé el oído para escuchar las conversaciones que había en mi entorno. Kane discutía el tratado de paz de los Territorios de Ópalo, pero apenas pude entender alguna que otra palabra, ya que la habitación era muy ruidosa y estaba llena de gente en movimiento.

A mi izquierda, Griffin estaba charlando de forma sorprendentemente jovial con una bella mujer rubia. Era fascinante ver a Griffin reírse cuando había sido siempre tan estoico en mi presencia. Tenía, de hecho, una sonrisa acogedora y amistosa cuando elegía mostrarla.

—Increíble, ¿verdad?

Miré a Kane.

—Creo que es la primera vez que le veo los dientes. Aparte de cuando me los enseña para gruñirme, claro.

Kane esbozó una sonrisilla, pero la alegría no se le reflejó en la mirada. Claramente tenía algo en mente esa noche.

—Como ya te he dicho, no es por ti, es por mí.

Hice un sonido para indicar que lo entendía, pero no dije nada más. Griffin y Kane puede que no fueran hermanos, pero claramente había una tensión familiar y arraigada entre ellos, y no tenía ninguna intención de meterme en medio.

El comandante en cuestión se levantó, y la multitud de dignatarios guardó silencio para centrar su atención en él.

—El foro de esta noche es para tratar el asunto de los Territorios de Ópalo —dijo él—. Ámbar ha estado pasando soldados a través de la Senda de la Medianoche de Ópalo de forma ilegal. Es por ello por lo que están llegando hasta nuestros hombres más rápido.

El corazón y el estómago me dieron un vuelco.

Ay, no.

Miré furtivamente a Kane, pero él estaba centrado en su comandante.

Me devané los sesos para recordar todo lo que sabía sobre la Senda de la Medianoche y el tratado. Había aprendido todo aquello de niña en las clases. La tierra de Ópalo era libre, y no estaba bajo el mandato de un solo gobernante. Era un reino salvaje y rocoso, con muchos grupos y divisiones diferentes. Si no me fallaba la memoria, hacía décadas que los territorios habían firmado de forma colectiva un tratado de paz con los otros ocho reinos, que los declaraba neutrales en caso de que estallara cualquier guerra.

Por desgracia, tanto Ópalo como Peridoto se encontraban justo en el centro del conflicto entre Ámbar y Onyx. Los soldados de ambos bandos tenían que rodearlos por el Mar Mineral, o a través de Cuarzo de Rosa, y ambas rutas eran mucho más largas que simplemente atajar en línea recta a través de Ópalo.

El entusiasmo que había sentido por unirme al foro se agrió rápidamente en mi estómago, transformándose en una grave preocupación. ¿Qué iban a hacerles a los soldados de Ámbar? ¿Cuán crueles serían?

¿O acaso no les importaba? Quizás era un problema con el que tenía que lidiar Ópalo.

—Gracias por uniros a nosotros —terminó Griffin—. El foro queda abierto.

Casi de inmediato, un corpulento hombre con una impresionante barba se puso en pie.

—Mi rey, ya lo he dicho anteriormente, pero con mucho gusto lo repetiré. Si Ámbar puede saltarse las reglas de los territorios sin ninguna consecuencia, entonces también deberíamos hacerlo nosotros. Metamos a nuestros hombres allí esta misma noche, igualemos las condiciones. No disponemos de tiempo para discutir alternativa alguna.

La mujer rubia que había junto a Griffin resopló, se puso en pie y miró a Kane con una expresión de súplica.

—Su majestad, con todos mis respetos hacia sir Phylip, las acciones de Ámbar sí que tendrán consecuencias. Mis espías han escuchado que los territorios lanzarán un ataque contra el rey Gareth en cualquier momento, como castigo por usar sus tierras como atajo, y romper el tratado. Eso ayudará a nuestra causa, así que no nos convendría también enfurecerlos.

Sir Phylip se pasó la mano por la cara. Parecía que aquellos dos ya habían tenido esa discusión antes.

—Si vamos allí —continuó ella—, tan solo traeremos el peligro a este reino, y causaremos que se derrame más sangre en Ópalo.

Kane habló por primera vez.

—Lady Kleio está en lo cierto; la razón de que no atravesemos Ópalo es el respeto, no el miedo. Puede que los de Ámbar sean unos bastardos, pero nosotros no lo somos.

Ópalo había creado el tratado para mantener sus tierras y su gente a salvo... No podía creerme que el rey Gareth hubiera ignorado aquello por su propio beneficio. Aquello sonaba más a algo que haría Kane, en todo caso.

El hombre que había junto a Kane se levantó, y su voz de barítono retumbó a través del foro de forma imponente.

—He aconsejado al rey que se reúna con los líderes de las tribus y divisiones, para promulgar un nuevo tratado que permita un salvoconducto solo a Onyx. Si queremos mandar a una oleada de tropas para encontrarse con las de Ámbar, necesitaremos su ayuda.

Tanto sir Phylip como lady Kleio pusieron los ojos en blanco casi a la vez. Kleio habló primero.

—Teniente Eardley, buscar a cada uno de sus líderes, incluso con nuestros mejores oficiales de inteligencia, nos llevaría meses. Es tiempo del que no disponemos.

Sentí la ansiedad en mis entrañas. No quería herir a mi reino, pero sí que quería ayudar para evitar más derramamiento de sangre. La falta de dignatarios que estaban en contra del plan de matanza de Phylip me preocupaba. Si accedían a aquel plan, miles de vidas de Onyx, Ópalo y Ámbar se perderían en los próximos días.

Pero aquel dilema me recordó algo...

Quizá fuera una posibilidad muy alejada, pero... Cuando no quería que una medicina golpeara el sistema nervioso demasiado rápido, ponía ciertas hierbas o elementos en las pócimas para bloquearlos, y así permitir que la medicina encontrara otras rutas a través del cuerpo, y que los efectos duraran más tiempo en el paciente.

Eso era lo que Onyx necesitaba. Algo que bloqueara a los soldados de Ámbar y los obligara a abandonar la Senda. Si atravesar Ópalo les llevaba el mismo tiempo que a través de las otras rutas, ya no lo verían como un atajo y dejarían en paz a los territorios.

Miré a Kane. Estaba inclinado hacia atrás, con el tobillo puesto sobre la rodilla, los dedos sobre el regazo. Era la pura imagen de la tranquilidad. Tenía que admitir que me había equivocado acerca de la forma en que había asumido que gobernaba su reino. Estaba dejando que cada noble, teniente y dignatario en su corte tuviese la oportunidad de manifestar lo que pensaba, para poder llegar a una conclusión juntos. Era sorprendentemente justo.

Como si pudiera sentir mi mirada, Kane se giró y me miró a los ojos. Meneó los dedos en una especie de saludo coqueto. Sonreí, pero negué con la cabeza, ya que lo que quería no era saludarlo. Le hice un gesto al grupo y después me señalé a mí misma. Él alzó una ceja, pero asintió una sola vez, dándome su aprobación de forma recelosa.

Sentí un pinchazo de ansiedad en el estómago, y me agarré el vestido con ambas manos para evitar que me temblaran.

Cuando una mujer mayor de pelo rizado hubo terminado de expresar su opinión sobre estacionar a los hombres de Onyx en la frontera entre Ópalo y Ámbar, y Griffin negara aquello argumentando que era un desperdicio de tropas, yo respiré hondo y me levanté.

—Buenas noches —comencé a decir.

La habitación se quedó en silencio. Todos parecían mirar a Kane para conseguir su aprobación, así que yo también me giré para mirarlo. Me observó con la misma expresión indiferente que había adoptado durante todo el foro, pero no hizo nada para detenerme.

—No tengo entrenamiento militar alguno —dije a la vez que miraba de nuevo a la gente—. No soy de la nobleza, y solo he visto dos mapas de nuestro continente en toda mi vida.

A mi lado, Griffin se llevó las manos a la cabeza. Kane reprimió una risa al ver a su comandante.

—Entonces, ¿qué hace aquí? —preguntó una voz áspera al otro lado de la tienda. Algunos se rieron de forma nerviosa, y yo traté de ver quién había dicho aquello, pero no fui capaz. Noté las mejillas ardiendo y cómo me bajaba el sudor por la cabeza.

Kane le dirigió al hombre una mirada envenenada.

—Creo que la señorita no había terminado de hablar. Sería muy inteligente que vigilarais vuestra lengua en su presencia.

A aquello lo siguió un silencio ensordecedor.

Pero sus palabras me animaron, así que continué hablando con la voz menos temblorosa que antes.

—Creo que sería productivo anular la Senda de la Medianoche.

A pesar de que no tenía absolutamente nada de saliva en la boca, traté de tragar, en vano. Esperé las voces que dirían que no estaban de acuerdo, como sabía que pasaría, pero tan solo siguieron mirándome, y esperaron a que continuara hablando. No tenía ninguna manera de mirar a Kane para ver si lo aprobaba sin parecer débil.

Y no necesitaba hacerlo, de todas formas.

Sabía que era una buena idea. Lo sabía.

—Esto no solo impediría que las tropas de Ámbar llegaran a nuestras fronteras más rápido de lo que nosotros llegamos a la suya, sino que también le estaría haciendo un favor a los Territorios de Ópalo. Mantendríamos la guerra fuera de sus tierras, y gratis, y más adelante, tal vez ellos podrían devolvernos el favor.

—Podemos usar el dragón y las hidras —añadió un noble que había a mi derecha—. Será mucho más rápido y encubierto que hacer que un batallón transporte el bloqueo.

—Nuestros depósitos de minerales pueden funcionar para bloquear la senda. No tendrán suficiente gente para quitarlo de en medio —añadió Griffin, que parecía inmerso en sus pensamientos.

Un profundo orgullo me invadió al sentarme. No pude evitar mirar a Kane entonces. Él siguió atento al desarrollo de la discusión, pero me dirigió un pequeño asentimiento de cabeza y una sonrisa con un brillo en los ojos.

Kleio se puso entonces en pie.

—Gracias, eh…

—Arwen.

—Gracias, Arwen —me dirigió una sonrisa—. No es una mala idea. Tengo algunos espías en Ópalo ahora mismo. Podrían localizar…

Kleio se vio interrumpida por el sonido de unas pisadas que se dirigían hacia la tienda.

La gente que había en el foro comenzó a murmurar, preocupada, y sentí que el miedo se instalaba en la parte baja de mi estómago.

Siete soldados totalmente ataviados con la armadura de Onyx atravesaron las puertas de la tienda y marcharon directos a través del foro hasta llegar a Kane.

El rey se levantó de un solo movimiento, y en su mirada había algo que no había visto con anterioridad: puro miedo.

Sentí un nudo en la garganta, y traté de tragar, pero no tenía nada de saliva.

El soldado cuya armadura tenía los tachones de plata habló con Kane en voz baja. Reconocí la armadura, aunque no al hombre, y me di cuenta entonces de que él debía de ser el sustituto del teniente Bert.

Esperé, y después seguí esperando.

La atmósfera estaba cargada con una horrible anticipación.

Pero, en cuanto intercambiaron algunas palabras, Kane se relajó visiblemente. Y también lo hice yo. Fuera lo que fuere, no era lo que él había temido. Pero el alivio fue fugaz, y cuando Kane se volvió hacia el foro, ya se había esfumado.

—Ya es suficiente por esta noche. Lady Kleio, por favor, asegúrate de que tus espías confirmen que la senda está despejada. Haz uso de Eryx si es necesario. Mis hombres comenzarán a recoger y transportar los minerales.

Y, con aquello, despejaron la tienda entera en cuestión de minutos, y se quedaron tan solo Kane, Griffin, el teniente Eardley y los soldados.

Y también yo.

Griffin ordenó a los hombres que taparan la mesa de guerra. Yo esperé a que alguien me dijera lo que tenía que hacer, o dónde ir, pero no llegó tal instrucción. Kane le hizo un gesto con la cabeza al teniente, quien se marchó de la tienda y regresó con tres soldados más de Onyx.

La escena que había ante mí hizo que me diera un vuelco el estómago por las náuseas. Agarré los brazos de madera de mi silla con tanta fuerza que les clavé las uñas. Cada uno de los soldados tenía agarrado a un hombre; tenían los brazos y las piernas atados con cadenas, y un saco cubriéndoles la cabeza.

Inhalé de forma brusca. Eran prisioneros.

Prisioneros de guerra.

Kane centró su atención en los hombres, que estaban de rodillas frente a él.

El teniente se aclaró la garganta.

—Encontramos a estos tres soldados de Ámbar en la fortaleza intentando acceder a la cámara. Mataron a seis de nuestros hombres y a tres testigos. Creo que son un equipo especializado del rey Gareth. ¿Cómo desea proceder, mi rey?

Kane estaba totalmente impasible, con una fría y calmada furia en su rostro. No había ni rastro del hombre que había llegado a conocer. Parecía la muerte y la violencia personificadas, y sentí una oleada de miedo. No por mí misma, sino por los hombres que se arrodillaban ante él.

—Quitádsela —ordenó, y los soldados les quitaron las capuchas a los hombres.

Casi me desmayé.

Delante de mí, sucio, con la nariz ensangrentada y una mueca de dolor, estaba Halden.

QUINCE

S in pensarlo, me lancé hacia él con las manos alzadas.
No, no, no, *no*...

Griffin me agarró del brazo y tiró de mí hacia atrás.

—¿Qué crees que estás haciendo? —me preguntó en un susurro.

Estaba alterada, de repente hacía demasiado calor en la tienda y las velas me parecían asfixiantes.

—¡Lo conozco! —le respondí en un susurro también—. Es un amigo, tiene que haber algún tipo de error.

No podía creerme que estuviera vivo, y que estuviera aquí, en Onyx. Y preso. Y....

Griffin apretó su mano alrededor de la mía.

—Tienes que salir de aquí, y ahora —dijo al tiempo que se colocaba frente a mí para escudarme tras él. Pero ya era demasiado tarde.

—¿Arwen? —preguntó Halden con la voz ronca.

Su pelo parecía un trapo sucio y teñido de rojo por la sangre. Tenía la nariz hinchada y las mejillas magulladas... Pero sus ojos marrones estaban igual que el día en que se había marchado a la guerra. Redondos, honestos y doloridos.

—Cállate.

El soldado que Halden tenía a su espalda le golpeó la cabeza por detrás.

—¡Para! —No podía soportar ver a Halden así. Traté de lanzarme de nuevo hacia él.

Kane se giró para mirarme.

—¿Conoces a este chico?

Antes de poder hablar, Halden contestó por mí.

—Iba a ser mi esposa.

Me quedé inmóvil, al igual que la tienda entera.

Halden, por todas las malditas Piedras, serás estúpido.

Kane parecía estar absolutamente furioso, e incluso Griffin palideció.

—No, eso no... No es exactamente... —Parecía incapaz de pensar.

Kane ni siquiera esperó a que terminase de hablar. Se dirigió a Halden con una calma inquietante.

—¿Amas a esta mujer?

Halden me miró directamente de forma apasionada.

—Más que a nada en el mundo.

Por. Todas. Las. Piedras.

Kane asintió de forma brusca.

—Bien. —Entonces miró a los soldados que había tras Halden—. Matadlo.

—¡No! —grité.

¿Alguien más escuchaba el pitido en mis oídos? ¿Qué estaba ocurriendo?

—¿Estás mal de la cabeza? —le supliqué.

Pero Kane ya no me miraba. Se dirigió hacia su silla de cuero, agarró una copa con líquido oscuro en su interior, y comenzó a beber lentamente. Incluso diría que sin ninguna prisa, mientras yo trataba de soltarme.

Los soldados comenzaron a arrastrar a Halden y a los otros dos jóvenes fuera de la tienda.

—¡Parad! —dije, enfurecida—. ¡Ahora mismo!

Pero la mano de Griffin alrededor de mi brazo era como un grillete de metal. Ni siquiera parecía costarle mantenerme allí.

Kane observó mi rostro de forma fría e impasible, mientras a mí se me llenaron los ojos de lágrimas. El chico que había a la derecha de Halden empezó a suplicar, y el que había a su izquierda se orinó encima mientras temblaba. Kane no dijo nada mientras yo sollozaba de verdad.

No, no, no. Por favor, no...

Por fin, Griffin interrumpió.

—Mi rey. ¿Puedo sugerir que discutamos los beneficios de mantener aunque solo sea a una de estas serpientes con vida? Quizá puedan aportar alguna información de valor. Podríamos dejar que se pudrieran en las mazmorras mientras lo consultamos.

Kane puso los ojos en blanco y apretó la mandíbula antes de darle otro trago a la bebida, pero al final, asintió en dirección al teniente.

—Como desee el comandante. Llévatelos por ahora a las mazmorras.

Los tres prisioneros suspiraron a la vez. Halden no dejó de mirarme en ningún momento. Gesticuló algo con los labios en mi dirección antes de que lo arrastraran fuera de la tienda, pero yo no podía ver bien a través de las lágrimas. Kane sí que entendió lo que al parecer me dijo, e hizo una mueca de asco.

—Todo el mundo fuera —rugió Kane.

La habitación se vació rápidamente, y nos quedamos Kane, Griffin y yo a solas.

Quería pegarle una bofetada a Kane para borrarle esa expresión cruel y aburrida.

Griffin me soltó el brazo, y me lancé a por él.

—Eres un monstruo, ¿qué demonios te pasa? —le dije hecha una furia—. ¿Ibas a matar a esos chicos? ¡Apenas son hombres! ¿Y sabiendo que lo conocía, y que me importaba? Ni siquiera puedo mirarte a la cara.

Me había contenido por *muy* poco para no darle un puñetazo en aquella cara arrogante y despreciable. No me rebajaría a su nivel de nuevo.

Kane me observó con una cruel indiferencia. El único indicio de su ira eran los puños apretados y la piel de sus nudillos, que se había vuelto blanca de la presión.

—Han matado a mis hombres. Han matado a gente inocente. ¿Acaso eso no te molesta? —me preguntó en un tono bajo y cargado de veneno.

Yo negué con la cabeza.

—No sabes nada seguro. Los has sentenciado a morir sin pensártelo dos veces. ¿Cómo puede ser tan impulsivo alguien que gobierna un reino?

—La sanadora tiene razón, de hecho —interrumpió Griffin—. Eso ha sido increíblemente estúpido, amigo mío.

No podía creerme lo que había escuchado.

—¡Gracias! —me giré hacia el rey de forma rotunda—. No podemos matar a la gente cuando nos apetezca, Kane.

Griffin negó con la cabeza.

—No, ahora sí que tenemos que matarlos, de hecho.

—Exactamente. Espera... ¿Qué? —Me giré para mirar a Griffin—. ¿Por qué?

Griffin suspiró y se sirvió un vaso de whisky.

—Kane ha revelado demasiado. Tu amante lo ha puesto a prueba, y ha fallado. Ahora los tres hombres saben que el rey del Reino de Onyx se preocupa por su sanadora, y eso es una debilidad para Kane. No pueden vivir sabiendo esa información, lo siento.

La cabeza me daba vueltas. Estaban ocurriendo demasiadas cosas. ¿Tenía razón Griffin? ¿La violencia de Kane se debía a la implicación de Halden de que él y yo habíamos estado enamorados en Abbington? Y ¿lo había hecho a propósito Halden, con la esperanza de salvar el pellejo? ¿Sabía, de alguna manera, en los pocos minutos que había estado allí, que Kane me apreciaba?

Era una idiota. Pues claro que sí lo sabía. ¿Por qué si no iba yo a estar en la tienda con el ejército del rey, sentada directamente al lado de Kane, vestida con la ropa de Onyx, con lazos negros en el pelo, bebiendo whisky de lavanda con el resto de ellos…? A no ser que Kane me apreciara…

Era una sucia traidora.

Me dejé caer en la silla de cuero, y miré el suelo fijamente. Kane se volvió hacia Griffin.

—De todas formas, eran hombres muertos. Si consiguieron entrar a la cámara, ya saben demasiado como para permitirles que vuelvan a Gareth.

Comencé a llorar.

No pude evitarlo. No había pensado en Halden para nada en muchísimo tiempo, pero eso no significaba que quisiera verlo morir.

Que su vida acabase era algo demasiado horrible como para imaginarlo. Y, además, que fuese de alguna forma mi culpa.

Kane me observó con una ira tranquila.

—Lo siento, Arwen. Siento lo del hombre al que amas.

Lo miré entre lágrimas, furiosa.

—Nunca dije que estuviese *enamorada* de él. Es uno de mis amigos más antiguos, de mi infancia. Uno de los mejores amigos de mi hermano.

—No me extraña entonces que también sea un ladrón —murmuró Griffin mientras bebía, pero lo ignoré.

—Es como si fuera *familia* —seguí diciendo—. No lo había visto desde el día en que lo mandaron a luchar contra tus soldados, en tu maldita guerra sin sentido.

Me estaba poniendo histérica, y sentí el latir de mi corazón contra los oídos.

—¿Pero él sí estaba enamorado de ti y planeaba casarse contigo? —preguntó Kane.

—¡Eso no viene al caso!

—Solo tengo curiosidad.

Pues mala suerte, pensé. Pero respiré hondo. Como siempre decía mi madre, mejor por las buenas que por las malas. Si había algún momento en el que tenía que convencer a Kane de sacar su mejor cara, esa que había visto el día del estanque, era definitivamente este.

—Sí, vale. Nos… veíamos de forma romántica. Pero entonces él se marchó, y no pensé que lo vería de nuevo. Pensaba que era solo algo que hacer por diversión, nunca creí que él pensara en mí de esa forma.

Kane se tranquilizó ligeramente.

—¿Cómo podría no hacerlo?

—Por favor —le rogué—. No lo mates.

Griffin parecía estar mareado.

—Creo que es hora de que la sanadora regrese a sus aposentos, ¿no crees?

Tras una noche en la que apenas pude dormir, me desperté antes del amanecer y me dirigí escaleras abajo. El abrigo que llevaba me ayudó a combatir el frío de la mañana, y me eché aire caliente en las manos. Había conseguido hacerme con unas cuantas rebanadas de pan, algo de cecina, una aguja y algunas vendas, y las llevaba envueltas en el abrigo que tenía puesto.

Había encontrado la manera de ver a Halden, así que supuse que decir lo más parecido a la verdad sería la mejor forma de proceder.

—Buenos días —le dije al joven soldado que estaba de guardia—. Solo vengo a visitar al prisionero.

—¿A qué prisionero?

Yo fingí estar confusa.

—Mathis. El que tiene la herida infectada.

Después de haber pasado suficiente tiempo en un reino gobernado por un mentiroso, al final las mentiras ya me brotaban con facilidad.

—¿Quién eres tú?

—Arwen. La sanadora. El comandante Griffin me ha enviado para curar a Mathis. —Le enseñé los suministros médicos al guardia.

Él frunció el ceño y apretó los labios, indeciso.

—Bueno, como quieras —le dije con un suspiro—. Yo tampoco quiero estar trabajando tan temprano, de todas formas —Hice un gesto para marcharme, pero entonces me di la vuelta de repente—. Si Mathis se desangra y muere antes de que puedan extraerle la información que necesitan, dile al comandante Griffin que no reconociste a la sanadora de la prisión. Estoy seguro de que lo entenderá. Después de todo, es un hombre tan comprensible e indulgente...

Comencé a alejarme conteniendo el aliento. Tras una retahíla de quejas, el guardia por fin gritó a mi espalda:

—¡De acuerdo, de acuerdo! Pero date prisa.

Estaba encantada, pero puse cara de aburrimiento antes de girarme.

—Gracias, no creo que tarde mucho.

En el interior, las celdas seguían igual de húmedas y tristes como las recordaba. Sentí lástima por Halden... Dentro de aquellas paredes era donde más desesperanzada me había sentido.

Encontré su celda mucho más rápido de lo que esperaba. Entre todo el gris que había allí, su pelo rubio casi blanco destacaba. Estaba dormido sobre una pila, temblando y manchado de sangre seca. Lo llamé con un susurro, y él se despertó con un sobresalto.

—Arwen, ¿qué haces aquí?

Tenía un aspecto espantoso. Tenía el ojo ya cerrado de la hinchazón, y un moretón del tamaño de un tomate había aparecido en su barbilla.

—Te he traído algunas cosas.

Saqué el contrabando y se lo deslicé a través de los barrotes, de forma parecida a lo que Kane había hecho para mí tanto tiempo atrás. Aparté aquel recuerdo de mi mente.

Halden agarró el paquete, y me rozó los dedos con sus nudillos morados. Ansiaba sostenerle la mano y reconfortarlo.

—Gracias. —Observó los objetos y los metió tras un cubo—. Pero no me refería a qué haces aquí, en las celdas. ¿Cómo has acabado en un puesto de avanzada en el Reino de Onyx?

—Es una historia muy larga, pero estoy bien. Te lo contaré cuando tengamos más tiempo.

—Dudo que me quede mucho tiempo.

—No pienses eso, ya se nos ocurrirá algo.

Halden me observó con curiosidad.

—Tienes un aspecto diferente.

Sentí que las mejillas se me encendían.

—Diferente, ¿cómo?

Parecía incómodo.

—No estoy seguro. ¿Qué te han hecho...?

Tuve la necesidad de defenderme. Halden conseguía recordarme a Powell en algunas ocasiones. Me hacía sentir insignificante.

—Nada. De hecho, han sido sorprendentemente amables.

Y era la verdad.

—Sí, ya lo he visto. —Halden me miró con los ojos entrecerrados—. Quizá puedas razonar con el rey. Le importas, ¿sabes? Deberías de haber visto su cara cuando dije que serías mi esposa. Parecía que había matado a su mascota.

Por alguna razón, pensé en el strix. Me tembló el labio al pensar en la relación de Kane con la horrible bestia, en Kane enseñándolo a acudir cuando lo llamaba, y a hacer trucos... *Por todas las malditas Piedras*. ¿Cómo era posible que aún sintiera algo amable por aquel hombre?

Halden. Tenía que centrarme en Halden.

—¿Por qué dijiste que iba a ser tu esposa? Jamás hablamos sobre nada de eso.

Halden se mordió la uña mientras pensaba.

—Sí que tenía la esperanza de que, cuando regresara, nos casáramos. —Esperé a que siguiera hablando—. Pero cuando te vi allí, sin cadenas y actuando, no como una sirviente, sino sentada directamente junto al rey... Supe que tenías alguna clase de posición de poder. Pensé que, si me ataba a ti, quizá sería perdonado.

Algo parecido a la inquietud se extendió por mi interior, algo grasiento y empalagoso. Así que Griffin había estado en lo cierto. Halden era sorprendentemente más manipulador de lo que pensaba. Nunca había conocido ese lado de él, y supuse que estaba haciendo lo que fuera necesario para sobrevivir.

—Quizá.

Dejé aquel pensamiento allí, ya que no estaba segura de cómo terminar la frase. No estaba segura de si quería que Halden tuviese razón, si quería que Kane sintiera algo por mí ya.

—Confía en mí. Si no le importases, ahora mismo estaría muerto.

Hubo algo en aquella afirmación que me dejó pálida.

—¿Por qué? ¿Qué has hecho?

Halden se echó hacia atrás, como si le hubiese dado una bofetada.

—¿Que *qué* he hecho? Estoy luchando por nuestro hogar.

Pero, aun así, el instinto me decía que me había dicho más de lo que había pretendido.

—Anoche dijeron que mataste a tres transeúntes inocentes. ¿Es cierto?

—Arwen. —Me dirigió una mirada tan apenada—. Pues claro que no. ¿Cómo puedes creer nada de lo que digan esas bestias? Y, además, sobre mí.

Sentí que la cara me ardía de vergüenza.

—No lo sé... ¿Por qué iban a mentir?

Halden se mordió la uña de nuevo.

—¿Por qué? Porque son demonios, Arwen. Claramente a ti te han engañado. No sé por qué estás aquí, pero te prometo que te sacaré de este lugar. Te dije anoche que te salvaría.

Me miró de forma increíblemente honesta, y traté de sentir algo positivo: esperanza, amor, alivio... Pero lo único que sentí fueron náuseas.

—Tenemos un plan —siguió diciendo, y le hizo un gesto con la cabeza a las celdas que había a su derecha, en las que dormían los otros dos hombres de Ámbar—. Solo nos hace falta algún tipo de distracción. ¿Puedes pensar en algo que haga que los guardias se dispersen?

Me devané los sesos, pero no se me ocurría nada.

—Esto está bastante aislado... ¿Cuál es el plan?

Negó con la cabeza, como si quisiera calmar sus propios pensamientos agitados.

—Si surge algo que pueda funcionar, encontrarás la forma de decírmelo, ¿no? Te lo puedo explicar entonces. Y así saldremos ambos de aquí.

Se escucharon pasos en las celdas que había en el piso superior.

—Sí. Estaré atenta, pero mientras, mantente con vida.

Me giré para marcharme.

—¡Arwen! —me dijo. Me di la vuelta, y vi que tenía la mano alrededor de los barrotes de metal—. Te he echado muchísimo de menos.

Esperaba que el corazón me diera un vuelco ante sus palabras, pero eso no ocurrió.

En su lugar, le dirigí un intento de sonrisa y me apresuré a salir de allí. Recorrí de nuevo el camino escaleras arriba y pasé junto al joven guardia.

—¿Todo arreglado? —me preguntó.

—¿Cómo? —Aún tenía los pensamientos puestos en mi encuentro con Halden. No había sido para nada lo que había esperado...—. Ah. ¡Ah! Sí, Martin está como nuevo. Gracias.

—¿Martin?

Mierda.

—¡Mathis! Ay, es demasiado temprano para mí, ¡así que me voy de vuelta a la cama!

Me fui rápido antes de que la sospecha que había en su rostro se transformara en otra cosa.

Cuando estaba a mitad de camino a mis aposentos, me frené para recobrar el aliento.

Halden no parecía ser la misma persona. Pero ¿no había dicho lo mismo él sobre mí? ¿Cómo podía juzgarlo? ¿Quién sabía los horrores por los que había pasado en el campo de batalla? Sentí lástima por él, y por todo lo que habría vivido.

Al cruzar el patio de piedra, vi que el sol se estaba asomando por los chapiteles del castillo. Un suave viento con olor a lilas me apartó el pelo de la cara. A pesar de lo horribles que habían sido las últimas horas, aquel tranquilo amanecer me produjo una extraña paz.

—Es mi hora favorita del día —canturreó una voz grave a mi espalda—. El sol saliendo por el castillo es como un nuevo comienzo. Un renacimiento.

Cerré los ojos. No tenía la energía mental para lidiar con él en ese momento.

—Por favor —le susurré—. Déjame en paz.

—Me comporté de forma detestable anoche. Permití que la rabia me consumiera, y fue un comportamiento nada adecuado para un rey. O, sinceramente, para un hombre.

Dudé, pero al final me giré para mirar a Kane.

Casi no podía soportar mirarlo, y el corazón me dolió.

Parecía como si no hubiese dormido en toda la noche, y tenía el pelo despeinado y los ojos enrojecidos.

Y, aun así, era demasiado guapo como para soportarlo.

Me observó con algunas arrugas causadas por el cansancio.

—Lo siento tantísimo —me dijo con voz cansada—. Y, por si sirve de algo, estuviste increíble en el foro. Tan brillante como preciosa.

El traidor de mi corazón trató de alzar el vuelo, pero lo agarré y lo aplasté contra el suelo. Nada de sentir cariño por aquel rey zalamero hoy. Nada de nada.

—¿Me has seguido esta mañana?

—No —dijo, e hizo una pausa—. Pero sé que has ido a ver al chico. Arwen, él no es quien tú crees.

Estaba tan cansada de no saber tantas cosas…

—¿En serio? Pues ilumíname.

Kane frunció el ceño con una expresión afligida. Se pensó muy bien las palabras antes de responder.

—No estoy seguro de poder confiar en ti, pajarillo…

Si hubiera podido poner los ojos aún más en blanco, se me habrían incrustado en el interior del cráneo.

—¿Que *tú* no puedes confiar en *mí*?

Él se rio de forma amarga.

—Soy consciente de la historia que compartimos, pero yo nunca te he mentido.

—¿Cómo dices? ¿Qué hay de todo lo de «yo también soy un prisionero»?

—No mencioné mi linaje real, pero nunca te mentí.

—Y yo no te he mentido a ti, Kane.

Él se acercó más a mí, y yo retrocedí de forma instintiva. Su expresión se ensombreció.

—Anoche fuiste al foro con los colores de Onyx, llamaste «nuestra» a mi gente, y te referiste a «nosotros» cuando hablaste de este reino.

El estómago me dio un vuelco. Tenía razón. Antes de que capturaran a Halden, me había empezado a sentir como si perteneciera a esa tierra. De forma inesperada, había creado un hogar allí. Kane se dio cuenta de mi cambio de actitud, así que continuó, con la rabia distorsionando los rasgos de su cara.

—Y entonces, aparece tu amante en mi hogar, mata a mi gente, e intenta llevarse lo que es mío. Tú luchas por él, robas por él, y conspiras para ayudarlo a escapar, ¿y ahora me dices que no me has mentido?

El corazón me dio un vuelco.

—Creía que no me habías seguido.

—Tengo ojos en todo el castillo. ¿Esperabas menos, acaso?

Kane pasó a mi lado, y la ira irradiaba de su cuerpo.

Noté que tenía la cara ardiendo. Debería de haber sabido que jamás me habría dejado sin vigilancia, no realmente. Apreté los dientes contra la rabia.

—No soy *tuya*, por cierto. —Ni siquiera supe por qué lo dije. Quería hacerle daño a él, también.

Kane se giró para mirarme, pero no tenía ninguna expresión en el rostro.

—Por supuesto que no.

—Acabas de decir que Halden «intentó llevarse lo que es tuyo».

Kane me miró de forma cruel.

—Qué arrogante. No me refería a ti. ¿Acaso querrías que me hubiera referido a ti?

Aquellas palabras me dolieron más de lo que había anticipado.

—No, por supuesto que no —le dije, y negué con la cabeza de forma enérgica para demostrarlo—. Ni siquiera te conozco.

Alzó la comisura de sus labios en una sonrisilla granuja.

—Bueno, pues cuando me perdones por mi arrebato, tendremos que remediarlo.

Jamás lo perdonaría por haber sentenciado a Halden a muerte.

—¿Entonces no vas a matarlo, incluso después de lo que dijo Griffin?

—Por ahora, no.

El salón principal a la hora de la cena era un bullicio, y estaba lleno de vida. Pero yo apenas podía alzar la mirada de mi estofado de berenjena y pimientos. Mari me observó detenidamente, igual que llevaba haciendo todo el día, hasta que no pudo soportarlo más.

—Vale, ya está bien, Arwen. Se acabó. ¿Qué demonios te pasa?

Dejé caer la cabeza contra la madera fresca, y solté un sonido gutural contra la mesa.

—Lo siento, pero no hablo el idioma de la *amargura*. Háblame con palabras.

Alcé la mirada hacia ella. Tenía una expresión severa en aquel rostro lleno de pecas, pero bajo eso había solo empatía y amabilidad. Solté un gran suspiro.

—Es que es bastante.

Mari pareció aliviada.

—Soy toda oídos.

Le conté a Mari todo. Le conté cómo, a pesar de haberme dado cuenta, me había encariñado ligeramente con el rey. Le conté que me había gustado el foro de guerra, y el respeto que había sentido por su proceso igualitario. Le conté que estaba empezando a encontrarme como en casa allí, y con el rey, y entonces habían capturado a Halden. Le conté lo mucho que lo odiaba en ese momento, más que nunca. Cómo Kane había accedido a perdonarle la vida por ahora. Y que sabía que tenía que ayudar a Halden a escapar antes de que Kane cambiara de idea.

—No hay otra opción. Morirá aquí si no le ayudo a salir de alguna manera.

Mari masticó la comida lentamente, procesándolo.

—Al rey no lo han visto con ninguna mujer en semanas. Todo el castillo habla de ello. Me pregunto si será por ti.

—Ya, claro —la regañé—. Yo no he escuchado tal cosa.

—Bueno, es que no hablas con nadie excepto conmigo. Pero te lo digo de verdad: aquí no hay escasez de mujeres bellas a las que les gustaría ser la reina de Onyx. O, simplemente, acostarse con él. Llevan lanzándose a sus brazos desde que llegó a la fortaleza. Se conoce bien su reputación, así que se han quedado muy decepcionadas.

Traté de no sentir nada con todas mis fuerzas.

—Bueno, ese no es el tema, Mar. Olvídate de Kane. ¿Qué hay de Halden?

Mari puso los ojos en blanco.

—¿No te dije que las tácticas de guerra del rey no eran infalibles? Y ahora su propio súbdito —dijo, y se señaló a sí misma de forma melodramática— va a cometer una traición al ayudar a salvar la vida de un chico. Lo sacaremos de ahí, no te preocupes.

Alcé una ceja.

—Por favor, sigue.

Ella me dirigió una mirada clásica de Mari, en parte calmada y segura de sí misma, y por otra parte, vibrando de la emoción.

—De hecho, llevo todo el día queriendo decírtelo, pero estabas de mal humor. Estaba esperando hasta que pudiera verte emocionada de verdad. La noche antes del eclipse, el rey Eryx de Peridoto va a venir aquí con su hija. El rey Ravenwood va a celebrar un banquete para su llegada. Habrá comida, vino, licor… todos estarán ocupados celebrándolo, ¡si es que no se emborrachan por completo!

Debía de estar perdiéndome algo. Mari me observó, ansiosa por ver mi «emoción de verdad». Pero, cuando eso no ocurrió, continuó hablando de forma impaciente.

—¡Todos, incluyendo a la mayoría de los guardias de las mazmorras! Jamás tenemos festivales ni celebraciones en este sitio en mitad de la nada. Estarán distraídos, así que Halden podrá escapar.

Le lancé una dura mirada, y eché un vistazo a nuestro alrededor para asegurarme de que nadie nos estuviera escuchando en el gran salón. Pero el gentío de la hora de la cena mantenía la habitación en unos decibelios bastante altos.

—¡Ups! —dijo, algo avergonzada.

—Ahora solo tengo que pensar en cómo decírselo a Halden.

—Creo que también te puedo ayudar con eso.

—Mari, eres mi salvadora.

—Y de forma literal, ¿no? —dijo con una risa, pero yo no tenía tanta esperanza aún como para unirme a ella.

DIECISÉIS

E l castillo entero parecía estar en vilo en los últimos días. Los sirvientes corrían de un lado a otro mientras susurraban entre ellos, los soldados eran incluso más toscos y dados a una pelea que antes. Había esperado que aquello fuera solo por la presión de preparar la inminente celebración. Traté de no preocuparme y no pensar en que quizás estaba ocurriendo algo más fatídico.

No era como si pudiera ir y preguntarle a Kane qué era lo que estaba sucediendo. Había decidido, con el apoyo de Mari, dejar a un lado mis sentimientos tan complicados por el rey. Era un hombre encantador y poderoso, con un buen sentido del humor y una sonrisa de medio lado increíble, pero también era impulsivo, un manipulador y un mentiroso sin sentido de la moralidad o la compasión. Para mí, no compensaba la balanza.

Pero mi corazón no estaba muy de acuerdo con aquella decisión, así que estaba evitándolo, hasta el punto de esconderme tras las columnas cuando lo veía pasar por algún pasillo. No era la decisión más madura posible, pero tenía cosas más importantes de las que preocuparme.

Lo único que importaba era ayudar a Halden.

No creía que pudiera entrar a las mazmorras de nuevo engañando a los guardias, especialmente sabiendo que Kane tenía ojos por todo el castillo, tal y como él mismo había dicho, así que las semanas pasaron, y no tenía ni idea de cómo estaría Halden. Aun así, estaba decidida a ayudarlo a escapar. No podía quedarme simplemente sentada y esperar a que Kane lo usara como moneda de cambio para negociar con el rey Gareth, o a que lo matara en un arrebato de ira y celos. Con suerte, no había ocurrido ninguna de las dos cosas aún.

Mari me prometió que tenía un plan, pero que necesitaba algo más de tiempo para que funcionase.

Para intentar distraerme, entrenaba todas las mañanas con mi espada, curaba a los soldados por las tardes, y me pasaba la mayoría de las noches en la biblioteca con Mari. El verano ya había llegado del todo, y experimenté mi primer cambio estacional. La primavera de Onyx no había sido muy diferente al fresco que hacía en Ámbar durante todo el año, pero el verano era como un baño de luz y calor. Con los suaves y tempestuosos vientos, y días que nunca parecían oscurecerse, llegó una abundancia de campanillas y violetas que empecé a robar y a guardar en jarrones de cristal en mi dormitorio. Cuando se marchitaban, ya que era incapaz de tirar aquellas flores tan espectaculares, las metía en el interior de los libros hasta convertirlas en delgados y delicados recuerdos, que era como me sentía últimamente mientras iba de la botica hasta mi cama cada día, como si caminara en una nube.

Necesitaba, y de forma urgente, a la Arwen positiva. ¿Dónde se había metido?

Mientras doblaba vendajes en la botica, la tenue luz de la tarde se coló a través de las ramas de los pinos del exterior, y traté de jugar al juego de la rosa y la espina, como si mi madre estuviera allí conmigo.

Rosa: por fin estaba usando una espada de adulto, pero aún no era para nada como la que Dagan blandía.

Espina...

El sonido de unos quejidos y unas pisadas contra el suelo de la botica hicieron que alzara la mirada de los vendajes que tenía en la mano… Allí había un par de soldados ataviados con una armadura, y llevaban a un hombre sudoroso y tembloroso, más pálido de lo normal.

—Aquí —les dije, haciéndoles un gesto hacia la enfermería—. Podéis dejarlo sobre la camilla.

—Gracias.

Una voz como la medianoche llegó desde detrás de los hombres. Una voz grave, suave y negra como el carbón.

Por todas las malditas Piedras.

Kane entró a la botica tras los hombres. Llevaba una camisa blanca simple y sin abrochar, algunos anillos plateados, y unos pantalones negros. De él emanaba la seducción como si fuera lluvia cayendo por una ventana. Incluso después de todo lo que había ocurrido, su presencia me afectó, y mucho.

—¿Qué quieres? Tengo un paciente al que atender.

Esperé que pensara que mi tono de voz bajo era debido a la sorpresa.

—Me has estado evitando.

Juraría que en ese momento me salió humo por las orejas.

—¿Podrías ser más egocéntrico? ¿No ves que este hombre se está muriendo?

—Sí, y estoy aquí para ayudar —me dijo—. Lance es uno de mis mejores soldados.

Vaya hombre más mentiroso y asqueroso.

—Un poco despreciable por tu parte usar la dolencia de tu propio soldado como justificación para venir a molestarme —le dije mientras seguía a los hombres a la enfermería.

Los dos soldados miraban a todas partes excepto a nosotros. Kane se enfureció, y se volvió hacia ellos.

—Dejadnos solos. *Ahora.*

Se marcharon a toda prisa sin pensárselo, y uno de ellos incluso chocó contra mis hierbas con las prisas, y tiró algo de salvia y semillas de amapola al suelo.

Se escuchó una tos con flema, y aquello desvió mi atención de los tarros caídos.

El pobre Lance no estaba muy bien que digamos.

Estaba temblando, a pesar de la manta que le había puesto encima, y sudaba demasiado. Habría pensado que se trataba de una gripe o una fiebre, si no hubiese visto los dos agujeros que tenía cerca de la muñeca, donde tenía algo de sangre seca del color del óxido.

—¿Qué ha pasado?

—Lo han picado. Me parece que es el veneno de la criatura lo que lo está matando lentamente. Bueno, no tan lentamente, parece.

—Siempre eres tan compasivo —le regañé—. ¿Qué es lo que lo ha mordido?

Lance gimió de forma incoherente, y Kane no apartó la mirada del hombre tembloroso.

—No estoy del todo seguro. ¿Necesitas saberlo para curarlo?

—Me ayudaría. —Me trasladé a la botica para buscar un antídoto entre los estantes—. Araña de tela de embudo, duende de piedra, la víbora cornuda de las ascuas… ¿Puede ser alguno de esos?

Kane me siguió hasta allí, abandonando a Lance.

—No es nada que pueda curarse con tus ungüentos. Te necesita a ti —me exigió, con una sinceridad poco característica de él—. Necesita tus habilidades.

—Vale.

Lo rodeé para volver a la enfermería, y puse las manos sobre la cara húmeda de Lance. Había empezado a convulsionar y sacudirse. Abrí la ventana y dejé que entrara en la habitación el aire con olor a lilas de la tarde. Tenía que ser rápida.

Desde que Dagan me había enseñado a usar la atmósfera que había a mi alrededor, había estado poniéndolo en práctica en pequeñas dosis en pacientes particularmente graves, o en días con muchos pacientes. Sopló un viento suave, como si fuese vapor de una olla burbujeante, y lo redirigí a las palmas de mis manos para después filtrar aquel poder a la cabeza de Lance. Lo canalicé a través de él, un potente tónico contra su dolor. Inhaló de repente, mientras el aire en sí mismo se vertía a través de él y purgaba el veneno de sus huesos, sus pulmones y su piel. Lance se estremeció y exhaló, y poco a poco sus mejillas volvieron a adquirir un poco de color.

Exhalé todo el aire que tenía en los pulmones, como si me estuviera deshinchando. Se me hacía cada vez más y más fácil usar los elementos a mi alrededor, pero siempre terminaba muy cansada. Le puse bien la manta a Lance alrededor del cuerpo, y él se quedó dormido.

—Debería de estar bien, pero me quedaré aquí con él unas horas para asegurarme.

—Bien hecho, pajarillo —murmuró Kane.

—No he pedido tu aprobación.

Kane se rio entre dientes, y yo le puse a Lance una compresa fría sobre la frente y le llené un vaso de agua para cuando se despertara.

—He estado practicando —admití cuando Kane salió de la enfermería y comenzó a caminar por la botica—. Si es que quieres saberlo.

Lo seguí afuera, y me agarré la falda con las manos, pero después las oculté a mi espalda.

Kane tenía que irse.

—Bueno, pues estoy impresionado —me dijo Kane con un brillo en la mirada—. Y estoy orgulloso de tener a una sanadora tan hábil en mi propia fortaleza.

Siguió examinándolo todo sin prisa alguna. La habitación ahora estaba bañada por la mantequillosa luz de las velas que entraba desde el pasillo. Se reflejaba en sus anillos y en sus ojos plateados. Él siempre resplandecía.

—¿No tienes nada mejor que hacer? —le pregunté.

Él alzó una ceja.

—Tú vas a estar aquí toda la noche vigilando al pobre Lance mientras duerme. Solo te ofrezco algo de compañía.

Resoplé.

—Estoy bien, pero gracias.

Se giró para mirarme, y su mirada me abrasó.

—Quizás es solo que me gusta ver cómo te retuerces en mi presencia.

Fruncí el ceño. No me quedaban fuerzas para continuar aquello.

—¿Por qué eres así? —le pregunté con la voz cargada de frustración.

Kane me dirigió una sonrisa de medio lado.

—No querrías ni arañar la superficie en lo que concierne a esa pregunta, pajarillo.

Y, probablemente, tenía razón.

—¿Has encontrado a mi familia? —le pregunté.

—Aún no —me dijo, paseándose por la botica mientras abría y cerraba tarros y cajones—. Pero lo haré.

—No te creo —le solté.

Él se giró de repente hacia mí.

—Es como buscar una aguja en un pajar. Tres agujas, de hecho… Dame algo de tiempo.

Apreté los dientes, preparada para arremeter contra él, pero en ese momento mi estómago rugió de forma incómoda. Me apreté la mano contra el vestido para acallarlo, pero llevaba todo el día en la botica, y tan solo había comido un melocotón aquella mañana al entrar. Mi estómago protestó de nuevo, y yo hice una mueca.

Kane alzó una sola ceja de forma curiosa, y sentí un hormigueo en la nuca, avergonzada.

—¿Qué? —le pregunté, fingiendo que no sabía qué pasaba.

Pero él tan solo fue hasta la puerta de la botica y la abrió, haciendo que el cartel de madera se balanceara.

—Barney —lo llamó en dirección a la galería—. ¿Puedes pedir que traigan la cena de lady Arwen a la botica?

Ay, por todas las Piedras…

Aquel hormigueo de vergüenza se convirtió en una sensación total entonces.

—Por supuesto, su majestad. —Me llegó el eco de la familiar y dulce voz de Barney desde el pasillo.

Kane estaba a punto de cerrar la puerta, pero se frenó un segundo antes y la abrió de nuevo.

—Y pan de trébol extra —dijo él—. Dos hogazas. Gracias.

Cuando cerró la puerta y se volvió de nuevo hacia mí, parecía estar encantado consigo mismo.

—Eso no era necesario —le dije, y comencé a recoger las hierbas caídas para tirarlas en la basura.

—Claro que sí. Alguien tiene que cuidarte, si no te vas a cuidar a ti misma.

Lo atravesé con la mirada.

—¿Acaso piensas que eso es lo que estás haciendo manteniéndome aquí contra mi propia voluntad y amenazando con asesinar a mis amigos? ¿Cuidarme?

Su expresión de buen humor se desvaneció, y algo mucho más frío la sustituyó. Algo mucho más aterrador. Tragué saliva con fuerza.

—Ese chico no es tu amigo.

Negué con la cabeza, ya que no quería tener esa conversación con él.

Esta noche, no.

Y, preferiblemente, nunca.

Él soltó un suspiro, y se pasó la mano por el pelo, afligido. Después, se giró y comenzó a andar de manera informal alrededor de la botica. El sol por fin había desaparecido, y la habitación estaba empezando a envolverse en una oscuridad somnolienta.

Rebusqué entre los cajones más cercanos hasta dar con una cerilla para encender los farolillos de la habitación.

Kane le dio unos golpecitos al expositor de cristal que tenía enfrente, así que lo miré.

—¿Qué es esto? —me preguntó.

Yo ensanché las aletas de la nariz.

—Nada que te incumba.

—Venga ya, es tan larguirucho... Es fascinante.

Suspiré.

—Es una medusa en conserva. Tienen unas enzimas curativas integradas en el tejido, y la membrana seca puede usarse como una segunda piel sobre cortes y heridas.

—Me encanta escucharte hablar sobre prácticas medicinales —dijo con la voz grave.

—A mí me encantaría escuchar cómo te despeñas por un barranco.

Tembló de forma visible, y reprimió una risa.

Este hombre era exasperante. Venía aquí, me molestaba, trataba de sobornarme con comida...

Y hablaba mal de Halden, después de todo.

Primeramente, Halden y sus hombres no habrían entrado en su cámara si él no hubiera atacado al Reino de Ámbar. Me froté las sienes. Lo único que quería eran malditas respuestas.

—¿Por qué atacaste Ámbar? —le pregunté mientras rodeaba el mostrador para acercarme más a él—. Dime al menos *algo*.

—Ya te lo he dicho —me dijo con la mirada aún puesta en la medusa—. El rey Gareth es una rata y no se merece gobernar su propio reino.

—Esa no es razón alguna para asesinar a miles de personas en una guerra, y lo sabes.

Su mirada se oscureció, pero no la apartó del expositor de cristal.

—Es lo único que puedo decirte.

Me pitaban los oídos tan fuerte que apenas escuché mi voz cuando hablé.

—Entonces sal de mi botica.

—Arwen —me dijo, mirándome por fin—. Por muy encantador que me resulte tu temperamento, vas a tener que perdonarme antes o después.

Apreté los dientes.

—No, te aseguro que *no* lo haré.

Se acercó más a mí, y casi podía sentirlo. Tocarlo. Olerlo. Frunció el ceño.

—No puedo soportar que me odies para siempre. —No apartó la mirada ni un centímetro.

No pude evitar la respuesta que le di.

—Bueno, pues deberías de haberlo pensado antes de sentenciar a Halden a morir.

Algo brilló en sus ojos, algo depredador, y entonces apretó la mandíbula y se metió las manos en los bolsillos.

—Muy bien. Lo haremos a tu manera.

—¿Eso es una amenaza? —dije, sin poder evitar el tono de miedo que me impregnó la voz.

Kane me fulminó con la mirada hasta que, por fin, suspiró, resignado.

—Si lo fuera, lo sabrías. Que tengas una buena noche.

DIECISIETE

A pesar de mi amor por la aromática y tibia brisa de la tarde que ahora sabía que era el viento de verano, aquello no me sirvió de mucho para calmar los nervios. Por fin había conseguido que Mari compartiese su «plan», lo cual resultó ser un complejo hechizo que necesitaba poder hacer correctamente.

Ese día, estaba lista para intentarlo.

—De acuerdo. Otra vez, por favor —le dije en voz baja mientras me retorcía la falda entre las manos sudorosas. Estábamos ocultas tras un seto junto a las escaleras de las mazmorras, donde habíamos acordado vernos.

—Cálmate. He practicado una y otra vez, ya es como un acto reflejo para mí.

Mari parecía estar segura de sí misma, y yo quería creerla. Llevaba semanas trabajando en aquel hechizo, y estaba encantada de haber podido lanzarlo con éxito sobre una ardilla, la cual no había sido capaz de ver la nuez que había justo enfrente de ella durante horas.

Mari agarró con fuerza el amuleto de color morado.

—Es un simple hechizo de ocultación. Se lo lanzaré al guardia y, para él, serás invisible durante un rato.

—¿Cuánto tiempo es «un rato»?

Mari siguió mirando en línea recta y alzó la cabeza.

—Ni idea.

—¿Qué?

—¡Calla! —me dijo en voz baja—. ¡No pasa nada! ¿Cuánto tiempo te llevará entrar y salir? Además, te estaré esperando aquí.

—Mari —traté de decirle—. Sabes que no pasa nada si no te sale perfecto a la primera, ¿no? Siempre podemos probar otra cosa.

Me dirigió una mirada que venía a decir «ni se te ocurra», así que asentí. Pero no podía dejar de moverme a su lado.

—Estate quieta, o me vas a distraer y no me saldrá bien.

Mari cerró los ojos y alzó las manos frente a ella, como si pudiera tocar al guardia en la distancia. Comenzó a tararear una canción en voz baja, y a susurrar unas palabras en una lengua primigenia desconocida para mí. La hierba alta que había a sus pies comenzó a susurrar entre un viento repentino, un viento que olía a lluvia y a tierra, a pesar de que el día era soleado. A su alrededor, algunos de sus pelos se alzaron poco a poco, envolviéndola en mechones rojos que parecían llamas. Los nudillos le crujieron cuando cerró los dedos que antes había tenido extendidos.

Y, entonces, paró.

Abrió los ojos y pestañeó, algo desorientada. Alzó una mano hacia mí y yo se la agarré con fuerza.

—¿Estás bien?

Ella me miró fijamente, aturdida.

—¿Quién eres?

El corazón me dio un salto mortal… Y ella sonrió de oreja a oreja.

—¡Estoy de broma!

Solté un suspiro que casi era una risa. *Casi.*

—Eres de lo peor.

—Venga —dijo ella.

Me apresuré a ir hacia el guardia barbudo, aunque no llegué a echar a correr, lo cual podría haber sido sospechoso para cualquier otra persona que sí que podía verme.

El guardia tenía más o menos mi edad, unas mejillas sonrojadas, unas cejas y barba rubias y desaliñadas. Cuando me paré frente a él, una sensación escalofriante me recorrió la espalda. Él me miró a los ojos, pero su mirada estaba puesta más allá de mí. Moví la mano de forma insegura frente a él, pero tan solo se rascó la nariz, aburrido, y continuó montando guardia. No iba a quedarme allí más tiempo y arriesgarme.

Lo rodeé, y bajé corriendo la escalera oscura de espiral de nuevo. Tuve el fugaz pensamiento de que, si de verdad tenía suerte, esta sería la última vez que tendría que bajar allí.

Le di unos golpes a los barrotes de la celda de Halden.

—¡Oye! ¡Halden!

Estaba dormido bajo el abrigo que le había traído, hecho un ovillo en una esquina a oscuras, como un animal herido. Su pelo rubio casi blanco ahora estaba gris, debido a la suciedad y el hollín.

—Has vuelto —me dijo con una voz somnolienta. Casi sonó reverente.

—Sí, pero tengo que darme prisa. —Le pasé a través de los barrotes algo más de comida que había traído—. En una semana, la noche antes del eclipse, habrá un banquete al anochecer. Será el momento perfecto para que intentéis escapar.

Halden asintió.

—¿Para quién es el banquete?

—El rey Eryx, de Peridoto. Asumo que están intentando formar una alianza.

Se mordió una uña, y después escupió el pedazo hacia su izquierda. Era una costumbre asquerosa que, por algún motivo, solía parecerme atractiva.

—¿Has conocido a algún mestizo aquí en la Fortaleza Oscura?

Fruncí el ceño. ¿Ahora Halden creía en los fae y en sus descendientes?

—¿Qué? No que yo sepa... —Aunque, ahora que lo pensaba, algunos de los soldados a los que había curado o que había visto habían parecido tan poderosos y amenazantes... Pero eso no era algo que mereciera la pena compartir con Halden—. Ni siquiera sé cómo distinguir a un mestizo de un mortal.

Halden suspiró, y se sentó sobre los talones.

—En realidad, no puedes. Es difícil de saber sin investigar el linaje de esa persona. Dicen que Onyx está lleno de ellos.

—¿Por qué lo preguntas?

Me dirigió una sonrisilla de medio lado.

—Curiosidad mórbida, supongo. ¿El rey te ha dicho algo sobre lo que está buscando? ¿Una reliquia de algún tipo?

Sentí una sensación de inquietud en el estómago.

—Halden, ¿por qué me estás interrogando? Sabes que te diría cualquier cosa que pudiera ayudarte a escapar.

—Por supuesto. Es solo una de las historias que me contaron algunos de los soldados de mi batallón. Aquí abajo tengo demasiado tiempo libre para pensar, eso es todo.

Me acordé en ese momento de la noche en que había escuchado a Kane hablando con Griffin sobre la vidente, y sobre lo que había estado buscando. Aquello parecía haber ocurrido en otra vida. ¿Podía ser eso de lo que hablaba Halden?

—¿Desde cuándo te importan Onyx y sus secretos? Eras más reacio que nadie de Abbington a alistarte.

Recordé mi desagrado cuando, más de un año atrás, a él le había importado tan poco luchar contra el reino malvado del norte. Cómo su apatía me había irritado y me había hecho sentir tan sola.

Cómo habían cambiado las cosas en tan poco tiempo...

Él negó con la cabeza.

—En ese momento era un niño, Arwen. Ahora sé más cosas sobre el rey Gareth, sobre el motivo por el que lucha. Hay muchísimas cosas que no entiendes.

Estaba tan, tan harta de que los hombres en los que estaba interesada de forma romántica me dijeran eso... Puse una mueca.

—Y ¿qué hay de ti? ¿No te importa nuestro reino ya?

—Por supuesto que me importa —le dije, y sentí que me ardía el rostro—. Me importa la gente que está muriendo por una avaricia sin sentido por las tierras y la riqueza.

—No quiero discutir. La noche del banquete... ¿dónde podré encontrarte? —me preguntó Halden.

Era una pregunta que había estado temiendo. Sería la noche antes del eclipse, cuando necesitaba volver al bosque para conseguir la raíz de madriguera. Y, si era sincera conmigo misma, no estaba segura de que fuera más probable que pudiera encontrar a mi familia si huía con Halden.

—El rey está intentando localizar a mi familia. Si los encuentra y yo me he ido... —No estaba segura de cómo terminar aquella frase. ¿Se enfadaría tanto Kane que les haría daño?

—Puedo protegerte, Arwen. Los espías del rey Gareth son igual de buenos que los de Onyx, si no mejores. Podemos encontrar a tu familia juntos.

Una parte de mí se ablandó antes sus reconfortantes palabras y su sonrisa confiada, incluso estando tras los barrotes.

—Lo sé. Pero ¿cómo vas a escapar de tu celda? Incluso si la mayoría de los guardias están ocupados con la celebración, ¿cómo vas a conseguir atravesar el bosque?

Halden se rio por la nariz.

—El bosque no es tan peligroso como estoy seguro de que te han hecho creer. Tú confía en mí. La noche del banquete, cuando escuches una explosión, tendrás unos minutos para llegar a la puerta norte. ¿Podrás hacerlo?

Pero la sorpresa había hecho que el corazón se me acelerara, dificultándome el poder responderle.

—¿*Explosión?* Por todas las Piedras, ¿qué piensas hacer?

—Cuanto menos sepas, mejor —me dijo de forma sincera.

—Necesito algo más que eso. No puedes herir a la gente de este castillo, son inocentes.

Él negó con la cabeza.

—No, por supuesto que no. ¿De verdad piensas eso de mí?

No sabía cómo responder a eso. La culpa me cubrió como si fuese vino tinto sobre un vestido blanco, pegajosa y extendiéndose, imposible de ignorar.

Halden exhaló, y se mordió la uña de nuevo.

—Uno de mis hombres es un hechicero. Puede hacer estallar las puertas de las celdas en cualquier momento. La explosión abrirá un camino para que salgamos de aquí, pero apenas hará temblar la gran sala que hay sobre nosotros —dijo, haciendo un gesto hacia arriba—. Pero, incluso entonces, no conseguiríamos pasar de los soldados que vigilan la puerta norte. En la noche del banquete, estarán distraídos y abrumados por la cantidad de gente. Es nuestra mejor oportunidad. Te lo prometo, nadie saldrá herido.

Parecía un buen plan. No era infalible, pero era lo mejor que podía hacerse en tan poco tiempo.

—Tengo que irme, no tengo mucho tiempo.

Me levanté para marcharme, pero Halden me agarró la mano a través de los barrotes.

—Espera. —Tiró de mí, hasta que estuve contra los barrotes, y me agarró las manos con las suyas, que estaban ásperas—. ¿Te acuerdas de cuando veíamos las estrellas fugaces en el tejado de El Jabalí Borracho?

Recordé la noche fría, cómo me había abrazado en el tejado de la taberna local. Había visto una estrella fugaz, y quería verlas mejor. De alguna forma, me había convencido de que subiera allí con él. Estaba segura de que, en cualquier momento, la estructura al completo se desmoronaría bajo nuestro peso, y aterrizaríamos sobre un montón de cerveza y jarras.

—Por supuesto —le dije.

Entrecerró aquellos ojos castaños suyos, que de repente estaban bañados en lujuria.

—Y ¿recuerdas lo que hicimos cuando la última estrella se hubo desvanecido del cielo? —me preguntó en un tono más grave, y noté que las mejillas se me enrojecían.

—Por supuesto —le repetí.

—Pienso de forma constante en esa noche… Si algo sale mal, no me lo perdonaría jamás si no te besara una última vez.

Antes de entender lo que pretendía hacer, Halden tiró de mí hacia él hasta que tuve el frío hierro presionado contra la cara, y me rozó los labios con los suyos. Era un beso incierto, seguro y familiar. Le había echado de menos tantísimo cuando se marchó, que había fantaseado con un momento como aquel. Aunque, bueno, sin el elemento de la mazmorra. Pero en ese momento… No sabía qué era lo que sentía, exactamente. Era reconfortante estar tan cerca de él de nuevo. Los dedos de los pies aún se me enroscaban cuando me tocaba… Pero faltaba algo.

Se apartó de mí, aunque me sostuvo la mirada, y me apretó con fuerza las manos.

—¿Te reunirás conmigo allí, en la puerta norte?

¿Lo haría?

Halden podía ayudarme a encontrar la raíz de madriguera en el bosque, quizá mejor de lo que podría hacerlo yo misma. Yo le importaba, y siempre lo haría. Y no podía quedarme aquí con Kane ni un minuto más, no después de quién me había demostrado que era, una y otra vez. Dudaba que planeara siquiera encontrar a mi familia. Era un mentiroso, y siempre lo había sido. ¿Qué futuro tenía yo allí, en la Fortaleza Oscura? Lo más seguro era quedarme con el hombre que conocía, y no con el rey al que no conocía.

—Sí —le respondí por fin—. Buena suerte.

Subí las escaleras de dos en dos, y solté una exhalación que ni siquiera había sido consciente de haber contenido cuando vi que estaba montando guardia el mismo hombre. Pasé a su lado corriendo y no paré hasta que Mari y yo volvimos a estar en la botica.

La hoja de la espada cortó el aire junto a mi cabeza, demasiado cerca de mí como para quedarme tranquila.

—¡Ten cuidado! —le dije, esquivándolo justo a tiempo.

Dagan continuó atacando, arremetiendo contra mí con una ferocidad que no había visto antes. Pero yo no tenía miedo. Bloqueé cada ataque, y usé mi tamaño y agilidad en beneficio propio. Dagan era mayor, más alto y más lento que yo, lo cual significaba que podía darle guerra y moverme a su alrededor con facilidad. Sin un segundo que perder, recobré el aliento y ataqué, golpeándole en la armadura de cuero.

Hizo una pausa para estudiar el corte, y se limpió el sudor de la frente. Apareció una sonrisa en sus labios, pero no dijo nada. Quería regodearme o saltar en el aire ante mi ligera victoria con todas mis fuerzas, pero estaba tan agotada que tuve que apoyar las manos sobre las rodillas para poder recobrar el aliento.

—La última lección del día —dijo él.

Gracias a todas las Piedras. Solo era por la mañana, pero la semana se había pasado volando, y tenía muchísimas cosas que hacer antes del banquete de esa noche. Dagan se quitó la armadura exterior, dejándola caer de forma brusca sobre la hierba. Se sentó y me hizo un gesto para indicarme que me sentara a su lado. La hierba estaba fría bajo las palmas de mis manos, e inhalé el aroma de las gardenias en flor. Había muchas cosas que había subestimado todas las mañanas que había pasado allí fuera, pero ahora que aquella sería la última, me di cuenta de que lo echaría de menos muchísimo.

—¿Qué estamos haciendo?

—Usar un arma diferente. Cierra los ojos.

Hice lo que me pidió, ya que había aprendido a no cuestionar a Dagan. Cuando se trataba de la defensa propia, aquel hombre sabía lo que se hacía.

—Piensa en tu mayor fortaleza. Dime lo que sientes.

Fruncí el ceño. ¿Mi mayor fortaleza? No me vino nada a la cabeza. Estaba orgullosa de mi habilidad para sanar a la gente, pero aquello no era una fortaleza, sino más bien una habilidad. Un don, quizá. Me sentía fuerte cuando corría, pero ¿acaso contaba eso como fortaleza? Nunca había pensado en ello de tal forma. Pensé entonces en mi familia, y en cuán fuerte me sentía en los momentos en los que cuidaba de ellos. Pero nunca se me había dado igual de bien que a Ryder.

—No se me ocurre nada —le dije. Me daba más vergüenza de lo que jamás podría admitir.

—Eso no es lo que te he preguntado. ¿Qué es lo que *sientes*?

Me quedé inmóvil de forma terca. Había algo en mantener los ojos cerrados que hacía que salieran a la superficie emociones de las que ni siquiera tenía conciencia.

—Triste. Y sola. Lo cual hace que me sienta aterrada.

—Aférrate a ese sentimiento. ¿Cómo hace que te sientas ese miedo?

Suspiré.

—Atrapada. A veces simplemente es difícil despertarme cada día sabiendo que gran parte de mi vida se regirá por el miedo.

—Eso que sientes cuando se te acelera el corazón, se te encoge el pecho y se te seca la boca... ¿Sabes lo que es?

Yo asentí.

—Terror.

—No, Arwen. Es poder.

Trataba de seguir su guía, pero aquello en realidad no tenía ningún sentido.

—Dagan, no creo que esté funcionado. Sea lo que fuere esto, ¿podemos parar por hoy?

Abrí un ojo, y enseguida me dijo:

—Cierra los ojos.

—¿Cómo...?

—Cierra. Los. Ojos.

El viento aullaba entre los árboles de nuestro campo de entrenamiento. Con los ojos cerrados, los sonidos de la fortaleza, la cual se preparaba para aquella noche, se intensificaron: los carros que cargaban, los muebles que movían a lo lejos...

—Cuando estás asustada... —continuó Dagan—, el cuerpo te estimula para que corras o luches. Te llena del poder necesario para protegerte, de una forma o de otra. Eres una corredora excelente, y ahora también te estás convirtiendo en una luchadora excelente. No puedo decirte que ese sentimiento de terror vaya a desaparecer en algún momento, pero puedes hacer uso de él. Usarlo en tu beneficio, y convertir ese miedo en valentía. Después de todo, son dos caras de la misma moneda.

Había algo de verdad en sus palabras. Los ataques de pánico que sufría, vistos de forma médica, no eran más que un flujo torrencial de adrenalina. Pero cuando estaba atrapada en uno, era casi debilitante. Era difícil verlo como una especie de poder sin usar.

Me quedé allí sentada en silencio hasta que me dolió la espalda y el coxis se me entumeció. Cuando no ocurrió lo que Dagan al parecer había esperado, lo paró.

—Lo intentaremos de nuevo mañana.

Me puse en pie con un quejido.

—De alguna forma, creo que echaré de menos luchar con la espada —dije, pero no pareció tan de broma como había pretendido.

Dagan me estudió.

—¿Quién crees que es más valiente cuando carga en la batalla? ¿El caballero que no tiene nada que temer, rodeado de todos sus compañeros y armado con todas las armas del continente, o el caballero solitario que no cuenta con nadie a su lado, ni ningún objeto excepto sus puños, y tiene todo que perder?

Por alguna razón que no podía entender, aquella pregunta me dio ganas de llorar.

—El último.

—¿Por qué? —me preguntó.

—Porque sabe que no puede ganar, pero escoge luchar de todas formas.

—Solo hay valentía de verdad cuando te enfrentas a lo que te atemoriza. Lo que tú llamas «temor» es, de hecho, poder. Y puedes hacer uso de ello.

Bajé la mirada, tratando de esquivar la suya.

Me sentía como si estuviera destinada a fallarle. Fuera lo que fuere lo que él esperaba que hubiera en mi interior, yo estaba segura de que no era así.

—Me recuerdas a... Habría estado muy orgulloso de ver a mi hija crecer y ser como tú, Arwen.

Durante un momento, me quedé muda. Aquello era lo más amable que le había escuchado decir jamás. Y era lo más amable que nadie me había dicho jamás, excepto quizá mi propia madre.

—¿Qué le pasó? —le pregunté con cuidado. No estaba segura de querer saberlo.

Dagan se agachó para recoger las espadas y envolverlas en la funda.

—Mi mujer y mi hija pequeña fueron asesinadas por el mismísimo hombre contra el que Kane está en guerra. —Me quedé petrificada ante sus palabras—. Ese dolor y esa ira... Encuentro la forma de hacer uso de ellos cada mañana para enfrentarme a cada día, y cada noche para poder irme a dormir. Todos tenemos nuestros demonios, y la manera en que elegimos hacerles frente es lo que nos define.

El corazón se me encogió y resquebrajó dentro de mí.

—Lo siento muchísimo —fue todo lo que pude decir.

—Gracias —dijo, y asintió con la cabeza antes de dirigirnos de vuelta a la fortaleza en nuestro habitual silencio.

Me sentía enferma. Por Dagan, y por el hecho de que planeaba marcharme esa noche, y volver posiblemente al reino responsable de su pérdida. De repente, todo me parecía una malísima idea.

DIECIOCHO

El reflejo que me observaba en el espejo dorado apenas se parecía a mí. En mi vida había visto tanto carboncillo; Mari me había pintado los ojos con la mezcla ahumada, y los labios de un color escarlata oscuro.

—Mar, en serio, es suficiente. Parezco un pirata... O una dama de la noche.

—¡O ambas cosas! Una preciosa prostituta pirata —dijo Mari, echándome más polvo oscuro en los párpados.

A mi aspecto tampoco lo ayudaba el vestido de noche negro con los hombros descubiertos que Mari me había obligado a ponerme.

—Esto es injusto. ¿Por qué yo no puedo ponerme algo como lo que tú llevas?

—Porque yo —me dijo Mari al tiempo que giraba con su vestido de cuello vuelto y el color de los pinos— no voy a ver a un antiguo amante esta noche.

—No es un antiguo amante, bajo ningún concepto. Es el rey, y dudo que ni siquiera nos veamos esta noche.

Mari me ignoró y me cepilló el pelo. Dejó que los mechones de color chocolate me cayeran por la espalda por secciones.

—Esta noche... —empecé a decir, pero no sabía muy bien cómo terminar aquella frase.

—Lo sé.

No podía verle la cara en el espejo, así que me giré para mirarla.

Pero era incapaz de decir las palabras en voz alta. Me atraganté con unas emociones que ni siquiera había sabido que tenía.

—Lo entiendo, Arwen —me dijo, y me agarró la mano—. Si Halden consigue salir, te irás con él. Estoy segura de que yo haría lo mismo.

—Sí. Aunque es una posibilidad muy pequeña.

—No, claro que no. Halden no quiere morir, así que encontrará la manera de salir.

Sentí que se me llenaban los ojos de lágrimas.

—Ay, Arwen. No llores, todo irá bien.

La culpa me atravesó por dentro, ya que no lloraba por Halden.

—Voy a echarte de menos.

A Mari le brillaban los ojos como si fueran dos trozos de cristal mojados, así que tiró de mí para abrazarme.

—Yo también a ti.

Cuando me soltó, me limpió las mejillas para barrer las manchas negras que me habían bajado por la cara.

—Pero encontrarás la manera de mandarme cartas. Sé que nos encontraremos algún día de nuevo. Ahora, deja que te arregle esto. Una prostituta pirata *triste* definitivamente no es la imagen que queremos dar.

Aquella noche, el gran salón lucía elegante y vestido para la ocasión, iluminado con velas de todos los tamaños y formas, y adornado con coronas de las flores de Onyx. Los farolillos sombríos aportaban calor, había comida caliente, y una multitud de cuerpos que también irradiaban calor. A través del salón retumbaba una evocadora melodía que provenía de la armonía de cuatro instrumentos de cuerda diferentes, y me invitaban a bailar. Fuera, los esbeltos caballos blancos de Peridoto contrastaban contra los brutales y de aspecto demoníaco de los de Onyx. Los nobles y dignatarios de piel bronceada y cabello rubio de Peridoto, vestidos de unos colores seductores y cálidos, entraban por las puertas.

Había perdido a Mari hacía ya rato, ya que ella y un bibliotecario de Peridoto se habían escondido en una esquina, borrachos de vino de abedul mientras analizaban un antiguo texto fae. Pero no me importaba recorrer las festividades a solas. A pesar de mis quejas anteriores, me sentía muy guapa con mi vestido de seda, con la forma en que se me ceñía alrededor de las curvas y se fusionaba contra el cuerpo como si fuese la cera de una vela.

Agarré una copa de vino y le di un trago. El sabor amargo me era extraño, ya que el vino de Ámbar era conocido por su dulzura y su color caramelo. Aquella bebida era del color de las grosellas, y sentí de forma instantánea cómo se me filtraba hasta los huesos con solo dos sorbos. Me abrí paso a través de los extraños alegres y sudorosos, y me dirigí hacia la gente que bailaba. Normalmente no era muy dada a celebrar, pero el anonimato que la celebración de esa noche me otorgaba me dio un nuevo sentido de la libertad que nunca había experimentado. Sin embargo, antes de poder unirme a la celebración, algo me llamó la atención. O, más bien, alguien.

Una mujer tan increíble que era muy llamativa; delgada, con un pelo blanco lechoso y una delicada corona de flores, y se reía a carcajadas frente a cierto rey oscuro.

Kane tenía un brazo apoyado contra la pared que había tras la mujer, y sonreía con la mirada puesta en su cerveza. La risa de ella era como el repiqueteo de las campanas, ligera y melódica. Mientras él siguió contando la historia que estuviera compartiendo, la misteriosa mujer lo escuchó de forma atenta, y su mirada acompañó cada una de las palabras que salieron de sus labios. Tras una parte especialmente divertida, alargó su delicada mano para rodearle el bíceps, y antes de poder pensar en lo que estaba haciendo, mis pies me transportaron hasta ellos.

—Buenas noches —les dije, tropezándome contra ellos con demasiado entusiasmo.

Kane me observó, y me recorrió el cuerpo entero con la mirada de forma lenta y deliciosa. Pero fue la expresión que había en su rostro cuando me miró a los ojos la que me dejó sin aliento.

—Arwen. Estás... preciosa.

Nos miramos a los ojos quizá durante un momento demasiado largo, y esbozó poco a poco una sonrisa.

Pero entonces Kane pareció recordar dónde se encontraba, así que se aclaró la garganta y señaló a la mujer que había a su lado.

—Arwen, esta es la princesa Amelia. Princesa, esta es lady Arwen. Es la sanadora de nuestra fortaleza.

Amelia. Era la princesa de las Provincias de Peridoto, la península de exquisitas junglas que limitaba con Onyx, y la hija del invitado de honor de aquel banquete: el rey Eryx.

La cara me ardió de vergüenza.

—Su alteza —dije, haciendo una reverencia.

La princesa no dijo nada, pero sus ojos entrecerrados me indicaron que no le había gustado demasiado aquella interrupción.

Los tres nos quedamos allí de pie, hasta que no pude soportar más la tensión. Claramente había interrumpido un momento privado. ¿Por qué demonios había venido corriendo aquí? ¿Para arruinarle la noche a Kane? ¿No era yo la que había deseado que me dejara en paz? ¿Quien había planeado huir esta misma noche? El vino de abedul hacía que me diera vueltas la cabeza.

—Bueno. ¡Disfrutad el banquete! El carnero está excelente —les dije de forma demasiado animada, y cuando me giré para marcharme, me encogí de vergüenza.

Sentí la mano cálida de Kane enroscándose alrededor de mi brazo con facilidad, y tiró de mí hacia él.

—Su alteza —le dijo a la princesa, mientras aún estaba agarrándome—, debo hablar un instante con lady Arwen. ¿Puedo venir a buscarte en unos momentos?

—Más te vale —le dijo ella sin rastro de humor. Era tan severa como imponente.

Me encogí de hombros en su dirección, como diciéndole «a mí no me mires», y Kane tiró de mí para alejarme.

Cruzamos rápidamente el gran salón. Cuando me di cuenta de que me estaba alejando del banquete, traté de zafarme de su agarre.

—¿A dónde me llevas? Suéltame, no te molestaré más. Quiero quedarme y disfrutar del baile.

Kane me estaba ignorando, o bien no podía escuchar mis protestas con la música y el bullicio. Salimos de la gran habitación a través de un pasillo escondido, bajamos por unos escalones de piedra a toda velocidad, y nos deslizamos al interior de una bodega que había cerca.

Kane cerró a su espalda las pesadas puertas de piedra, bloqueando el sonido del banquete y bañándonos en silencio. Sentía como si tuviera algodón dentro de los oídos.

Aquel pequeño espacio olía a moho y estaba seco. Estaba lleno hasta arriba de barriles de vino, y había poco espacio para ambos allí. La impresionante altura de Kane tampoco ayudaba mucho. Me sentí diminuta, tanto en estatura como en comportamiento.

—Por todas las malditas Piedras, Kane. Esto es ridículo.

—Vaya boca, sí que pareces un marinero —se rio, y se apoyó contra la puerta.

—Deja de pensar en mi boca.

Su mirada se transformó, pasó del humor a una expresión letal en solo un segundo.

—Ah, pajarillo, me encantaría poder dejar de pensar en ello.

Me reí por la nariz.

—Eres incorregible.

—Y tú estás celosa —dijo, con una sonrisa lobuna.

—Qué ridiculez. Me das asco, yo... —hice una pausa, tratando de recomponerme. ¿Qué era lo que había sentido?—. Siento haberos interrumpido a la princesa y a ti, ha sido muy grosero por mi parte.

Me crucé de brazos, y rápidamente corregí la postura para no parecer que estaba a la defensiva.

Su mirada no reveló nada.

—Estamos en guerra. Estoy tratando de solidificar una alianza. ¿Crees que simplemente estoy de fiesta? ¿Te parece que soy un gran aficionado de los banquetes?

Apreté los labios.

—No tenía constancia de que la política en tiempos de guerra pudiera ser tan íntima.

Kane alzó la comisura de sus labios.

—Ay, pajarillo. ¿Ardiste de rabia por dentro al pensar en mí con otra mujer?

—No seas idiota. Por favor, adelante. Lo único es… ¿no es un poco joven para ti?

Kane pareció ofendido de verdad ante aquello.

—¿Cuántos años crees que tengo?

—Da igual. No importa —Traté de rodearlo para pasar, pero él me bloqueó el camino.

—Bueno, eso espero. Tienes a un hombre entre rejas justo a nuestros pies que cree que serás su esposa.

—Por supuesto, Halden. Gracias por perdonarle la vida.

—Por supuesto —dijo para imitarme, con un brillo en la mirada—. Después de todo, no soy un rey tan cruel.

—De verdad que debería de volver. Mari estará…

Una sacudida me recorrió el cuerpo entero, lanzándome contra Kane con una fuerza brutal. Me golpeé la barbilla contra su esternón, y un dolor abrasador me surgió en la mandíbula. Kane me rodeó con los brazos, protegiendo mi cuerpo cuando aquella fuerza que nos arrojó al suelo.

El vino se derramó, ya que los barriles cayeron unos contra otros y se hicieron añicos. Escuché el lejano ruido de unos gritos desde el gran salón que había sobre nuestras cabezas, y cerré los ojos con fuerza mientras el suelo continuaba temblando.

—Te tengo —gruñó Kane mientras los barriles se caían de los estantes y aterrizaban sobre su espalda.

Cada músculo de mi cuerpo estaba en tensión mientras rezaba para que el temblor parase.

Para, para, *para*.

Cuando las réplicas se detuvieron, tenía el rostro de Kane a escasos centímetros del mío, y todo su cuerpo apretado contra mí. Era abrumador, ya que podía sentirlo absolutamente en todas partes; su torso musculado aprisionando mis pechos, los muslos entrelazados, sus fuertes brazos protegiéndome la cabeza… y una mano fuerte, con la que aún me sujetaba el cuello con sumo cuidado. Con demasiado cuidado, incluso. En cuanto inhalé, él se quitó de encima de mí a la velocidad de la luz.

Analicé el daño con el corazón aún latiéndome con fuerza debido a la conmoción.

La bodega estaba totalmente destrozada.

El suelo y los estantes estaban llenos de polvo y escombros, y ambos estábamos empapados de un color rojo oscuro. Kane me miró horrorizado mientras examinaba mi cuerpo.

—¿Estás herida?

—No, solo es vino —le dije.

Pero me llevé la mano a la boca, y toqué el punto en el que me había mordido el labio al chocar. Él me agarró la mandíbula con un cuidado que casi me robó el aliento. Con el pulgar, tiró con cuidado de mi labio inferior hacia abajo para examinar la herida. Sentí que el cuerpo entero se me incendiaba debido a la intimidad del contacto.

—Ay… Lo siento, pajarillo. Bebe un poco, te lo limpiará.

Me soltó el labio para agarrar una botella intacta, le limpió el polvo y me la ofreció. Yo le di un sorbo lento sin apartar la mirada de él.

Kane soltó un suspiro tembloroso mientras me observaba darle un profundo sorbo a la botella y después la dejaba a mi lado.

—¿Qué ha sido eso? —le pregunté mientras me masajeaba la mandíbula.

Pero, un segundo después, lo entendí. La explosión de Halden. Fuera lo que fuere lo que hubiera hecho, había sido mucho mayor de lo que me había dado a entender.

Si alguien había resultado herido por culpa de esto...

—Puede que haya sido un terremoto —Kane se puso en pie y empujó los escombros para poder llegar hasta la puerta—. Quédate aquí, mandaré a Barney a buscarte.

Antes de poder negarme, empujó la puerta... y no se movió. El estómago me dio un vuelco.

—Kane.

El pecho comenzó a temblarme. Kane empujó de nuevo con fuerza, usando todo su cuerpo. Pude ver los músculos de su espalda a través de la camisa, así como los tendones de su cuello.

—Kane.

Me sudaban las palmas de las manos, el corazón me iba a mil. Kane soltó la puerta, se apartó el pelo de la cara y se crujió los nudillos. De nuevo, se lanzó hacia delante, pero no pasó nada.

—¡Kane!

—¿Qué? —Se giró hacia mí. Yo estaba de rodillas y apoyada con ambas manos sobre el suelo, tratando de inhalar algo de aire. Se apresuró a ir hacia mí, y me puso la mano en la espalda de forma tranquilizadora—. Joder. Estás bien, pajarillo. Confía en mí, el miedo no te matará. Aquí dentro hay suficiente aire.

Estaba diciendo lo correcto, todas las cosas que me había dicho a mí misma miles de veces. Las cosas que Nora había tratado de enseñarme, o mi madre cuando yo era pequeña. Pero en ese momento, no importaba. Sentía como si el pecho fuese a desplomarse hacia mi interior. El cuerpo entero me temblaba con la adrenalina, y la cabeza me daba vueltas. Tenía que salir de allí.

Y ahora. Ahora mismo.

—No puedo quedarme aquí —Traté de respirar hondo de nuevo.

—Intenta sentarte —me dijo.

Yo me moví con rapidez y me apreté con la pared. Cerré los ojos con fuerza.

—Bien. Ahora, respira profundamente. Inhala por la nariz, exhala por la boca.

En aquella habitación había aire de sobra. No me iba a quedar allí atrapada para siempre. Le apreté la mano a Kane y luché contra la necesidad de respirar en bocanadas.

—Vaya fuerza que tienes. El entrenamiento con Dagan debe de estar surtiendo efecto.

Yo asentí con los ojos aún cerrados.

—Soy tan fuerte que podría estrangularte.

Kane soltó una carcajada, y el sonido ayudó a relajarme.

—Eres muy fuerte, lo estás haciendo genial. —Aquellas palabras de ánimo hicieron que se me llenaran los ojos de lágrimas—. Cuéntame cómo me estrangularías.

—¿Cómo? —pregunté, y en ese momento abrí los ojos para mirarlo.

—Ya me has oído. Quiero saberlo, para prepararme para el ataque.

Sabía perfectamente qué era lo que estaba haciendo. Pero necesitaba la distracción, y mucho.

—Haría reír a Griffin. La sorpresa sería suficiente para distraerte, y entonces te rodearía ese cuello tan grande que tienes y te estrangularía hasta matarte.

Kane se rio en voz alta. Esa carcajada tan adictiva...

Quería comérmela, metérmela en la boca y que así nadie más pudiera escucharla.

—Sigue, por favor, este va a ser mi nuevo pasatiempo favorito. Muerte por pajarillo.

Cerré los ojos de nuevo y me eché hacia atrás.

Inhala, exhala.

—Bueno, entonces una vez que estuvieras muerto, me haría con el Reino de Onyx y lo gobernaría con Barney a mi lado.

Cuando lo escuché reírse de nuevo, abrí un ojo. Tenía incluso los ojos llorosos de la risa, y aquello me hizo sonreír. Tenía una risa tan contagiosa...

Inhalé de nuevo lentamente, y por fin, la adrenalina se disipó. Aún estaba nerviosa, pero el pulso se me ralentizó, y pude respirar de nuevo. Dejé escapar un suspiro.

—Gracias.

Él sonrió de medio lado mientras se limpiaba las lágrimas de los ojos.

—No, gracias *a ti*.

Lentamente, dibujó círculos con su dedo pulgar sobre la palma de mi mano. La sensación se suponía que debía de calmarme, pero lo que sentí fue un calor extendiéndose a través de mis venas debido al ligero contacto. Aparté la mano de la suya.

—No te preocupes, pajarillo, no estaremos aquí mucho tiempo. Estarán buscándonos. En algún momento, alguien se dará cuenta de que el rey no está.

Descansé la frente contra mis rodillas dobladas, y dejé escapar un suspiro tembloroso. Escuché cómo se levantaba, así que alcé la mirada y vi a Kane dándole un trago a una botella de vino de abedul. La alargada garganta de Kane resplandecía por el sudor bajo la tenue luz que había en la bodega mientras bebía. Le dio un último trago, y entonces alzó la botella en mi dirección.

—¿Puedo ofrecerte algo de beber?

—¿De verdad que no puedes abrir la puerta?

Se sentó a mi lado y me ofreció el vino. Vi en su rostro una expresión de preocupación que desapareció en un segundo.

—Me temo que no.

El líquido era amargo y pesado en mi boca. Bebi y bebí, con la esperanza de que la bebida aliviara algo de la tensión que había en mi cuerpo. La culpa por pasármelo bien con él apareció de nuevo. Incluso si estaba tratando de reprimir un pánico constante.

—Vale, creo que ya es suficiente. —Kane trató de agarrar la botella, pero yo seguí bebiendo hasta que estuvo vacía. Iba a necesitar toda la ayuda posible si iba a estar allí encerrada con él.

—Vamos a intentar distraernos de otra manera —dijo Kane, quitándome la botella de las manos.

Sentí rápidamente los efectos del alcohol en el cuerpo, el cual noté más suelto y vibrando con un sutil zumbido. Miré de verdad a Kane, probablemente por primera vez desde que nos habíamos quedado atrapados allí. Tenía el pelo oscuro apartado de la cara, húmedo por el sudor y por el vino derramado, probablemente. Tenía la corona ligeramente torcida. Antes de registrar lo que hacía, alcé la mano y se la puse recta sobre la cabeza con cuidado. Aquellos increíbles ojos plateados estudiaron mi rostro. Yo aparté la mirada y la dejé caer sin fuerza sobre el regazo.

—¿Vas a sermonearme sobre cómo no entiendo nada sobre el continente, y sobre lo patética que soy?

—No te subestimes, pajarillo. Nunca quise insultarte, no tienes ni idea de lo excepcional que pienso que eres.

Yo me reí por la nariz.

—Vaya frase. Confía en mí, no tengo nada de especial.

Él se aclaró la garganta y miró en dirección al techo, como si estuviera pidiéndole a alguna entidad desconocida que le concediera fuerzas. Él también debía de estar abatido por nuestro problema.

—¿Qué tenías en mente, de hecho? Para distraernos —le pregunté.

—No estoy seguro. ¿Qué hacéis tú y tu guapa amiga pelirroja para divertiros?

Se me escapó una risa de verdad, y ni siquiera estaba segura de por qué. Agarré una nueva botella que había sobre mi cabeza, y la abrí de un tirón.

—¿Qué te hace tanta gracia? —preguntó Kane—. Además de tragarte el vino más caro del castillo como si fuera agua.

Me reí aún más, y le di otro trago.

—No lo sé —dije con una risita—. Creo que es gracioso que no sepas cómo divertirte.

Kane me miró, fingiendo estar ofendido. Era tan adorable que me dolió.

—Vaya, con que vas a usar contra mí mi confesión del estanque. Solía saber cómo divertirme. De hecho, era conocido por ello.

Yo me reí por la nariz.

—Sí, bueno, esa no es la clase de «diversión» que Mari y yo practicamos juntas.

—Qué trágica noticia.

Por alguna razón, no pude resistirme, y me doblé en dos de la risa.

—Echa el freno, Kane. No eres su tipo.

—Soy el tipo de todo el mundo.

Fingí que me daba una arcada, y en aquella ocasión, Kane fue el que se rio. Fue una risa grave, que salió desde su pecho, y la sonrisa hizo que se le iluminaran los ojos.

—Lo sé, es lo peor —le dije.

—Ah… Mi pobre pajarillo celoso. Ya te lo he dicho, ya no me interesa la princesa.

Yo negué con la cabeza. Se equivocaba, no hablaba de la princesa. Me refería a m…

El cerebro dejó de funcionarme en ese momento.

—¿Cómo que *ya* no te interesa? —le pregunté sin poder refrenar el horror que sentí.

Él hizo una mueca.

—Hemos pasado algo de tiempo juntos. De forma íntima. Hace muchos años.

Solté un grito ahogado, como si fuera una actriz en una obra de teatro mala, y Kane se rio aún más fuerte. Traté de no unirme a él, pero imaginármelos juntos hacía que quisiera prenderme fuego. Imaginé el blanco y largo pelo de ella a través de las fuertes manos de él. Sus gruñidos de placer mientras se introducía en su interior…

—Arwen... —Por suerte, interrumpió aquellos asquerosos pensamientos—. No fue nada. No siento nada por ella.

—Ah, entonces, ¿la usaste?

Echó la cabeza hacia atrás, estrellándola contra los barriles de vino que había a nuestra espalda, e hizo un gesto de dolor.

—Siempre eres tan difícil... Fue mutuo, un acuerdo entre viejos amigos. Y eso fue... antes.

—¿Antes de qué? —le pregunté, y un rayo de esperanza asomó entre mis palabras.

Él bajó la mirada hacia mis labios, pero no me respondió.

Durante un momento, lo único que se escuchó fue el goteo del vino derramado, que caía sobre el suelo de piedra.

—De todas formas, no tienes derecho a estar celosa —dijo por fin, y se terminó la segunda botella—. Dado que aún estás colada por esa basura humana que hay en las mazmorras, a nuestros pies.

Pensar en Halden hizo que la alegría y la embriaguez que sentía se disiparan de forma casi inmediata.

Bajé la mirada hacia mis manos.

—No creo que esté aún ahí abajo.

—Así que no ha sido un terremoto, ¿no?

Yo negué con la cabeza.

—¿Y tú lo sabías?

No podía soportar alzar la mirada y ver su ira frente a mi traición. No le dije nada.

—Bueno, pues por su bien espero que haya escapado. Si mis hombres lo capturan, no vivirá para ver otro día.

Aparté la mirada aún más de Kane para que no pudiera ver la expresión de mi rostro, ya que eso le haría saber el dolor que me causaba pensar en la muerte de Halden.

—¿Qué querían? De las cámaras —le pregunté.

—Algo que lleva muchísimo tiempo sin estar ahí.

Kane se puso en pie y comenzó a caminar de un lado a otro en aquel pequeño espacio. Me recordó a una bestia enjaulada, con el lomo erizado y el poder emanando de él. La húmeda bodega, con el techo tan bajo, era demasiado pequeña para contener todo su ser.

Soltó una maldición entre dientes y se giró hacia mí.

—Tengo que irme mañana. Volveré tan pronto como pueda. Pero, Arwen, no vayas tras él mientras no esté. —Se arrodilló frente a mí—. El mal acecha más allá de estas murallas, esperando a que cometas un solo error.

Pensé en su petición. Había escuchado esa clase de advertencias ya antes, pero recordé lo que Halden me había dicho. «El bosque no es tan peligroso como estoy seguro que te han hecho creer».

Kane notó que no le había creído. Pude verlo en su mirada. Parecía estar en el precipicio de una decisión enormemente difícil.

—Tengo que contarte algo.

Quise insistirle para que continuara, ya que mataría por cualquier respuesta, pero sentía como si, en cualquier momento, pudiera cambiar de opinión.

—Arwen —dijo, e hizo una pausa para pasarse la mano por el pelo, exasperado—. Halden es un asesino.

DIECINUEVE

Un escalofrío nauseabundo me recorrió la espalda. ¿De qué estaba hablando? Yo negué con la cabeza.

—No, *tú* eres un asesino.

Kane miró a su alrededor, angustiado.

—Quizás eso sea cierto, pero yo no tengo la costumbre de matar a inocentes a sangre fría.

Tenía todo el cuerpo en tensión.

—Tampoco Halden.

—Es un asesino del rey de Ámbar. Él…

—Estoy seguro de que tú también tienes asesinos —le dije, y noté que el tono de mi voz aumentaba.

El rostro de Kane se endureció.

Recordé el poder tan puro que poseía, y sentí que me encogía sobre mí misma.

—¿Por qué estás tan obsesionada con compararnos? Yo no finjo ser lo que no soy. —Cuando no le respondí, su rostro se suavizó, pero el tono de su voz continuó siendo amargo—. Tu preciado rey Gareth envió a la unidad de Halden a Onyx para matar a los fae.

El cuerpo entero se me quedó agarrotado. No podía moverme, ni siquiera respirar. Apreté las manos contra el frío suelo de piedra para estabilizarme.

—No te lo conté porque entender lo que está realmente en juego es una carga. Y no deseo que te pase nada. Pero verte añorar a ese cabrón... me saca de quicio.

La habitación me daba vueltas, así como el corazón dentro de mi pecho.

—Entonces son... —Tragué alrededor del nudo que tenía en la garganta—. ¿Son reales?

—¿Cuánto sabes de ellos...? ¿De los fae?

—No mucho —admití, aún con la cabeza dándome vueltas—. Son criaturas del pasado y violentas. Dan mucho miedo, son muy antiguas, y están muy muertas.

—Hace siglos, había un reino entero lleno de ellos, y también de mortales. Pero los fae son una raza a las puertas de la extinción y, al final, su rey fue el último fae auténtico que vivió.

Me quedé totalmente petrificada. Sentía que tenía los ojos abiertos de par en par, así que traté de controlar mi respiración y mis pensamientos. El vino no me estaba ayudando mucho.

—¿Qué significa eso? ¿Un fae «auténtico»?

—Era de pura sangre, sin antepasados mortales. Pero era el último. Incluso sus hijos no eran de pura sangre, dado que la abuela de la reina había sido una bruja. La tierra en la que vivían, el Reino Fae, estaba quedándose sin recursos. Los fae rara vez tenían hijos, pero los mortales sí eran fértiles, así que, cuantos más hijos mortales nacían en el reino, más bocas había que alimentar, más hogares que construir, y más guerras que luchar.

»El reino funcionaba con un poder fae único llamado «luzal», y todos los fae nacen con él. Podía meterse en una botella y venderse, podía usarse como combustible. Puede curar, construir, destruir... Pero provenía de lo más profundo de las tierras fae, y no era infinito. Es el motivo por el que los fae no nacen aquí en Evendell.

»Cuantos menos fae había, más raro se volvía el luzal, e incluso más valioso. Muy pronto, el reino no pudo soportar la afluencia de gente, y el mundo que una vez fue mágico se transformó en un páramo árido. Del cielo llovía ceniza, los campos verdes se transformaron en tierra seca y agrietada. Había terremotos, lluvia de fuego, y los demonios que prosperaban en condiciones como esas, invadieron el reino. La gente se moría de hambre y sufría. Le rogaron el rey fae, Lázarus, que fuera más benevolente con el reino, que racionara el luzal, que encontrara otros recursos... pero él se negó.

—¿Cómo es posible que no sepa nada de esto? —Aquella historia era como una fábula. Pensé en una pregunta superadora—. O, mejor dicho, ¿cómo es posible que los académicos y los ratones de biblioteca como Mari no sepan nada de esto?

—Solo los nobles de alto rango y la realeza de Onyx conocen la verdad. Y tú.

Sentí que algo cálido se extendía por mi rostro, y el corazón se me agitó.

—¿Por qué solo en Onyx? —le pregunté.

—Cuando los refugiados del reino comenzaron a dirigirse hacia Evendell, Onyx era el reino más cercano. Algunos viajaron de forma instantánea con el luzal o con magia de bruja. Otros se prepararon para el largo y traicionero viaje a través de tierras y mares sin dueño, y muy pocos sobrevivieron. Cuando Lázarus se dio cuenta de que sus súbditos se estaban marchando, construyó una muralla para mantener allí a la gente. Los convenció de que eso los mantendría a salvo de todos aquellos que pretendían robar el luzal.

»Una vidente, una clase de fae que extrae visiones del futuro con su poder, se despertó una noche para emitir una profecía.

La vidente era una *fae*... Y la profecía de la que Kane hablaba meses atrás había sido sobre el rey fae. Pero ¿qué tenía todo aquello que ver con él? ¿O con Halden?

—Un pequeño pero poderoso grupo usó su presagio para liderar una rebelión y salvar al reino, pero no dio resultado. —Apretó la mandíbula—. Murieron miles, y en su retirada, solo unos cientos de fae consiguieron huir y llegar aquí a Onyx, para empezar de nuevo. Lo cual quiere decir que aún hay fae y mestizos en este reino a día de hoy.

El horror que sus palabras me produjeron hizo que me latiera el corazón de forma irregular.

—¿Cómo consiguieron salir? —le pregunté.

Su mirada se volvió afligida.

—Gracias a un enorme costo personal.

Los pensamientos me iban a mil. Todo este tiempo, y los fae habían sido reales. Y algunos incluso vivían aquí, hoy en día, en Onyx.

Negué con la cabeza, ya que no era capaz de encontrar las palabras adecuadas para mi asombro.

—Tengo unas cien preguntas —le dije, mirando fijamente los barriles de vino que había frente a mí. Kane me respondió con una sonrisilla que claramente decía «vaya sorpresa»—. Pero ¿qué tiene que ver esta lección de historia con Halden?

Su mirada se encendió.

—Hace unos tres años, mis espías me informaron de que el rey Gareth había hecho un trato con el rey Lázarus.

La sangre se me congeló en las venas.

—¿Aún está vivo...?

—Cualquier fae que sea al menos mestizo puede vivir durante muchísimo tiempo. Lázarus probablemente ha superado el milenio. Le prometió a Gareth y a sus más altos dignatarios un poder inconmensurable, riquezas y luzal, a cambio de tierras frescas y libres de gente.

—¿Cómo...?

Pero no podía ni terminar la frase. Un horror inimaginable me embargó. Agarré otra botella de vino de abedul.

—Lázarus no tendrá ningún problema en arrasar un reino mortal entero hasta dejar solo las cenizas si eso significa un nuevo comienzo para los fae que quedan en su reino —dijo Kane, que observaba un hilo de vino derramado que se abría paso lentamente a través del suelo polvoriento de la bodega.

—Así que ¿destruye su propio mundo por su codicia, y ahora que no le sirve de nada, quiere quedarse con el nuestro?

Kane apretó la mandíbula.

—Exacto. Traté de convencer a Gareth de que no podía confiar en Lázarus, de que yo podía darle las riquezas que quisiera. Pero ese imbécil no se dejó convencer. Ahora, Lázarus y Gareth están consiguiendo aún más aliados para traer la guerra a Evendell.

—Aún no entiendo por qué Gareth y Lázarus querrían asesinar a los fae. ¿No son acaso la gente de Lázarus? ¿Sus súbditos?

Kane dejó escapar un pesado suspiro.

—Son sus *desertores*. Cualquier fae que haya en Onyx o en cualquier otro lado es la prueba viviente de aquellos que escaparon de su reino. —Kane se pasó la mano por la mandíbula mientras pensaba—. Es un rey muy vengativo. Probablemente haga que lo que pensabas sobre mí te parezca ahora un juego de niños.

Sentí la culpa brotando en mi interior.

—¿Es ese el motivo por el que Onyx atacó a Ámbar? ¿Aquellos que tienen sangre fae viven en tu reino, y Gareth los estaba asesinando?

¿No había dicho Halden algo parecido? Sentía como si mis pensamientos estuvieran tan enmarañados como una sábana. No podía creerme que Halden me hubiese mentido… Quería propinarle un puñetazo en la cara.

—En parte, sí. Es aún más complicado que eso.

Siempre lo era…

—¿Por qué estás aquí, entonces? ¿Por qué no estás en Willowridge, protegiendo a tu gente?

Kane se pasó la mano por la cara, arrepintiéndose de forma clara de su decisión de compartir aquello conmigo.

—El rey fae quiere atraparme. Incluso más que a sus desertores. Mantengo a la ciudad a salvo estando aquí, en la fortaleza. Lejos de ellos.

Un miedo como nunca había sentido se abrió paso en mi interior. Miedo de mi propio rey, Gareth, de lo qué ocurriría si su ejército se apoderaba del castillo.

—¿Estamos a salvo aquí?

—Por ahora. A no ser que cierto cretino le diga al rey Gareth que estoy aquí.

Aquella no era una respuesta muy reconfortante.

—Genial —le dije, con la voz cargada de sarcasmo—. Acabo de ayudar a liberar a un asesino que ha estado matando inocentes, y tengo el placer de ser prisionera en un castillo que está destinado a caer en cualquier momento a manos de un cruel rey fae por culpa de ello. Estoy en racha.

Kane resopló.

—Tú y yo sabemos que hace mucho que no eres una prisionera. Y, aun así, te has quedado.

La punzada de culpa que ya me era familiar me atravesó el pecho de nuevo.

No debería de decírselo.

No *tenía* que decirle nada.

Y, aun así, las palabras luchaban por abrirse paso en mi boca, mientras él me observaba con curiosidad.

No. Él me había ocultado muchísimas cosas, no le debía nada... ¿Por qué sentía como si tuviera que...?

—Iba a irme —solté—. Esta noche.

Maldito sea el vino.

Kane tenía una expresión ilegible.

—Pero he acabado atrapada aquí, así que seguramente Halden ya se habrá marchado sin mí. —No habría sabido que Kane estaba furioso de no haberle mirado las manos. Tenía los nudillos blancos de apretarlas y aflojarlas una y otra vez—. No entiendo por qué te importa tanto, no soy de tu propiedad.

—Ya lo sé —dijo, exasperado.

—Y te agradezco que estés tratando de dar con mi familia, y no soy tan infeliz viviendo aquí como sanadora como pensaba que sería, pero tienes que entenderlo… Halden es como de la familia para mí, tenía que marcharme con él si tenía la oportunidad.

—Lo sé.

—Y acababa de…

—Arwen —dijo, y se giró para mirarme. Su expresión era más de frustración que de ira—. No estoy enfadado porque planearas marcharte. Me cabrea que ese imbécil te haya dejado atrás.

Me quedé totalmente perpleja. Y aquella confusión no era culpa del vino.

—¿Cómo? ¿Querías que me marchara con un asesino de fae?

Los labios de Kane se arquearon ligeramente.

—No —me dijo, armándose de paciencia—. No importa.

Negué con la cabeza.

Estaba enfadado por… mi honor.

Casi solté una carcajada.

Después de todo, había resultado que no era un monstruo. Para nada.

—Entonces, todo lo que pensaba sobre ti… Lo que el continente entero piensa… La guerra que libraste… ¿Era todo para luchar contra ese rey fae?

—Bueno —dijo, algo arrepentido, aunque apareció una sonrisa en su rostro—. No creas que todo son virtudes. Sigo siendo un poco cabrón.

Ni siquiera podía esbozar una sonrisa ante aquello, ya que aún trataba de hacer encajar las piezas en mi cabeza.

Los fae, la guerra inminente, el rey incluso *más* malvado. La profecía…

Recordé las palabras que había dicho él, las que había recordado tantas noches durante mi estancia en la Fortaleza Oscura…

«Conoces las palabras de la vidente tan bien como yo. El tiempo se nos agota, comandante. Nos queda menos de un año».

—¿Qué decía la profecía?

—Esa es una conversación para otro momento. —Bajó la mirada de forma cansada por mi garganta—. Uno en el que estemos más sobrios.

Yo asentí. Ya era suficiente información, ni siquiera estaba segura de poder aguantar más.

Kane terminó la siguiente botella de vino de abedul, se apoyó contra la pared a mi lado, y cerró los ojos. Pasaron los minutos de forma pausada, como si fuesen gotas de agua deslizándose por un vaso. La cabeza me daba vueltas con todo lo que había malinterpretado, pero no pude soportar ya más el silencio.

—Parece como si lleváramos aquí dentro un siglo —le dije, y lo miré. Estaba descansando, y su rostro era impecable, como si hubiera sido tallado por las mismísimas Piedras.

Me pregunté si estaría aliviado por haber podido compartir tanto conmigo, o si lo habría asustado la intimidad de ello. Quizá lo hiciera sentir débil, tal y como él había temido.

—Sí —dijo él, con los ojos aún cerrados—. ¿Por qué me miras fijamente?

Aparté la mirada de forma instantánea.

—No estaba mirándote.

—Bueno, es lo justo. Yo te miro fijamente muy a menudo… La mayor parte del tiempo parece que no soy capaz de mirar nada más.

Me giré para mirarlo de nuevo, y él estaba también mirándome, tal y como había dicho. Aquello hizo que nuestros rostros estuviesen demasiado cerca. Tenía que apartarme, pero me sentía inexplicablemente atada a su mirada. Estudió mis ojos con los suyos de forma inquieta. Aquel color pizarra sobre un verde oliva. El corazón me martilleó dentro del pecho.

Alzó la mano hasta tocarme la cara con cuidado, como si no quisiera asustarme. Pasó el pulgar por mi mejilla, y dejé escapar un sonido involuntario.

La expresión de Kane cambió. Sabía que aquello que veía en su mirada era deseo, y que tan solo reflejaba el deseo que yo también sentía. No podía negarlo ya más. La atracción que sentía por él era como un dolor apagado que jamás me abandonaba. Me pasé la lengua por el labio inferior, esperando que aquello le dijera lo que quería. Si hubiera sido un poco más valiente (o si hubiera bebido un poco más de vino), quizás habría dado el paso yo misma. Pero había algo en él que aún me asustaba, solo que quizás ahora las razones fueran diferentes.

Él observó cómo mi lengua pasaba sobre mi labio y en respuesta, metió sus dedos entre mi pelo, sosteniendo mi mejilla. Apretó lo suficiente como para hacer que los dedos de mis pies se enroscaran. Debí de emitir un gemido, porque él se acercó aún más, hasta que pude sentir su aliento contra mis labios. Olía a vino, cuero y menta. Cerré los ojos y me incliné hacia él.

—Ay, joder, por todas las Piedras —dijo una voz masculina y exasperada desde la entrada, la cual de repente estaba abierta.

Me sobresalté y rápidamente me aparté de Kane, quien se quedó perfectamente quieto, en el suelo. La entrada estaba abarrotada, con Griffin y unos cuantos soldados y guardias allí de pie.

—Comandante —lo saludó Kane de manera informal—. Ya era hora.

Tras dejar la bodega, Kane me mandó a la enfermería mientras Griffin y él evaluaban los daños. Por suerte, muy pocos habían resultado heridos por la explosión. Atendí a algunos invitados de la fiesta de Peridoto y de Onyx que habían resultado conmocionados, y a dos guardias de la prisión que se habían llevado la peor parte de las quemaduras por la explosión de Halden. Puede que no fuera mi mejor trabajo, ya que estaba algo ebria, pero, por suerte, mi habilidad para curar era como una segunda naturaleza para mí. No volví a mi habitación hasta altas horas de la madrugada.

Abrí la puerta que daba a mis aposentos con los pies doloridos.

Sentí al instante su presencia bajo la tenue luz de la habitación. Kane estaba tumbado en mi cama con la cabeza apoyada sobre una mano. Era la imagen misma de la comodidad.

—Si me dieran una bolsa de dinero cada vez que te encuentro en un sitio donde no deberías estar, sería una sanadora muy rica ya.

Se le escapó una risa.

—¿Qué tal ha ido en la enfermería?

Me quité los zapatos, ya que tenía los pies destrozados, y me eché en la cama a su lado, aún vestida.

—Agotador. Y puede que haya operado a unos soldados un poco borracha. Pero son fuertes, y, además, ¿quién necesita los cinco dedos de la mano? —Kane me observó horrorizado, hasta que solté una risa—. Es broma. Todos parecen estar bien, aunque algo conmocionados.

Suspiré, y estudié los nudos de la madera del techo. Él hizo lo mismo.

—Me alegra saberlo.

Me giré para mirarlo.

—Entonces, ¿ahora qué?

—Mis mejores espías están rastreando a los hombres de Ámbar en este momento. Mañana, Griffin y yo iremos tras cualquier pista que encuentren. Tenemos que alcanzarlos antes de que informen a Gareth o a Lázarus sobre mí, o sobre la Fortaleza Oscura. La fortaleza entera y los nobles de Peridoto creen que la perturbación ha sido por un accidente en las cocinas. No hay mucho más que podamos hacer esta noche.

—Y yo... ¿estoy en problemas? —pregunté, y me preparé para lo peor.

—Si te soy sincero, pajarillo, solo me culpo a mí mismo. Debería de haber sabido que amenazar a alguien que te importa no es el camino a seguir. Amas con demasiada intensidad.

Quería recordarle que no quería a Halden, pero entonces me di cuenta de que él no se refería a amor romántico. Me dejó atónita su tolerancia hacia mi traición.

—Bueno... Siento mi participación en esto. Si hubiera sabido quién era... —No tenía ni idea de cómo terminar aquella frase.

Kane tan solo asintió y centró la mirada una vez más en los listones de madera del techo.

—Tengo tantísimas preguntas sobre lo de antes... Sobre la historia de los fae. Mari probablemente se moriría de curiosidad.

Kane sonrió, pero no dijo nada más, y yo no pregunté. Tal vez sintiera que, después de lo que había hecho para ayudar a Halden a escapar, no tenía derecho a interrogarlo.

Nos quedamos allí quietos, en un cómodo silencio, durante un rato. No estaba segura de si era el vino que aún fluía por mi interior, o lo tarde que era, pero no encontré dentro de mí ni una pizca de odio hacia Kane, ya no.

Lo cierto era que probablemente llevaba sin odiarlo de verdad desde el día que habíamos pasado en el bosque.

—Cuéntame algo de Abbington.

Aquello me tomó desprevenida, y me puse algo tensa.

—Ya te lo he contado casi todo. ¿Cómo lo llamaste? ¿Un «montón de cabañas»?

Pero él negó con la cabeza y me miró a los ojos.

—No, cuéntame lo bueno... Cuéntame qué te gustó de crecer allí.

Fue más fácil de lo que pensaba volver al claro que había tras nuestra casa, a las calles adoquinadas, a las casitas y caseríos. Podía oler el aire fresco, la cosecha de maíz constante durante todo el año, el humo que salía de mi té de arándanos y manzana, caliente en contraste con mi fría cocina.

—No era para nada sofisticado, no teníamos la elegancia que tenéis incluso aquí, en mitad del bosque. Pero todo el mundo era amable e intentaban ayudarse los unos a los otros. Las tabernas eran acogedoras y estaban llenas, los atardeceres por encima de las montañas eran espectaculares todos los días. No sé... era mi hogar.

—¿Y tu familia? ¿Cómo son?

—Leigh, mi hermana pequeña, es un peligro. Es demasiado lista para su edad, y siempre dice lo que se le pasa por la cabeza. Pero es inteligente e ingeniosa. Y me hace reír de verdad. Te caería bien. Ryder es encantador. Tiene el tipo de confianza en sí mismo que haría que incluso los charlatanes le hicieran caso. Nunca he conocido a nadie que no se haya quedado totalmente prendado de él. Incluso nuestros padres. Y mi madre… —Me giré para mirar a Kane, y su expresión se había vuelto nostálgica. Sentí una punzada en el corazón que hizo que perdiera el hilo.

—¿Tu madre?

Me aclaré la garganta.

—Solía cantar mientras cocinaba, cuando estaba mejor de salud. Siempre se inventaba unas canciones que no sonaban bien del todo, y trataba de hacer rimar «apio» con «simpático», y cosas así. —Sonreí, a pesar de que sentí cómo se me cerraba la garganta—. Hacía que todo fuese mejor. Cada día malo en la escuela, cada astilla que me clavaba, cada vez que me asustaba tanto que no podía respirar… Lleva enferma toda mi vida, y jamás se quejó. Ni una vez.

—Lo siento —dijo Kane, con una mirada casi afectada—. Siento lo que esta guerra le ha hecho a tu hogar y a tu familia. Te juro que los encontraré algún día. —Yo asentí, ya que le creía—. Y, algún día, cuando derrotemos a Lázarus, reconstruiré todas las ciudades y aldeas que cayeron, como la tuya. Reconstruiré las casas y curaré a los heridos.

—Con eso último puedo ayudarte —le dije, pero entonces me di cuenta de que sonaba patética. Prácticamente le estaba rogando que me mantuviera cerca, que me llevara con él.

Sus ojos se iluminaron con una nueva expresión. Era algo que no entendía del todo, pero desapareció a la velocidad de la luz.

—¿Curar a la gente es tu cosa favorita, pajarillo? ¿O lo haces simplemente porque es un don?

—Sí que me encanta curar a la gente. Y me gusta que se me dé bien. ¿Es eso presuntuoso?

Esbozó una sonrisa.

—Por supuesto que no.

—Pero mi cosa favorita es... correr. Me encanta. Si pudiera, correría cada mañana y cada noche. Dormiría como un bebé. También me encantan las flores. Creo que habría disfrutado siendo una herborista. Y Mari me ha aficionado a leer. Me gustan las historias de amor y los cuentos épicos y fantásticos sobre piratas y conquistadores.

Él resopló, divertido.

—¿No te gusta leer? —le pregunté.

—Sí que me gusta. —Alzó la mano para capturar un mechón de pelo marrón que se había escapado, y me lo metió detrás de la oreja. Sentí mi cuerpo entero encendiéndose como si fuera una cerilla. Me obligué a mí misma a calmarme, pero moví los pies, y estaba segura de que se dio cuenta—. Pero, como dijiste antes, soy viejo y aburrido. Me gustan los libros sobre política.

Fingí que me moría lentamente de aburrimiento, lo cual hizo que sonriera de una forma preciosa.

—Vale. ¿Qué más te gusta?

Necesitaba más. Me encantaba aprender más cosas sobre la parte de Kane que no era ser un rey malvado. Lo imaginé en otra vida untando mantequilla sobre el pan y leyendo un libro gigantesco y aburrido en alguna cabaña junto al mar, mientras unos bebés dormían en la habitación contigua. Traté de no pensar en si yo estaba en algún lugar de esa cabaña o no, dándome un baño espumoso.

—Bueno, ya sabes que me encantaba tocar el laúd cuando era niño. También me gustaba jugar al ajedrez con Griffin. Es el único que puede ganarme.

—Qué rey tan humilde estás hecho —bromeé.

—Lo cierto es que ya no hago muchas cosas por diversión.

Aquello me puso insoportablemente triste.

—Bueno, pues tendremos que remediarlo. Cuando la guerra se acabe y puedas tomarte algún tiempo de tus deberes de rey, te llevaré a mi colina favorita junto a mi casa en Ámbar. No hay nada que no lo puedan arreglar una jarra de sidra y un atardecer sobre la plaza del pueblo en Abbington.

—Se te da muy bien eso.

—¿El qué?

—Ser positiva de forma incansable.

Una sonrisa amenazó con aparecer en mis labios.

—No suena a que sea algo bueno.

—No hay nada más valioso en un mundo tan oscuro como el nuestro.

Ambos estábamos de costado en ese momento, mirándonos el uno al otro.

Había muy poco espacio entre nosotros y, de alguna manera, también demasiado. Era una tortura. Me devané los sesos para ver si se me ocurría otra pregunta con la que romper la tensión.

—La última vez que me visitaste de sorpresa fue cuando aún pensaba que eras un prisionero. ¿Por qué fuiste a visitarme esa noche?

—¿A qué te refieres?

—La primera vez que nos conocimos, estabas en las mazmorras para manipular a alguien para que te diera información. La segunda vez, necesitabas ayuda médica. Soy la única sanadora, y pensaste que quizá no te ayudaría si admitías que eras el rey... Así que, vale, tiene sentido. Pero la tercera vez estabas fuera de mi celda, esperándome. Me dijiste que estabas comprobando si aún planeaba huir, pero no te creí en ese entonces, y no estoy segura de hacerlo aún... Así que ¿por qué?

Él se pasó la mano por la mandíbula, pensativo.

—Lo que te dije aquella noche es cierto. Estaba lidiando con algo... desagradable. Después, creo que simplemente quería... estar cerca de ti.

El pulso se me aceleró, pero esperé a que dijera algo más. Más, más, *más*.

—Pero no quería ir siendo el rey al que odiabas, sino el hombre al que sí tolerabas. —Él negó con la cabeza y suspiró—. El hombre al que yo toleraba.

Entonces yo había tenido razón después del día en el que habíamos echado la carrera hacia el estanque.

El comportamiento monstruoso era intencionado, para presentarse ante los demás como él se sentía por dentro. Escogí mis siguientes palabras con cuidado.

—Hace tiempo me dijiste que quizá no me tenía a mí misma en muy alta estima. —Las mejillas me ardían ante la confesión, pero seguí hablando—. Me dijiste que pensaba que mi vida valía menos que la de mi hermano. Hace un tiempo me di cuenta de lo poco que me he defendido a mí misma, o pensado en mí misma, durante muchísimos años. ¿Es posible que sufras de un problema parecido…?

Kane entrelazó su mano con la mía. Tenía la palma áspera y calentita, y su mano era el doble de grande que la mía.

—Qué pajarillo tan perspicaz. Aunque me temo que mi condición es mucho peor. Tú has estado rodeada de personas que te han dicho esas cosas horribles. Tontos e imbéciles, todos ellos.

Vi claramente que le costaba decidirse a decir lo siguiente, así que esperé pacientemente.

—He hecho daño a mucha gente, Arwen. Allá donde voy siembro el dolor y el sufrimiento en todos. Y, en ocasiones, afecta a aquellos que más me importan.

Sabía que era cierto, pero era peor cuando era él quien lo admitía.

—Siempre hay un nuevo día, Kane. Una nueva oportunidad de arreglar las cosas con esa gente.

—No, no lo hay.

Sus ojos serios brillaron bajo la luz de las velas, y yo solté un lento suspiro.

—¿No es eso un poco… tajante? Todo el mundo es capaz de redimirse.

—Están muertos, Arwen. Por mi culpa. —Me quedé mirándolo ante la crudeza de sus palabras. El desprecio por sí mismo y el dolor que impregnaba sus palabras… No era de extrañar que él mismo pensara que era un monstruo—. No hay redención posible para mí —dijo, apartando la mano de la mía—. Solo venganza.

—Suena a una manera de vivir muy solitaria.

—Sí —dijo, como si se mereciera tal existencia.

La culpa y la ira que había en su voz casi me dejaron sin aliento.

—¿Es por eso que…? —Era una pregunta muy delicada para formular, pero llevaba queriendo hacérsela demasiado tiempo—. ¿Por lo que nunca has tomado a una reina?

—No estoy seguro de que nadie merezca ese castigo —dijo, y soltó una risa amarga—. Incluso para mí y para mi «amor por la tortura», como a ti te gusta decir… Nadie merece sufrir el destino eterno de ser mi esposa.

Un Kane que se odiaba a sí mismo… esto sí que era nuevo.

O a lo mejor no. Me di cuenta en ese momento de que, hasta esa misma noche, no lo había conocido del todo.

Se incorporó un poco.

—Por si sirve de algo, a Griffin le gustan mucho más las tácticas que tú siempre dices que tanto me gustan. Sus padres eran militares y muy estrictos. Una vez me sugirió que te hiciéramos hablar de esa manera. —Ante aquel recuerdo, los ojos de Kane se oscurecieron se forma agresiva, y se me aceleró el corazón.

—¿Que me hicierais hablar? ¿Para sonsacarme el qué?

—Hace años robaron una espada de mi cámara. Griffin pensó que tal vez tú supieras algo, dado que nuestra última pista se perdió en Ámbar. Es lo que tu *amante* de cerebro de mosquito estaba buscando —dijo, haciendo una mueca ante la palabra «amante».

Estaba harta de que Kane asumiera que Halden y yo habíamos estado juntos de esa manera, ya que no era cierto. Especialmente ahora que sabía de lo que él era capaz.

—Nunca fue mi amante. No hicimos… —Inhalé de forma incómoda.

—Ah.

—Yo no he… Con nadie.

Aquel día en la sala del trono, él había estado en lo cierto. Y había algo en la hora tan tardía, así como lo cerca que estábamos en la cama, que me arrancaba confesiones íntimas de lo más profundo de mi ser. Tal vez aún estuviera ebria.

Su expresión era ilegible, pero al menos tuvo la decencia de seguir adelante tras mi innecesaria confesión.

—Pero sí que sentías algo por él.

—No estoy segura. Creo que era lo que se esperaba de mí, y yo quería ser con todas mis fuerzas lo que mi familia quería que fuera. Aunque no sentí nada cuando nos besamos en las mazmorras.

Mierda. Definitivamente, seguía ebria.

La mirada de Kane fue como una cuchilla pasándome por encima, y apretó con fuerza la mandíbula.

Yo hice una mueca.

—¿Qué?

—Joder —suspiró él, y se pasó la mano por el rostro—. Quiero destruirlo por completo por haber tenido la oportunidad de tocarte, y ya no digamos de besarte. Me pone enfermo. —Apoyó la cabeza sobre su propia mano—. ¿Desde cuándo me he convertido en un adolescente celoso?

El corazón me latió con fuerza, y luché por no esbozar una sonrisa. Estaba volviéndome adicta a sus confesiones.

—Pero, si lo recuerdo bien, yo… «no soy exactamente tu tipo», ¿no?

La cara se le descompuso, y frunció el ceño.

—No estoy seguro de qué me llevó a decir aquello.

—Creo que acababa de insultarte.

—Ah, sí, una de las muchas cosas atractivas que tan bien se te dan.

La palabra «atractiva» saliendo de sus labios dejó una huella en mi cerebro, como si fuese un sello de cera. Me sonrojé, y en ese momento deseé que mi habitación estuviese incluso más a oscuras. No había forma de esconderme estando tan cerca de él. Su piel dorada resplandecía bajo la suave luz de las velas. Era casi alarmante lo guapo que era así de cerca.

Kane me miró con sinceridad.

—Fue algo muy grosero que decirte, y ciertamente fue mi instinto de supervivencia el que me llevó a decirlo. Perdóname, Arwen. No hay nada que esté más lejos de la realidad que eso.

Quizá debería de decirle lo que sentía. Pero era demasiado como para empezar a compartirlo, mucho más grande que yo misma. Más grande que él.

Ciertamente, me aterraba.

Lo único que sabía a ciencia cierta era que confiaba en él más de lo que jamás había esperado, y que quería contarle mis planes para conseguir la raíz de madriguera durante el eclipse del día siguiente. Tal vez podría ayudarme a entrar y salir del bosque a salvo e indemne.

Pero no tenía energía suficiente como para discutir con él si pensaba que sería poco seguro. Después de todo lo que me había contado sobre el rey fae y el bosque más allá del castillo, dudaba que quisiera arriesgar la vida de más de sus guardias, o incluso la suya propia para conseguir una sola raíz para mi madre, a quien probablemente no vería nunca jamás, y para una poción que quizá no funcionaría.

Los párpados me pesaban tanto que se me cerraban los ojos, y también me pesaba la cabeza por el vino y la cantidad de información que había recibido esa noche.

Kane pasó los dedos de forma lenta a través de mi pelo, y aquello hizo que se me cerraran aún más los ojos, y que mi mente se ralentizara.

Le preguntaría lo de la raíz de madriguera a la mañana siguiente.

VEINTE

L os golpeteos que había dentro de mi cráneo eran como una intolerable cacofonía de dolor. Era como si mi cabeza fuese un sótano, y encima de mí hubiese un baile de gigantes. De gigantes torpes y borrachos.

Solté un quejido cuando trastabillé fuera de la cama y, ya en el baño, me eché agua tibia en la cara. El verano había llegado ya del todo, y estaba sudando a pesar de la hora que era. Había dormido hasta casi la tarde, y después me quedé echada sobre la cama hasta el atardecer, incapaz de moverme y repasando todo lo que Kane me había dicho la noche anterior tanto en la bodega como después.

Las preguntas que Halden me había hecho en las mazmorras ahora estaban tan claras... Me pregunté cuánto le había contado Gareth de sus planes para vender todo Evendell a Lázarus. Una pequeña parte de mí me decía que, probablemente, Halden lo sabía todo, y aun así luchaba por ese hombre.

Me sentía tremendamente culpable por haberlo ayudado a escapar y, aun así, Kane no se había burlado de mis elecciones, ni me había amenazado con castigarme. Literalmente había cometido traición, y todo lo que él sentía era rabia por mí. Estaba furioso de que alguien me hubiese dejado atrás.

Lo cierto era que estaba más furioso de lo que yo había estado. Incluso antes de que Kane revelara la verdad sobre Halden y sobre los fae, ya había sabido que nunca había sentido nada por Halden, no como lo que había sentido por Kane en los últimos meses. Lo cierto era que algo de lo que había sentido había sido puro odio, pero... aun así. Era increíble cómo, en el poco tiempo que había pasado fuera de Ámbar, los sentimientos de toda una vida que había tenido por aquel chico de pelo rubio habían cambiado por completo. Lo que en una ocasión había parecido algo inconmensurable y cargado ahora era un recuerdo borroso, de la misma forma que alguien podría recordar su primera novela o la primera vez que comió chocolate, y pensó que era lo mejor que el mundo podía ofrecerle. No sabía cuántas otras facetas de mi anterior vida sufrirían un cambio similar.

Para cuando me desperté con el sol poniéndose, Kane ya se había marchado, como ya sabía que haría, y lo agradecí. Necesitaba hablar con Mari. Ella no sabía que yo aún estaba allí, ya que, hasta donde ella sabía, yo debía de haberme marchado ya con Halden y los demás. Tenía que contarle todo lo que Kane me había contado, y también que casi nos habíamos besado. Conociendo a Mari, eso último le interesaría incluso más.

Leigh habría estado increíblemente entusiasmada. El chico que le gustaba de Abbington puede que hubiera tenido razón, después de todo. A excepción de lo de las alas, probablemente sí que había fae en el reino. Pero, al pensar en Leigh, me quedé totalmente helada.

Mi madre. El eclipse. Mierda, me había quedado dormida y era muy tarde.

Mierda, mierda, mierda.

El eclipse era esa noche. Agarré mi bolsa y metí dentro los pantalones de entrenar. ¿Cómo podía haber sido tan estúpida? Estaba tan ebria del vino y ocupada con mi propio cuasirromance con un rey oscuro que casi se me había pasado la oportunidad de salvar a mi propia madre.

Tenía que concentrarme.

Si fallaba esta noche, tendría tiempo de sobra de mortificarme durante un año entero hasta que la luna decidiese ocultarse de nuevo.

Tenía que encontrar a Kane, y rápido. Él había sido sincero conmigo la noche anterior, así que yo también debía de ser sincera con él. Le pediría que me llevara hasta el lugar donde brotaba la raíz de madriguera. No era tan valiente como para enfrentarme al bosque sola de noche, y él era la única persona en la que confiaba para llegar hasta allí a salvo.

Cuando llegué a la sala del trono, los guardias que había en la puerta me observaron con una mirada helada. Y no los culpaba, ya que la noche anterior se habían escapado tres prisioneros. Yo también estaría algo tensa.

—Buenas tardes. Me gustaría solicitar una audiencia con el rey. ¿Podéis decirle que es Arwen Valondale?

—No se encuentra aquí, lady Arwen.

—Y ¿dónde puedo encontrarlo? ¿O al comandante Griffin?

El guardia más alto miró al otro, que tenía un bigote. El del bigote negó con la cabeza.

—No están en la Fortaleza Oscura, señorita —dijo el guardia alto.

El corazón me dio un vuelco.

—Bueno, y ¿dónde están? ¿Cuándo volverán?

Pero entonces, lo recordé. Kane me había dicho que irían a buscar a Halden.

Mierda.

El exceso de vino de nuevo era mi mayor enemigo.

El guardia del bigote ensanchó la postura y puso las manos sobre las caderas, como si estuviera tratando de intimidar a un animal.

—Creo que sería mejor que se marchara.

Podría haber discutido con ellos o rogarles que me dieran más información, pero el tiempo se me agotaba. Di media vuelta y corrí en dirección a la botica.

Los farolillos de la pequeña habitación estaban todos apagados.

—¡Dagan! —grité, pero el eco que me llegó de mi propia voz rebotando contra las paredes de madera me indicó que estaba completamente sola. De todas formas, habría sido difícil convencerlo.

Miré a través de las ventanas de vidrieras, y allí estaba la retorcida luna en el cielo. Tenía una hora, como mucho. La luz de la luna plateada resplandeció sobre algo en el rabillo del ojo, y me giré. Allí estaban la espada de Dagan y su funda, metidas en un armario. Debía de haberlas dejado allí esa mañana, cuando yo no había aparecido para la lección diaria. Hice una nota mental para disculparme por aquello, y por lo que estaba a punto de hacer. Agarré la pesada arma, me la puse cruzada en la espalda, y me marché hacia los establos.

Una vez allí, guie a una yegua fuera de su compartimento, y esperé que no se escucharan demasiado los cascos sobre el camino de tierra, aunque a mí me lo pareciese. Entrecerré los ojos para observar el despejado aire de la noche, pero tan solo pude ver a un par de guardias. La puerta norte era mucho más pequeña que la entrada del castillo, ya que daba a una parte más densa del bosque. Más allá del bosque, había un conjunto de montañas, y aquello hacía que fuera mucho más difícil que los enemigos pudieran acceder por esa entrada.

Tenía que pensar en algo, y rápido. La luna ya estaba alta en el cielo, y no tenía ni idea de cómo conseguir pasar con un caballo junto a los seis guardias o así que había en la puerta. Probablemente podría encontrar la manera de pasar yo sola, pero la yegua no era una opción.

Quizás eso fuera… El caballo era imposible de esconder, pero podría servirme de distracción. Tendría que correr para llegar al claro a tiempo, pero tenía una oportunidad. Sin parar a pensármelo de nuevo, me disculpé en voz baja con la yegua, y le di una palmada en los cuartos traseros.

Echó a correr como si fuese una criatura poseída. Los guardias la siguieron tratando de agarrar las riendas, pero la pobrecilla estaba aterrada y no había manera de capturarla. Esperé que se portaran bien con ella cuando la devolvieran a los establos.

Una vez que hubo un solo guardia aún junto a la puerta (ya que los demás estaban tratando de atrapar al caballo fugitivo), salí corriendo. Si podía atravesar las puertas de metal antes de que me capturase, sabía que podría huir de él. Para cuando los soldados de Onyx consiguieran montarse en sus caballos y atraparme, yo ya me habría hecho con la raíz de madriguera. Ya me enfrentaría a las consecuencias más adelante.

Me moví rápidamente pegada a las esquinas oscuras del exterior del castillo. Ya casi estaba junto a las puertas cuando me tropecé y caí hacia delante. Aterricé con fuerza sobre la muñeca, y sentí un dolor instantáneo y abrasador.

Pero eso tendría que esperar a más tarde.

Podría curarme la muñeca una vez que tuviese la raíz de madriguera. Miré a mi espalda, y vi la trampa de metal con forma de pico que había hincada sobre la hierba. Estaban esparcidas por todo el patio que rodeaba la puerta norte. Así que tenía menos vigilancia, pero no por ello estaba menos protegida. Debería de haberlo sabido.

Me puse en pie...

Y el estómago me dio una vuelta de campana.

Me encontré cara a cara con el guardia. Era el mismo joven de mejillas rosadas y barba rubia del día en que Mari me ayudó a visitar a Halden en su celda.

Me mentalicé para que me arrestara y me llevara de vuelta al castillo, y posiblemente a las mazmorras.

Abrí la boca, preparada para explicarlo, pero dudé.

Tenía una expresión... vacía.

No dijo absolutamente nada, simplemente me miró fijamente. O, más bien, no me miró *a mí*. Casi parecía que miraba... *a través* de mí.

Como si yo no estuviera allí de pie frente a él, cubierta de tierra y agarrándome mi propia muñeca, el guardia frunció el ceño mientras miraba algo que había a mi espalda, y fue hasta el lugar donde me había caído. El guardia le dio una patada a la trampa de metal con el pie, confuso. No tenía ni idea de cómo era posible que hubiese tenido tanta suerte, pero no pensaba quedarme allí para averiguarlo. Salí disparada a través de la puerta y hacia el claro.

Mientras corría, lo entendí: el hechizo de Mari nunca se había roto. Tenía que acordarme de decirle que su «simple hechizo de ocultación» quizás había funcionado demasiado bien. ¿Había sido por el amuleto de Briar? Quizás había llegado el momento de devolver el objeto encantado al estudio de Kane.

El Bosque Oscuro era mucho más siniestro de noche. Las ramas retorcidas formaban sombras monstruosas, y los arbustos espinosos me rasgaron la ropa al pasar. También hacía mucho más frío. A pesar de estar ya en mitad del sofocante verano, el antiguo y encantado Bosque Oscuro se enfriaba por la noche, y vi que una gélida neblina me rodeaba los pies. Deseé haber traído el abrigo de zorro, tanto para calentarme como para que me reconfortara. Como si fuese una niña pequeña asustada de las cosas que no podía ver en la oscuridad. Traté de recordarme a mí misma que ya había estado allí durante el día, y me había sentido a salvo, pero aquello no me ayudó mucho. Me había sentido a salvo porque había estado rodeada de guardias y caballos, hombres que podrían protegerme... y de Kane.

Corrí a toda velocidad, con la respiración saliéndome a bocanadas. No había nada mejor para el miedo que correr.

Pero, aun así, volví a pensar en el rey. Estaba haciendo exactamente lo que me había pedido que no hiciera. Me había escabullido al bosque de noche, y mientras él no estaba allí. Incluso aunque mi plan ya no fuera huir, se pondría furioso.

Aquel sentimiento de debilidad reapareció al rodear un tronco caído y recordar lo cerca que estaba del claro. Sentía que pasaba más tiempo sintiéndome débil y culpable, del que pasaba sin sentirme así. Una pequeña parte de mí se preguntó si, al acabar en la Fortaleza Oscura, quizás esa había sido mi única oportunidad de cambiar esa sensación. El pesado bulto que era la espada de Dagan me golpeaba la espalda a cada paso que daba, y eso me dijo que quizás estuviera en lo cierto.

Aun así, esperaba no tener que usar la espada. Sería mi primera vez luchando contra algo que no fuera Dagan. Y, a pesar de no ser la persona más cercana, realmente no tenía ningún deseo de matarme. Además, tenía la espada de Dagan, y no la mía propia. Era mucho más pesada, al menos el doble, y requería que la empuñara con ambas manos, mientras que la mía tan solo requería una. Además, no quería ni pensar en lo difícil que sería empuñar la espada con la muñeca lastimada.

No tenía ya los pulmones acostumbrados a correr como antes, así que, para cuando llegué al claro, me faltaba el aire. Bajo la acuosa luz de la luna, la hierba mojada brillaba con un color plateado, y los árboles parecían una telaraña enmarañada y negra. Tuve suerte al encontrar el camino a través de aquel laberinto oscuro, a pesar de que, en aquella ocasión, había salido desde la puerta norte. Ahora solo tenía que encontrar el roble, pero todos parecían iguales. El eclipse sería en cualquier momento, se me agotaba el tiempo…

—Por todas las malditas Piedras —solté entre dientes. No podía ser que hubiera llegado hasta allí para nada.

Entre los matorrales espinosos que había a mi espalda, se escuchó un sonido que rompió el silencio de la noche, a algo mojado, como agua salpicando. Me quedé tan inmóvil como un palo, y giré la cabeza para escuchar mejor. Mi cuerpo entero retrocedió ante el indudable sonido de una criatura dándose un festín con algo (o alguien) que no había sobrevivido a la noche.

Me tiré al suelo y avancé hasta los arbustos a cuatro patas. Me colé entre las ramitas que me arañaban y el mullido musgo para poder ver entre las espinas de las plantas, y conseguí distinguir el cadáver de un ciervo. Se me atascó un grito en la garganta ante lo que había ante mis ojos.

Dos criaturas leoninas estaban devorando el fresco cuerpo del ciervo. Supe que eran quimeras, y unas particularmente terribles. No había visto nunca antes a las criaturas nocturnas, pero había leído sobre ellas en uno de los libros favoritos de Mari: *Las peores criaturas de Onyx*.

Tenían unos ojos pequeños y brillantes, sin pupila. Unos hocicos terribles y arrugados. Unos colmillos largos que les salían de la boca y estaban bañados en saliva y carne. Sus caras eran tan alargadas y amenazantes, y tenían las garras tan llenas de tierra y sangre, que sentí náuseas del miedo, y pensé que iba a vomitar.

Antes de poder retroceder y echar todo el vino de la noche anterior, me di cuenta de cuál era el lugar donde estaban comiendo. La pobre cierva estaba echada sobre las raíces de un roble que me resultó familiar…

Mierda.

Me devané los sesos para recordar qué decía el maldito libro sobre las quimeras.

Aquel día Mari había hablado hasta por los codos, así que tan solo había conseguido leer un par de frases de aquel capítulo sobre las quimeras. En lugar de aprender sobre las criaturas, ahora sabía con todo lujo de detalles cuál era el sitio favorito de Mari para nadar en el Bosque Oscuro, al cual su padre la llevaba todos los veranos cuando el calor se volvía insoportable. No sabía absolutamente nada sobre las bestias que había frente a mí, pero sí que sabía que Owen siempre se aseguraba de llevarse con ellos a algún que otro soldado altruista, ya que el bosque no era del todo seguro. Y también sabía que su guardia favorito había sido un hombre mayor que siempre la llamaba «cerebrito con trenzas», ya que ella solía llevar unas trenzas que…

Ay, por las Piedras.

Eso era.

El agua no era segura para las quimeras, ya que no sabían nadar.

Encontré con la mirada el camino tapado por los árboles por el que Kane me había llevado meses atrás. Aquel plan era increíblemente estúpido, incluso para mí, pero no me quedaba otra opción. Tenía que alejar a las criaturas del roble para poder acceder a la raíz cuando floreciese. No iba a darme la vuelta y pasarme el resto de mi vida sabiendo que, si conseguía ver a mi madre de nuevo, había tenido la oportunidad de ayudarla y no lo había hecho por miedo.

Tiré la espada y la escondí bajo un arbusto frente a mí, ya que no podría correr lo suficientemente rápido si la llevaba colgada a la espalda, y sería una buena forma de marcar el lugar de la raíz de madriguera cuando volviese. *Si* es que volvía. Y, para ser sincera, no podía usarla de todas formas teniendo en cuenta el estado de mi muñeca. La dejaría allí abandonada en el bosque si no fuera la espada de Dagan. Sería una pena vencer no a una, sino a dos criaturas horribles, solo para que después Dagan me asesinase él mismo.

Me dirigí al hueco que había entre los árboles que Kane me había mostrado, respiré hondo para calmarme, y silbé en dirección a las quimeras. La melodía cortó el silencioso bosque en dos, e hizo que los animalillos salieran espantados. Pero las dos desagradables criaturas se volvieron hacia mí, con una mezcla de confusión y hambre en la mirada.

La más grande de los dos, que tenía unas orejas pequeñas y puntiagudas, una melena salvaje y unos duros cuernos de cabra, me miró, y parecía tener más curiosidad que otra cosa. Pero eso era lo que necesitaba. Agarré un par de guijarros y se los tiré a la cabeza, primero uno y después el otro. La criatura se frotó el entrecejo con la pata y echó a correr con un rugido.

Y entonces, corrí.

VEINTIUNO

Corrí a través del frondoso pasillo que Kane y yo habíamos atravesado semanas atrás. Me lancé a través de las telarañas cubiertas de rocío y las ramas afiladas a un ritmo que hizo que escuchara mis propios latidos, así como los pesados pasos de la quimera que tenía a mi espalda.

Tenía que conseguir que llegaran al agua, y solo entonces podría volver a por la raíz de madriguera.

Por fin, logré llegar al estanque. Me giré y esperé a que las criaturas se lanzaran a por mí.

Y no tuve que esperar demasiado: una de las quimeras gruñó, y la luz de la luna se reflejó en sus colmillos blancos como el marfil. Me quedé totalmente sin aliento, y cuando cargó contra mí, la agarré por el pelaje y me lancé con ella al estanque.

La temperatura del agua helada me paralizó, y por un segundo fui incapaz de moverme. Lo único que sentía era un frío tan intenso que parecía fuego, y la mente y el cuerpo se me inmovilizaron por completo. Estaba demasiado conmocionada para respirar, moverme o pensar. Pero tenía que…

Me obligué a sacar la cabeza de la asfixiante manta de frío, y tragué aire a bocanadas. Una ola me envió de nuevo bajo el agua, y se me metió en la boca, los pulmones y la nariz. La quimera se revolvía bajo la superficie, y eso removía casi toda el agua del estanque. La helada ola me lanzó contra el saliente rocoso. Me choqué contra él, y el golpe me dejó sin aliento. Cuando resurgí, como si fuera una polilla bajo la lluvia, luché contra las oscuras olas y traté de agarrarme a algo.

¿Por qué estaba tan fría el agua? Había estado allí solo unos meses atrás y, además, en primavera, y la temperatura había sido perfecta. Sabía que aquel bosque estaba encantado, pero claramente Mari y Kane habían estado en lo cierto: el Bosque Oscuro no era un lugar adecuado al que ir de noche.

Conseguí agarrarme de una rama, y después tiré de mí misma hacia arriba y salí del agua. Aquello me provocó un doloroso espasmo en la muñeca. Escupí el agua helada que había tragado, y traté de recuperar el aliento.

Un horrible gemido me sacudió.

Miré hacia el estanque, pero la quimera estaba inconsciente, probablemente muerta. Una fuera, ya solo quedaba la otra. Y debía de ser rápida si quería evitar a la criatura que parecía estar haciendo esos sonidos. O infligiéndolos.

Tenía la ropa llena de agua y algas. Corrí hacia el claro, y recé por que aquello me calentara los helados huesos de mi cuerpo. Bajo la luz de la luna, apenas distinguí la grandísima y delgada forma que se precipitó hacia mí. Aquel sonido atravesó de nuevo la noche, y vi que salía de sus fauces en un rugido estrangulado. Era la otra quimera, que lloraba de agonía por su pareja.

Corrí en dirección contraria, hacia el estanque de nuevo.

Pero la quimera estaba demasiado cerca, no conseguiría llegar al agua antes de que me alcanzara. Me preparé para el golpe...

Pero este no llegó nunca.

La segunda criatura pasó directamente por delante y aterrizó en el agua. Gimoteó angustiada, y trató de despertar a su pareja con un golpecito, pero la helada agua estaba ganando la batalla, y comenzó a revolverse.

Podía irme ya de vuelta al roble. Contra todo pronóstico, el plan había funcionado, y podía llegar a donde estaba la raíz de madriguera antes del eclipse. Miré la luna, y vi que aún tenía tiempo. Quizás unos minutos.

Se escuchó un nuevo fantasmagórico aullido desde la criatura que estaba en la superficie mientras trataba de mantenerse a flote y salvar a su pareja. Soltó un grito estrangulado que retumbó entre los árboles, y después un gorgoteo cuando el agua la empujó hacia abajo.

Por todas las malditas Piedras.

No podría creerme lo que estaba a punto de hacer.

Me tiré de nuevo al agua.

Me invadió de nuevo una oleada de dolor. Aquella vez fue mil veces peor, ya que sabía lo fría que estaría el agua. Nadé en dirección a la primera quimera, que aún estaba inconsciente. Por suerte, el agua empujó a la criatura, lo cual me permitió arrastrarla hasta la orilla. Empujé su gigantesco cuerpo hasta el borde del estanque y la hice rodar en la hierba.

La segunda sería mucho más difícil. Nadé hacia la quimera que salpicaba agua, y traté de colocarme bajo sus enormes patas delanteras, pero, en su lugar, vi una garra sacudirse hacia mi rostro y de repente sentí un dolor lacerante en el pómulo. Me mentalicé, y metí la cabeza bajo las profundidades heladas.

El silencio me envolvió.

Empujé a la bestia hacia delante, y traté de moverla hacia donde el suelo fuera menos profundo. Empujé y gruñí, y los pies se me resbalaron en el fondo del estanque cubierto de algas. La criatura por fin consiguió aferrarse con las garras y salir del estanque, y vomitó una bocanada de agua y ciervo a medio digerir. El olor era nauseabundo, pero no tenía tiempo de centrarme en eso.

La primera quimera no respiraba.

Fui hasta ella rápidamente, y comencé a hacerle un masaje cardíaco. Pero en cuanto le toqué el pelaje, lo supe.

No, no, no.

Era demasiado tarde.

Me tragué un sollozo y le puse a la criatura las manos sobre el pelaje a la altura del pecho, y comencé a tararear. Dagan me lo había dicho claramente: tenía que centrarme en lo que sentía, no en lo que pensaba, o en lo que temía.

Sentía remordimiento. Era un sentimiento profundo, doloroso y específico, como una aguja perforándome el vientre. Me arrepentía de casi haber matado a dos criaturas inocentes por puro miedo.

Una luz dorada brilló en la palma de mis manos, y empujé el agua helada a través del laberinto que eran los pulmones de la quimera. Animada, moví las manos a través del esófago, y la luz que emanaba de mis manos se volvió más brillante mientras trabajaba a la altura de su garganta. Empujé y empujé, y conduje el agua hacia afuera con una concentración minuciosa.

La segunda criatura se había arrastrado hasta allí. Me amenazó con un gruñido que hizo temblar los árboles que se cernían sobre nosotros.

Pero no tenía tiempo de tener miedo.

—Va a vivir —le dije, y me castañeaban los dientes. Supe que no podía entenderme—. Puedo salvarla si no me matas.

Empujé el poder desde la punta de mis dedos hacia su torso, y el agua que había atascada en sus pulmones encontró la salida.

La otra quimera me estudió, y después bajó la mirada. Lentamente, se tumbó junto a su compañera. Apoyó el morro entre su espalda y el suelo del bosque, y gimió suavemente.

Tras un empujón final, un chorro de agua pútrida salió de la boca de la quimera, y yo me agaché. Ella rodó y trató de respirar. Yo suspiré, por mi parte. El alivio que sentí fue como un peso físico entre mis manos. Era tangible, y me ancló a la realidad.

Gracias a todas las Piedras.

La quimera a la que había salvado se puso a cuatro patas lentamente, y se sacudió el agua del pelaje. Su compañero la tocó con el hocico y le lamió el rostro antes de girarse y dirigirse hacia el bosque. Me tomé aquello como la señal de que debía marcharme, y le eché un último vistazo a las dos criaturas, pero ya se estaban retirando en dirección contraria. La quimera más grande de las dos se giró y me sostuvo la mirada durante un momento con sus ojos blancos y melancólicos.

Pero a mí se me estaba acabando el tiempo de verdad. El eclipse estaba alto en el cielo, y pintaba el bosque entero de una perturbadora luz azul. Las extremidades me pesaban por todo el poder que había usado, pero corrí hacia el claro y giré hacia la derecha al ver el resplandor de la espada de Dagan. Aparté el cadáver del ciervo a un lado, y vi que cada hoja de la raíz de madriguera había florecido hasta formar un loto increíble bajo la punta de mis dedos. Arranqué tantos como pude y los metí en mi bolsa. Un instante después el eclipse se acabó, y las flores desaparecieron. La retorcida madera se cubrió de la pálida y sombría luz de la luna.

En ese momento, podría haber llorado de alivio.

Lo había conseguido.

Estaba helada, y probablemente necesitaría darme siete baños para recuperarme. Estaba empapada, cubierta de tierra y chorreando sangre, y me había doblado la muñeca de forma dolorosa. Aún tenía náuseas y me dolía todo después de las elecciones que había hecho la noche anterior relacionadas con el alcohol, pero estaba viva.

Y tenía la raíz de madriguera.

Solo con pensar en darle a mi madre algún tipo de esperanza por primera vez en años, me sentí abrumada. Se me escapó un sollozo, y aquello me hizo doblarme con las manos sobre las rodillas. Era hora de volver a la fortaleza.

Recogí la espada de Dagan y me puse en pie, y entonces lo vi.

Una criatura incluso más terrorífica de lo que pensaba que era posible.

Tenía unos ojos rasgados y amarillos, una boca rabiosa que gruñía, y unos dientes afilados. Un hocico mojado y pegajoso. Y, lo que era peor... la amplia estatura y la complexión de un hombre violento y poseído. Me quedé paralizada. La piel me hormigueaba, y se me helaron las entrañas. A pesar de que me temblaban las manos y el corazón, me giré y corrí de vuelta hacia el castillo tan rápido como pude.

El loco bestial me persiguió corriendo a cuatro patas. Era todo rodillas y codos que sobresalían en ángulos extraños, una imagen increíblemente rara que me habría encantado borrar de mi cabeza. Sabía que era más rápido que yo, y tuve que tragarme un sollozo cuando se me llenaron los ojos de lágrimas. Corrí, corrí y corrí, y el terror me palpitaba en las piernas, en las extremidades, en los pulmones... Aquella no podía ser la manera en que iba a morir.

Giré bruscamente hacia la derecha con la esperanza de despistar a la bestia lobuna, pero los gruñidos que emitía me siguieron por la curva, así como por el laberinto de robles y pinos. Giré de nuevo hacia la derecha, pero la bestia recortó la distancia con facilidad. Miré hacia atrás mientras trastabillaba y me resbalaba con las ramas retorcidas que había a mis pies, y juraría que vi un placer primigenio en su mirada. Un depredador que estaba disfrutando con la caza.

Jamás podría huir de él.

Solo había una forma de salir con vida de aquel bosque...

Me frené en seco, desenvainé la espada de Dagan y la apunté hacia la bestia.

Me ardían los pulmones.

La criatura derrapó al parar, y yo la ataqué, pero no le di en el cuello, y en su lugar, impactó contra su bíceps. La bestia gimió ante el corte, y entonces me lanzó un rugido. No tenía tiempo de llorar, sollozar ni suplicarle.

—¡Serás una cría insípida!

Su voz era como el chirriar del metal contra el metal; inhumana y repulsiva. Se me escapó un grito ante la sorpresa de que pudiera hablar, y retrocedí con la espada aún en alto.

Cada vez que pensaba que comprendía la gravedad de los peligros que había en este mundo, algo nuevo e incluso más horrendo que lo anterior me sorprendía.

La bestia se lanzó hacia mí, y en aquella ocasión, me tiró al suelo. Me quedé sin aliento, y la espalda se me aplastó contra las rocas que tenía debajo. Se me escapó un sollozo furioso, salvaje y bañado en agonía.

Lo aparté de un empujón con todas mis fuerzas, y trastabillé hacia atrás antes de que pudiera clavarme las garras. Alcé de nuevo la espalda, y pensé que a Dagan no le habría gustado nada mi postura. Entre el agotamiento y la muñeca torcida, sostenía la espada más bien como si fuera un palo.

La bestia-lobo retorció el gesto, y solo en ese momento entendí por completo la expresión «sonrisa lobuna». Se estaba divirtiendo.

—¿Qué? ¿No esperabas que el lobo hablase?

Traté de responderle mientras él se acercaba a mí, pero no tenía voz. Quería gritar, pero tan solo me salió un gemido. Las manos me temblaban y las tenía sudadas contra el cuero del pomo de la espada.

—Eres más dura de lo que me dijeron que serías, pero nada que no pueda manejar. Ya puedo saborearte desde aquí.

El lobo lamió el aire con su larga y canina lengua.

Me dieron ganas de vomitar por tercera vez en menos de una hora.

La bestia lobuna se lanzó hacia mí, y en aquella ocasión sí que consiguió contactar conmigo y me arrancó un mechón de pelo. Grité de dolor, lo cual pareció emocionar aún más al monstruo. Se lanzó de nuevo, y me tiró al musgoso suelo. Me dolieron el hombro y el codo, y la muñeca ya me palpitaba de forma agónica. El aliento del lobo me bañó, y pude oler algo más poderoso que la magia… algo metálico y astringente.

Me di cuenta, con una claridad total, de que no iba a sobrevivir a aquello.

Y, como si la bestia pudiera leerme el pensamiento, se echó hacia atrás con un aullido violento, y se lanzó hacia delante para hundirme sus afilados dientes en el torso. Cerré los ojos con fuerza, y esperé que fuese rápido.

Por favor, por favor, *por favor*...

Pero el dolor no llegó.

En su lugar, escuché el ensordecedor aullido de dolor de una criatura.

Apenas entendía qué era lo que tenía delante de mí. Había un pelaje de color gris y otro dorado rodando por el suelo del bosque, un revoltijo de rugidos, sangre y gimoteos. Era una de las quimeras; se había abalanzado sobre la bestia lobuna, salvándome así la vida. Pero ahora estaba atrapada entre las garras del monstruo. Como si fuera una pelea de perros, se movían demasiado rápido para poder interceptarlos. Esperé al momento oportuno y me lancé hacia delante para clavar la espada en el pelaje gris y estrellar al lobo contra un árbol.

La quimera cayó al suelo con un cuerno de cabra cortado, y una herida en el cuello que supuraba sangre.

¡No!

El grito se me quedó atascado en la garganta.

La bestia lobuna soltó una carcajada, y aquello expuso las hileras de dientes puntiagudos. Se puso de pie frente a mí, y yo miré al animal que resollaba a mis pies, el cual había dado su vida por la mía.

En honor a la quimera, fingiría ser alguien valiente hasta poder serlo de verdad. Incliné la cadera hacia la bestia, moví la espada hasta ponerla al nivel del hombro, y ataqué al lobo. Él me esquivó y después cargó contra mí, pero mi cuerpo tomó el control. Semanas de entrenar, de sudar, de ampollas, de brazos doloridos y de resolución... Todo se juntó en ese instante, como una llave introduciéndose en el cerrojo. Lo ataqué repetidamente, y lo golpeé en el hombro, el cuello y el brazo. Sus aullidos se convirtieron en mi sustento, y cada vez que conseguía acertarle con la hoja, me animaba más y más. Me volvía más fuerte, y la espada me parecía más ligera. Más que eso: se convirtió en una extensión de mi cuerpo.

De mi rabia.

Me moví como Dagan, un paso tras otro de forma cuidadosa, y rodeé a la criatura. Cuando se abalanzó sobre mí, ataqué hacia abajo con la espada y le corté de un tajo una de las garras. Él aulló, y sentí el sonido en los huesos.

Pero no era capaz de parar.

El claro brilló, y pude verlo mejor bajo la suave y amarillenta luz que nos rodeó. Sentí que el sudor me bajaba por la frente, y percibí una brisa que no supe de dónde había salido, y aquello me calentó y enfrió al mismo tiempo.

Me sentí más alta, más fiera, más entera.

Podría jurar que vi miedo reflejado en la mirada de la bestia lobuna. Se lanzó a por mí una vez más con todo lo que le quedaba, pero yo lo apuñalé hacia delante, y enterré la hoja en su pecho hasta la empuñadura.

Gorgoteó y soltó un chillido que parecía tener un poder vetusto, y con su último aliento, alzó la garra que le quedaba hacia mí. No supe si consiguió contactar conmigo, ya que me giré y corrí hacia la quimera, con la espada ensangrentada aún en las manos. La criatura dorada gimoteaba y sangraba sobre las hojas húmedas del bosque.

—No, no, no —le rogué—. Te vas a poner bien.

Era la quimera más grande. Había vuelto para ayudarme, un acto de bondad por haberle salvado la vida a su pareja, cuando en realidad yo había sido la culpable de que casi hubiera muerto. No podía dejar que muriera por mí. Noté las lágrimas cayéndome por las mejillas, y aterrizaron sobre el pelaje.

Se le apagaba la vida en la mirada, no tenía mucho tiempo.

Puse la mano sobre la herida en el cuello de la quimera y cerré los ojos, centrándome en su dolor. Pero estaba tan cansada, tan débil…

Había usado mis poderes con su pareja, y aún más. No salió nada, ni sentí ningún hormigueo en la punta de los dedos.

—Por favor, por favor, por favor...

No estaba segura de a quién o a qué le rezaba. Pensé en aquel día con Dagan, en cómo había conseguido sacar calor y luz de la atmósfera. Me imaginé tomando algo de luz de la luna que aún brillaba, atrapándola entre mis dedos y dirigiéndola a través de mí y hacia la criatura que gimoteaba suavemente bajo mis manos.

Algo brilló como si se tratara de un amanecer.

Envalentonada, luché contra la debilidad y me centré aún más en el éter que había a mi alrededor, en el mismísimo cielo. Podía emplearlo y hacer que funcionase. El resplandor se intensificó. Casi podía escuchar los pulmones de la quimera llenándose de nuevo de aire.

Pero comencé a tener mucho calor en aquel bosque...

Lo cual no tenía sentido.

Era verano, pero el Bosque Oscuro había estado helado toda la noche. Me temblaban las manos, y el suelo parecía estar desnivelado.

¿Se movía la tierra? No, eran los árboles los que se movían. La quimera ya estaba en pie, y me observaba con curiosidad. El cuello...

Estaba mejor, curado. ¿Cómo podía ser?

Sentí un alivio físico que me recorrió los huesos. Traté de observarla mejor, pero el pelaje grueso y de color miel se puso borroso bajo la luz de la luna.

Una oleada de náuseas me recorrió. Había algo pegajoso que se resbalaba por mi cuerpo. La quimera trató de llamar mi atención con un golpecito con su hocico peludo, pero yo me incliné hacia atrás y caí sobre la tierra con un golpe seco.

Algo iba muy mal.

Una voz que parecía un trueno dijo mi nombre a kilómetros de distancia.

La quimera echó a correr hacia los árboles cuando escuchó el sonido, que retumbó. Traté de decirle adiós.

La figura de un hombre se apresuró a llegar hasta mí, y tenía un familiar olor a cedro y cuero. Me puso las manos en el pecho, como si fuese un peso.

—No, nada de adiós —me aseguró la figura, pero el tono de su voz parecía alarmado—. Todo irá bien.

Lentamente, enfoqué unos ojos plateados y una mandíbula apretada.

Era Kane.

Él me hizo soltar la espada de entre los dedos, los cuales tenía agarrotados, y los liberó uno a uno con cuidado hasta que el metal cayó al suelo con un ruido reverberante. Lo miré, perpleja. ¿De dónde había salido?

Tras el rey, había al menos siete hombres a caballo, todos con las espadas desenvainadas. Kane tenía una mirada aterrada y la mandíbula apretada con fuerza. Me rodeó el pecho con los brazos, sosteniéndome contra él.

—Quédate conmigo, Arwen. ¿Me oyes?

Cuando me reí, algo mojado y viscoso me resonó en el pecho, y aquello me hizo toser. Me limpié la boca.

—Qué dramático eres, mi re…

Tenía una mancha de un intenso color rojo en la mano, y aquello hizo que me atragantase con las palabras.

Miré hacia abajo. Entre los dedos de Kane, y de mi pecho, brotaba la sangre. Alcé su mano ligeramente, y pude ver mi propia clavícula entre la carne desgarrada y raída.

Todo se volvió borroso, y sentí que la oscuridad me sobrecogía, repentina e inflexible.

VEINTIDÓS

Un dolor implacable e insoportable me atravesó el cuerpo entero, y me hizo recuperar la conciencia a raíz de la impresión. Inhalé con fuerza y tragué saliva. Noté algo salado en las pestañas, y la boca me sabía a metal.

Apenas podía distinguir las formas que se movían a mi alrededor como una tormenta de arena. Había mujeres con trapos mojados, y un hombre envolviéndome la muñeca con gasa. Alguien me estaba suturando la cara. La aguja que sentía en la piel era un dolor mínimo comparado con el dolor abrasador del pecho, y el ardor que sentía tras los ojos.

Alguna parte racional y enmarañada de mi mente se preguntó quién me estaba tratando, si yo era la sanadora del castillo. Me reí en voz alta, y los hombres y mujeres que había allí intercambiaron miradas furtivas. Aquello hizo que trabajaran más deprisa.

Intenté presionarme la mano contra el pecho, pero la mujer que había junto a mí me apartó la mano una y otra vez. No importaba, ya que no me quedaba nada de poder. Había usado toda mi habilidad sanadora con la quimera. ¿Cuándo había ocurrido eso…?

Apenas podía mantener los ojos abiertos, y me esforcé para intentar ver a través de las finas cortinas que me rodeaban.

Era una habitación en la que nunca había estado, envuelta en cortinas azul marino, y llena de muebles de cuero. Había un puñado de velas negras con la mecha retorcida, y aportaban una tenue luz. Olía a algo familiar, como al hogar, pero no sabría decir qué.

Había también jarrones con lirios esparcidos por la habitación. ¿De dónde habían salido? La suave luz de las velas se reflejaba contra las delicadas flores blancas.

Precioso.

Y también, abrasador.

Hacía un calor tremendo, y me estaba asfixiando. Intenté incorporarme, ya que necesitaba tomar el aire, y ya.

Pero unas acogedoras y grandes manos me retuvieron.

—Intenta no moverte —murmuró Kane en un tono de voz duro como el acero—. Ya casi está.

Gemí, y me giré hacia el otro lado. Tenía la cabeza embotada, y unas náuseas terribles. Estaba mareada, tenía calor y frío a la vez. *Necesito agua.*

—Yo te la traigo.

Su familiar olor desapareció, y noté un nudo en la garganta ante la pérdida. Pero volvió solo un momento después, y me puso con cuidado un vaso en los labios, los cuales tenía secos y agrietados.

Sentí una intensa explosión de dolor que reverberó dentro de mi pecho, y me ahogué ante el tormento.

—¡La estáis torturando! —le bramó Kane a alguien, pero no podía ver nada a través de aquella angustia cegadora. Escuché el vaso de agua estrellándose contra el suelo.

—Debemos purgar el veneno, mi rey. Es todo lo que podemos hacer.

—Por favor —suplicó él. Kane, *suplicando*—. Por favor, en ese caso, trabajad más rápido.

—Lo intentamos, pero… —dijo la voz de una mujer. El miedo que había en el tono de su voz era contagioso, y se me filtró hasta los mismísimos huesos.

—No —dijo en un suspiro, y casi se convirtió en un sollozo.

—Quizá no haya forma de…

Me atravesó el dolor más real, desgarrador y abrasador que había sentido a través del pecho, los huesos, hasta los pies, incluso a través de mi propia alma…

Solté un aullido sangriento y gutural en aquella habitación recalentada. El sudor me caía por la frente, y me entraba en los ojos.

No podía soportarlo. No podía, no podía, no…

—¡No! —bramó Kane, y en aquella ocasión, unas volutas retorcidas de color oscuro llenaron el espacio que había alrededor de la cama, la cual estaba rodeada de una capa fina, y apagaron todas las luces, dejando la habitación sumida en un negro medianoche.

Aquellos espectros ahogaron mi sufrimiento en un instante. Lo que había sido una angustia real, ahora era… la nada. Una nada entumecida y fría. Traté de alzar la mano hacia Kane, aliviada y confundida… pero lo que encontré fue la rápida y pesada consolación del sueño cuando se me cerraron los ojos.

Sentí cómo me atravesaba la espalda un intenso dolor. Abrí los ojos de golpe, y vi que estaba en algún sitio que no reconocí.

O, lo que era peor, un lugar que reconocía demasiado bien, y en el que llevaba años sin estar.

Estaba de pie sobre el suelo de madera oscura del cobertizo de trabajo de Powell. Ni siquiera tenía que mirar la puerta o las ventanas, ya que sabía que estarían cerradas y que estaba atrapada dentro. Me preparé para sentir otra punzada de dolor, pero no llegó. Alcé la mirada y me arrepentí al instante. Powell se cernía sobre mí, con el rostro de un intenso color rojo, una expresión de rabia, y el cinturón alzado.

—Chica débil —me escupió.

Las lágrimas se deslizaron por mis mejillas, y sentí que la nariz me moqueaba.

—*Te he dicho tres veces esta semana que no juegues en la cocina* —*me dijo, y su voz reverberó contra las paredes del frío y vacío cobertizo.*

No *quería encogerme, pero no pude evitarlo. Me encogí sobre mí misma, y deseé que la espalda dejara de dolerme pronto. Sabía que no debía de hablar.*

—*Eres exasperante, mira lo que me obligas a hacer para enseñarte.*

Tenía razón. Él me hacía daño porque yo era lo peor. ¿Por qué no podía ser más fuerte, o más lista? Odiaba todo lo que decía sobre mí, porque era cierto.

—*Eres un veneno dentro de esta familia, Arwen. Estás matando a tu madre.*

Cuando alzó la mano para golpearme de nuevo, yo grité y le rogué que parase, pero nadie me escuchó.

—Shh, Arwen. Nadie te va a hacer daño, vas a ponerte bien.

Yo no dejaba de llorar. Los sollozos ante el dolor salían de mi interior.

Por favor, para, pensé. No puedo soportarlo más.

—¿Parar el qué, Arwen? —Kane sonaba agitado, asustado.

Y yo también lo estaba.

Aquella cama era como un baño de seda; me empapaba con sus sábanas y me hacía flotar. Estaba rodeada de un dosel fino, y había luces titilantes aquí y allá. No me había percatado antes de que había una chimenea, pero la luz temblorosa y danzarina que arrojaba sobre el dosel era reconfortante. Sonaba una suave nana que provenía de algún instrumento en alguna parte. Las notas, cautivadoras y fascinantes, atravesaban la habitación como si se tratara de volutas hechas de la mismísima luz de la luna. Me daban ganas de ponerme a cantar... O, quizá, de llorar.

—Estás despierta —me dijo Kane, que estaba en algún lugar de la habitación en el que no podía verlo.

Los ojos se me llenaron de lágrimas al escuchar el dulce sonido de su voz.

La melancólica canción paró, y escuché cómo dejaba algo sobre el suelo.

¿Qué era lo que había visto antes de quedarme inconsciente? Había visto una especie de neblina o humo negro, arremolinándose a mi alrededor y acunándome hasta quedarme dormida. Las imágenes eran difusas, pero sabía lo que había visto. Aquel sentimiento... no había sido como absolutamente nada que hubiera sentido antes. No era como la magia, ni como una poción. Era como si algo se hubiese filtrado hasta el interior de mi propia alma, y hubiera aliviado mi angustia. De alguna manera, era clemencia oscura y retorcida.

Kane se acercó a mí lentamente, y me puso la mano fría contra la frente. Fue una sensación increíble. Me acerqué aún más al contacto como si fuese un animal, restregándome contra su mano.

—Tengo algo incluso mejor que eso.

Gemí cuando la mano desapareció. La cama se movió, y Kane entonces apareció a mi lado. Me acerqué para pegarme contra él, y me puso una compresa fría sobre la frente. Era una bendición, y giré la cara hacia el otro lado para que la presionara contra el cuello, los hombros y los brazos...

Abrí los ojos de repente.

—¿Qué llevo puesto? —Noté lo mucho que arrastraba las palabras.

Kane se sonrojó. *Es adorable...*

—Gracias, pajarillo. Llevas puesta una de mis camisas. Es todo lo que tenía.

Asentí contra su cuerpo, y puse mi propia muñeca dolorida contra su pecho.

—Estás calentito —le dije.

—No tanto como tú. Aún no se te ha quitado la fiebre.

Yo hice un ruido para hacerle saber que le había escuchado.

—Arwen —siguió diciéndome—. ¿Por qué estabas en el bosque esta noche? —Hizo una pausa, y vi que tenía una mirada angustiada—. Podría haberte perdido.

Agarró mi muñeca contra él como si fuese la cosa más delicada del mundo. El corazón me latió con fuerza.

—Intenté ir a buscarte. —Alcé la mirada, y me encontré con una expresión dolorida en sus ojos. Con la mano buena, le toqué el ceño fruncido y la sien—. No pasa nada, he conseguido lo que necesitaba.

—Y ¿qué era?

—Una cosa para mi madre. Para curarla.

Kane asintió, pero supe que no tenía ni idea de a qué me refería.

—Duérmete, pajarillo. Estaré aquí mismo.

Y eso fue lo que hice.

Me desperté con el ruido de un temblor y unas respiraciones agitadas. Miré a mi alrededor y busqué el origen de tal grotesco sonido, pero entonces me di cuenta de que provenía de mí misma. Era mediodía, y me sentía como un cerdo asado. Traté de apartar las sábanas y rodé por la cama para escapar de la montaña de capas que me estaban asfixiando. Acabé chocando contra un cuerpo sólido, y supe por el familiar aroma que era Kane. Olía un poco a sudor y a cedro. *Si alguien hubiese empapado el cedro de whisky y le hubiera prendido fuego.*

—Bueno, ya veo que claramente necesito un baño —me dijo en un tono de voz somnoliento.

Tenía que dejar de hacer eso. La fiebre me impedía diferenciar mis pensamientos de lo que decía en voz alta. Estaba hecha un desastre, deliraba, todo estaba mezclado, y tenía la sensación de que había estado balbuceando. *Maldita fiebre.*

Kane se rio en respuesta e hizo temblar el colchón. *Puf.* ¿Lo había dicho también en voz alta?

—¿Por qué estás en mi cama? —le pregunté. Traté de sonar sarcástica, pero soné como una niña pequeña perdida.

—De hecho, tú estás en mi cama.

Me mantuve firme.

—¿Por qué estoy en tu cama?

Kane se rio de nuevo, una gran carcajada que me hizo sonreír de medio lado a pesar de lo aturdida que me sentía aún.

—Qué bien que estés de vuelta, aunque sea un poco.

No estaba segura de a dónde me había ido, pero, aun así, sonreí.

—Me alegro.

—¿Puedes comer? —Hizo ademán de levantarse para ir a buscar comida, pero yo lo agarré con ambos brazos y piernas, como si fuese una enredadera a su alrededor.

—No te vayas. —Era patética, pero no me importaba. *Hice las paces con ello al morir.*

—No estás muerta, Arwen.

Por supuesto que sí. *Me está leyendo el pensamiento, y no tengo puestos los pantalones.*

—No te estoy leyendo el pensamiento, me estás hablando en voz alta. Y no tienes pantalones porque no dejabas de quitártelos.

Me señaló al suelo, y yo eché un vistazo a mis pantalones, que estaban allí tirados. Internamente, le agradecí a todas las Piedras que no estuviera también allí mi ropa interior. Volví a acurrucarme contra él.

—No puedo seguir agarrándote así —me dijo. Se había puesto tenso, y no supe distinguir si lo había soñado o no—. Pero tampoco soy capaz de soltarte.

—¿Qué fue eso? —le pregunté—. Las... —No sabía cómo explicárselo. La retorcida oscuridad que había llenado aquella habitación como si fuesen sombras vivientes.

Pero él supo de lo que hablaba.

—Quiero explicártelo todo, Arwen… Pero solo te causaría más sufrimiento.

Abrí un ojo para mirarlo, y vi que él tenía la mirada puesta en la ventana mientras el sol se deslizaba tras los árboles que se veían a través de los cristales.

—Soy más fuerte de lo que crees.

—No, pajarillo. Eres más fuerte que ninguno de nosotros. Eres tú la única que no lo ve.

Los gigantes torpes habían vuelto, pero en aquella ocasión se trajeron a algunos amigos, y ellos tampoco tenían ritmo ninguno. Me froté las sienes y traté de tragar, pero sentía como si tuviese la boca llena de algodón. Aun así, podía ver y pensar con claridad, así que la fiebre por fin había cesado.

Me incorporé y estiré cada una de mis articulaciones, desde los dedos de la mano hasta el cuello, y me crujieron de forma deliciosa.

Y me moría de hambre.

Salí de la cama y me puse de pie descalza sobre el frío suelo de madera, e inspeccioné la habitación que tanto olía a lirios. Así que aquellos eran los aposentos privados de Kane. Eran mucho más coloridos de lo que habría esperado. Había extravagantes mantas azules, cortinas de un intenso color violeta que resaltaban contra el suelo de madera oscura, paredes de piedra y estanterías atestadas de objetos. A ambos lados del cabecero de la cama había pilas de aquellos libros históricos que me había contado que leía. Era tan acogedor, tan masculino… Para nada frío ni estéril, como había imaginado en una ocasión que sería.

Las puertas que daban al balcón estaban abiertas, así que salí y me empapé del aire fresco y del sol de verano, como una flor marchita tras una tormenta. Estiré los brazos por encima de la cabeza y la brisa me rozó los muslos y las nalgas.

Ah, claro. No llevaba pantalones.

Volví adentro a por ellos, pero estaban tan rígidos y llenos de barro, sangre y agua estancada, que no habría soportado ponérmelos.

Junto a la cama con dosel había un armario lleno de ropa, en su mayoría negra y muy de rey. En la esquina más alejada había un espejo de pie, y me acerqué, temiéndome lo peor.

En cierta manera, no era tan malo como había esperado. Tenía las piernas más o menos bien, excepto algunos rasguños y moretones. Agradecí tener la ropa interior puesta, ya que me cubrían las nalgas y la mayor parte del estómago. La larga y negra camisa de Kane me quedaba más bien como si fuera un vestido, así que solté un suspiro, aliviada. Un punto por la modestia.

Pero también, en otros aspectos, era bastante malo.

Tenía el rostro horrible, y parecía una bruja de ciénaga trastornada. Mis ojos no tenían su habitual color verde. Estaba demasiado pálida, y tenía los labios resecos. Los puntos que me habían dado en la mejilla me atravesaban la cara como si fuesen una carretera, y tenía el labio inferior aún amoratado por la explosión. Tenía incluso la muñeca hinchada y morada, a pesar de las vendas.

Sostuve la palma de la mano contra mi propia mejilla, respiré hondo, y sentí el gratificante escozor de la piel mientras se cerraba y empujaba los puntos fuera de mi cara. Aún estaba muy débil, pero me quedaba suficiente poder como para darle un empujoncito al proceso de curación. En un par de días apenas se verían. Pero eso no era lo peor; era hora de ver el daño de verdad.

Fue fácil abrir los botones de la camisa de Kane, pero me aterraba ver mi propio reflejo. No era necesariamente una persona vanidosa, pero sabía que la herida que hubiera allí, causada por la bestia lobuna, se quedaría conmigo para toda la vida.

Me quité las vendas, y revelaron debajo un gran corte que me había atravesado desde la clavícula hasta la parte superior del pecho. Los sanadores lo habían suturado de forma increíble, y tendría que agradecérselo de alguna forma.

Por primera vez, alguien había cuidado de mí después de estar herida. Era algo extrañamente reconfortante el saber que no había estado sola mientras mis heridas sanaban.

Pero, al mirar los puntos, me vino una imagen del hueso blanco de mi clavícula, y me agarré al decorado armario para estabilizarme. Normalmente no era muy aprensiva, y mi decisión profesional sobre aquello fue que el mareo probablemente se debía a la deshidratación. Volví al dormitorio, y encontré a Kane allí, dejando una bandeja con el desayuno sobre la cama.

—Estás en pie —me dijo, y su mirada bajó hasta mis piernas desnudas.

Una sonrisa se me dibujó en los labios. Me tomé la forma en que me estaba mirando descaradamente como una señal de que ya no era su paciente. Me toqué el pelo enmarañado algo cohibida.

—Sí —le dije—. ¿Qué es esto?

Me senté en la cama y me metí un mechón de pelo rebelde tras la oreja. Vale, sí, quería que me viera guapa. Quizás el tiempo que había pasado siendo la Arwen sudada, ensangrentada y febril podría borrarse con un buen peine.

—El desayuno. ¿Cómo tienes la herida?

—Me molesta —admití—. Pero mejor de lo que esperaba con la fiebre que tuve. No quiero ni saber qué tipo de veneno tenían las garras de esa bestia. Gracias, Kane. Por todo.

Él tan solo asintió.

La comida que había delante de mí tenía un aspecto muy apetecible. Tres huevos cocidos, dos rebanadas de pan de trébol con un poco de mantequilla con miel, una manzana cortada, y algo de cerdo a la parrilla. Casi salivé.

Y, si era totalmente sincera, la comida no fue lo único que me hizo salivar en ese momento. Kane tenía un aspecto delicioso. Tenía la camisa sin abotonar, y debajo se veía la fina capa de vello que cubría su pecho. Tenía el cabello negro apartado de la cara, y le había crecido algo de barba. Jamás lo había visto con vello facial. Resistí la necesidad abrasadora de tocarle la cara con las manos.

—Tienes barba —le dije mientras me metía un trozo de manzana en la boca.

Él inclinó la cabeza y se sentó también en la cama. Después, me puso la mano en la frente.

Yo me reí y me cubrí la boca.

—No, esta vez no habla la fiebre por mí. Solo es una falta total de filtro.

En ese momento se me ocurrió algo terrible, y me pregunté qué clase de cosas humillantes le habría dicho mientras estaba enferma. Como si pudiera leerme el pensamiento, Kane me dedicó una sonrisa traviesa, y yo alcé una ceja.

—Ah, no querrías saberlo —me dijo con la voz ronca.

—Para, estás mintiendo —Intenté sonar enfadada, pero su encanto lo transformó en un tono coqueto. *Maldito sea.*

—Nunca lo sabrás.

—Lo añadiré a la lista —dije entre dientes, y le di un buen bocado al pan dulce.

Cuando no respondió, me giré para mirarlo, pero parecía estar absorto en sus pensamientos.

—No pretendo ocultarte cosas, Arwen. —No me gustaba cuando usaba mi nombre. No es que entendiera del todo el apodo de «pajarillo», pero a esas alturas ya sabía que el uso de «Arwen» solo significaba malas noticias—. Hay cosas que, de saberlas, tan solo te causarían dolor.

Aquellas palabras me hicieron recordar de forma muy específica el extraño poder que había emanado de él cuando estaba muriendo, el cual me había sumido en un estado de reposo. Había sido más potente que cualquier medicina, pero no había estado inconsciente del todo.

La respiración se me cortó un poco.

Retrocedí sobre la cama para alejarme de él.

—Tú...

—Entonces sí que lo recuerdas —me dijo con una expresión solemne y resignada en el rostro.

—¿Qué fue eso? ¿Eres algún tipo de... mago?

Pero yo ya lo sabía; aquello no había sido magia.

Él frunció el ceño.

—Quizá, si te lo hubiese dicho hace semanas, no habrías estado a punto de morir.

Quise preguntarle qué tenían que ver ambas cosas.

—Termina de comer —me dijo tras un momento—. Después, daremos un paseo.

VEINTITRÉS

Los jardines de la Fortaleza Oscura eran un espectáculo que mis debilitados ojos recibieron encantados. Había espalderas de las ya esperadas gardenias y lilas rodeadas de fuentes totalmente negras con flores flotando en el agua. Rosas moradas y aterciopeladas florecían junto a los siniestros lirios negros de vudú, y unas violetas y glicinias etéreas flotaban sobre ellas. Había flores que ahora sabía que se llamaban flor murciélago, dragonetas y orquídeas araña, y florecían en abundancia. Era una exhibición gótica de belleza, pero había llegado a apreciarla. Me pregunté si una parte de mí misma siempre había sabido que había algo más en aquel sitio aparte del horror.

Kane caminó a mi lado, pero yo mantuve las distancias. Sabía que no me haría daño; al fin y al cabo, acababa de salvarme la vida.

Pero estaba intranquila, por así decirlo. Me sentía confusa, asustada… Sentía como si estuviera ante un precipicio por algo que no estaba segura de querer saber. Pero era demasiado tarde para eso. La Arwen que habría preferido quedarse en la ignorancia, y esperando de forma ingenua a que todo el mundo la cuidara y tomara las decisiones por ella… Pensar en esa versión de mí misma casi me hizo vomitar.

Nos movimos lentamente y disfrutamos de la quietud y el canto de los pájaros. Tras darme un baño rápido y ponerme un vestido, me había reunido con él en el exterior, donde ya estaba empezando la tarde.

Y aún no había dicho ni una palabra.

—Kane, necesito respuestas —le dije, aunque no de forma desagradable. Pero era cierto, ya era suficiente.

—Lo sé —me dijo, con la determinación reflejándose en su mirada—. Es solo que necesito... pensar.

De acuerdo, podía ser aún más paciente.

Caminamos en silencio a través del jardín, hasta que pasamos junto a las mismas flores oscuras. Aquello me recordó algo.

—Los lirios blancos de tu habitación.

No era en realidad una pregunta, pero, aun así, me respondió.

—Pensé que te recordarían a tu hogar.

Sentí que el corazón me iba a estallar.

—Y así fue. Gracias.

Él dudó un momento.

—Espero que te hayan traído buenos recuerdos.

Medité su afirmación.

—En su mayoría.

Cuando no dijo nada, alcé la mirada. Kane me estaba observando con una intensidad extraña.

—¿Qué ocurre?

—Mientras dormías, le pediste a alguien que parase. Pensaba que quizás estabas soñando sobre la bestia que te había atacado, pero entonces nombraste una y otra vez a un hombre. —Pude ver que intentaba con todas sus fuerzas ser delicado, pero tenía las pupilas muy expandidas—. No he dejado de pensar en las cicatrices de tu espalda, las que vi en tu baño... Arwen, ¿te hizo daño alguien?

Hubo algo en la bondad de su voz que me hizo ponerme mala. No quería ya que me salvaran, ni que me tuvieran pena.

—No. Quiero decir… sí. Fue hace mucho, cuando era pequeña. Pero ahora estoy bien. —Lo observé mientras él también me observaba—. Obviamente —añadí de forma innecesaria.

Kane me miró como si pudiera destrozar montañas.

—¿Quién? —consiguió preguntar entre dientes.

No le había contado aquello a nadie en mucho tiempo. De hecho, solo se lo había contado a Ryder. Cuando crecí lo suficiente como para que aquellos recuerdos me pareciesen los recuerdos de otra persona, se lo conté. Pero le hice prometer que jamás se lo contaría a Leigh o a nuestra madre.

Pero quizá podría intercambiar una verdad por otra.

Me preparé para ello.

—Mi padrastro, Powell. Me pegaba. No sé en realidad por qué, creo que me odiaba por no ser su hija. No es una razón muy buena, pero a veces las personas simplemente buscan la manera de transferir su dolor a otra persona, y usan cualquier excusa que puedan. Mi familia nunca lo supo.

—¿Cómo?

—Mi madre siempre estaba enferma, y yo sabía que ella no podía vivir sin él. No podía hacerla cargar con ese peso. Leigh era demasiado joven para eso. Ryder y Powell se llevaban muy bien, y yo podía curarme los huesos rotos y las heridas con rapidez.

—¿Dónde está esa criatura patética ahora? ¿Con tu familia?

Negué con la cabeza.

—Murió hace años, de una apoplejía.

—Qué pena —dijo Kane con la mirada ardiéndole.

Yo lo miré, confundida.

—Ese cabrón se libró con demasiada facilidad —me dijo, y bajó la mirada con la mandíbula apretada. Cuando no le respondí, siguió hablando—. Siento que tuvieras que sufrir eso a solas. Siento que tuvieras que sufrir, simplemente.

De nuevo, ahí estaba esa gentileza afligida.

—Gracias —le dije, y lo decía de verdad—. Pero ahora te toca a ti. No más distracciones. —Me preparé mentalmente—. ¿Qué fue lo que vi?

Se cruzó de brazos, un gesto que jamás le había visto hacer, pero entonces descruzó los brazos igual de rápido y se pasó una mano por el pelo negro.

Controlé la necesidad de sonsacarle de forma física las respuestas.

—En mi defensa —comenzó a decir—, habías estado bebiendo.

Esperé a que aquello tuviese algo de sentido.

—En la bodega no me pareció que fuera el momento idóneo para decírtelo. Y... —Kane suspiró—. No quería asustarte.

Sus palabras tuvieron el efecto contrario, y sentí una oleada de miedo en el estómago, pero mantuve una expresión neutra.

—¿Recuerdas la rebelión contra el rey fae? —me preguntó, y asentí—. Fue orquestada por un pequeño grupo que deseaba salvar al reino. Querían hacer caer los impenetrables muros, y liberar a aquellos que se encontraban en su interior. Ese intento... lo lideró el hijo de Lázarus.

—¿El hijo del rey fae trató de derrocar a su propio padre?

—Sus dos hijos lo hicieron, de hecho. Pero sí, la rebelión la lideró el más joven.

El terror se me clavó como una diminuta y fina garra en la espalda.

—Y ¿qué tiene eso que ver con lo que vi?

Kane apretó la mandíbula, y noté un resplandor de vergüenza atravesar su mirada.

—Era yo. Yo soy el hijo de Lázarus, Arwen.

Pero yo dejé de oír lo que decía, porque tan solo escuchaba un clamor en mis oídos.

—¿Arwen? —me preguntó Kane mientras me observaba.

¿Kane era un *fae*?

Aquellos seres a los que había temido de niña, las historias que pretendían asustarnos e impresionarnos, las que contábamos alrededor de las fogatas. ¿Esa cosa de la que había estado tan, pero *tan* segura de que no existía hasta hacía dos noches, ahora se encontraba de pie frente a mí?

Las palabras se me escaparon de los labios.

—¿Luchaste contra tu propio padre?

Kane me aguantó la mirada de forma fiera, buscando algo.

—Lo intenté. Pero fallé.

Tenía una expresión ilegible, y yo entrelacé los dedos de mis temblorosas manos entre la falda suelta que llevaba.

—Fue el peor error de mi vida. Me costó a mí y a los más cercanos a mí todo lo que nos importaba. A la mayoría de ellos, les costó la vida.

En su voz se filtraron un rencor y una rabia que eran como tinta cayendo en el agua.

Sí que me había dicho que había herido a aquellos a los que amaba, pero esto... Esto era...

—Odio a Lázarus de forma más intensa de lo que me temo que puedas llegar a imaginar. Vengaré a todos los que perdimos y salvaré este continente mortal, Arwen. Tengo que hacerlo, no es cuestión de si puedo, es solo de... *cuándo* lo haré.

Asentí. Le creía... ¿cómo podía no creerle? No había visto a nadie más decidido en toda mi vida sobre nada.

Pero también estaba perpleja.

—¿Tus hombres saben lo que eres? ¿Tu reino?

Tomó aire de forma temblorosa, como para calmarse, y entonces negó con la cabeza.

—Entonces, lo que vi mientras estaba... —Me tragué la palabra «muriendo»—. ¿Eso era luzal?

—Sí. Cada fae tiene una variación del poder, así que no siempre tiene ese aspecto. Hay algo... oscuro entrelazado con el mío. Algo que heredé del linaje de mi madre. Trato de usar mi poder lo menos posible. —Kane apenas trató de ocultar su asco.

—Pero lo usaste anoche. Conmigo —le dije.

—Para calmar tu dolor y tu sufrimiento. Sí. —Me miró a los ojos, y tenía la mirada despejada—. Y lo haría de nuevo si fuese necesario, cien veces más.

—Gracias —le dije en un susurro.

Él tan solo asintió.

Me froté la sien, y miré los setos que se extendían ante nosotros. La ligera brisa de verano me movió la falda alrededor de los tobillos.

En ese momento pensé que Kane probablemente tendría unos cien años. La cascada de información que había recibido en los últimos días, además de mi estado físico frágil, estaban acercándome al precipicio de un ataque de nervios.

—Te lo estás tomando muy bien, de manera sorprendente —me dijo.

Yo me giré e inspeccioné aquel rostro joven, la piel lisa y la mandíbula fuerte.

—¿Cuántos años tienes?

Se puso la mano sobre la boca para ocultar una sonrisa, y se rascó la barba.

—Alrededor de doscientos quince años. —Me quedé boquiabierta—. Para serte sincero, he perdido la cuenta.

Negué con la cabeza, tratando de ordenar mis pensamientos.

—¿Cuándo fue la rebelión? ¿Cuánto tiempo llevas gobernando en el Reino de Onyx?

—Dejé el Reino Fae con los pocos que pudieron escapar hace cincuenta años. Sustituí al monarca que gobernaba Onyx en ese momento, un viejo rey sin herederos. Parte de la «imagen» que doy, como tú la llamaste, es el misterio, el enigma… Lo creé con mis consejeros más cercanos por esa misma razón.

—Para que nadie sepa cómo eres, ni se den cuenta cuando no envejezcas…

—Correcto —me dijo.

—Y ¿qué hay de tus aliados? ¿El rey Eryx y la princesa Amelia?

—Lo saben. Tanto mi linaje como la intención de Lázarus, y planean luchar contra él. Por Evendell.

El recordatorio del aciago destino del continente entero fue como si me cayera encima un jarro de agua fría. Realmente no había ninguna escapatoria, ninguna forma de salvar a todo el mundo.

No importaba lo que ocurriera o quién ganara al final, ya que muchísima gente estaba destinada a morir.

Kane hizo una mueca, como si supiera lo que estaba pensando.

—No tenemos mucho tiempo. Los mercenarios están llegando desde el Reino Fae para ir a por mí mientras Lázarus se prepara para la guerra. —Kane tragó saliva—. Eso fue lo que te atacó en el bosque.

Me quedé petrificada a mitad de dar un paso.

—Ese lobo era... ¿un mercenario fae? —La idea de que había matado a un fae me parecía una broma de mal gusto—. Eso es imposible.

—Los fae más poderosos tienen la habilidad de cambiar de forma, y convertirse en alguna criatura. Es una habilidad rara, y consume una grandísima cantidad de luzal. Imagino que Lázarus estará devastado por haber perdido a uno con tantísimo poder. No creo que le queden más de un centenar de ellos en su ejército.

Me pregunté si eso que se reflejaba en la mirada de Kane sería orgullo por mí.

—¿Eso fue lo que mató a tu hombre en el Bosque Oscuro, cuando me llevaste contigo?

—Sí. También fue lo que me «dio un mordisco», como me dijiste aquel día en la enfermería. —Sonrió al recordar aquello—. Los mercenarios de mi padre llevan meses viniendo a atacarme. —Todas esas heridas que nadie sabía cómo explicarme... La picadura de Lance, la herida de Barney aquella primera noche...—. Hemos matado a todos los que hemos podido para evitar que lo informaran sobre mi paradero, pero no podremos mantenerlos a raya durante mucho más tiempo.

Pensar en que habían estado yendo a por Kane me hizo palidecer.

—Y me temo que hay algo peor.

Traté de prepararme mentalmente.

—¿Por qué es que sabía que habría algo peor?

—El Reino de Ámbar ha tomado Granate.

El jardín entero se quedó inmóvil, así como mi propio corazón. Mi familia... allí era donde estaban.

—Mi familia zarpó hacia Granate. O, al menos, es lo que planeaban hacer. Tienes que llevarme allí para poder encontrarlos.

La expresión de Kane se suavizó.

—Mis espías están cerca. En cuanto encuentre a tu familia, te llevaré con ellos. Pero me temo que ahora Lázarus se sentirá lo suficientemente seguro de sí mismo como para atacar. Tiene en su poder dos ejércitos mortales.

Kane me agarró de los brazos. No retrocedí ante el contacto, y él lo notó. Su mirada se volvió más cálida, y sus anchas manos me transmitieron calor a través de todo el cuerpo.

—No puedes quedarte aquí ni un día más, Arwen. La fortaleza ya no es segura para ti, ni para nadie. Va a venir a por mí en cualquier momento, estoy seguro de ello.

Tragué con fuerza. Lázarus no podía capturar a Kane... Todos los demás pensamientos me abandonaron, excepto ese. No *podía* atraparlo.

—Como ya sabes, Peridoto y Onyx han formado una alianza. Tienes que irte esta noche hacia la capital de Peridoto, la Cala de la Sirena. Griffin te llevará, allí estarás a salvo.

—¿Griffin? —El corazón me dio un vuelco—. ¿Qué hay de ti?

—Me uniré a ti en cuanto pueda.

Entonces, me soltó, y eché de menos su contacto igual que se echaba de menos el calor durante los días más fríos del invierno.

—¿A dónde vas?

—Me parece que por hoy ya hemos tenido suficientes confesiones. —Trató de esbozar una sonrisa, pero los ojos no se le iluminaron.

—Pero ¿ahora ya sí me lo has contado todo? ¿No hay más secretos? No puedo seguir viviendo así, Kane. En especial, ahora. Necesito saber que eso es todo.

Él me dio un ligero beso en la frente. Mis sentidos se vieron abrumados por el olor a madera de cedro y menta.

—Sí.

Sentí cómo me desaparecía un peso de encima, el cual ni siquiera había notado que estaba allí. Semanas atrás me había dicho que no confiara en los demás, y que él no podía confiar en mí. Y, aun así, lentamente, incluso de forma tortuosa, había confiado en mí. Saber que había cambiado de idea solo por mí, que me había permitido compartir ese peso con él, me rompió completamente por dentro.

Solté un suspiro tan profundo que me dolieron los pulmones.

Cuando rodeamos un seto por el que ya habíamos pasado, vi entonces a un puñado de soldados en formación, esperándonos. Griffin estaba a la cabeza, con una expresión estoica.

—¿Ahora?

Sentí el familiar pánico que hizo que me diera un vuelco el estómago. Me aterrorizaba dejarlo, y la enormidad de mis sentimientos hacia Kane me arrolló como un torrente. Casi me caí al suelo. Todo este tiempo, había pensado que no era capaz de sentir algo así, y había creído que Powell me había arruinado al completo, que jamás sentiría algo ni parecido a esto. Y aun así…

Kane frunció el ceño, dolorido ante mi súplica.

—Sí, ahora.

—Espera. —Tenía que ordenar mis pensamientos—. ¿Puede venir Mari conmigo? Por favor.

No podía dejarla allí cuando el castillo estaba destinado a caer.

—Haré que Griffin la mande a buscar.

Kane me observó con atención, con el ceño fruncido y algo batallando tras su expresión.

No me importaba ya lo patética, débil y asustada que sonaba. Y lo ridículo que era haberme enamorado de un rey fae mortal e imponente.

—¿Volveré a verte? —le pregunté.

Me sentía al borde de las lágrimas.

Kane me miró como si pudiera escuchar mi corazón resquebrajándose.

—Eso espero, pajarillo.

Alcé las manos para tocarle la oscura barba que le había crecido en la mandíbula y el cuello. Las ligeras bolsas bajo sus ojos... Me di cuenta, algo tarde, de que estaba hecho un desastre.

Con cuidado, como si yo fuera un animal salvaje, me rozó la mejilla con la mano. Era ligeramente consciente del puñado de soldados que, de repente, encontraron algo sumamente interesante que observar en el suelo.

—Tengo que decirte una última cosa —dijo, sin apartar la mirada de mi rostro—. Aquel día en el que te dije que debías de pensar que tu vida valía menos que la de tu hermano, me equivocaba. Hiciste una elección heroica la noche en que viniste aquí. Hizo falta un coraje tremendo. Llevo mucho tiempo siendo rey, y rara vez, si es que alguna, veo un valor así en mis mejores guerreros.

Lo miré a través de una cortina de lágrimas.

—Mostraste una extraordinaria valentía cuando no tenías ninguna esperanza de que eso fuera a salvarte. Arwen, tanto si eres consciente de ello como si no, hay una fuerza salvaje en tu interior. No necesitas a Ryder, ni a Dagan, ni a mí, ni a nadie más para cuidarte. Recuérdalo. Tú sola eres suficiente.

Aquellas palabras fueron como una oración, devastadoras y poderosas a la vez. Estábamos a escasos centímetros el uno del otro, y sentí que su aliento me hacía cosquillas sobre los labios, y que deslizaba sus dedos entre mi pelo, el cual aún estaba algo húmedo. Kane me estudió de cerca y frunció el ceño mientras, de forma indecisa, me rodeaba la cintura con la otra mano. Me estudió de nuevo con la mirada, como para asegurarse sin la más mínima duda de que yo también deseaba aquello. Esperé que pudiera ver que jamás había deseado nada con tantas fuerzas, en toda mi vida, como lo había deseado a él.

Dejó escapar un suspiro tembloroso y, con una delicadeza inesperada, apretó sus labios contra los míos.

Cuando mis labios tocaron los suyos, Kane soltó un suspiro gutural contra mis labios, como si hubiese estado conteniendo el aliento durante días. O, quizás, años. Esperando este momento concreto. Y lo entendía totalmente; sentir cómo sus labios envolvían los míos, cómo me sostenía entre sus brazos, y cómo, de alguna forma, él sentía lo mismo que yo... Era mejor que cualquier cosa que pudiera haber imaginado.

Tenía los labios suaves y húmedos, y examinó con ellos los míos. Se tomó su tiempo para saborear y acariciar con cuidado mis labios, y aquello me provocó escalofríos por todas y cada una de las partes de mi cuerpo. Cuando apretó ligeramente la mano que tenía en mi pelo, lo suficiente como para acercarme incluso más a él, me encendí y gemí contra su boca. Deslicé los dedos de forma delicada, suave y dolorosa contra su cuello, y le sonsaqué su propio gemido contra mi boca. Atrapé su labio inferior entre los dientes y lo besé. Quería arrancarle otro de aquellos guturales sonidos tan masculinos. Lo necesitaba más de lo que necesitaba aire en los pulmones.

Como si Kane pudiera adivinar lo que necesitaba, intensificó el beso, y el control que había exhibido se deshizo. Pasó de ser un beso cuidadoso, a algo más hambriento y mucho más desesperado. Movió la mano que había estado en mi cintura hasta mi rostro, y me hizo inclinar la cara aún más para así barrer mi boca con su lengua hasta que estuve sin aliento, y juraría que sentí una malvada risita retumbando desde su pecho contra el mío.

Y, entonces, se terminó.

Se inclinó hacia atrás con los labios enrojecidos y entreabiertos, respirando con dificultad, y me miró una sola vez con suficiente anhelo como para dejarme aún más sin fuerzas. Sentí su ausencia como si de repente me hubiese quedado sin ningún apoyo, y me balanceé ante la pérdida. Lo observé mientras se alejaba demasiado deprisa.

VEINTICUATRO

Me estaba cociendo viva. El verano en Onyx era implacable, y el calor se intensificó aún más dentro del sofocante carruaje. Griffin y los otros cuatro soldados que nos acompañaban nos aseguraron a Mari y a mí que Peridoto tan solo estaba a una semana de viaje, pero para el segundo día, ya estaba harta.

Cuando le pregunté a Griffin por qué no viajábamos en dragón, me dijo, de esa habitual forma cortante suya de hablar, que el dragón era «más un símbolo del poder de Onyx que un modo de transporte».

Aun así, habría pasado mucho menos calor en el dragón.

Observé el paisaje de Onyx al pasar a través de la ventana del carruaje mientras Mari dormía. Aún estaba impresionada de estar fuera de la Fortaleza Oscura. Quizá fuera por el constante olor a lilas en el aire, o la biblioteca gótica con sus candelabros de hierro forjado, o las gardenias sobre las piedras, o las sillas de terciopelo y la sonrisa de Kane...

Echaba de menos la botica, y todas las caras de la gente a la que probablemente nunca volvería a ver, e incluso el ceño fruncido de Dagan. No podía dejar de pensar en que había peleado contra una criatura fae, y había ganado gracias a todo lo que Dagan me había enseñado. Me pregunté si alguna vez podría contarle mi batalla. Estaría muy orgulloso de mí... Y ni siquiera me había podido despedir.

Los momentos tras la marcha de Kane eran como un borrón en mi memoria. Griffin envió a unos cuantos soldados conmigo para meter mis pocas pertenencias en un zurrón, con todos ellos arremolinándose en mi habitación como si fuesen un tornado. La raíz de madriguera aún estaba guardada de forma segura en mi bolsa, y recogí de la botica los ingredientes que me faltaban para la pócima antes de que me sacaran rápidamente de la fortaleza para siempre.

Le confesé todo a Mari en nuestra primera noche en el carruaje, y ella me escuchó atentamente para ponerse al día. Cubrimos el tema de la destrucción inminente del continente, la lección de historia fae, la horrible herida inducida por el lobo, la inmortalidad y no-humanidad en general de Kane, y las increíblemente poco apropiadas partes de mi mente que, a pesar de todo lo anteriormente mencionado, aún querían desnudarlo y lamerlo desde los pies hasta la cabeza.

Mari, por supuesto, no estaba tan alegre como siempre. Al escuchar las noticias del avance de la guerra (aunque los detalles relacionados con los fae se habían mantenido ocultos), su padre se había marchado a una pequeña ciudad fuera de la capital para recoger a su hermana con sus seis hijos. Mari no sabía si conseguiría verla en Peridoto, y estaba tratando de no pensar en absoluto en ese tema.

La mayor parte del tiempo, echaba de menos a Kane. Solo habían pasado dos días, y sabía que aún no le echaba de menos en realidad, sino que me estaba preparando para echarle de menos. Parecía muy poco probable que fuera a venir a esconderse conmigo en Peridoto en algún momento, no con la inminente guerra contra su padre. Un abismo se abrió en mi corazón, y sentí que me ahogaba en su interior.

El carruaje frenó hasta detenerse, sacándome de mis ensoñaciones y despertando a Mari. El sol ya se había puesto, y estábamos frente a una extraña y torcida posada, con el techo de paja.

—¿Dónde estamos? —pregunté a través de la ventana.

—En el Manantial de la Serpiente. Y baja la voz —dijo Griffin, que ató a su caballo y se dirigió hacia el interior.

—Qué mandón —dijo Mari, que se sacudió los rizos pelirrojos, ya que se le había quedado el pelo aplastado al dormir, y parecía tener un lado más desgastado que otro—. ¿Me pasas mis libros? ¿Y esa capa? Venga, date prisa —añadió mientras se bajaba hacia el calor de la noche.

Yo puse los ojos en blanco.

La posada era sofocante, y estaba perturbadoramente vacía. Griffin, Mari y yo tomamos una cena tardía sentados alrededor de una desvencijada mesa de madera. Estábamos solos, a excepción de un hombre mayor de bigote retorcido que roncaba, y dos alborotados chicos locales que estaban ya en su quinta bebida de la noche.

—He encontrado en este algunas menciones sobre la sociedad fae, pero nada sobre una fuente de poder —continuó diciendo Mari mientras observaba un tomo con tapa de cuero que había en la mesa, junto a su estofado.

Estaba encantada con aquella nueva información sobre la historia de los fae, y se había pasado por ello horas despierta mientras viajábamos, investigando.

—Baja la voz, por favor —Griffin apretó la mandíbula y se frotó la sien.

Al parecer no le gustaba demasiado Mari, y mucho menos cuando habíamos necesitado su sabiduría sobre algunas cuestiones relacionadas con los fae, y le habíamos confesado que Mari sabía lo de Lázarus y el Reino Fae. Me preguntaba si estaría resentido por estar haciendo de niñero con el objeto de deseo de su rey y su mejor amiga, cuando se aproximaba una batalla como aquella.

—Lo sé, lo sé, el concepto en general de un libro es algo que te resulta complicado —le dijo Mari—. Esto son *palabras* —dijo, pronunciándolo muy lentamente, y después me miró de nuevo. Yo me metí un trozo de patata en la boca para ahogar una risa.

—Lo único que te pido es un poco de discreción. Se supone que no deberías saber nada de esto. —Griffin me fulminó con la mirada—. Y nunca se sabe quién podría estar escuchando.

Mari asintió con falsa sinceridad, abriendo mucho sus ojos inocentes y marrones.

—Tienes toda la razón. Creo que el dormilón de ahí atrás trabaja para el enemigo. Bien visto, comandante.

Griffin miró fijamente su estofado, probablemente preguntándose qué decisión en la vida lo había llevado hasta ese momento. Entonces, se levantó de la mesa y dejó allí su cena.

—Mari, ¿por qué lo hostigas?

Mari miró de nuevo el libro mientras se metía una cucharada entera de comida en la boca.

—No lo pretendía.

Yo la fulminé con la mirada.

—Bueno, lo que decía —continuó, y bajó la voz—. No estoy segura de por qué el luzal es lo que te más te interesa de todo lo que Kane te contó. No hay nada sobre ello aquí.

Maldita sea.

—Ese es el problema. Incluso si por algún milagro logramos derrotar a este rey…

—Lo cual no creo que ocurra. —La fulminé de nuevo con la mirada—. Perdón —añadió.

—Incluso si lo *consiguiéramos*, hay decenas de miles de mortales y fae viviendo en un reino que es un infierno. No está bien. Y no podemos salvar su tierra o traerlos aquí hasta que sepamos más cosas sobre el luzal.

Aparté mi plato de comida. Se me había levantado el estómago, y nada me parecía peor que tomarme una papilla almidonada y granulosa.

Mari me miró de forma sospechosa.

—¿Desde cuándo te importa tanto un reino del cual te enteraste de su existencia solo hace cinco días?

No podía responderle, en realidad, ya que no estaba segura. Ese sentimiento de desamparo me era demasiado familiar, y lo había experimentado todos los días de mi vida hasta que había llegado a Onyx. Pero había aprendido a vivir sin mi familia, a pelear con una espada, a ser audaz. Había sobrevivido al ataque de un mercenario fae. Y ahora Kane se apoyaba en mí, contaba conmigo... Lo había llamado «positividad incansable», pero, a pesar del desamparo, había otro sentimiento que florecía en mi interior.

Y quizás, eso que sentía fuera esperanza.

Noté la áspera manta de retales contra mi piel, y el olor de la cama a alcanfor y a colada agriada se me metió por la nariz. Me giré hacia el otro lado para comprobar si tal vez la nueva postura sería más cómoda.

No lo era.

La almohada estaba caliente sin importar las veces que le diera la vuelta, y el aire estancado de la posada me estaba asfixiando. Me puse las botas y bajé las escaleras sin pensármelo dos veces.

En el exterior, el aire frío me acarició la cara. Inhalé profundamente el olor a trigo de color obsidiana y hierba cortada. Me había enamorado un poco de la dura tierra de Onyx. Citronela, lila, lavanda... Las dulces y pegajosas fragancias de la ciudad de mi infancia ahora me parecían empalagosas en mis recuerdos.

Me llené las manos de agua en el pozo de la posada, y me la eché sobre la cara. El sonido de metal contra metal me sorprendió, y me giré hasta divisar a dos hombres que luchaban a lo lejos. Cuando uno de ellos pidió clemencia, eché a andar sin darme cuenta.

Aún no era por la mañana, así que me froté los ojos y los entrecerré para ver con la tenue luz. Busqué algún tipo de arma con el que poder frenarlos, y lo único que encontré fue un largo trozo de madera.

Eso tendría que bastar.

Corrí hacia los hombres preparada para separarlos con mi palo, y entonces, los escuché riéndose.

Solté una exhalación que casi fue cómica.

Griffin no llevaba ninguna camisa puesta, y estaba sudando a mares. Tenía el pelo rubio pegado contra la frente. Frente a él, el joven soldado con una mata salvaje de pelo con el que habíamos estado viajando se lanzó a por Griffin. Griffin esquivó el golpe por encima de la cabeza con facilidad, y después le pegó en la cabeza con el pomo.

—¡Ay!

—Menos hablar, y más centrarte en la distancia. Te acercas demasiado —le dijo Griffin. En ese momento me vio, y alzó las cejas—. Buenos días, sanadora. —Griffin se agachó ante el siguiente ataque, y golpeó al chico en el estómago con la otra mano.

—Rolph, si tuviera mi daga ahora mismo, estarías muerto.

Rolph soltó la espada y se dejó caer sobre un fardo de hierba cercano.

—De acuerdo, estoy muerto.

—Pero ¿qué clase de actitud es esa? —le preguntó Griffin, pero Rolph ya se estaba acercando al pozo, seguramente para beber agua y lamerse el orgullo herido.

—Podrías no ser tan duro con el chico —le dije, agarrando el arma que había abandonado allí.

—¿Cómo va a aprender entonces?

Hice girar la espada en mis manos.

—También podrías no ser tan duro con Mari.

La energía traviesa de Griffin cambió.

—¿Te ha dicho ella eso? ¿Que soy duro con ella?

Yo negué con la cabeza.

—No, te lo digo yo.

Griffin hizo un ruido a falta de respuesta.

Había echado de menos sentir el acero en mis manos. El poder que sentía cuando agarraba una espada.

—¿Qué te parece una apuesta?

Griffin me miró con una ceja alzada y la frente sudada.

—Has pasado demasiado tiempo con nuestro rey —me dijo. Pero entonces, tras un momento, añadió—: ¿En qué estabas pensando?

—Si puedo golpearte una sola vez, solo una, tendrás que decirle algo amable a Mari. Un cumplido de verdad.

Griffin puso los ojos en blanco.

—¿Qué somos, niños pequeños?

Yo sonreí.

—De acuerdo. Pero, si no puedes golpearme, ¿qué me llevo yo?

Lo consideré durante un momento.

—Griffin, creo que no sé nada de ti. Absolutamente nada, de hecho. ¿Qué quieres?

—Que esta noche cenemos en silencio. Si tengo que hacer de niñero con vosotras dos hasta que lleguemos a la Cala de la Sirena, al menos quiero que sea soportable.

—Eres lo peor. Y un aburrido.

Entonces fue Griffin el que sonrió.

—Son las pequeñas cosas…

Antes de que pudiera responder, se lanzó hacia mí con la espada en alto. Bloqueé todos los embates que pude, pero unos cuantos de ellos acabaron golpeándome en los brazos, en el abdomen y en la espalda. Griffin al parecer tenía experiencia enseñando, ya que cada uno de los golpes me dieron con gran habilidad: los lanzaba a toda velocidad, pero acababa dándome con solo un toquecito. El estilo de Griffin era mucho más rápido y peleón que el de

Dagan, se cambiaba la espada de la mano derecha a la izquierda, o saltaba sobre mis intentos de atacarlo por lo bajo.

Diez minutos después, apenas podía tenerme en pie.

—De acuerdo, vale —dije sin aliento—. Ya es suficiente.

Griffin me dedicó una sonrisa exasperante. Me aparté de un soplido el pelo de la cara, como un caballo irritado. Griffin se rio.

—No estés triste, eres mucho mejor de lo que esperaba. El viejo te ha enseñado bien.

—¿Kane te lo dijo?

Griffin asintió, pero vi en su mirada algo que no sabía exactamente cómo catalogar.

—Ve a lavarte. Nos vamos en una hora.

Yo resoplé. Vaya con la Arwen fuerte, poderosa y capaz de matar a los fae.

—Podrías ser decente con un poco más de práctica. Házmelo saber si quieres que sigamos trabajando en ello.

Hice una pausa.

—Pensaba que me odiabas.

La expresión de Griffin apenas cambió, pero su mirada se volvió solemne.

—No, sanadora, no te odio.

Soltó un suspiro, y se sentó sobre el fardo de paja, junto a mí. El sol estaba comenzando a alzarse, y la parpadeante luz le resaltó los mechones dorados del pelo.

En ese momento se me ocurrió algo que llevaba meses preguntándome.

—Griffin, ¿por qué perseguías a Kane aquel día, en la enfermería, si no era realmente un prisionero a la fuga?

El comandante esbozó una sonrisa triste. Aún se me hacía raro verle sonreír.

—Necesitaba que lo curaran, pero no quería decirte quién era aún, así que tuvimos una pelea por ello. —Griffin apretó la mandíbula al recordarlo—. Y después, se escabulló.

Se me escapó una risa.

—¿Lo estabas *persiguiendo* de verdad?

Pero la sonrisa de Griffin ya había desaparecido.

—Proteger al rey es mi trabajo. Y tú eres… —Se rascó la barbilla mientras trataba de encontrar las palabras adecuadas—. Un peligro para él.

Resoplé.

—Ya. El gran Kane Ravenwood, batido por Arwen, de Abbington. Qué miedo.

Griffin se puso en pie.

—No es un asunto sobre el que bromear. No puede tener ni una sola debilidad cuando se enfrente a Lázarus y, sin embargo, tú eres su debilidad. No hay nada que sea más peligroso para Evendell.

Tras otro sofocante día en el carruaje, esa noche descansamos en una posada diferente. Los dueños de aquella eran una familia rolliza, y la posada tenía un fuerte olor a cerdo.

La cena fue algo incómoda. El resto de los guardias con los que viajábamos se sentaron alrededor de la chimenea inactiva (hacía demasiado calor como para encender ni una llama) mientras que bebían y contaban historias. Mientras, nosotros tres nos sentamos en un agresivo silencio y tratamos de comer algo. Mari estaba descontenta, cuanto menos, acerca de mi acuerdo sobre la cena silenciosa. Tuve que convencerla con la promesa de conseguirle tres libros nuevos cuando llegáramos a Peridoto.

El silencio era ensordecedor, pero las miraditas entre mis dos acompañantes eran incluso peores. Mari fulminaba con la mirada a Griffin con la furia de un gato empapado de agua. Y mientras, Griffin era la personificación de la calma engreída, lo cual solo enfadaba aún más a Mari.

Los minutos pasaron de forma tortuosa, y cené lo más rápido que pude. Mari miró fijamente a Griffin hasta que su enfado pareció transformarme en algo totalmente diferente. Su mirada cambió, y la paz de Griffin pasó a ser sospecha.

No quería ni preguntar qué estaba ocurriendo.

De repente, Mari se puso roja como un tomate y bajó la mirada hacia su comida. Parecía que el cerdo mal cocinado se había convertido en algo fascinante. Miré mi cerdo, y después al suyo, pero no vi nada diferente.

Entonces, volví a mirar a Griffin. Observaba los ojos color chocolate de Mari con algo que parecía remordimiento.

Se aclaró la garganta.

—Tienes el pelo radiante. Como el atardecer después de una tormenta.

Mari se quedó boquiabierta, y Griffin se puso en pie de forma abrupta. Al hacerlo golpeó la mesa con las piernas, las cuales eran demasiado largas, y provocó que la cubertería saltara por los aires. Se alejó de la mesa antes de terminar de cenar por segunda noche consecutiva.

—¿Qué… ha sido eso? —le pregunté a Mari. Ella parecía incluso más estupefacta que yo.

—No tengo ni la menor idea —dijo Mari por primera vez desde que la conocía. Quizá, por primera vez en su vida.

Se pasó el dedo de forma distraída por uno de sus rizos, y volvió a centrarse en la cena.

VEINTICINCO

S upe que habíamos llegado a la costa incluso antes de abrir los ojos. Una brisa salada entró a través de la ventana del carruaje, y la temperatura bajó unos seis grados.

—Ay, gracias a todas las Piedras —murmuré, aún medio dormida.

—¡Arwen, levántate! —Mari sonaba como si estuviera muy lejos. Abrí un solo ojo, y la vi apretada contra el lateral del carruaje, con la cabeza por fuera de la ventana y los ojos entrecerrados ante el brillante sol—. ¡Es tan bonito! —dijo ella.

No pude evitar sonreír antes de apretarme a su lado.

El corazón se me iluminó dentro del pecho ante aquellas vistas, imitando el brillante sol que había en el exterior.

Peridoto era más exuberante e imponente de lo que jamás habría podido imaginar. De nuevo, el peso de lo poco que había experimentado en Evendell me golpeó como un puñetazo en el vientre.

El castillo que se extendía ante nosotras en la colina más alta parecía un rancho. Tenía vigas de bambú, una enorme puerta de paja, y kilómetros de tierra exótica que se desplegaban en todas las direcciones. El olor a agua salada y a plumeria se coló en el interior mientras yo avistaba vacas, caballos y cabras. Había colinas de un intenso color verde que se expandían más allá de las puertas del castillo como si fuesen olas del mar, y todas estaban salpicadas de flores tropicales. Tendría que investigar sus nombres.

La ciudad en sí misma llegaba más allá de la fortaleza, introduciéndose entre los árboles y colinas, y haciéndose más y más densa hasta donde me alcanzaba la vista. Era como si la Cala de la Sirena estuviese protegida por la fortaleza de su rey, y no al contrario. Por lo que podía ver, la ciudad era más como mi hogar en Abbington de lo que me había imaginado que una capital abarrotada de gente podía ser. De los techos de paja salía humo, había gallinas y más caballos que piaban y relinchaban. Por aquí y allá se paseaban familias con sus hijos, y mujeres que transportaban cubos o cestas.

Pero lo más impresionante de todo estaba aún más cerca, justo en el exterior del carruaje, a mi derecha; a unos kilómetros de la casa real se encontraba la playa.

Los muelles de Abbington eran, a lo sumo, un núcleo turbio y con olor a pescado lleno de madera que llegaba a la deriva y pelícanos. Solía haber barcos y botes de todas las formas y tamaños amontonados en el puerto, y los pescadores desdentados llenaban todo el espacio sobrante. Mis hermanos y yo teníamos que caminar cuarenta minutos para darnos un rápido baño helado, y al anochecer volvíamos con el brillante sol derritiéndose por la marina, las piernas doloridas, la piel bronceada, y apestando a salmuera y a trucha.

Pero esto era algo totalmente diferente. La bahía con forma de medialuna estaba protegida por unos acantilados bajos de piedra, y estaba repleta de olas de color esmeralda que rompían contra una playa de suave arena rosada. Más allá de los acantilados había un bosque pluvial con unos árboles picudos que jamás había visto. La brisa fresca se mezclaba con el aire húmedo, y me hacía cosquillas en la piel. Quería pegarle un mordisco a la atmósfera.

—Venga —me dijo Mari, tirando de mí hacia el exterior en cuanto el carruaje se frenó, y seguimos a los soldados hacia las puertas del castillo.

Estaba incluso menos emocionada por ver a la princesa Amelia de lo que había previsto. Su pelo rubio platino caía en cascadas sobre su ropa suelta. Una simple banda de tela beis le cubría el pecho, y resaltaba la piel de su vientre, tersa y bronceada. Tenía una falda del mismo material vaporoso, y flotaba desde sus caderas hasta el suelo.

Tenía un cuerpo increíble, y la fina tela se encargaba de que todo el mundo a un radio de varios kilómetros lo supiera. En algún punto entre ver cómo había coqueteado hasta formar una alianza con un viejo amante y tener la lengua de Kane en mi boca, había decidido que ella era mi némesis. O, quizás, algo un poco menos dramático. Pero solo ligeramente.

Junto a ella estaba su padre, el rey Eryx. Tenía el mismo pelo pálido que su hija, pero una piel mucho más clara, y los ojos de un color ámbar intenso y reconfortante. Como un girasol... tal y como los de su hija.

—Bienvenido, comandante Griffin —dijo Eryx con su voz grave.

Griffin hizo una reverencia, y los demás lo imitamos.

—Comandante —lo saludó Amelia de forma amigable. Griffin volvió a hacer una reverencia, y después le agarró la mano y la besó.

Eryx pareció más que satisfecho tras la interacción.

—¿Aún no has tomado una esposa, mi querido comandante?

Amelia puso los ojos en blanco, con tanto veneno que incluso yo retrocedí. Pero Griffin, tan calmado como siempre, ni siquiera se sonrojó.

—Estoy algo ocupado dadas las circunstancias actuales, su majestad.

Eryx le dedicó una amable sonrisa, y una risa algo taimada.

—Entendido. Creo que hablo por todos cuando digo que os estamos muy agradecidos por vuestra dedicación. Una vez que venzamos a los bastardos de Ámbar, te aseguro que mi dulce Amelia seguirá esperando aquí. Como siempre.

Casi me quedé bizca por tratar de no poner los ojos en blanco. No me importaba demasiado Amelia, pero incluso a mí me pareció horrible que su padre la ofreciera como si fuera ganado a la venta.

—Puede ser algo complicada, pero estoy seguro de que el título de príncipe de Peridoto hará que el trato merezca la pena, ¿no es así? —El rey soltó una risa con flema que acabó convertida en una tos. La sonrisa insípida de Griffin jamás se le reflejó en la mirada.

Miré a Mari por el rabillo del ojo, y parecía tensa. Sin extender más la amable conversación (si es que se le podía llamar así al ofrecimiento insensible de Eryx), nos guiaron al interior del ventilado palacio, y Griffin siguió a Eryx a través de otro pasillo.

La princesa ni siquiera nos miró ni a Mari ni a mí antes de desaparecer.

—Qué insoportable es Amelia, ¿no? —dijo Mari en voz baja.

—No te haces una idea.

Nos mostraron nuestros aposentos a cada uno para la duración de nuestra estancia, la cual no sabríamos cuán extensa sería. No pude evitar la forma tan teatral en la que miré boquiabierta el acogedor espacio de suelo de teca y la cama con dosel al entrar. Por unas ventanas gigantescas con vistas a la reluciente bahía turquesa entraba una brisa que me removió el pelo. Un solitario y exótico pájaro con las alas de un brillante rojo escarlata estaba posado sobre el alféizar.

Me estiré sobre las suaves y blancas sábanas de algodón y solté un sonido de alivio. No más posadas ni más calor asfixiante. Quizá por fin conseguiría dormir bien una noche.

Pero aún no podía descansar. Le había prometido a Mari tres libros, y pretendía cumplir mi promesa. Además, estaba emocionada por ver la biblioteca de Peridoto. La biblioteca de la Fortaleza Oscura era exquisita, y esa tan solo había sido la biblioteca de una fortificación del ejército. Aquello era un palacio en la Cala de la Sirena, la capital de Peridoto. Puede que tuvieran la biblioteca en una albufera.

Recorrí el castillo, y cada centímetro estaba adornado con enredaderas, cojines o delicados abalorios. Le pregunté a uno de los sirvientes, el cual estaba limpiando el polvo de un diván de lona, cómo se llegaba hasta la biblioteca. Era extraño haber sido una aldeana toda mi vida, después una prisionera hasta solo hacía unos meses, y ahora, una invitada de la realeza.

El sonido de las olas rompiendo en la Bahía de la Sirena me persiguió allá adonde iba, como una preciosa canción de cuna. Abrí las puertas de bambú que daban a la biblioteca, y pasé junto a unos cuantos soldados de Peridoto sin camiseta, ataviados con unos pantalones de armadura y yelmos. Sus torsos y antebrazos estaban cubiertos de tatuajes con estampados detallados, los cuales combinaban con sus largas lanzas.

La biblioteca era simple, llena de libros coloridos y rollos, y tenía una chimenea caldeada en el centro de la habitación, rodeada de cojines blancos. Pero la acogedora chimenea y los pocos lectores que se acurrucaban junto a ella no eran el plato fuerte de aquella habitación. Ese puesto estaba reservado para el extenso balcón con vistas a la impoluta bahía. El agua calmada y cristalina se arrastraba sobre la orilla. A la izquierda había al menos quince gigantescos barcos con el símbolo verde de Peridoto marcado en las velas. El sol estaba ya bajo en el cielo, y se reflejaba sobre las olas con sus resplandecientes rayos.

No sabía cómo había podido sobrevivir veinte años sin ver un océano como aquel, ni cómo aguantaría ni un solo día sin verlo. La brillante luz del sol, los colores, las texturas y las olas… Apenas me podía creer que todo aquello fuese real. Había algo acerca de estar al borde del continente que me parecía liberador y, a la vez, totalmente aterrador. Aterrador pero, sin embargo, mi ya familiar pánico no había hecho acto de presencia.

Me aparté de aquellas vistas con dificultad, como si hubiera tenido que desenredarme del agarre de una enredadera. Por fin me
dirigí a la sección marcada como «cuentos populares», y saqué tres
libros: uno de la mitología fae, un libro de hechizos, y otro sobre
los diferentes tipos de criaturas híbridas y sus dietas. Ya iba conociendo a mi amiga.

Además, después de todo lo que Kane me había contado, yo
también quería saber más sobre los fae. Si iba, de alguna manera, a
vencer a su padre, necesitaría toda la información que pudiera tener. Traté de no calcular las probabilidades que tenía de vencer al
último fae de pura sangre, cuando solo cincuenta años atrás había
fracasado estrepitosamente.

Al salir, volví sobre mis pasos para entrar en la sección marcada
como «horticultura», y escogí un libro titulado *La flora de Evendell en
cada reino*. Aquel ejemplar era totalmente para mí.

Dejé los libros fuera de la habitación de Mari, ya que recordé
que quería dormir un poco antes de la cena, y después me dirigí a
mi habitación. Pero antes de haberme metido del todo entre las sábanas de seda para dormir también un poco, alguien tocó a mi
puerta.

—Adelante.

La princesa Amelia entró a la habitación y se sentó sobre la
cama. Trastabillé para sentarme rápidamente junto a ella de forma
educada, y después traté de hacer una reverencia. Fue un desastre.

Ella me dirigió una mirada de pena.

—No es necesario… lo que sea que haya sido eso. Te he traído
algo de ropa para la cena de esta noche. —Amelia me pasó un vestido similar al que ella llevaba puesto. De una tela azul clara, y
muy transparente. No parecía que fuera a cubrirme mucho—. La
ropa trágicamente oscura y pesada de Onyx no os servirá de mucho aquí.

—Gracias, su alteza —le dije—. Tengo que preguntar… ¿La
princesa siempre entrega en mano la ropa a sus invitados?

No sabía qué fue lo que me hizo ser tan sarcástica, pero no confiaba en aquella mujer. Y confiaba incluso menos en ella cuando trataba de ser amable conmigo.

Ella tan solo me ofreció una tensa sonrisa que no se le reflejó en la mirada.

—Sé que piensas que soy tu enemiga, Arwen. Que intento llevarme a tu rey a la cama, o alejarlo de ti, o cualquiera de los ínfimos problemas que creas tener. Pero no hay nada más lejos de la realidad. De hecho, quiero darte un consejo, de mujer a mujer.

Como si fuera una niña pequeña a la que estaban reprendiendo, me quedé mirando mis propios dedos entrelazados. No me atreví a mencionar que ella *ya* se había llevado al rey a la cama, y varias veces. Pero no estaba segura de para quién sería más incómoda aquella conversación, si para ella o para mí. Amelia me puso un dedo adornado de joyas bajo la barbilla e inclinó mi rostro hacia el suyo.

—Kane Ravenwood no ha sido del todo sincero contigo.

Pestañeé.

—Te ruego que no antepongas tu corazón —continuó diciendo—, sino tu mente y tu espíritu. Pareces una mujer inteligente, así que no te dejes engañar con facilidad por su seducción.

Antes de poder decirle que estaba más al tanto de sus secretos de lo que ella creía, Amelia se levantó y salió de la habitación, cerrando la puerta con suavidad a su espalda.

Yo apreté los labios, y sentí que la irritación estallaba en mi interior.

No podía estar más equivocada. Hasta hacía solo unos días, habría estado totalmente de acuerdo. Pero él por fin se había sincerado conmigo, había compartido sus secretos más oscuros tal y como yo había hecho con él. Quizás Amelia estuviera celosa, o tal vez de verdad quisiera ayudarme. Pero, fuera cual fuere el motivo, no importaba. No tenía ni idea de cuándo, o si lo vería de nuevo. Y, mientras estuviésemos separados, no dudaría de mi fe en él.

Miré los trozos de tela que la princesa había llamado *ropa*. No estaba tan delgada como ella, ni tenía tantas ganas de enseñar tanta cantidad de cuerpo. Me desvestí por completo y me puse la tela azul. Las volutas de tela transparente y brillante me rodearon el cuello y la cintura en un ángulo bajo, y dejaron mi espalda y mi vientre expuestos para arremolinarse sobre el suelo como si fuese crema derretida. Era mucha menos tela de la que jamás había llevado puesta fuera de mi propio dormitorio.

Me miré en el espejo esperando sentirme humillada, pero, en su lugar, lo que sentí fue una oleada de poder que me recorrió. Estaba, de hecho, bastante guapa.

Me recogí el pelo por encima de la cabeza y lo aseguré con un lazo negro. Puede que me hubieran sacado de Onyx, pero no iban a arrebatármelo del todo…

Escuché mi puerta rechinar y me giré, esperando ver allí a Mari o a Amelia de nuevo.

Pero, en su lugar, me encontré cara a cara con un Kane aturdido.

—Joder —gruñó.

Estaba tan estupefacta de verlo, que yo fui incluso menos elocuente.

—¿Eh?

Kane se aclaró la garganta.

—Hola —me dijo al tiempo que se sonrojaba—. Estás muy… Quiero decir, muy… Hola.

Frunció el ceño, como si ni siquiera él supiera qué estaba soltando por la boca.

Estaba aquí.

En Peridoto.

Vivo, y feliz de verme. Sentí que las mejillas me ardían.

—Muy hola para ti también.

Tiré de él desde el umbral de la puerta para meterlo en mi habitación, y me puse de puntillas para darle un beso en la mejilla. Se había afeitado, y sentí que tenía la mandíbula suave y caliente bajo mis labios.

—¿Cuándo has llegado? —le pregunté, y casi no reconocí mi propia voz ronca.

Me sujetó de las caderas, pero lo hizo para poner algo de distancia entre nosotros.

—Hace un momento. Tengo que enseñarte algo.

Me quedé estupefacta.

—¿Ahora mismo?

Kane apretó la mandíbula tanto que habría sido capaz de partir una piedra entera con los dientes.

—Aunque sea difícil de creer, así es.

Me agarró de la mano y me sacó de la habitación en dirección al salón principal. La habitación olía a pescado a la parrilla y a fruta cítrica. El estómago me rugió. Estábamos rodeados de la nobleza y de los comandantes de Peridoto, y pensé, de forma distraída, que quizá debía de soltarle la mano al rey.

Pero entonces todo pensamiento abandonó mi cabeza cuando los vi.

VEINTISÉIS

E staban tan solo algo cansados, y vestidos con ropas de Granate que jamás habría podido imaginar a ninguno de ellos llevar, pero allí estaba mi familia. Mi madre, Leigh y Ryder estaban sentados ante una mesa de madera con Griffin y Mari, riendo y comiendo. La cara me cambió, y no pude controlar las lágrimas que comenzaron a caer.

Corrí hacia ellos, y me lancé a por Leigh primero.

—Pero ¿qué…?

Pero cuando se dio cuenta de que era yo, soltó un chillido. Me rodeó con sus bracitos, y aquello solo me hizo llorar con más fuerza. Más tarde, me tomaría el tiempo suficiente para inspeccionar cada uno de los dedos de las manos y de los pies, y me convencería de que estaba realmente bien.

—Te he echado tantísimo de menos… Y te quiero, pero ¡no puedo respirar!

La solté, pero solo para poder verle bien la cara. Estaba algo más delgada que la última vez que la había visto, pero me sonreía ampliamente, y su expresión iluminó sus mejillas hundidas.

Después miré a Ryder, y él se acercó a toda velocidad y me levantó entre sus brazos.

Cuando me soltó, observó mi ropa con transparencias con una mueca.

—Tienes pinta de loca.

Me reí a través de las lágrimas de mis ojos, y lo abracé con más fuerza aún.

—Gracias. —Me eché hacia atrás, pero mantuve un tono de voz bajo—. Las has mantenido a salvo.

—Por supuesto que sí. ¿Qué has estado haciendo *tú*?

—Es una historia muy larga.

Después, me acerqué a mi madre. No tenía tan buen aspecto como Leigh y Ryder. Aquellos meses le habían pasado factura, y parecía frágil y cansada. Me agaché y la rodeé con mis brazos.

—No me lo puedo creer. Creía que no te vería nunca más —me dijo en voz baja.

El corazón se me hinchó en el pecho, como si fuese el sol después de una tormenta. Brillante y visible. La abracé con más fuerza aún.

—Lo sé —le dije—. Lo siento muchísimo.

Nos quedamos así durante tanto tiempo que perdí la cuenta. Cuando la espalda comenzó a dolerme, me eché hacia atrás y me senté en la mesa. Busqué a Kane, pero lo vi saliendo de la habitación con Amelia y Eryx. Corrí hacia ellos, ya que la alegría y la incredulidad me hicieron ser valiente.

—¡Oye, espera! —Llegué hasta donde estaba, y le tiré de la camisa mientras me limpiaba las lágrimas con la otra mano—. ¿A dónde vas?

Amelia me observó con un interés escéptico junto a su padre, pero no me importaba. Esa noche, no. No cuando Kane me miró con tanto afecto, que las mejillas comenzaron a dolerme de sonreír tanto.

—Pensé que querrías estar a solas con ellos. Tengo algunas cosas que hacer antes de irme.

—Tenemos una guerra que plantear, lady Arwen —dijo Amelia, en un tono de voz cargado de superioridad, y unos rasgos incluso más fríos.

—Ah, sí, claro. —Miré de nuevo a Kane—. Gracias por habernos reunido. Jamás podré decirlo las suficientes veces…

—Te dije que lo haría —me contestó con un brillo en la mirada.

—¿Cómo has llegado aquí tan rápido desde Granate?

Inclinó la cabeza a un lado, como si estuviese preparándose para responder a mi pregunta con otra pregunta.

—¿En dragón? —le pregunté, como si fuera algo totalmente normal.

Me sonrió un poco.

—Sí. —Y entonces, se alejó ligeramente de nuestros anfitriones—. No estoy seguro de quién estaba más emocionada, si tu madre o la pequeña.

—¿Y Ryder?

—Me parece que vomitó.

Se me escapó una risa demasiado fuerte, y a Kane se le arrugó la piel alrededor de los ojos en respuesta.

—¿Cuánto te marchas? —le pregunté.

Cambió la pierna de apoyo y se giró un poco hacia Eryx.

—Mañana por la mañana.

—Claro —le dije—. Bueno, incluso un rey tan ocupado a punto de entrar en guerra tiene que comer, ¿no? ¿Te gustaría unirte a nosotros? Probablemente le darías la sorpresa de su vida a mi madre —le sonreí.

Su encanto lobuno no estaba presente esa noche, pero tampoco parecía estar entristecido. Quizá «resignado» fuera la palabra, lo cual tenía sentido. Entendía la severidad de la situación, pero nada podría haberme arruinado en ese momento la alegría de ver a mi familia.

Kane miró a Amelia y a Eryx, los cuales tenían la misma expresión de irritación. Después, miró hacia la mesa iluminada por las velas donde estaban mi familia, Mari y su comandante.

—Claro —dijo.

La cena fue fascinante.

Le di a mi madre la pócima con raíz de madriguera que había preparado de camino a Peridoto. No le emocionó mucho el sabor, pero en el transcurso de la cena, la cara le cambió.

A pesar de la inquietud inicial de mi familia ante la presencia del rey oscuro, Kane tuvo una conducta irreprochable, y poco a poco se acostumbraron a él. La primera fue Leigh, por supuesto. Aquella niña era valiente. Después le tocó a mi madre, quien tenía una gran cantidad de preguntas para Kane: «¿Qué se siente al tener el peso de un reino entero sobre los hombros? ¿Te agobian a diario las muertes que has causado?». No era exactamente una conversación animada para una cena, y traté de demostrarle mi descontento a través de un implacable contacto visual.

Pero, al menos, su forma de abordarlo fue mejor que la de Ryder. Nos había observado al volver a la mesa con una mirada extraña, y no la había cambiado desde entonces. Interrumpió la siguiente pregunta de mi madre hacia Kane con una suya propia:

—Entonces, rey Ravenwood... —comenzó a decir con un bollo de pan en la mano—. ¿Cómo es que acabaste haciéndote amigo de mi hermana?

Lo fulminé con la mirada. No me importó el énfasis que le puso a la palabra «amigo».

Kane le dirigió su sonrisa lobuna de siempre, y yo me puse totalmente colorada de forma anticipada.

—Ella se ofreció a ser la sanadora de mi fortaleza a cambio del dinero que robaste. Quizá deberías de darle las gracias.

Entonces fue Ryder el que se puso rojo.

—Su majestad, fue una cuestión simple de vida o muerte. Tú habrías hecho lo mismo por tu familia, ¿no es así?

—No tengo familia, así que no sabría decirte —dijo Kane de forma trivial. Sentí una punzada de dolor en el corazón ante sus palabras. Debió de verlo en mi expresión, ya que añadió—: Pero te tomaré la palabra.

—Por todas las malditas Piedras —farfulló Ryder, encogiéndose sobre sí mismo.

—¡Esa boca! —le regañó mi madre entre dientes.

No pude evitar sonreír. Había echado de menos incluso su ridículo puritanismo.

Mari también tenía una gran cantidad de preguntas. Sobre todo acerca de Abbington, y sobre las concepciones que tenía la gente sobre Onyx. Leigh la adoró de inmediato. Las dos eran como dos mitades de un acto cómico, se terminaban las frases la una a la otra, y se reían de forma exagerada ante cosas que a nadie más le parecían graciosas.

—Eso, de hecho, me recuerda algo —le dijo Mari a mi madre—. ¿Cómo era lo...?

—Estás haciendo que la pobre mujer se ahogue con el pez espada. Déjala comer en paz —le dijo Griffin y, aunque habló en un tono agradable, Mari lo fulminó con la mirada.

—Lo siento muchísimo, comandante, he olvidado lo bien que se te da entablar conversaciones. ¿Querrías tal vez halagarle el pelo? —le preguntó Mari.

Se me escapó una risa, y casi escupí la papaya encima de la mesa. Le agarré el brazo a Kane a mi lado entre mi tos y mi risa. Kane se tragó una risa al verme. Por el rabillo del ojo, vi que Ryder alzaba una ceja mientras nos miraba, y rápidamente aparté la mano del brazo del rey.

—No te preocupes, pelirroja. Creo que le gusta que le pregunten cosas, ¿no es así, mamá? —le dijo Ryder.

Mi madre sonrió y fue a hablar, pero Griffin la interrumpió.

—No sé yo, *pelirroja*. Creo que el chico solo está siendo amable.

Mari resopló, y Ryder le dirigió una falsa sonrisa a Griffin.

—Si soy un chico, entonces, ¿tú que eres, comandante?

—Un hombre —dijo Griffin con la vista puesta en su comida, aburrido ante aquella conversación.

—Nunca lo habría dicho —murmuró Ryder, haciendo que a Mari y a mí de nuevo nos diera la risa.

Miré a mi izquierda, y vi a Kane y a Leigh conversando. Ella le estaba explicando algo con expresiones animadas y complicados gestos de manos. A su favor, Kane seguía la conversación con atención, con la barbilla puesta sobre el puño y asintiendo con la cabeza.

Observé detenidamente a aquel extraño grupo de gente que había a mi alrededor, y sentí como si el corazón fuera a estallarme. Tenerlos a todos allí juntos era mejor de lo que jamás podría haber imaginado.

Cuando la cena acabó y estuvimos totalmente llenos de carbohidratos y ron, rodeé la silla de mi madre para ayudarla a levantarse. Pero, para mi incredulidad, se levantó con facilidad.

—¡Mamá! —le dije, sin disimular mi sorpresa.

Al principio se movió lentamente, pero después encontró el paso y caminó como solía hacerlo. Lentamente, pero de forma intencionada. Incluso diría que elegante. Leigh y Ryder la miraron estupefactos. Sentí que los ojos se me llenaban de nuevo de lágrimas. Esta noche había derramado más lágrimas de felicidad que nunca.

—Arwen... no tengo palabras.

—Yo tampoco. ¿Cómo te sientes?

—Mejor. Tengo la cabeza menos embotada.

—Así que lo que dijiste no era cosa de la fiebre —dijo Kane.

Me giré para mirarlo a mi espalda, y los ojos le brillaban como estrellas.

—No —susurré.

Lo que había hecho en el bosque aquella noche había sido increíblemente estúpido. Pero nada podría haber merecido tanto la pena como ver la expresión de mi madre esa noche.

—¿A qué se refiere? —preguntó mi madre con las cejas alzadas.

—Nada. Deja que te acompañe a tu habitación para retirarte.

Miré de nuevo a Kane, pero él pareció leerme el pensamiento.

—Iré a verte antes de irme. Disfruta de tu familia esta noche.

Asentí, agradecida.

En mitad de las escaleras, mi madre me miró.

—Así que te acuestas con un rey. ¡Eso es nuevo!

—¡Mamá! —solté, pero fui incapaz de esconder la sonrisa.

Ella se rio.

—Solo te tomo el pelo. Pero, claramente, te tiene muchísimo aprecio.

Sentí aquel pinchazo ya familiar en el corazón.

—No hemos hecho nada de eso. —Entrelacé mi brazo con el suyo mientras rodeábamos un pasillo iluminado por las antorchas—. Pero... yo también le tengo aprecio. Ha sido muy bueno conmigo desde que llegué a Onyx. A pesar de todo lo que ocurre y de todo lo que hay en juego. Bueno... —Pensé en lo que acababa de decir—. «Bueno», a su manera.

Mi madre soltó una risa y me dio unas palmaditas sobre la mano.

—Parece muy considerado bajo todas esas capas de misterio.

En esa ocasión fui yo la que me reí. A Kane le habría encantado eso.

—Durante meses, no fue nada fácil, pero había un lado bueno. Te encantarían las flores que hay en los jardines de la Fortaleza Oscura. Tienen los colores más extraños que he visto nunca.

Ella me dirigió una media sonrisa antes de quedarse parada a solo unos pasos de su habitación.

—Arwen, cuando Ryder volvió a por ti y vio la... la sangre. Pensamos que había ocurrido lo peor. —Me agarró la mano—. Estoy tan, pero tan orgullosa de ti, Arwen.

Yo le apreté la mano con fuerza, y fruncí un poco el ceño.

—¿Por qué?

—Cuando el rey nos encontró en Granate, nos contó lo que hiciste por Ryder. Por nosotros. Nos contó a cuánta gente curaste en el puesto de avanzada del Reino de Onyx. No tenía ni idea de dónde podrías haber ido, o de si estabas viva. Pero una parte de mí sabía que estarías perfectamente bien tú sola. Que, quizás, era algo necesario. Temo que te protegí demasiado. Sé perfectamente cuán oscuro puede ser este mundo.

Pensé en Bert, en la bestia-lobo, en las mentiras de Halden…

—Te estoy agradecida. Si hubiera sabido lo que había ahí fuera, a lo mejor nunca habría elegido ser valiente.

Mi madre negó con la cabeza y tiró de mí para abrazarme.

—Tengo tanta suerte de tenerte como hija… El mundo es un lugar mejor visto a través de tus ojos.

Apoyé la cabeza sobre su hombro. Sentí sus manos acariciándome la espalda, y me sentí como si estuviera en casa.

—Si acaso, eso lo he heredado de ti —murmuré contra ella.

—Mi chica amable… No dejes que nadie te arrebate la brillante luz que tienes en tu interior.

Asentí contra el hueco entre su cuello y su hombro, con el sonido de los grillos y las chicharras envolviéndonos mientras nos abrazábamos. Con todo lo que estaba ocurriendo, el conflicto que se estaba formando con el rey fae, y entendiendo que quizá no vería a Kane durante meses o años… me di cuenta de cuánto había necesitado a mi madre. No quería soltarla jamás.

Ella me apretó con fuerza y me dijo:

—Creo que mañana voy a ir a nadar a la bahía. ¿Qué te parece?

Se me escapó una sola lágrima que me recorrió la mejilla y acabó en su vestido.

—Me parece maravilloso. Iré contigo.

VEINTISIETE

Esperé hasta que no pude mantener los ojos abiertos ni un minuto más. Las velas que había encendido para la visita de Kane se consumieron y la mecha quedó enterrada bajo la cera, bañando la habitación de tonos de azul y negro. Había esperado que Kane pudiera venir a verme antes de la mañana, pero no lo había hecho, así que me preparé para el molesto dolor que sentiría. Pero ya no era una niña. Kane era un rey que se dirigía a una guerra más importante que cualquier otra cosa que hubiera conocido, y lo peor aún estaba por llegar.

Tenía cosas más importantes que hacer que ir a despedirse de su… De mí.

Ni siquiera estaba segura de lo que él me consideraba.

Definitivamente no éramos amantes, pero había algo más que amistad.

Me puse un camisón y me metí bajo las sábanas. Cuando me dormí, fue como si estuviese bajo los efectos de una droga más que bienvenida, que me sumió bajo una capa de descanso y me alejó de mis pensamientos emocionalmente complicados.

Me desperté con un familiar olor a madera de abeto, y la sorpresa se transformó en algo más intenso que se desplegó en mi interior cuando enterré la cara contra el pecho de Kane.

Estaba allí… en mi cama.

Presioné la cara incluso más fuerte contra él.

Nunca nos habíamos acurrucado así antes, excepto quizá cuando había estado a punto de morir. Lo cual, por lo que podía recordar, no fue muy romántico que digamos. Me tomé un momento para disfrutar del contacto de sus grandes manos en mi espalda, apretándome contra él.

—Qué bien —murmuré.

Él hizo un sonido gutural en respuesta contra mi oreja, y deslizó la mano suavemente contra mi espalda. Los pezones se me endurecieron ante el contacto, así como los pechos contra la tela de seda de mi camisón.

Cuando me rozó con su dedo el coxis, sentí un escalofrío, y él dejó escapar una suave risa que vibró desde su pecho. Me eché ligeramente hacia atrás y lo miré. Su cuerpo estaba lánguido contra el mío, pero él también respiraba de forma pesada, y vi el deseo reflejado en sus ojos, que parecían dos pozos sin fondo.

—Pensaba que no vendrías ya —le dije.

—No me habría perdido esto por nada del mundo.

Me retiró unos cuantos mechones de pelo de la cara, y pasó la mano por mi muslo al descubierto. El contacto era áspero y acogedor, y me prendió fuego por dentro. Quería comérmelo para así sentirlo por todas partes. Llevaba queriendo aquello durante tantísimo tiempo, que cada minuto que pasábamos vestidos era una tragedia.

Y el cuidado que exhibía me estaba matando.

Le miré los labios carnosos y separé los míos ante la falta de aliento.

Kane se inclinó hacia mí mientras describía un camino sobre mi muslo con la mano, paseándola de arriba abajo, empujándome el camisón más y más arriba. Sus labios estaban tan cerca…

Tan cerca…

Cuando me rozó las caderas con los dedos, se echó hacia atrás con la mandíbula tensa y la mirada incendiada.

—¿Qué ocurre? —le pregunté en un susurro.

—Estás... No llevas nada puesto debajo del camisón.

Me sonrojé, sintiendo aún más calor del que ya había tenido, de alguna forma.

—No.

—¿Por qué no?

Se me escapó una risa ante su confusión.

—No suelo dormir con ropa interior. No sé... ¿Si quieres puedo ponerme algo?

Soltó una sola risa, amarga y cruel, pero entonces rodó hasta tumbarse boca arriba. Suspiró profundamente y de forma dolorida y se echó el antebrazo sobre los ojos.

—¿Estás bien? —le pregunté, sin aliento y confusa ante aquel cambio de energía.

—Ni por un mínimo asomo. De hecho, me estoy volviendo un poco loco.

Me deslicé más cerca de él aún con la respiración irregular, y le di un ligero beso en el cuello. Los sentidos se me llenaron de bálsamo y cuero, dejé escapar un suave gemido contra su piel.

Él respondió con un sonido gutural y descarnado y se levantó de un solo movimiento de la cama.

Yo me incorporé y lo miré con una ceja alzada, interrogándolo en silencio.

—¿De verdad no quieres esto...? —le pregunté, algo avergonzada.

—Ya sabes que sí —me dijo entre dientes—. Más de lo que jamás he querido nada.

—Entonces, ¿no prefieres que me acueste con otra persona?

Solo bromeaba, pero él se acercó de una sola zancada con la mirada en llamas. Tenía aspecto de ser capaz de romper montañas enteras.

Me mordí la lengua.

—Arwen, no eres... —Luchó para encontrar las palabras, aunque parecía que le dolía físicamente pronunciarlas—. No eres *mía,* no me perteneces. Puedes pasar tu tiempo con quien desees. Lo único que espero es que te traten con el respeto que te mereces, y yo lucharé cada día por no arrancarles el corazón mientras están vivos.

Traté de ocultar una sonrisa. Me encantaba imaginar a Kane celoso. Era algo retorcido, pero el hecho de que apenas pudiera contener la ira me provocó una sensación de emoción.

Qué tonto… Como si pudiera haber alguien más.

—¿Alguna vez has pensado en ello?

Levantó una ceja.

—¿Que si he pensado en ti con otro hombre? Preferiría arrancarme los ojos.

Me reí en voz alta.

—No. Que si has pensado en cómo sería… entre nosotros.

—Ah. Sí, por supuesto —dijo, en un tono de voz bajo y gutural.

Era el sonido más increíblemente erótico que había escuchado jamás.

Kane se acercó a mí.

—Desde aquel día en que volvimos del bosque montando juntos a caballo, no he podido pensar en mucho más. Cada noche me dejo en carne viva pensando en tus largas piernas, en tus pechos perfectos y en tu preciosa risa. —Agarró un solo mechón de mi pelo y lo acarició entre los dedos—. Te imagino encima de mí, y me rompo más rápido de lo que me gustaría admitir.

Para ese entonces me faltaba el aliento, y tuve que resistir la necesidad de deslizar la mano entre mis piernas para liberar la tensión que se me acumulaba en el interior. Kane debió de notar el lascivo deseo de mi mirada, porque soltó un pesado suspiro y dejó escapar el mechón de pelo de entre los dedos para dirigirse hacia la silla que había al otro lado de la habitación.

Parecía abatido y *tan* cansado…

—Arwen, he venido a despedirme —dijo, como si estuviera intentando convencerse a sí mismo, y no a mí.

—Lo sé.

—Y esto... —Señaló con un gesto la cama—. No sería una despedida muy justa.

Yo resoplé y me crucé de brazos.

—No seas tan condescendiente. Soy una mujer adulta, puedo tomar esas decisiones por mí misma.

Él hizo una pausa y se pasó la mano por el pelo.

—Me refería para mí. Soy un cabrón egoísta, ¿recuerdas? Poder tenerte y después abandonarte... Me mataría.

—Ah —le dije, sintiéndome algo tonta—. Quizá no tenga por qué ser una despedida.

—Hemos cumplido nuestro acuerdo. Estás a salvo, tienes a tu familia y tu madre se está recuperando. Es todo lo que podría haber deseado para ti. Puedo darte suficiente dinero como para vivir una larga y próspera vida con ellos aquí. Pero lo único que haría yo sería ponerte en peligro.

Sabía que tenía razón. Podíamos tener una vida de verdad y feliz allí, en la Cala de la Sirena. Con las gallinas y las vacas de Leigh, con mi madre mejorando al fin, cocinando y bailando en la cocina como solía hacer. Ryder podría continuar con su trabajo de carpintería, y yo aún sanaría, pero también podría abrir una floristería tropical algún día. Tal vez Kane nos visitaría alguna vez cada pocos años. Compartiríamos noches como esta, entrelazados bajo la clandestina luz de la luna hasta que se marchara con el alba para responder a la llamada del deber. Hasta que, un día, yo construyera una vida con alguien nuevo. Alguien diferente...

¿Cómo iba a querer algo más que eso? ¿Algo más que mi seguridad y la de mi familia?

Pero sí que quería algo más...

Lo quería a él, de forma total, y todo el tiempo. Y, preferiblemente, para siempre. La realidad de mis sentimientos por él me golpeó con la fuerza de un maremoto, y casi me dejó totalmente sin aliento.

—Nuestro acuerdo —repetí lo que había dicho—. ¿Por qué hiciste que me quedara? No fue solo para curar a tus soldados o para pagar la deuda. ¿Fue solo para mantenerme allí cerca?

Kane se frotó los ojos.

—Ahora ya no importa.

Se puso en pie para marcharse, y sentí que una oleada de pánico me golpeaba de forma implacable. ¿Serían esos los últimos momentos que tendría con él? No podía terminar así.

Me levanté y corrí para interponerme entre él y la puerta antes de que llegase a ella, y sentí el latido de mi corazón retumbándome en los oídos.

—Quédate —susurré.

Tenía una mirada estricta.

—Arwen, no podemos.

Pero no hizo ademán de rodearme, así que me puse de puntillas y le agarré con cuidado la cara.

—Sé que me has dicho que no soy *tuya*, pero… quiero serlo. —Tragué saliva con dificultad—. Quiero ser tuya, Kane.

Los ojos le ardían de pasión y dolor.

Pero antes de que pudiera protestar, me besó, tomándome desprevenida.

Gruñó contra mis labios, y trastabilló hacia mí, como si el alivio del beso lo hubiera dejado sin fuerzas en las piernas. Reprimí un gemido, y le rodeé los anchos hombros con las manos, donde le toqué el suave pelo de la nuca. Ya tenía la respiración entrecortada cuando atrapó mi labio inferior entre los suyos de forma salvaje, impaciente y voraz.

Por fin, por fin, *por fin*…

Justo antes me había tocado con una increíble suavidad, acariciándome tan solo el muslo en la cama, pero ahora trataba de agarrarme todo el cuerpo. Sentí un deseo ardiente y despertó la necesidad en mi interior el saber que sus dedos estaban tan cerca del lugar donde los quería.

Su sabor, su boca… Sabía a whisky dulce y menta salida directamente del suelo, y era más que abrumador. Era todo mi mundo. Esto no era para nada como el dulce y casto beso que nos habíamos dado en los jardines. Aquello había sido una prueba, con sumo cuidado y cautela. Esto era…

Kane deslizó un solo dedo por mi tenso pezón, y provocó un delicado sonido en mí que se transformó en un escalofrío cuando siguió deslizando el dedo hacia abajo, llegando hasta mi cintura, pero no avanzó más.

Más, por favor…

Tiré de su camisa, ya que necesitaba sentir y saborear su piel. Interrumpí el beso y Kane se arrancó la prenda de lino por encima de la cabeza en un solo movimiento. Me quedé mirándolo fijamente de forma descarada mientras seguía respirando con dificultad. Su piel morena y esculpida resplandecía incluso bajo la luz de la luna.

—Eres precioso —susurré. Ni siquiera me avergonzaba decirlo, ya que era cierto.

—Mira quién fue a hablar —Kane me miró fijamente con adoración, pero entonces su mirada se volvió completamente salvaje.

Me agarró a la altura del culo y me alzó a la vez que atrapaba mis labios en un beso brutal. Nos estrelló contra la pared que había junto a la cama, sosteniendo mi cabeza con cuidado con la mano. Sentí de inmediato su erección contra mí, dura como la piedra, y tratando de escapar con rabia de sus pantalones. Le clavé las uñas en la espalda, el cuello, la mandíbula… Era como si mis dedos tuviesen vida propia.

Pero, aun así, necesitaba más.

Quería que me aplastara entre su cuerpo y la fría pared que había a mi espalda, prensada bajo su delicioso peso como una de las flores que guardaba entre las páginas de mis libros. Lo necesitaba tanto que dolía, y busqué la fricción contra él como si fuese una gata en celo.

Kane liberó mis labios y comenzó a marcar un camino de suaves besos por mi garganta. Yo metí los dedos entre su sedoso pelo, consiguiendo arrancar un placentero gruñido de él. El sonido provocó que mis pechos se endureciesen y me doliesen, así que froté las caderas contra su impresionante erección y apreté las piernas alrededor de su cintura incluso con más fuerza. Kane deslizó una de las tiras de mi camisón por mi hombro, y me mordió justo allí.

—Más —le supliqué.

—No me tientes —ronroneó contra mis clavículas, dándome pequeños mordiscos hasta llegar a mi pecho, cubierto de la tela sedosa. Se inclinó hacia atrás y me recorrió con el dedo la cicatriz de mi pecho de forma reverente.

—Se está curando muy rápido.

—Eso me pasa a veces —le dije sin aliento, pero Kane parecía sumido en sus pensamientos.

—Pensé… —se le quebró la voz, y el corazón me dio un vuelco—. Pensé que te había perdido. No podía comer, ni dormir, ni moverme… —Esbozó una sonrisa triste—. Ni afeitarme.—Me observó con algo que parecía asombro—. No quería vivir en un mundo en el que tú no estuvieras.

Sentí que, ante sus palabras, la energía de la habitación cambiaba. Habíamos evitado hablar sobre la química y las emociones que había entre nosotros durante tanto tiempo, que admitir lo que sentíamos me parecía algo impensable. Los ojos le brillaron como estrellas, y durante un momento, lo único que se escuchó fue nuestra respiración.

Pero Kane me ahorró el tener que soltar las palabras que tenía atascadas en la garganta cuando presionó los labios contra mi nueva cicatriz en un beso, con tanto cuidado que podría haberme echado a llorar. Bajó con los labios por mi pecho, por encima de la seda del camisón, hasta que rodeó con su boca mi pezón por sobre la tela sedosa. Sentí sus dientes alrededor de la parte sensible, afilados pero cuidadosos, y solté un sonido salvaje.

—Eso es —me dijo, agarrándome el otro pecho con la mano y masajeándolo con suavidad.

Eché la cabeza hacia atrás, casi quedándome bizca ante la sensación, y me mordí el labio para tratar de no soltar ningún sonido vergonzoso más. El latido que sentía entre mis piernas casi era doloroso.

Kane volvió a guiar mi boca contra la suya, y me llevó hasta la cama, donde me tumbó y se subió encima. Trató de ralentizar nuestros besos para venerar cada punto de mi cuello y mi mandíbula, pero yo lo besé con un deseo más intenso que cualquier otra cosa que hubiera sentido, un deseo lascivo, exigente y desesperado que me hizo destrozarle los labios.

Envalentonada por mi ansia, le rodeé la cintura con una pierna y lo hice girar hasta estar sobre él. Kane suspiró contra mis labios y me rodeó la cintura con sus grandes manos. Era tan grande que sus pulgares casi me llegaban al ombligo. Movió una de las manos para agarrarme un pecho y frotarme el pezón ligeramente, y yo gemí sobre él.

Me sentía como si fuera una llama parpadeante.

—No me estás poniendo fácil degustarte lentamente, pajarillo —me dijo en broma, con la voz gutural y una mirada salvaje.

Lo ignoré, y tracé mi propio camino de besos por su pecho desnudo, disfrutando de su dulce y salada piel.

Sabía a luz de luna pura, oscuro, sensual y demasiado tentador.

Cuando llegué a la cintura, le agarré los cordones de los pantalones, y Kane soltó un gruñido. Aquel sonido gutural me hizo contraer los muslos.

Pero me rodeó las manos con las suyas para frenarme.

—De acuerdo, se acabó la degustación.

Antes de poder discutirle aquello, me hizo subir por su cuerpo con una sonrisa retorcida y apretó mi espalda contra su pecho. Deslizó una mano por debajo de mí para rodear mi estómago y sostenerme contra él. Cuando deslizó la otra bajo el sedoso tejido y encontró la suave piel de mi pecho, ambos nos arqueamos el uno contra el otro.

Kane soltó una maldición y apretó la boca contra mi cuello.

—Eres incluso mejor de lo que nunca podría haber imaginado. Todos esos meses en los que pensaba que jamás podría estar contigo… Fue la peor tortura que podría imaginar. Quiero enterrar la boca entre tus preciosos muslos.

Sus palabras me deshicieron. Estaba empapada, y movía las caderas contra él de forma rítmica. Necesitaba que deslizara la mano aún más abajo.

Se me cruzó una idea increíblemente sucia.

—¿Sabes…? —conseguí decir—. Tú no eres el único que tuvo pensamientos indecentes cuando montamos a caballo juntos aquel día.

Kane se quedó petrificado a mi espalda antes de soltar un tembloroso suspiro. Aún tenía mi pecho acunado en su mano bajo el camisón, así que me restregué contra su erección y me provoqué un gemido de placer.

—Tienes prohibido no terminar esa frase.

Esbocé una sonrisa, y me moví de nuevo contra él. Kane gruñó, un sonido brutal y depravado, y agarró mi camisón para alzarlo.

—¿Recuerdas cuando entraste a mi habitación y estaba en la bañera?

Se rio ligeramente.

—No podría olvidarlo jamás. Estabas adorable blandiendo ese candelabro. —Trazó círculos en mi cadera sin prisa alguna, y mientras, me lamió y succionó el cuello—. Estar tan cerca de ti mientras sabía que estabas desnuda y mojada… Fue una agonía —susurró, y tiró de la tela de mi vestido para subírmelo hasta el estómago.

—Pues… —le dije, sin aliento—. Había estado tocándome cuando entraste. Estaba a punto de correrme…

Kane soltó un gruñido de satisfacción ante mis palabras, y apretó las caderas contra mi culo.

Adoraba lo poderosa que me sentía entre sus brazos.

—No pares, por favor —me dijo apenas en un susurro. Me empujó las piernas para que las separase, y se tomó su tiempo recorriéndome la parte interna del muslo. Cuando sintió la humedad que se había acumulado allí, se paró—. Joder, estás empapada para mí. ¿En qué estabas pensando aquel día, pajarillo precioso?

—En ti —solté—. En ti, follándome.

Aquello fue suficiente como para llevarlo al extremo. Me hizo rodar para estar cara a cara, y me besó de forma brutal, explorando con la lengua mi boca de forma lenta pero implacable. Era como si, si no me besaba con más intensidad, pudiera ahogarse. Como si yo fuese su oxígeno. Por fin, deslizó los dedos ligeramente sobre el punto exacto que había deseado, y la vista se me nubló. Sus caricias suaves hicieron que me estremeciera y contrajera.

Soltó una exhalación entre beso y beso, y sonó como si se estuviese ahogando. Pero no dejó de mover los dedos, explorando y masajeándome, tocándome como si fuera un instrumento, y haciéndome cantar. Estaba tan cerca ya, y ni siquiera había…

Por fin, deslizó un solo dedo dentro de mí, y grité un poco mientras continuaba acariciándome con el pulgar. Ambos suspiramos ante aquella sensación, y le besé incluso más fuerte, acariciándole el pecho mientras me penetraba con el dedo.

Me tocó lentamente, y estaba tan llena, tan tensa…

—¿Puedes con más? —me preguntó, y yo solté un gutural y lujurioso sonido de confirmación.

Sí, sí, por favor. Sí, más.

Cuando deslizó un segundo dedo dentro de mí, me retorcí alrededor de su mano y temblé mientras gemía. Me llenó aún más, y me penetró con los dedos, exprimiendo cada respiración y suspiro de mi interior.

—Arwen —gruñó, y aquello casi fue mi perdición.

Gemí y me retorcí, y me entregué por completo a él, esperando con impaciencia que llegara el alivio que tanto necesitaba.

El retumbar de unos cañones nos sacó de forma violenta de nuestra intimidad. Alcé la mirada hacia Kane, y él saltó de la cama y se acercó a la ventana a la velocidad del rayo.

—Vístete —consiguió decir—. Ahora.

Temblando y sin fuerzas aún en las piernas, bajé de la cama. Tenía la sensación de que no se refería a la ropa de Peridoto, así que trastabillé hasta donde estaban mis pantalones. Me quité el camisón y dejé que cayera a mis pies. Me até los cordones a toda velocidad al tiempo que otro cañón hacía retumbar la fortaleza.

Kane cruzó la habitación y se puso su camisa con una expresión más intensa y oscura de lo que jamás había visto.

Lo supe incluso antes de preguntar.

—¿Qué está pasando?

—Están asediando el castillo.

Y, entonces, llegaron los gritos.

VEINTIOCHO

L as explosiones hicieron temblar la habitación como si fuese un navío en un mar tormentoso. Se escucharon gritos de miedo en el pasillo, mientras que el polvo y los restos de escombros caían del techo.

—Vamos —me dijo Kane—. Quédate cerca de mí.

Lo seguí hasta el pasillo iluminado de forma tenue con poco aliento en los pulmones. Los guardias de Onyx estaban esperando fuera de la puerta a su rey, y nos escoltaron a través del destrozo.

Apenas podía respirar y, aún menos, moverme. Tenía que llegar hasta mi familia.

—Tenemos que…

—Lo sé —gritó Kane por encima de los gritos de pánico que nos rodeaban—. Están a la vuelta de la esquina.

Con las explosiones, las luces titilantes se balancearon y arrojaron sombras grotescas sobre el pasillo. Apenas pude mirar de reojo a algunos sirvientes y nobles que trastabillaban para ir de habitación en habitación. El tranquilizador olor a coco y sal de mar no concordaba con el miedo que me recorría por dentro.

Esto no debía de estar pasando aquí.

Una oleada de horror tardío me invadió, y solté la mano de Kane para llevármela a la boca. Los guardias que había a nuestra espalda se pararon de forma abrupta, chocándose los unos contra los otros.

—¿Estás herida? —Kane me agarró el rostro con las manos en busca del origen de mi grito ahogado.

—Esto es culpa mía —le dije, sin ser capaz de moverme.

—¿De qué estás hablando?

—Le dije a Halden que tu banquete era para el rey Eryx, y que esperabas forjar una alianza.

En esencia, había condenado a toda aquella gente a morir. La grandeza de mi error era tal que...

Kane negó con la cabeza.

—Escúchame bien. No tienes la culpa de esto. La culpa es de los hombres que están disparando los cañones. Tenemos que seguir moviéndonos.

Sabía que tenía razón; teníamos que encontrar a mi familia. Pero la culpa me consumía. Miré las caras aterradas a mi alrededor, y sentí la culpa en lo más profundo de mi interior. Nos llegó el olor a ceniza y humo, y un grito desgarrador a mi espalda casi me dejó sorda.

—Tenemos que ayudar a esta gente —le dije mientras recorríamos el tembloroso pasillo a toda prisa.

—Lo haremos.

—¿Cómo tiene Ámbar un poder como este, como para incluso incendiar un castillo entero? Es imposible.

—Ellos no tienen ese poder, pero Granate sí.

—¿Podemos frenar los cañones?

Kane parecía a punto de asesinar a alguien.

—No me preocupan los cañones, sino las salamandras.

Me frené, y me dirigí hacia la ventana más cercana para mirar por primera vez qué era lo que estaba incendiando el bosque entero. Unos lagartos gigantescos con colmillos en la boca reptaban a través de la playa. Tenían un cuello alargado que los hacía parecer serpientes, pero también unas enormes patas que los propulsaban hacia delante como a un lagarto, cada uno con unas garras que podrían hacer trizas a una persona como si no fuese más que papel. Las salamandras eran controladas por soldados de Granate y Ámbar por igual, y se dirigían hacia el castillo. Con cada exhalación, les salía un hilo de fuego que regaba el suelo que se encontraba frente a ellas, achicharrándolo todo a su paso.

Los decididos soldados de Peridoto estaban posicionados alrededor del perímetro, pero sus lanzas no hacían nada contra las criaturas reptantes y escupefuego. Más bolas de fuego voladoras pasaron por encima de los soldados de Peridoto en dirección al exterior del castillo.

Eso era lo que hacía temblar el edificio; las explosiones de las salamandras. Nos estaban atrapando y asando para quemarnos vivos.

—Por todas las malditas Piedras —susurré.

Kane me agarró de la mano y tiró de mí hacia delante.

—Arwen, venga.

Corrimos tan rápido como pudimos en dirección a las otras habitaciones. Llegamos a la de Ryder primero, y Kane tocó a la puerta.

—¡Abre, somos nosotros!

Cuando no se escuchó nada en respuesta, me alarmé.

—Ábrela. ¡Ahora! —le pedí.

Kane estrelló el cuerpo contra la puerta de madera con más fuerza de la que jamás había visto usar a nadie. Fuerza fae. La puerta se abrió de un tirón, se rompieron las bisagras y cayó al suelo con un golpe seco.

En el interior, Ryder y mi madre estaban acurrucados tras el armario.

—Gracias a las Piedras —dije, dirigiéndome a ellos a toda prisa—. ¿Por qué no habéis respondido? —Cuando vi el rostro lleno de lágrimas de mi madre, el pánico me paralizó—. ¿Qué ocurre?

—Leigh no está en su habitación —me dijo.

Miré a Ryder.

—La encontraremos, pero no está en este piso. —Parecía estar calmado, pero yo conocía bien a mi hermano. Tenía los ojos demasiado abiertos, y eso delataba su miedo.

Kane me puso la mano en el hombro y me apretó un poco.

—Tenemos que llevar a todo el mundo a la sala del trono. Es donde estaréis más seguros. No nos iremos sin la pequeña —le dijo a mi madre—. Lo juro.

Nos dirigimos allí a una velocidad vertiginosa. Me impresionaba lo bien que mi madre podía moverse. Después de todos esos años, sí que había una cura para ella.

La sala del trono estaba fuertemente custodiada por los soldados de Peridoto. En cuanto nos acercamos, abrieron las puertas al ver a Kane. En el interior, encontramos al rey Eryx, la princesa Amelia, y a los demás dignatarios de Peridoto y de Onyx. Los comandantes, generales y tenientes se movían por la habitación en lo que parecía un baile frenético mientras gritaban órdenes a los soldados y guardias. Todo el mundo gritaba por encima de los demás. Me daba vueltas la cabeza.

¿Dónde estaría Leigh, por todas las Piedras?

Mari estaba sentada en una esquina con las rodillas contra el pecho, mientras Griffin hablaba con un comandante de Peridoto a unos metros.

Corrí hacia ella y me arrodillé en el suelo.

—¡Ay, por las Piedras Sagradas, estás bien! —Me abrazó, y yo inhalé su aroma a canela mientras trataba de no echarme a llorar. Si empezaba ahora, no sería capaz de parar nunca.

Junto a Griffin había una amplia forma que reconocí al instante; Barney, con un uniforme que le quedaba algo apretado, parecía un pilar de la calma. Asentí con la cabeza en su dirección, y él me devolvió el gesto con la preocupación ensombreciéndole el rostro.

Necesitaba una espada, y podría ir a buscar a mi hermana. Había una mesa improvisada, que claramente habían instalado allí hacía solo unos minutos, y estaba llena de mapas, linternas y armas, y vi que había una ligera espada bastarda.

Antes de poder ponerme en pie y dirigirme allí, la voz del rey Eryx retumbó a través de la habitación cuando habló con Kane.

—Es lo que nos temíamos. Granate y Ámbar se han unido a Lázarus. Tomarán el reino antes del amanecer.

Había sido testigo del ataque solo unos momentos atrás, pero, aun así, sentí una oleada de terror puro e implacable que me nubló la vista.

Su viejo general fue el próximo en hablar.

—La única manera de salir es a través de las cuevas del subsuelo. Así podremos llegar a la playa. —Se volvió para mirar a Kane y a los hombres de Onyx—. La fortaleza de la Cala de la Sirena está construida encima de un elaborado sistema de cuevas que rodean la bahía. Nuestros barcos están atracados donde los acantilados de piedra se encuentran con la arena, y las cuevas son el método más rápido de salir.

—¿De salir? ¿No vamos a quedarnos y luchar? —preguntó la princesa Amelia.

El rey Eryx la fulminó con la mirada de forma brutal.

—No tenemos el poder para ello. No merece la pena luchar contra Lázarus así. No podremos ganar.

—No podemos huir a la playa, ellos están atracados allí —dijo un soldado larguirucho de Peridoto.

—Pues allí es donde están nuestros barcos. No conseguiremos huir a caballo ni a pie. Las palmeras que rodean el castillo están ardiendo —dijo el general.

—¿Cómo han pasado por la bahía? —les dijo Amelia, enfurecida—. ¿Dónde estaban los guardias?

—Su alteza —dijo el soldado larguirucho—. Hundieron todos los barcos de la guardia e incendiaron las torres de vigilancia. Fue una potencia de fuego que jamás podríamos haber anticipado.

Era luzal fae… esa era la razón. Y Amelia lo sabía.

Incluso si Peridoto hubiese tenido meses para prepararse y no simplemente minutos, no eran rival para Granate, Ámbar y, además, Lázarus.

Amelia miró a Eryx con menosprecio.

—Esta es nuestra gente, padre. Nuestro único propósito en este continente es mantenerlos a salvo.

Eryx tan solo se giró hacia Kane.

—Haz lo que tengas que hacer, pero Amelia y yo estaremos en un barco en una hora. No me quedaré aquí para ver cómo prenden fuego al resto de mi familia.

—¡Padre!

—¡Silencio, Amelia! —bramó, escupiendo y con el rostro rojo de la rabia—. No hay nada más que discutir.

No podía seguir escuchando aquello ni un minuto más. Tenía que encontrar a Leigh.

Me levanté con el corazón latiéndome en la garganta, e ignoré las protestas de Mari.

Los ardientes ojos plateados de Kane me miraron de inmediato.

—Griffin —interrumpió Kane antes de que Amelia pudiera seguir objetando—. Ve con Eryx, Amelia y sus hombres. Llévate a todos los que puedas contigo, y guíalos hasta los barcos. Yo encontraré a Leigh y te veré allí.

—Eres mi rey, no voy a marcharme sin ti. —La mirada de ojos verdes de Griffin se endureció. Durante un segundo miró a Mari, antes de volver a mirar a Kane.

—Harás lo que te ordene —insistió Kane antes de volverse hacia el resto de sus guardias en la sala del trono—. Todos lo haréis. No vendrá nadie conmigo. Ahora, marchaos.

—Bueno, yo sí voy contigo —le dije, siguiéndolo y agarrando la espada bastarda cuando pasé junto a la mesa.

Kane soltó una dura risa.

—Ni de broma.

—No la encontrarás sin mí. La conozco mejor que nadie.

Mi madre se aferró con fuerza a Ryder, quien observó en silencio el debate.

Kane me escrutó con la mirada tan encendida como el fuego que nos rodeaba.

—No, Arwen. Si te pasara cualquier cosa…

—No lo permitirás. —Bajé la mirada hacia la espada que tenía en la mano—. Y yo tampoco lo permitiré.

No le di ni un momento más para discutir. En su lugar, abracé rápidamente a mi madre, a Ryder y a Mari.

—Quedaos con Griffin y dirigíos a los barcos. Iremos enseguida.

Entonces, me abrí paso a través de la sala del trono con Kane siguiéndome de cerca.

—¿Por dónde deberíamos empezar? —me preguntó Kane mientras rodeaba una estatua caída.

No me permití pensar que alguien podía haberla capturado, o algo peor. Aparté aquel pensamiento de mi mente.

—Si ha huido, habrá subido lo más alto posible. Sabe escalar muy bien.

Nos apresuramos a ascender por una delgada escalera en espiral que subía al techo de paja de la fortaleza.

—¡Leigh! —la llamé, y Kane también hizo lo propio.

Buscamos a través de los pasillos, en cada habitación y cada recoveco. Pasaron los minutos sin rastro alguno de ella. No había nadie ni nada excepto destrucción, desesperanza y muerte.

El castillo comenzó a llenarse de humo. Mientras atravesábamos un salón que se estaba derrumbando lentamente, tosí y me froté los ojos.

Sentí la mirada de Kane puesta en mí.

—Ni lo digas.

—Deberías de ir a los barcos. Te llevaré yo, y después volveré a buscarla.

—No…

Un chamuscado tablón de madera se descolgó sobre nuestras cabezas y cayó a una velocidad vertiginosa. Salté para evitarlo y me llevé la mano al pecho. Traté de recuperar el aliento y tosí con fuerza. No había aire, solo humo.

—¡Arwen! —bramó Kane—. No puedes salvarla si estás muerta, ni a ella ni a nadie más.

Era lo único que me había pedido Kane desde el primer día. Cerré los ojos y traté de no derrumbarme. No podía hacerlo en ese momento. Tan solo quería tener a Leigh en mis brazos y saber que estaba bien.

Por favor, les rogué a las Piedras. *Por favor, Leigh no.*

—Miremos en los establos. Le encantan los animales, quizás haya intentado escaparse a caballo —le dije.

—No —gruñó Kane—. No puedes abandonar las murallas del castillo. El exterior está atestado de soldados y salamandras.

—Voy a ir, tanto si vienes conmigo como si no —le solté—. Creo que estaré mucho más segura acompañada de un fae como tú que sola, ¿no crees?

Se pasó la mano de forma cansada a través del pelo. Ambos teníamos la cabeza cubierta de ceniza, la cual también caía hasta posarse a nuestros pies. Debía de estar de acuerdo conmigo, porque asintió una sola vez de forma cortante, me agarró la mano, y corrimos hacia la parte trasera del castillo.

Había una temperatura muy agradable en el exterior, pero estaba abarrotado por la cacofonía de gritos y el destrozo. Soldados de Ámbar, Peridoto, Onyx y Granate atestaban el patio como si fuesen hormigas sobre un poco de miel derramada. Corrimos hacia la colina donde se encontraban los establos, y traté de no pensar en toda la demás gente que también estaría buscando (o perdiendo) a sus familias. Y en cómo era culpa mía.

Una vez que tuvimos la estructura a la vista, eché a correr.

—¡Arwen! —la voz de Kane atravesó el aire nocturno, pero yo corrí tanto como me permitieron mis pies. El área estaba libre de soldados, y de gente, en general. Estaba demasiado silenciosa.

Miré en cada compartimento, tras cada puerta…

Pero los establos estaban vacíos.

—¿Dónde están los caballos? —pregunté sin aliento. Kane por fin me alcanzó, y trató de recuperar el resuello mientras miraba a su alrededor.

—A lo mejor el mozo de cuadra los ha liberado cuando ha visto el fuego.

—No, los he liberado yo —sonó una pequeña voz desde la esquina.

El alivio que sentí fue tan intenso que casi me quedé sin aliento. Me tragué un sollozo. Leigh sacó la cabeza desde detrás de un montón de paja y corrió hacia mis brazos, temblando de la emoción. Yo traté de contenerme por ella, pero sentí que las lágrimas me caían por ambas mejillas.

—¿Qué estabas haciendo aquí?

Ella me miró avergonzada. Me limpié las lágrimas y le pasé la mano por el pelo.

—No podía dormir, estaba intentando buscar al dragón.

El sonido de unos pasos me provocó un escalofrío por la espalda y la nuca.

—Ven —le susurré, llevándome a Leigh tras un compartimento de madera. Kane se deslizó en el que había justo enfrente.

Un solitario soldado con armadura de Ámbar caminó a través del camino que había entre los compartimentos. Cerré los ojos con fuerza y sostuve a Leigh contra mi pecho para intentar acallar mi propia respiración.

—¡Halden! —soltó Leigh, escapándose de entre mis brazos y lanzándose a por él.

VEINTINUEVE

Por todas las malditas Piedras.

Halden sostuvo a Leigh a un brazo de distancia sin poder creérselo.

—¿Leigh? ¿Qué estás haciendo aquí?

Pero enseguida ató cabos, y comenzó a escanear el establo para buscarme. No había ningún sitio donde esconderse ya, así que salí del compartimento.

—Arwen. —La expresión de Halden se endureció. Leigh paseó la mirada entre ambos, y la cara le cambió. Siempre había sido una niña muy intuitiva.

Retrocedió lentamente hasta ponerse a mi espalda. Sabía que tendría que suplicar.

—Por favor, deja que nos vayamos.

Él negó con la cabeza, como si odiara aquella situación tanto como yo.

—¿Por qué no te reuniste conmigo? ¿Fue por él...?

—Halden...

—Está aquí, ¿no es cierto?

—No —mentí.

Supe en cuanto lo dije que no había sido lo suficientemente convincente. Se me daba mejor mentir ahora, pero no lo bastante como para engañar a alguien que llevaba toda la vida conociéndome.

—Él nunca te dejaría sola.

El estómago me dio un vuelco y casi se me salió por la garganta. Halden se acercó, y yo desenvainé la espada. Leigh ahogó un grito.

—Tienes razón —escuché la suave y fría voz de Kane, emergiendo desde la oscuridad—. Chico listo.

Kane salió lentamente, con las manos en alto y dirigidas hacia Halden.

No, no, *no*.

No podía permitir que Halden lo llevara hasta Lázarus. Halden fue a agarrar su espada, pero Kane negó con la cabeza.

—No quiero luchar contra ti.

Yo sostuve con fuerza mi espada.

—Halden, te lo ruego, por favor. Nadie tiene que saberlo, déjanos ir.

—No puedo hacer eso.

Bajo las sombras, no supe discernir si Halden sentía algo de remordimiento.

—Entonces llévame a mí —dijo Kane—, y deja que se vayan. Iré hasta mi padre por voluntad propia.

Sentí un escalofrío, pero no dije nada. Kane estaría bien. Después de todo, era fae.

Halden cambió el peso de un pie a otro, y tras una insoportable pausa, dijo:

—Tampoco puedo hacer eso.

Kane asintió, y vi una expresión de horrible determinación en su rostro.

—Así que lo sabe.

—¿Sabe el qué? —le pregunté. Mi voz sonó tan aguda que no la reconocí.

Antes de que ninguno de los dos pudiera responderme, Kane se lanzó hacia Halden con un gruñido gutural. Salieron volando de forma violenta contra los fardos de paja que había detrás. Leigh chilló, y yo eché a correr llevándomela conmigo. Pero cuando rodeamos los establos, me paré en seco, estrellando a Leigh contra mi cintura.

Había una horda de soldados pasando por allí en dirección al castillo, que ahora era una torre en llamas entre las palmeras. Leigh me miró, y vi en sus ojos un miedo más grande del que jamás había visto en su rostro.

—Shhh —le dije mientras retrocedía lentamente hacia los establos.

Dentro, era incluso peor.

El batallón de Halden lo había encontrado, y Kane estaba de rodillas mientras seis soldados de Ámbar lo sujetaban.

Pude escuchar perfectamente cómo se me rompía el corazón al ver su rostro destrozado. Me di cuenta de que no tenía a dónde huir, y Halden se acercó a mí y me agarró de los brazos, obligándome a soltar la espada, que repiqueteó contra el suelo. Leigh gritó cuando dos soldados la separaron de mí.

—¡No! —grité.

—Nunca pensé que nuestro último abrazo sería así —dijo Halden contra mi cuello. El interior del estómago se me convirtió en ácido.

—¿Cómo puedes ser capaz de hacer esto? ¿Qué te ha pasado?

—No lo sé, supongo que nunca lo…

Alimentada por una ira total y ningún interés en escuchar el resto de lo que tuviera que decir, estrellé la cabeza contra su nariz con toda la fuerza que fui capaz de reunir.

Sentí a través de mi cabeza un satisfactorio crujido, y después le golpeé el empeine con el talón de la bota. Halden soltó un chillido ahogado y me soltó, así que yo me lancé a por mi espada.

Escuché a Halden gruñir, y se agarró la cara mientras la sangre le salía a borbotones, escapándosele entre los dedos.

Y yo disfruté del espectáculo, de cada gota de sangre derramada.

Me lancé hacia el guardia que sostenía la mano derecha de Kane al tiempo que esquivaba al resto de los hombres que trataron de capturarme. Pero yo era más rápida y ataqué con mi espada al soldado. Aquello lo obligó a decidir entre soltar a Kane y agacharse, o perder la cabeza.

Abrió mucho los ojos, y escogió la segunda opción, soltando la mano de Kane durante un solo segundo para esquivar mi ataque.

Dos de los otros guardias me capturaron, me agarraron del pelo, los brazos y la cintura, y me derribaron contra la polvorienta paja que cubría el suelo del establo.

Pero aquello era lo que Kane necesitaba.

Solté un gimoteo cuando sentí que alguien me aplastaba la tráquea con la rodilla, pero observé a Kane, el cual, con solo una mano libre, se deshizo de los hombres que lo habían sujetado con una facilidad y un deleite feroz. A través del establo se escuchó cómo se partían y crujían huesos, cómo salpicaba la sangre… Cuando conseguí liberarme durante un solo segundo, lo único que pude ver fue un montón de soldados de Ámbar inconscientes.

Kane me quitó a los dos hombres que tenía encima con facilidad, y los tiró contra las paredes que había a nuestra espalda. Los hombres se estrellaron con un ruido sordo que me levantó el estómago. Yo atravesé el muslo del tercer soldado con mi espada, y corrí hacia Halden.

—Arwen… —Me rogó desde el suelo.

Le di una patada en la sien con mi sucia bota, lo suficientemente fuerte como para dejarlo inconsciente. Sentí que la sangre se me agolpaba en los oídos, y deseé no volver a escucharlo decir mi nombre nunca más.

Kane fue hacia Leigh, y los dos hombres que la sujetaban la soltaron de inmediato, retrocediendo ante la gigantesca y terrorífica figura.

—Buena decisión —dijo, furioso, y levantó a Leigh en brazos—. Muy buena decisión —Después, se dirigió a mí—. Vamos.

Estudié una última vez el cuerpo inconsciente de Halden, y después eché a correr detrás de Kane.

Corrimos en dirección al castillo, pero...

Ya no estaba.

Sentí un nudo en la garganta al inhalar ceniza pura, y solté una tos.

La fortaleza entera estaba en llamas y se derrumbaba. Salían de ella unas nubes de humo negro y ceniza que parecían nubes de tormenta entre las colinas. El crujir de la madera sonaba a través de la noche.

No teníamos tiempo de quedarnos allí a mirar.

Dos salamandras reptaron hacia nosotros, amenazantes y con soldados de Granate sobre el lomo que las guiaban en nuestra dirección.

—Por aquí —soltó Kane.

Sudando y tosiendo, eché un vistazo hacia atrás, lo cual fue un error.

Otra horda de soldados con uniformes de Ámbar se encaminaba hacia nosotros desde detrás del establo. Debían de habernos visto en cuanto dejamos allí a Halden y a sus hombres, y marchaban con un propósito, flanqueados por otros cincuenta más, al menos. Estábamos atrapados.

Se me escapó un sollozo.

Sabía que teníamos que seguir moviéndonos, pero no había ningún sitio al que ir.

Mierda, mierda, mierda.

Kane alzó la vista hacia el cielo nocturno con algo que parecía aceptación, y soltó un largo suspiro.

—Lo siento —fue lo único que dijo.

Sostuvo a Leigh con una mano, alzó la otra en dirección a los soldados, y cerró los ojos.

Era difícil de distinguir en la oscuridad y con las nubes de humo que ondulaban y tapaban cualquier luz que pudiera arrojar la luna y que me habría iluminado algo la escena que había frente a mí. Aun así, observé cómo una voluta de oscuridad total, como si tuviera vida propia, se abría paso a través del ejército que se dirigía hacia nosotros. Se dividió en silencio en hilos que parecían cintas negras, y estos espectros oscuros y retorcidos asfixiaron a todos y cada uno de los soldados. Se escucharon gritos de agonía que pedían clemencia y atravesaron el cielo nocturno, pero Kane no se detuvo. Se centró aún más y conjuró la oscuridad en forma de espinas, sombras y polvo. Uno a uno, todos cayeron mientras tosían y escupían. Kane no movió ni un solo músculo, tan solo tenía la mandíbula apretada y una mirada ardiente y cruel.

Sentí que la sangre se me helaba por dentro, y que un grito trataba de escapar por mi garganta. Sabía lo que era, y sabía lo que debía de ser capaz de hacer.

Pero, aun así, nada podría haberme preparado para la monstruosidad de su poder depredador y mortal... Para la muerte instantánea de tantísimos hombres.

De forma instintiva, retrocedí.

—Corre —me dijo, y soltó a Leigh en el suelo para poder usar ambas manos—. Ve hasta la playa.

Sabía lo que era, y lo había aceptado.

Pero las volutas espinosas y crueles salían de la mismísima tierra y destruían... No, diezmaban y descomponían a cada uno de los hombres. En un momento estaban vivos, encolerizados y listos para matar, y al siguiente, eran solo un montón de cenizas que se llevaba el viento.

Aquello fue suficiente para dejarme sin aliento, y provocarme náuseas.

—¡Marchaos! —bramó.

Tenía que moverme. *Teníamos* que irnos.

Me di la vuelta, le agarré la mano a Leigh, e hice lo que nos decía: corrí, tanto para huir de él como para dirigirnos hacia lo seguro. Las salamandras aún nos bloqueaban el camino de vuelta al castillo y, por lo tanto, hacia las cuevas que había en la playa. Pero una segunda oleada de tinta oscura descendió sobre las salamandras que había frente a nosotras, ahogándolas en una asfixiante ola de oscuridad. Las criaturas escupieron fuego para tratar de contraatacar, así que lo esquivé y protegí a Leigh entre mis brazos, pero no llegó a golpearnos. En su lugar, el fuego se transformó en ceniza en el aire, y cayó sobre la hierba de la colina como una nieve pálida, iluminada por la luz de la luna, la oscuridad y la muerte.

Seguimos corriendo más allá del humo que salía del castillo ardiente, y hacia la playa.

Los soldados de Ámbar y Granate estaban por todas partes, y disfrutaban de los gritos mientras arrastraban a la gente suplicante de la armería y la herrería. Había charcos de sangre sobre la tierra y la hierba, y al pasar los pisamos y salpicaron como si fuesen charcos en un día lluvioso.

Esquivamos a la gente que gritaba y los edificios que se quemaban, a los soldados que batallaban y peleaban con las espadas, y había tanta sangre que jamás podría olvidarlo, y no quería ni pensar en Leigh.

Al pasar junto a un cadáver descuartizado, le susurré que cerrara los ojos, pero sabía que no lo haría.

El rey fae era el culpable. Había destruido una capital pacífica de tierra, flores y agua salada, y la había reducido a una cáscara sangrienta y abrasada.

Tenía que morir.

Tenía que morir por lo que había hecho.

Kane se aseguraría de que así ocurriese.

Al fin llegamos al saliente de piedra que ocultaba la playa.

—Por aquí —le dije a Leigh en un susurro mientras el corazón trataba de escapárseme por la garganta.

Recorrimos con dificultad el camino a través de las cuevas que rodeaban la cala. Teníamos los pies helados y nos picaban los tobillos por la áspera arena y el agua salada. En las tranquilas cuevas tan solo se escuchaba el sonido de las olas rompiendo, y los gritos de la batalla en la distancia. Eso, y nuestra respiración dificultosa y desesperada.

A la salida de una de las cavernas, pude vislumbrar la playa. Había soldados peleando en la arena, y el desagradable sonido del metal contra el metal fue como un violento coro que me resonó en la cabeza. Al final de la cala, los enemigos habían construido una especie de campamento rodeado de cañones y bestias escupefuego, con una hilera de soldados detrás.

Si pudiéramos conseguir pasar todo aquello, llegaríamos a los barcos armados hasta arriba, los cuales estaban atracados en el agua menos profunda que había junto a los acantilados. Aunque… solo se veían barcos con el emblema de hojas de Ámbar en la Bahía de la Sirena. ¿Dónde estaban los de Peridoto?

—Deben de haber hundido los otros barcos —dijo Kane, y casi me choqué contra las piedras que había a mi espalda del susto.

¿De dónde había salido?

Tuve el instinto de abrazarlo y celebrar que estaba a salvo, pero me frenó el recuerdo de su extraño poder, y retrocedí un paso. Leigh parecía sentir lo mismo, ya que se ocultó ligeramente detrás de mí.

—Me tienes miedo —me dijo con una expresión sombría. No era una pregunta, aunque yo no podía ni imaginar en pensar una respuesta. Tragó saliva con dificultad—. Tendremos que hacernos con uno de sus barcos.

—Y ¿qué hay de los demás?

—Estoy seguro de que habrán pensado lo mismo.

Si es que han conseguido llegar hasta aquí. No tuvo que decirlo.

Entrecerré los ojos para ver en la oscuridad. La pálida y brillante luna se reflejaba en las olas del océano, y era un extraño contraste con la matanza que había en la arena frente a nosotros. Por el rabillo del ojo noté un movimiento cerca del agua.

No era el caos de la batalla, sino un ancla que flotaba fuera del océano, como moviéndose por sí misma.

—Allí —lo señalé para que Kane lo viera—. Esa debe de ser Mari.

Me miró con una ceja alzada.

—¿La pelirroja es una bruja?

Puf. Este no era el momento para tener una conversación así.

—Sí, y el amuleto de Briar Creighton ya no está en tu despacho. Además, casi matamos a tu strix.

La sorpresa que se reflejó en el rostro de Kane me habría encantado en cualquier otro momento.

—¿Que hicisteis qué? —Negó con la cabeza—. ¿Bellota? No le ha hecho daño jamás a nadie.

Quería decirle un par de cosas sobre guardar secretos, pero llegar a algún sitio en el que estuviéramos a salvo era la prioridad. Las lecciones sobre hipocresía tendrían que esperar.

Kane se pasó la mano por la cara.

—El amuleto de Briar no contiene su magia, es solo un mito.

—Entonces, ¿qué es?

—Una joya preciosa y bastante cara.

Abrí los ojos como platos.

—Entonces, toda la magia de Mari…

—Es cosa solamente de ella. —Kane se agachó para agarrar a Leigh en brazos—. Venga, vamos. Tenemos que irnos.

Pero ella se encogió, y yo me puse delante.

—Yo la llevo.

Kane apretó la mandíbula, pero tenía una mirada de concentración.

—Vale. Estaré detrás de ti.

Respiré profundamente.

—Otra cosa más —dijo, en un suave tono de voz—. Mantened las dos la cabeza despejada. No penséis en nada concreto.

Sentí una nauseabunda sospecha en el estómago.

—¿Por qué…?

—No estoy seguro de si está aquí, pero si lo está, Lázarus puede entrar en vuestra cabeza. No le deis munición para que os encuentre.

Maravilloso.

Temblé de miedo, pánico y furia.

Teníamos que llegar al barco.

Llevé a Leigh en brazos y me moví lentamente, escondiéndome tras las rocas, los acantilados y las ramas. Conforme nos acercábamos a los barracones, vimos a los hombres armados y ataviados con armaduras plateadas que jamás había visto antes. Sentí un profundo miedo en el estómago.

Despejé la mente.

Nubes, espacio vacío. Nada. Nadie. Silencio.

Estábamos tan cerca… A solo unos metros, vi un destello de pelo rojo tras una palmera, y el corazón se me llenó de esperanza. Solo unos cuantos pasos más…

—¿Vais a algún lado?

Una voz como la seda combinada con el veneno, pero mucho más mortal, nos habló con una extraña calma.

TREINTA

En la oscuridad, los soldados plateados que nos rodearon parecían gigantes mitológicos a lomos de caballos. Tiré de Leigh para acercarla contra mí, y traté de ignorar lo mucho que me rompía el corazón su temblor.

Antes de poder desenvainar mi espada, uno de los hombres ataviados de plateado me agarró de los brazos por detrás. Traté de revolverme, darle una patada y seguir sosteniendo a Leigh.

—No se te ocurra ponerle un puto dedo encima —les soltó Kane a los soldados que había a mi espalda, pero le hicieron arrodillarse con una oleada de puñetazos. Yo me encogí ante el crujir de los huesos.

Alejaron a Leigh de mí, la cual pataleó y gritó, pero a ambas nos sostuvieron más y más soldados con aquella armadura glacial. Nos superaban en número de forma abrumadora.

Un hombre mayor e impactantemente atractivo atravesó la arena y se acercó con la mirada puesta en nosotros. Con la misma mandíbula tallada, pómulos con los que podría cortarse el metal, y unos ojos del color de la pizarra, el parecido era asombroso. En lo más profundo de mi ser, lo supe. Supe exactamente quién era aquel hombre.

La vista se me nubló, y traté de luchar contra las náuseas.

El hombre miró a Kane, el cual escupió sangre sobre la arena.

—¿No me escribes, no me visitas...? Si no supiera que es imposible, diría que no me echas nada de menos.

Sentí un escalofrío de terror recorriéndome la espalda.

Lázarus Ravenwood. El rey fae.

Nuestro destructor.

Kane miró fijamente a su padre, pero no dijo nada.

La ira floreció en mi corazón, en mi estómago, y sustituyó la glacial capa de pánico y sorpresa. Era una ira abrasadora e intensa que hizo que me hirviera la sangre mientras trataba de zafarme del soldado fae que me retenía.

Si Kane no mataba a este hombre, lo haría yo.

El irascible sol reflejó mi odio naciente cuando comenzó a aparecer por encima del oscuro mar que había a nuestra espalda. Los rayos iluminaron los ojos de Kane, y por primera vez, vi un miedo real en su mirada. Le temblaban las manos, así que apretó los puños a ambos costados. Sentí una oleada de pánico tan devastadora que apenas me dejaba pensar.

Lázarus se giró hacia mí. Tenía el pelo corto y gris, una piel tersa y morena, ropajes que ondeaban y brillaban con telas que no eran de este reino... Era alto, como su hijo, pero más mayor y delgado. Claramente era vetusto, pero su rostro tan solo mostraba una belleza refinada y madura. Cincelado y encantador, madurado como el buen vino. Pero sus ojos... eran insondables y llenos de odio.

Avanzó hacia mí lentamente, y alzó un solo dedo para acercarlo a mi cara y rozarme la mejilla. Se me revolvió el estómago, y Leigh gimoteó a mi lado.

Iba a arrancarle la piel de los huesos a aquel hombre.

—Vaya, qué carácter. Ni siquiera me conoces.

—No la toques —rugió Kane.

—Siempre tan impulsivo —le dijo Lázarus a su hijo, regañándole—. No es culpa mía que te enamoraras de mi asesina.

¿Su qué?

Me obligué a adoptar una expresión neutral, pero ya era demasiado tarde.

—Así que no has sido del todo sincero con tu amiguita, ¿eh, hijo?

Me quedé totalmente petrificada.

¿Asesina? ¿Cómo era posible que hubiese *más* mentiras? *¿Más* cosas que no comprendía?

No, no podía ser. Estaba mintiendo, tratando de enfrentarnos el uno al otro.

Aun así, no fui capaz de mirar a Kane a la cara.

—Bien razonado, chica. Tu primer instinto ha sido el acertado.

Tenía que dejar de pensar.

—Para —le dije entre dientes.

El rey fae se giró hacia Kane de nuevo.

—Ya veo por qué te gusta, hijo, es magnífica. Tras todos estos años buscando, es justo como imaginé que sería.

El estómago me dio una vuelta de campana. *¿A qué se refiere?*

Kane trató de lanzarse a por él con una intención letal, pero los soldados fae lo empujaron de nuevo y lo obligaron a arrodillarse.

—¡Parad! —Traté de moverme hacia ellos, pero más soldados me retuvieron, tirando de mis manos y brazos hacia atrás y me sostuvieron la cabeza.

Me revolví y los mordí, tratando con todas mis fuerzas de mover un solo músculo, pero eran más fuertes que nadie que jamás hubiera conocido. Sus manos eran como esposas alrededor de mí. Lázarus tan solo sonrió y me miró.

Me estudió con una mirada depredadora y llena de curiosidad.

—Si le tocas un solo pelo de la cabeza —gruñó Kane desde la arena—, te reduciré a un montón de cenizas. Ya te perdoné la vida en una ocasión, no volveré a hacerlo.

Lázarus no podría haber estado menos interesado en las amenazas de Kane.

—¿Así es como recuerdas lo que pasó, hijo? —le preguntó, volviéndose hacia uno de sus hombres, el cual le entregó algo que no alcancé a ver.

Traté de ver qué tenía en la mano, y cuando lo hice, me quedé sin aliento.

Sostenía una daga de plata.

Kane se revolvió de verdad contra los hombres que había a su espalda, y el horror se extendió por mi interior. No podía mirarlo a los ojos, no quería ver su miedo. No…

—¿Mi hijo jamás te contó lo de la profecía de la vidente? Qué sorpresa… —dijo el rey, acercándose lentamente como si fuera un animal rabioso—. Debes saber que eso es todo lo que eres para él: una herramienta para vencer a su viejo padre de una vez por todas.

Negué con la cabeza todo lo que pude desde el agarre del soldado, y miré a Kane.

—¿De qué habla? ¿Qué más me has ocultado?

Mi voz estaba cargada de terror. Sonó como un llanto, un lamento, un ruego.

—Lo siento muchísimo, Arwen. Lo siento tanto…

Negué con la cabeza, como si así pudiera sacarme aquella información de ella. Lo que decían no tenía sentido. En mi interior se acumularon los sollozos y el miedo, y sentí las mejillas ardiéndome por la traición. El rey fae cerró los ojos y recitó la profecía de memoria.

—*Un mundo de luz al por las piedras bendecido,*
Un rey condenado a caer a manos de su segundo hijo.
Una ciudad convertida en huesos y cenizas,
La estrella caída marcará de nuevo el principio de la guerra.
El último fae de sangre pura al fin nacerá,
Y la Hoja del Sol en su corazón encontrará.
Padre e hijo de nuevo en una guerra de medio siglo se reunirán,
Y con el alzamiento del fénix la batalla comenzará.

Un rey que solo bajo sus manos podrá caer,
Una chica que sabe lo que deberá escoger,
Un sacrificio que se hará para ambas tierras salvar,
Y, sin él, el reino entero podrá perder.
Una tragedia para los fae puros, ya que todos perecerán.
Pero para salvarlos a todos, ese deberá ser el precio que pagarán.

Vi en su mirada lo mucho que parecía divertirle todo aquello.

—Qué triste, ¿no crees? ¿«Ya que todos perecerán»? Qué pena...
Creo que podríamos haber llegado a ser buenos amigos.

Apenas podía pensar. La cabeza me daba vueltas, tenía náuseas,
y...

Kane me había mentido. Acerca de todo.

La profecía...

Una paz gélida me corrió por las venas cuando lo entendí *por fin*
con una claridad total. La única cosa que Kane no me había contado, lo que siempre había mantenido cubierto de misterio, oculto y
sin querer abordarlo.

La razón misma por la que Bert me había llevado hasta la Fortaleza Oscura, y por qué Kane me había mantenido allí.

Los poderes que jamás había comprendido...

Pero que Kane sí lo había hecho.

Estaba destinada a acabar con el hombre que había frente a mí.
Con el rey fae.

Porque yo era la última fae de sangre pura.

Y estaba destinada a morir.

Lázarus alzó la daga plateada en mi dirección.

—Será rápido, Arwen. Trata de no resistirte.

Me revolví contra los hombres que nos sujetaban a Leigh y a
mí. Los sollozos de Leigh me destrozaron por dentro.

—¡No! —bramó Kane.

Un estallido de su poder oscuro manó del suelo y empujó a los
soldados fae que retenían a Kane con la fuerza de una tormenta

restallante. Los hombres ataviados de plateado se apresuraron a ir a por él, pero ninguno de sus poderes (ríos de fuego, luz violeta o relucientes espejos) era rival para su veneno de sombras negras. Kane se escapó de su agarre y se lanzó contra su padre con una rabia pura y sin límites.

De sus manos salió un humo negro letal, brotó de su espalda como si fueran alas, y casi dio alcance al rey fae.

Casi.

Pero Lázarus giró y, con un movimiento de su mano, una sola estaca de hielo sólido apareció de la nada y se hincó en el pecho de Kane, lo cual hizo que le fallaran las piernas y se estrellara contra la arena con un quejido terrible.

—¡Kane! —grité, y casi no reconocí mi voz.

Él se quejó del dolor, y una sangre pegajosa y oscura brotó de entre sus manos cuando trató de sacarse el hielo del pecho, pero falló. Mi propio poder se retorció en mis dedos; podía curarlo, podía salvarlo, podía…

Pero no podía mover ni un músculo. Ni siquiera pude seguir mirándolo, ya que el soldado fae que tenía detrás me obligó a apartar la mirada de Kane y a mirar a Lázarus.

No quería que Leigh viese aquello. Negué con la cabeza, incapaz de pensar, incapaz de respirar…

—Por favor… —supliqué.

—Arwen… —gimió Kane desde la oscuridad, echado sobre su propia sangre y con los soldados rodeándolo de nuevo. Su mirada reflejaba una ira total e infinita. Y dolor.

Y pena.

Tanta pena que me partió en dos.

Alzó las manos en mi dirección, pero lo sujetaban demasiados soldados, y estaba sangrando. De hecho, *desangrándose*, con los riachuelos de sangre que fluían…

Lázarus estaba ya justo delante de mí, sosteniendo la brillante espada plateada. Me preparé para el inevitable dolor que sentiría…

Sentí una fuerte corriente de viento, y el sonido del metal contra el metal, y caí hacia atrás sobre Leigh y los soldados que nos habían sujetado.

Traté de contener el alivio…

Libres. Éramos libres.

Me incorporé, y se me nubló la vista de la fuerza que me había tirado, pero Kane no estaba ya allí.

En su lugar, sobre la arena, y junto a los tres soldados aniquilados que lo habían sujetado hasta unos segundos atrás… estaba el dragón en el que había volado a Onyx aquella primera noche.

Una figura de líneas oscuras y esbeltas, escamas resplandecientes… Me pareció ridículo no haberme dado cuenta hasta entonces. La forma de dragón de Kane era igual que él: una criatura increíblemente bella, terrorífica y con un retorcido poder.

El corazón se me quedó helado.

Y entonces, antes de que pudiera latir de nuevo, Lázarus también se transformó.

El poder de su transformación me echó arena sobre los ojos, y tosí contra el corrosivo sabor del luzal en mi boca mientras protegía a Leigh entre mis brazos.

La nueva forma de Lázarus era un terrible guiverno de escamas grises. Era más del doble de grande que el dragón de Kane, y también el doble de aterrador. Mientras que la forma cambiante de Kane aún mantenía algo de amabilidad y humanidad, la de Lázarus era todo un monstruo. Todo violencia fría e impasible.

La afilada cresta que le recorría la espalda y la serpenteante cola brillaban bajo la blanca luz del sol, y tenía una cicatriz rosada que le atravesaba las escamas de la caja torácica. Las hileras de dientes resplandecían como si fueran estalagmitas en una caverna atestada y traicionera. Tenía unos ojos de un intenso color rojo como la sangre, y me miró una sola vez antes de lanzarse contra Kane. Atravesó el aire con las garras y agarró a la forma de dragón de Kane del cuello con la mandíbula, para después salir disparado hacia el cielo.

Entrecerré los ojos para ver entre la luz del amanecer, sobre la playa destrozada por la batalla. Como en un horrible efecto dominó, los soldados fae que había a nuestro alrededor también se transformaron, y salieron disparados hacia arriba para perseguirlos.

Esfinges, hidras y arpías.

Todos los mercenarios, tal y como Kane me había dicho, alzaron el vuelo tras su rey.

Kane no tenía ninguna oportunidad.

Una horrible y desconcertante batalla celestial se desató sobre nuestras cabezas, entre las estrellas que se mezclaban con la pálida luz de la mañana, pero no quería esperar a ver qué ocurriría después.

Agarré la espada y ataqué a los soldados que había a nuestro alrededor. Sabía que nos superaban en número, pero, aun así, tenía que intentarlo.

—Quédate cerca de mí —le ordené a Leigh mientras atravesaba el cuello de un soldado fae con la hoja.

Bloqueé y contraataqué, y pasé de un soldado a otro.

Pero algo no iba bien.

¿Por qué nadie había conseguido tocarme siquiera?

No era tan buena, y estos eran soldados fae, los cuales supuestamente eran los hombres más letales que hubieran existido jamás, y entrenados para la batalla.

—¿Qué estás haciendo? —preguntó Leigh en voz muy baja.

—Me enseñaron a blandir una espada. Es una historia muy larga.

—No me refiero a eso.

Y, entonces, lo vi.

La arena que había a nuestros pies se hundía hacia adentro conforme nos movíamos. Cada soldado que trataba de alcanzarnos salía rechazado por una esfera protectora de luz fina como el cristal.

—No puede ser cosa mía —le dije, pero mi voz apenas llegó a ser un susurro. *El último fae de sangre pura al fin nacerá.* Me vinieron imágenes del reconfortante brillo y la fuerza que había sentido cuando había luchado contra la bestia-lobo—. Pero no vamos a quedarnos a averiguarlo.

Envainé la espada y eché a correr hacia el barco con Leigh en brazos. El arco dorado que nos rodeaba era como un segundo sol bajo la escasa luz azulada que había en la playa, que aún estaba despertándose con la mañana.

—¿Qué pasa con el rey? —gritó Leigh conforme avanzábamos a toda velocidad junto a soldados de todos los credos y reinos.

—¿Con cuál?

—¡Tu rey! —me gritó.

—Déjalo.

Pero, al pensar en Kane, sentí una oleada de rabia en mi interior. Me había mentido desde que nos habíamos conocido.

Me había *usado*.

Si sobrevivía, lo estrangularía yo misma.

Al llegar al barco, Leigh corrió sobre la pasarela.

Y allí estaban: mi madre y Ryder, con una expresión de alivio en el rostro.

Leigh se lanzó a sus brazos, y un pequeño trozo de mi corazón destrozado sanó en ese momento.

—Gracias a las Piedras —dijo mi madre, sosteniendo a Leigh contra su pecho.

La cubierta estaba llena de los cuerpos de los soldados de Ámbar caídos. Griffin y Eryx debían de haber tomado el barco mientras a nosotros nos retenía Lázarus. Sentí el triunfo recorrerme ante aquella victoria.

Pero los soldados de Peridoto y Onyx apenas podían evitar a duras penas que los hombres de Lázarus embarcasen. Amelia y Mari estaban ayudando a desenredar las cuerdas y desplegar las velas mientras se escuchaba el sonido de las espadas y gritos. Unos rugidos ardientes me indicaron que las salamandras estaban de camino.

Nuestras espadas no serían rival alguno en una batalla contra el fuego.

—¡Tenéis que iros, ahora! —le grité al soldado de Onyx que capitaneaba el barco.

El sol ya se estaba alzando sobre el mar, e íbamos a perder la cobertura de la oscuridad que necesitaríamos para zarpar y que no pudieran seguirnos. Ayudé a un joven hombre de Peridoto con tatuajes y pantalones blindados a alzar el ancla a bordo. Griffin le hizo una señal al capitán, y el navío protestó al moverse. Yo corrí por la pasarela, ignorando las súplicas de mi familia.

No importaba lo mucho que sus gritos me rompieran el corazón en dos mitades...

Tenía que ayudar, debía hacer algo. Me tiré al agua baja, planté los pies sobre la arena junto a los demás guerreros de Onyx, y alcé la espada.

A mi lado, aterrizaron dos patas con garras.

Moví la espada para golpearlo, pero reconocí de inmediato aquellos ojos azules como el cristal marino.

—¿Un grifo? ¿En serio?

La bestia emplumada y gigantesca asintió.

—Mis padres no eran especialmente creativos.

Griffin se movió primero y se deshizo de varias filas de soldados con la envergadura mortal de sus alas y arrancándoles las cabezas de forma limpia con sus dientes leoninos. Me salpicó sangre en la cara, pero no me importó. En realidad, lo disfruté. Observé aquella carnicería, los cuerpos y los cadáveres caídos de bestias con escamas, lo que habían hecho con la pacífica ciudad de la Cala de la Sirena.

Iba a matarlos, a todos y cada uno de ellos.

Bloqueé y golpeé, pero moverme en la superficial agua me ralentizaba, y enseguida estaba jadeando por el peso del arma al atacar a guerreros más fuertes. En el cielo, escuché el rugir de la forma de dragón de Kane cuando prendió fuego a los soldados que nos rodeaban, y el guiverno gris los siguió de cerca. El olor a carne chamuscada amenazó con hacerme vaciar el estómago entero sobre la arena de la orilla. No importaba el tiempo que hubiese pasado en la enfermería, nunca jamás me acostumbraría al olor de los restos humanos chamuscados.

Aun así, seguían llegando las hordas de atacantes.

Golpeé y gruñí, esquivé por poco las espadas, el fuego y los puños. Agradecí la pálida luz, ya que no quería ver cuán roja se había tornado el agua del mar conforme avanzábamos. Un soldado de Granate cargó contra mí y estrelló su hoja contra la mía. Lo bloqueé y giré, pero él consiguió colarse entre mis defensas. Apenas pude ver a Barney por el rabillo del ojo cuando le cortó el cuello al soldado antes de que me atravesara con su espada.

—Gracias —le dije sin aliento.

En respuesta, me hizo un placaje contra el agua poco profunda, y cubrió todo mi cuerpo con el suyo.

—¡Oye!

—Tienes que subir a ese barco, lady Arwen.

—No podemos dejar que esta gente muera —le dije, tratando de apartarlo.

—No tenemos elección.

Sabía que Barney estaba en lo cierto.

Tenían demasiados hombres, y bestias, y fae... Y ni siquiera estaban usando luzal, ya que sus espadas, flechas y cañones eran suficientes para diezmar a la mitad de la Cala de la Sirena. Barney se apartó de encima y silbó en dirección al cielo. Unos segundos después, unas retorcidas garras de pájaro nos recogieron a Barney y a mí desde la arena, y nos transportaron por encima del mar en dirección al barco que se alejaba. El viento me golpeó la cara, y aterrizamos con un golpe seco. La fuerza de las alas de Griffin hizo que algunos soldados de Peridoto huyeran hacia la bodega.

Yo miré de nuevo hacia la orilla. Había algunos soldados aún luchando con el agua por las pantorrillas, pero la mayoría de nuestros enemigos parecían estar retirándose. Durante un momento, y con un optimismo de niña, me pregunté si simplemente estarían dejándonos marchar. Como si el hecho de que me hubieran arrancado de mi hogar, después de la fortaleza, y ahora de este palacio, y perder a mi amigo más antiguo y destrozar lo que fuera que había habido con Kane, quizá fuera suficiente pérdida para toda una vida.

Pero, en vez de dejarnos marchar, observé horrorizada y en silencio cómo las salamandras prendían las flechas del enemigo, y después una lluvia ardiente y capaz de perforar el metal voló hacia el barco. Todos los que estaban en la cubierta corrieron a ponerse a resguardo. Ryder y yo nos lanzamos a por Leigh y a por nuestra madre y las trasladamos a la bodega.

Entramos en los aposentos del capitán con un golpe, y aspiré el mohoso olor de la cabina.

—Joder, menos mal —dijo Ryder al comprobar que estaba de una pieza. Una vez que se aseguró de que no hubiera perdido ninguna extremidad, se echó sobre el suelo para recuperar el aliento.

—Por todas las malditas Piedras —exclamó Leigh mientras se soltaba de mí.

Esperé a que nuestra madre la regañara por haber usado ese lenguaje, ya que, ciertamente, ni siquiera la muerte la frenaría de regañarnos de forma automática…

Pero eso no ocurrió.

Un escalofrío terrible de puro miedo me recorrió el cuello.

Me incorporé sobre la madera desgastada en la que estaba echada y me giré.

Mi madre estaba tumbada sobre el suelo con una flecha clavada en el corazón.

—¡No! —chillé.

No, no, no, no, no…

La recogí mientras temblaba y gritaba, y escuché el latir de mi corazón contra los oídos…

—Arwen, puedes arreglarlo, ¿no? —Ryder trastabilló para colocarse al otro lado de nuestra madre—. ¡Mamá! ¡Mamá, quédate con nosotros!

—¿Mamá? —Leigh la agarró con fuerza, y el corazón dejó de latirme por completo.

Lo supe en cuanto la toqué. El estómago me dio un vuelco y se me nubló la vista. No podía respirar. No podía *respirar*.

Mis habilidades jamás habían funcionado con mi madre.

Aun así, lo intenté. Apreté las palmas de las manos contra su camisa manchada de sangre, y vertí toda la energía que tenía en su interior. Tal y como Dagan me había enseñado, pensé en el cielo, el aire y la atmósfera, y traté de acumular todo en mí como un aliento final. El pulso se me aceleró, el cuerpo me dolía, la cabeza me palpitaba, pero esperé. Esperé a que sus tendones, sus músculos y su carne volvieran a unirse alrededor de la flecha ante la orden de mi poder. Me tembló todo, y apreté la mandíbula ante el esfuerzo, pero la sangre siguió manando en riachuelos, y no ocurrió nada más.

—Lo siento tantísimo. No puedo, nunca he podido… —sollocé.

—Arwen —me dijo ella apenas en un susurro—. Lo sé.

Lloré aún más fuerte, incapaz de encontrar las fuerzas, el coraje o la esperanza. Tenía una herida demasiado grave. El rostro de Ryder se descompuso, y sostuvo a Leigh con fuerza, pero ella se había quedado lívida y muy quieta, y el único signo de su temor eran las lágrimas que brotaban de sus ojos.

—Ha sido mi culpa, yo he hecho esto —lloré.

—No. Arwen, no. —Mi madre se tragó una tos con flema—. Siempre he sabido lo que eras, y te he querido igualmente.

Sentí en mi interior una confusión y una conmoción que lucharon la una contra la otra en mi cabeza, la cual me daba vueltas.

¿Cómo podía haberlo sabido? Pero la pregunta murió en mi garganta cuando la escuché toser.

Le quedaba muy poco tiempo.

—Estoy muy orgullosa de ti, Arwen. Siempre lo he estado, y siempre lo estaré, desde donde sea que esté.

Enterré mi cara en su cuello. No había dolor ni sufrimiento más grande que el de ver el rostro de Leigh y de Ryder.

—Mis preciosos pequeñines… —susurró mi madre—. Cuidaos los unos a los otros. Habrá…

Antes de poder terminar la frase, se quedó quieta.

Y entonces solo se escuchó el sonido de nuestros sollozos.

Mi madre había muerto.

Le había fallado por completo.

El sol se alzaba sobre un cielo de nubes de color pastel. Las agitadas aguas nos balanceaban en una melodía rítmica y relajante.

Y mi madre había muerto.

No podía soportar aquello, no era lo suficientemente fuerte.

Ryder sollozó sobre el cuerpo inerte de mi madre con una mueca, y mientras, Leigh simplemente la observó en shock. Sus solitarias lágrimas y su respiración irregular eran las únicas muestras de que estaba consciente. Quería tocarlos a ambos, abrazarlos con fuerza y decirles que todo iría bien. Pero apenas podía pensar, y mucho menos, hablar.

Y mucho menos, mentir.

Me levanté, a pesar de que no sentía las piernas. El latido de mi corazón era un golpeteo apagado, pero tenía la cabeza despejada. Quizás escuché a Ryder hablar a mi espalda, llamándome, pero no tenía forma de saberlo con certeza.

Dejé los aposentos del capitán, aturdida, y me planté en la popa del barco, de cara a la orilla. Seguían lloviendo flechas sobre la cubierta, errando sobre aquellos que se habían puesto a salvo, pero ninguna de ellas penetró mi piel. Las salamandras se retiraban de la playa, dejando los restos de la carnicería a sus espaldas. Había cáscaras de armaduras, armas desechadas, arena manchada de sangre… El oscuro cielo sobre mí se llenó de nubes moradas con un amanecer que prometía lluvia. Las criaturas voladoras luchaban en el cielo, y las garras y escamas se estrellaban entre sí en la neblina.

Una ira candente y pura me estaba consumiendo. Me llenó por completo, desde los pies hasta las palmas de las manos, y temblé de furia y de pena.

Pero no de miedo.

Un torrente de un poder brutal y crudo se desató en mi alma, y me salió por los ojos, por las manos y el corazón. Podía sentirlo fluir a través de mí como si un dique se hubiese roto. Grité, incapaz de controlarlo y con los pulmones ardiéndome ante el esfuerzo.

Una luz blanca y una ráfaga de viento tan afilado como una espada atravesó el mar y diezmó a los soldados. De Ámbar y Granate, los batallones sobre la orilla y los barcos, todos se prendieron con una luz dorada, ardiente y brillante. Sus gritos eran mi combustible, su sufrimiento, mi espíritu. Y yo lo consumí, y consumí, y consumí.

Alcé las manos hacia el cielo y extraje del aire a mi alrededor el éter teñido de lluvia, los relámpagos, las nubes. Llenaron mis venas, mis pulmones y mis ojos. Abatí a las horrendas criaturas aladas que quedaban sobre mí e hice que cayeran al océano una a una, hasta que el agua salada se volvió roja y las olas se agitaron con su sangre. Sentí el horror irradiando de aquellos que había a mi alrededor sobre la cubierta. Escuché gritos, incluso de la gente a la que amaba.

Pero no tenía el poder de frenarlo.

Pensé en todos los ciudadanos inocentes de la Cala de la Sirena. Muertos, heridos y sin sus hogares. Pensé en la injusticia que era todo aquello.

Pensé en Leigh y en Ryder, que ahora eran huérfanos. Los horrores que habían tenido que presenciar, y todo por la avaricia de un rey. Las noches de pesadillas y los días sollozando que les quedaban por delante.

Pensé en Powell, y en el olor enfermizo de su ropa. En el estrecho y confinado espacio de su cobertizo, la agonía de cada latigazo que provenía tanto de su cinturón como de sus palabras. Todo lo que ese abuso me había costado, mi lamentable y protegida vida.

Pensé en mi madre, en los dulces hijos que había criado casi a solas. En la pequeña vida que había llevado. En su sufrimiento y en su dolor crónico. En su única oportunidad de mejorar, pero que había sido aplastada. Cómo su propia hija tenía el don de curar, pero siempre había sido incapaz de curarla a ella. Y pensé en la forma poco digna, insoportable y arbitraria en que había muerto.

Y, entonces, pensé en mí misma. En cada explotación, manipulación, golpe e insulto. Todo lo que había dado forma a mi infancia y a los últimos años. La vida que había malgastado por miedo, escondiéndome de lo que había ahí fuera, aterrada por estar sola, pero sintiéndome sola siempre. La traición de la única persona que me había mostrado cómo podía ser todo lo demás. La profecía que prometía mi muerte.

Por fin tenía un entendimiento más profundo sobre mi propósito en este mundo, y ese era morir.

Lloré y me purgué…

Expulsé el dolor hacia fuera, salió por mis dedos, por mi corazón, por mi boca…

El poder salió disparado de mí, diezmando y destruyendo, infinito. Grité mi sufrimiento en dirección al cielo, e hice caer un despiadado granizo de fuego sobre los soldados enemigos.

El mundo era demasiado cruel.

Nadie se merecía vivir para ver un nuevo día.

Los aniquilaría a todos.

Los…

«Mostraste una extraordinaria valentía cuando no tenías ninguna esperanza de que eso fuera a salvarte»

«Lo que tú llamas temor es, de hecho, poder».

«No quería vivir en un mundo en el que tú no estuvieras».

«Arwen, eres una luz resplandeciente».

«Siempre he sabido lo que eras, y te he querido igualmente».

Caí sobre la cubierta sin fuerzas, sollozando y tratando de respirar.

TREINTA Y UNO

Lo siguiente que recuerdo fue que sentí una compresa fría sobre la frente. El enfadado sol de la mañana me daba en los hombros y la piel me hormigueaba.

—Aquí está —dijo una suave voz familiar.

Me pesaban los ojos de sueño y tristeza. Pestañeé y vi la amable y seria cara de Mari, con sus rizos rojizos flotando sobre mí. Me incorporé lentamente con un dolor en la cabeza, y me di cuenta entonces de que seguíamos en la cubierta del barco. Por la posición del sol en el cielo, supuse que había estado inconsciente unas horas.

Me giré para mirar el mar, y dejé que el agua salada me salpicara sobre la cara. Peridoto ya estaba lejos, y no se veía tierra alguna en kilómetros.

Había...

No podía ni pensar en lo que había hecho.

En lo que había perdido.

—No nos sigue nadie —dije, en lugar de eso.

—Tras tu... incidente —hizo una pausa, como si quisiera pensar en las palabras correctas—, no quedó nadie que pudiera seguirnos. Ninguna de las brujas de la capital del rey Ravenwood están aquí, así que encontré un hechizo para ocultar el barco. Cuando reúnan de nuevo a sus ejércitos, al menos no podrán rastrearnos.

Asentí, aturdida.

No iba a preguntarle acerca de Kane, sobre si estaba en el barco, o...

—Bueno —dijo, quitándome la compresa y volviendo a empaparla—, así que eres una fae. Podrías habérmelo dicho, ¿sabes? —Escuché el dolor que impregnaba sus palabras.

—Ella no lo sabía.

Alcé la mirada y entrecerré los ojos para mirar directamente hacia la luz del sol. La voz era la de Ryder, y llevaba a Leigh de la mano. Leigh tenía una expresión impertérrita.

Jamás la había visto parecer tan fría.

—¿Cómo es posible que tú seas una fae de verdad, pero nosotros no? Teníamos la misma madre —me preguntó. Él también estaba más serio de lo que jamás lo había visto. Esa luz infinita que siempre había brillado en su interior sin importar las circunstancias ahora no estaba allí.

—No tengo ni idea —le dije, y sonó a súplica.

Me puse en pie con ayuda de Mari y me acerqué a él sin vacilar. Cuando supe que ninguno de ellos iba a encogerse, los abracé.

Nos quedamos allí durante un largo rato.

Incluso aunque habíamos tenido padres diferentes, jamás había pensado en ellos como en hermanastros.

Nunca había conocido a mi padre, y mi madre apenas me había hablado de él en mi infancia. Por fin, solo dos años atrás, le había sonsacado la información. Me contó que había conocido a un hombre proveniente de otro reino, pero que no recordaba de cuál, en una taberna a las afueras de Abbington.

Ella había estado ahogando las penas por la reciente pérdida de su madre, y él le había levantado el ánimo y la había sacado a bailar. A la mañana siguiente se despertó en su cabaña, pero él se había marchado.

Jamás lo volvió a ver.

Odiaba pensar en mi padre de esa manera, así que no pensaba mucho en él.

Incluso cuando me devané los sesos, supe que no era posible que el hombre pudiera haber sido responsable de lo que yo era.

Era la última fae de *pura sangre*. Eso significaba que ambos padres debían de ser fae de pura sangre. Lo cual significaba que, o bien mi madre había escondido su naturaleza fae durante toda nuestra vida, o realmente ella no había sido mi madre.

Ahora, mis hermanos eran mi única familia con vida, las personas más cercanas que tenía. Y lo más seguro era que ni siquiera fuera familia de ninguno de ellos. Eso, unido al agujero que sentía en el corazón ante la pérdida de mi madre, y a la revelación de que ella no era la mujer que me había dado a luz, fue suficiente como para romperme el poco espíritu que me quedaba.

A pesar de estar abrazados, jamás me había sentido tan separada de mis hermanos, ni siquiera cuando pasamos meses distanciados físicamente. Odiaba lo que ahora sabía que era, tan extraña y alejada que apenas me sentía como si fuera yo misma.

Pero, sobre todo, odiaba a Kane. No estaba segura de dónde estaba, y traté de decirme a mí misma que no me importaba si había sobrevivido a la batalla con su padre.

¿Por qué debería de importarme?

Me aparté de mis hermanos y miré a través de la cubierta, la cual brillaba demasiado. Había unos cuantos soldados que se ocupaban de los heridos, pero parecía que la mayoría habían bajado al nivel inferior del barco.

Se escucharon unos pequeños pasos desde el camarote del capitán, y aquello me sacó de mis pensamientos sombríos.

—¡Unos malditos cobardes, eso es lo que somos!

Me giré para ver a Amelia, Eryx, Griffin y Barney atravesando la cubierta uno detrás del otro.

Nada de Kane.

No supe si lo que me retorció el estómago fue pena, miedo o alivio.

Cada uno me miró durante un segundo; Amelia con una mirada gélida, el rey Eryx con un vago interés, Barney con simpatía, y Griffin con una expresión ilegible, como siempre. Me sentí ligeramente avergonzada ante sus miradas, pero estaba demasiado aturdida y cansada como para sentirlo de verdad.

—Amelia, no teníamos elección —dijo el rey Eryx tras centrarse de nuevo en su hija—. Teníamos que *sobrevivir*.

Amelia se giró para enfrentarse a él.

—Abandonamos a nuestra gente para que *sufrieran*.

Prácticamente escupió las palabras.

—Conseguimos sacar a algunos de ellos en los otros barcos, y…

—Yo los saqué, tú huiste como una…

—Y, lo más importante —dijo, interrumpiéndola—, es que viviremos para luchar otro día.

—Y ¿a dónde vamos a ir ahora? ¿Simplemente seguiremos huyendo? —preguntó con un resentimiento que le penetró en la voz.

El rey Eryx miró a Griffin, pero él no respondió. En su lugar, Griffin se giró hacia la proa del barco.

Como un demonio vengativo y oscuro, Kane salió de entre las sombras.

—Partiremos hacia el Reino de Citrino.

Estaba vivo.

Me pareció escuchar cómo mi corazón se abría en dos.

Tenía un aspecto terrible, con heridas en los brazos y el cuello, un ojo amoratado y cerrado, y el labio partido. Vi bajo la camisa vaporosa y abierta que llevaba que la herida del pecho la tenía vendada de forma provisional, pero la sangre de color rojo se estaba filtrando a través de las improvisadas vendas.

La atención de Kane se centró de inmediato en mí. Vi la preocupación en su mirada.

Aparté la mirada de él, y me centré en el agua sin fondo y salada que había delante de mí.

—No tenemos forma de enviar a un cuervo para hacerles saber que vamos hacia allí, rey Ravenwood —le dijo el rey Eryx.

—Entonces tendremos que rezar para que nos reciban con los brazos abiertos.

Griffin soltó una cruel risa ante aquella idea.

—No lo harán.

—Lo sé —dijo Kane con una tranquilidad letal.

Pasó junto al grupo y se acercó a mí de forma vacilante. Cuando no pude evitar más su mirada, me giré hacia él.

—¿Cómo estás, pajarillo?

Su rostro estaba cubierto de una capa de arrepentimiento, pero su voz era como un licor; durante un segundo me relajó, incluso me pareció placentera, pero entonces el sabor se volvió amargo.

—No me hables —le dije.

Incluso aunque todo aquello no fuera culpa suya, estaba tan destrozada emocionalmente que todo debía recaer sobre alguien. Y él parecía merecerlo más que nadie.

Ryder se puso frente a mí de forma protectora, de brazos cruzados.

—Danos un momento, Ryder. —Kane tenía un aspecto brutal.

Ryder me miró, y yo negué con la cabeza de forma vehemente. No quería estar a solas con aquel hombre.

—No lo creo, su majestad —dijo Ryder con toda la cortesía de la que fue capaz. Kane hizo una pausa, pero entonces asintió, entendiéndolo.

—Siento muchísimo vuestra pérdida —nos dijo Kane a los tres. Leigh ni siquiera podía mirarlo a los ojos.

Se dirigió al lado izquierdo de la cubierta. Yo miré a Ryder y después a Mari. Ninguno de ellos me miró a los ojos. Sabía qué era lo que estaban pensando; al final, tendría que hablar con él. El barco no era *tan* grande como para evitarlo.

—Vamos adentro, necesito comer algo —dijo Mari.

Ryder la siguió tras mirarme una última vez.

Yo le di un beso a Leigh en la cabeza, y reuní las pocas fuerzas que me quedaban.

—Me uniré a vosotros enseguida.

Griffin, Eryx, Amelia y el resto de los guardias y soldados se trasladaron a la proa del barco para continuar con su discusión.

Quizás sintieron la tensión que había entre Kane y yo y no querían estar cerca de nosotros. Y no era que los culpara. Además de unos cuantos rezagados, Kane y yo éramos los únicos que quedaban en ese lado. Me reuní con él, con el viento azotándole el pelo y los ojos entrecerrados ante el sol.

Se volvió hacia mí al sentir mi presencia, pero yo me quedé mirando fijamente el agua que había debajo. El olor a algas marinas y sal era un buen acompañante para mi humor tempestuoso. Nos quedamos en silencio, escuchando las olas estrellarse contra el barco durante demasiado tiempo.

—Yo soy la última fae de pura sangre —le dije.

Se quedó quieto, pero me respondió.

—Sí.

El corazón me latió con violencia. Sabía que era cierto, pero aun así me sacudió por dentro al escuchar la confirmación.

—Griffin también es un fae.

—Sí que lo es.

Me ardían las mejillas. Griffin, Dagan, Amelia… ¿Cuántos habían sabido lo que era antes de descubrirlo yo?

—Y ambos sois fae de los que pueden cambiar de forma —le dije—. Eres el dragón en el que volé hasta la Fortaleza Oscura esa primera noche.

—Sí —dijo, mirando aún el agitado mar.

—¿Y la Hoja del Sol de la que hablaba la profecía?

Kane se giró hacia mí. Tenía la mirada llena de… ¿era pena? ¿Un arrepentimiento brutal? Pero lo escondió rápidamente en cuanto lo noté, y apretó la mandíbula.

—Es lo que Halden quería de mi cámara, lo que ya habían robado años atrás… La única arma que puede matar a Lázarus si la empuñas tú. —Tragó con dificultad—. Probablemente fue a la Fortaleza Oscura buscando asesinar desertores fae, pero, de algún modo, escuchó que yo estaba en posesión de esa arma. Pero lo cierto es que podría estar en cualquier parte.

Sentí el latido de mi corazón contra mis oídos.

—¿Creía que la hoja estaba «en mi corazón»? Es lo que decía la profecía.

—La mayoría de los académicos con los que he consultado creen que eso no se debería de interpretar de forma literal. Pero no lo discutamos con Amelia, o se apuntará seguro a rajarte viva para comprobarlo. —Tenía una mirada asesina, y supe que no estaba bromeando en realidad.

—Entonces, como dijiste, soy una fae de verdad. —Aún me parecía una locura decir aquellas palabras—. ¿Cómo es que un mestizo como tú tiene luzal?

—No soy mestizo. Los mestizos son mortales con trazos de fae en su linaje. Apenas es perceptible si no se sabe qué buscar. A menudo, son gente increíblemente atractiva, muy fuertes, o viven una vida anormalmente larga. Pero solo hay dos tipos de fae: los fae como Griffin, como yo, y como los soldados y todos los atrapados en el Reino Fae. Todos tenemos en el linaje a algún mortal, después de milenios de cruce. El otro tipo son los fae de verdad, los fae de pura sangre: solo tú, y Lázarus.

—Pero ¿cómo? Nací en Abbington, mi madre era mortal —balbuceé—. Mis hermanos son todos…

—No estamos seguros.

En ese momento me quedé horrorizada.

—¿Es posible que tú y yo… seamos familia?

Sonrió de forma sombría.

—No, pajarillo. Naciste mucho después de que la última mujer fae de pura sangre muriera. Tu nacimiento es… Bueno, es un milagro. Uno que ni siquiera mi padre entiende.

—Entonces la misión de Halden… no era solo cazar a cualquier fae. Estaba buscando…

—A ti, sí. Al fae de la profecía.

El horror me golpeó como una bofetada.

Halden.

Halden.

Me habría matado en los establos.

Kane se acercó más, y yo me preparé.

—Arwen, lo siento tantísimo… por todo. Todo lo que te oculté, por dejar que Lázarus te encontrara. —La mueca dolorida de su rostro me decía que sabía qué podía haber pasado en la playa de no haber cambiado de forma a tiempo.

Sentí que los pulmones se me encogían, y el aire que había atrapado en ellos me quemó. Tuve que recordarme que debía exhalar.

—Quizá debería de haberlo sabido —dije—. Nunca entendí mis habilidades, o por qué desaparecían si las usaba demasiado… —Pensé en la noche en que no había podido curarme a mí misma después de haber ayudado a la quimera—. Dagan. ¿Le pediste tú que me entrenara?

—De pequeño, formó parte de mi guardia del rey durante muchos años en el Reino Fae, hasta la rebelión. Cuando llegamos a Onyx, se retiró. Pero no hay nadie mejor en todo el continente para entrenarte, tanto con la espada como con el luzal.

La forma en que Dagan había sabido lo de mis habilidades, y de dónde podía extraer el poder… Él también me había mentido. En mi interior se mezclaron la ira, la humillación y la desesperanza. ¿Cómo podía haber estado tan ciega? Amelia había tenido razón, era una tonta.

—Me dijiste que nunca me habías mentido. Me prometiste que me lo habías contado *todo*. —No pude evitar girarme para mirarlo. Estudié sus ojos de color pizarra, y vi que se llenaron de angustia—. Merecía saberlo, Kane.

Parecía estar a unos segundos de romperse del todo. Alzó la mano hacia mí, pero se lo pensó mejor y se la metió en el bolsillo.

—No podía arriesgarme a que nadie más lo supiera. Cualquiera podría haber tenido razones para hacerte daño. El ejército entero de Lázarus lleva buscando al último fae de pura sangre que podría significar su muerte durante casi un siglo.

—Y una *mierda*. Querías usarme como arma. Sabías que, si me contabas todo esto, y lo que derrotar a Lázarus significaría para mí, para mi… —Tragué saliva—. Mi destino… Sabías que nunca te ayudaría a llevar a cabo tu venganza.

La palabra me supo amarga en la lengua. Kane tuvo la osadía de parecer alterado, pero no dijo nada.

A través de mí fluía el odio. No lloraría delante de él.

Apreté los puños para evitar que me temblaran las manos.

—¿Cuánto llevas sabiendo lo que era antes que yo? —le pregunté en un tono duro y bajo de voz.

Se pasó la mano por el pelo.

—Bert se dio cuenta de que eras la persona que estábamos buscando cuando curaste a Barney. Cuando te llevé hasta la fortaleza, había una luz en ti que no podía significar otra cosa excepto que eras fae. —Recordaba aquel viaje, y la extraña conexión que había sentido con su forma de dragón.

»Durante casi un siglo, me he despertado cada mañana con un solo pensamiento en la cabeza. Solo uno. Encontrar al último fae de pura sangre, y llevar a cabo la profecía. Matar a mi padre. Perdí a gente por su culpa que lo significaban todo para mí, y les fallé, y todos sufrimos por ello.

El corazón me dio un vuelco. ¿La familia de Dagan? ¿Había sido Lázarus el que los había matado?

—Si no termino lo que empezamos, ninguno de esos sacrificios significará nada. Hasta el día de hoy, millones viven esclavizados en ese páramo por su culpa. Pensabas que sabías lo que era un rey cruel, pero no tienes ni idea, Arwen. Ni una ligera idea. Todo mortal de este continente morirá de forma absurda si no lo paramos.

»Y, sin embargo, sabiendo todo eso… El día que corrimos por el bosque, eras como una gacela. —Su cara se transformó con una sonrisa dolida—. Me hechizaste. No había conocido a nadie como tú. La noche en que te atacaron… —Lo miré, incapaz de apartar más los ojos—. Supe que no podría hacerlo. Ni siquiera por el bien de todo Evendell. Te traje a ti y a tu familia aquí para que vivierais el resto de vuestros días a salvo.

El corazón se me estaba rompiendo en mil pedazos.

—¿Me estás escuchando? —Incapaz de resistirse ni un segundo más, Kane por fin alzó la mano hacia mí de forma frenética—. ¡Estaba dispuesto a sacrificar el mundo entero para mantenerte con vida!

—No me toques. —Me aparté, y me giré de nuevo hacia el implacable océano que había a nuestros pies. A pesar de la promesa que me había hecho, una sola lágrima se deslizó por mi mejilla.

—Traté de liberarte de tener que tomar una decisión, y lo siento por ello. Pero moriré antes de dejar que te capture. Tienes que saberlo.

El poder salía de él en oleadas ante su juramento. Pero él no me daba miedo. Me daba miedo yo misma. Me daba miedo morir. Me daba miedo vivir. Me daba miedo el poder que rugía en mi interior. Una gruesa niebla de desesperación me invadió por completo y me ahogó. Me atrapó en esta nueva realidad.

Por *su* culpa.

Podría haber vivido toda mi vida sin saber mi destino. No tenía que morir.

Pero ahora sabía que yo era la única que podía matar a Lázarus, y si él moría, yo también lo haría. Toda esa información era algo que podría haber pasado una vida entera sin saber.

Pero ahora no tenía otra elección.

—Te ayudaré a acabar con esta guerra. Encontraremos la Hoja del Sol, y se la clavaré en el corazón. Salvaremos a toda la gente que Lázarus pretendía matar, salvaremos el Reino Fae, vengaremos a aquellos que Dagan, Griffin, tú y todos los demás perdisteis. Acabaremos lo que empezaste, Kane.

—No —dijo, y se le quebró la voz—. Me niego a perderte, no...

—No es elección tuya.

—Arwen...

—Ya has tomado suficientes decisiones por mí.

Una ráfaga de viento le apartó el pelo de su cara tallada en mármol. Tenía una expresión vulnerable que jamás había visto. Casi me doblegué ante él. *Casi.*

Pero, en su lugar, retrocedí un paso, respiré hondo el aire salado y cargado de lluvia.

—Quizás antes, habría cedido. Te habría perdonado por temor a estar sola. Habría hecho cualquier cosa que me dijeras que debía hacer. Habría sentido que te necesitaba, especialmente sabiendo los horrores que se avecinan. Pero ahora... Me mentiste. Me utilizaste. Me... —Me recompuse—. No puedo estar contigo de esa forma, Kane. Ya no.

—Por favor —me dijo, en un tono de voz que casi era un susurro.

Yo negué con la cabeza. Me estaba rompiendo y retorciendo. Mi madre había muerto, el hombre al que...

Pero ya no importaba.

Kane se limpió los ojos.

—Como desees.

Y, tras eso, Kane cruzó la cubierta y bajó a la bodega.

Yo me giré para mirar de nuevo las olas que se extendían ante mí. La severa agua azul se movía con un ritmo caótico y agitado que yo no podía seguir, y se balanceaba en un extraño baile bajo la proa del barco. El paisaje era más bello de lo que me había percatado.

Había estado equivocada. Este no era un mundo cruel.

O, quizá, sí que lo era. Pero también era maravilloso.

Había visto más belleza, alegría y esperanza en los últimos meses de la que había pensado que podía existir. Y había muchísimas más cosas ahí fuera. Tantísima gente, tantísimo amor, tantísimas posibilidades... No podía permitir que todo ello desapareciese por un solo hombre, fuera fae o no.

Podía hacerlo, por Evendell. Por mi familia. Por Mari. Por todos los fae y los mortales inocentes. Podía encontrar aquella arma, luchar en la batalla junto al hombre que me había roto el corazón en mil pedazos... Podía ser fuerte.

Tenía que salvar a este mundo, incluso si yo no podía seguir viviendo para verlo.

AGRADECIMIENTOS

No hay otra manera de empezar esto que no sea dándole las gracias a mi brillante compañero, Jack, el cual me ha apoyado y tiene una paciencia infinita. En el viaje de nuestro décimo aniversario, entre quemaduras, avistamientos de ballenas, y helados junto a la piscina, me ayudaste a descubrir la historia de Arwen y Kane. Te despertaste cada mañana y, en lugar de ir directo al bufé libre de desayuno que a ambos nos encanta, dejaste que me sentara en nuestro balcón y me pusiera a escribir en el portátil, perdida en el Reino de Onyx hasta que el calor de mediodía me obligaba a ir a la piscina. Y, después del viaje, me dejaste compartir mis ideas contigo, arreglaste los agujeros en el guion de la historia, se te ocurrieron unos nombres mucho menos estúpidos que los que tenía para las ciudades, e incluso te leíste el borrador en un tiempo récord. Y, después, me preguntaste: «¿Cuándo puedo leer el segundo libro?». Y, mientras tanto, no te quejaste ni una vez de que aquello no fue a lo que tú te apuntaste, y que esta no era, *ni mucho menos,* la carrera que me había pasado siete años construyendo, ni que a los veintiocho años quizás era demasiado mayor para decidir que quería convertirme en una autora de fantasía romántica. Te estoy tan agradecida que ni siquiera tengo palabras. Entraría en cien Bosques Oscuros solo por ti.

En el largo camino hacia la publicación de mi primera novela, ha habido muchos otros individuos que me han ayudado, han sido maravillosos, y a los que querría también dar las gracias. A mi madre, que es imaginativa y creativa, y quien me lo enseñó todo sobre la narración (y sobre los seres humanos, en general). A mis primeros lectores, quienes fueron muy considerados, y me convencieron de que quizás esta historia merecía la pena compartirla con los demás. A mi brillante editora, Natalie, quien me recordó que debía tomarme mi tiempo y acumular, acumular y acumular la tensión. A mis encantadoras correctoras, Naomi y Danni, quienes elevaron toda la novela con su ojo crítico. A la leal (y graciosísima) comunidad de TikTok que siguió este libro y su lanzamiento de cerca; nada de esto habría pasado sin vuestra pasión. Y, finalmente, a mi querido Milo, el mejor perro que nadie pueda tener. Gracias por sentarte junto a mí durante muchos fines de semana mientras yo escribía, y por no quejarte cuando le gritaba al ordenador de forma aleatoria y sin razón. Eres el mejor.